逃离

Runaway
Alice Munro

〔加拿大〕艾丽丝·门罗 著　李文俊 译

北京出版集团公司
北京十月文艺出版社

新经典文化股份有限公司
www.readinglife.com
出 品

为纪念我的朋友

玛丽·卡莱

吉恩·理弗摩

梅尔达·布坎南

目录
Contents

序　I

逃离　1

机缘　49

不久　89

沉寂　131

激情　167

罪债　205

播弄　245

法力　281

译后记　351

序

是什么让你那么确定：
自己不是邪恶的那一个？

〔美〕乔纳森·弗兰岑

艾丽丝·门罗完全当得起"当今北美最杰出小说家"的称号，在加拿大，她的书总是占据畅销榜榜首，但在之外的地区，她从未拥有庞大的读者群。或许你已经学会了识别并避开这些恳求，正如你学会了不去打开那些来自慈善机构的批量投递邮件：请对道恩·鲍威尔付出更多耐心；每周仅仅投入十五分钟，就可以帮助约瑟夫·罗特确保其在现代经典文学中的公正地位。然而，尽管这听上去就像是又来为另一个未得到充分赏识的作家辩护，我还是想围绕门罗最新的一本惊人杰作《逃离》，探寻一个令人沮丧之极的事实：为何如此卓越的她远未能获得与其相称的声誉？[①]

一、门罗的作品中充满了叙事的愉悦。但问题是，很多严肃小说的买主似乎对那种抒情的、诚挚得令人颤抖的假文学更热心、更有兴趣。

[①] 本文最早刊登在 2004 年 11 月 14 日的《纽约时报书评》上，原标题为"逃离：艾丽丝的奇境"。其时，艾丽丝·门罗还未获诺贝尔文学奖。

二、读门罗时，你无法同时收获"学习到公民课程"或"掌握了历史资料"的满足感。 她的主题是人。人，人，人。如果你阅读的小说有着内容充实的主题，比如文艺复兴时期的艺术或我国历史上一个重要的篇章，那么你一定觉得受益匪浅。但如果故事背景设在现代世界，人物关心的事物对你而言很熟悉，你如此深陷于它，以至于夜不释卷，那就存在一种风险：这样的阅读会不会仅仅是一种消遣？

三、她不会给自己的书起那种宏大的名字，诸如"加拿大田园诗""加拿大惊魂记""紫色加拿大""在加拿大"或"反加拿大阴谋"。同样，她也拒绝以便捷散漫的概括来渲染关键性的戏剧时刻。而且，她在修辞上的克制、她那倾听对话的灵敏双耳以及她对人物近乎病态的移情，产生了一种代价高昂的效果，那就是在很多页里持续不断地遮蔽了她作为作者的自我。此外，她在书封上的照片中总是和蔼可亲地微笑着，仿佛读者是她的朋友，她没有挂着那种象征"名副其实的严肃文学"的悲伤愁容。

四、瑞典皇家学院的标准牢不可破。 显然，斯德哥尔摩的那些评委觉得，已经有太多加拿大人、太多纯粹的短篇小说作家被授予了诺贝尔文学奖。得适可而止！

五、门罗写小说，而小说比非虚构作品更难评价。
这里可以举出比尔·克林顿的例子，他刚写了一本讲述他自己的书，多有趣啊。多有趣。作者自己就是个有趣的人——比起比尔·克林顿本人，谁能更有资格写一本讲比尔·克林顿的书？——然后呢，每个人对于比尔·克林顿也都有自己的看法，想知道比尔·克林顿在他的新书里就他自己说了什么、没说什么，又是如何粉饰这个、反驳那个的。在你意识到之前,评论已在你脑中成形。

可艾丽丝·门罗是谁?她从偏远之地供应极富乐趣的私人体验。而既然我既不想评判她新书的市场营销,也不想风趣尖刻地批评她的营销费,既然我不情愿谈论她新书的具体意义,因为在不透露太多情节的前提下很难做到这一点,那么,我最好还是仅提供一条适合克诺夫出版集团引用的评论——

门罗完全当得起"当今北美**最杰出小说家**"的称号。**《逃离》是一部惊人杰作。**

并向《纽约时报书评》的编辑们建议,尽可能放大门罗的照片,放在最显著的位置,再配上几张具有适度挑逗趣味的、小点儿的照片(她的厨房?她的孩子?),或许再从她寥寥无几的采访中摘引一段话——

因为当你看着自己的作品,你会感到精疲力竭和迷惑……你唯一真正留下来的是你现在正在创作的那部作品。因此,你穿得更加单薄。你就像某个穿着一件小汗衫出门的人,那汗衫所代表的仅仅是你眼下的创作,并带有你以前所有作品的奇怪印记。这很可能就是我不以作家身份扮演任何公众角色的原因。因为我无法让自己那样做,除非我把自己当成一个大骗子。

然后,就那样放在那里。

六、不过,**更糟糕的是因为**,门罗是一位纯粹的短篇小说作家。而对于短篇小说,评论者要接受的挑战更加极端。在整个世界文学中,有哪个短篇小说被典型概括后还能够保有魅力?(雅尔塔某条大道上的一次邂逅将一个百无聊赖的丈夫和一位牵着一只小狗的女士带到了一起……某座小城的年度抽奖内幕曝光，原来是为了一个相当惊人的目的……一个中年都柏林人离开一场聚会，回顾人生与爱……）奥普拉·温弗瑞压根不会碰短篇小说集。讨论它们实在太具挑战性了，以至于你几乎可以原谅《纽约时报书评》的前任编辑查尔斯·麦克格兰斯，最近，他将年轻的短篇小说作家比作"只在练习场上练习、从不冒险上赛场的高尔夫学员"。照这一类比，真正的比赛是长篇小说。

麦克格兰斯抱持的这一偏见几乎得到所有出版商的认同，更经常的是，他们认为一本短篇集不过是一次签下两本书时，那道令人不快的、难以回收成本的前菜，按照合同约定，接下来的第二本绝不能再是短篇集了。然而，尽管短篇小说地位卑微，又或许正因为如此，在近二十五年创作的最激动人心的虚构作品中——如果有人问我，我会脱口而出的那些超棒的作品——短篇小说占了相当大的比重。自然，其中就有伟大的门罗。还有莉迪亚·戴维斯、大卫·米恩斯、乔治·桑德斯、洛丽·摩尔、艾米·亨佩尔和已故的雷蒙德·卡佛——他们都是或几乎是纯粹的短篇小说作家——然后是一个在多种体裁上都卓有成就的更大的作家群体（约翰·厄普代克、乔伊·威廉姆斯、戴维·福斯特·华莱士、乔伊斯·卡罗尔·奥茨、丹尼斯·约翰逊、安·比蒂、威廉姆·T.沃尔曼、托比亚斯·沃尔夫、安妮·普鲁克斯、汤姆·德鲁里、已故的安德烈·杜布斯），但我觉得最自然、最不掺杂水分的，还是写短篇作品的他们。无疑，还有一些非常棒的纯粹的长篇小说作家。但当我闭上双眼，思考近几十年来的文学，我看到一片朦胧的风景，其中最夺目的光芒、总是召唤我回访的景致，很多都是自我读过的独具特色的短篇小说中射出的。

我喜欢短篇小说，因为它们让作家无处可藏。你不能靠喋喋不休一路披荆斩棘；读到最后一页不过是几分钟的事，如果你没什么可讲，我很快就会知道。我喜欢短篇，因为它们通常以当下或以鲜活的记忆为背景;这一体裁似乎抵触与历史建立联系的冲动,这种冲动已经让太多的当代长篇小说显得像是逃兵或死尸。我喜欢短篇,因为它们一遍又一遍地讲述同样的故事,却要创造新鲜的人物和情境,在此过程中所运用的才华属于最好的那种。所有的虚构作家都会遭遇没新东西可讲的状态,悲惨的是,短篇作家尤甚。再说一遍,没有藏身之处。那些最狡猾的老狐狸,比如门罗和威廉·特雷弗,甚至都不去尝试躲藏。

门罗不断讲述的故事如下:一个聪明、情欲旺盛的女孩在安大略省乡间长大,没什么钱,母亲非病即死,父亲是名中学老师,娶的第二任妻子很是难缠,女孩通过奖学金或某个决绝的利己行为,尽早逃离了穷乡僻壤。她早早地结婚,搬到英属哥伦比亚,生儿育女,之后婚姻破碎,而她远非无辜。她或许事业有成,是一名演员、作家或电视名人;有过几段罗曼史。当她不可避免地回到安大略省,她发现青少年时期的家乡景色令人不安地发生了变化。尽管是她抛弃了这个地方,但返乡未受热切欢迎这一点对她的自恋情结仍是一个巨大的打击。她青少年时期的那个世界,正以其老派的礼仪风俗,坐在审判席上,对她所做的现代选择进行着评断。仅仅是试着作为一个完整、独立的人而存活下去,就使她招致种种沉痛的失去和错位,使她造成伤害。

差不多就是这样。这就是五十多年来一直喂养着门罗作品的那条小溪流。同样的元素就像克莱尔·奎尔蒂①一般再三出现。门罗作为艺术家的成长如此惊人地清晰明显——贯穿整个《短篇小说选集》,在她最近的三本书中更是如此——正是得益于她对素材的熟悉度。看看她仅仅靠着自己的小故事做了些什么:随着不断地回到同一主题,她的发现愈来愈多。

这不是一个站在发球区的高尔夫学员。这是一个穿着纯黑紧身连体

---

① 《洛丽塔》中的一个人物。

裤的体操运动员，独自一人站在一片光秃秃的地板上，她的表演却胜过所有那些身着华服、手握长鞭、被大象和老虎围绕的小说家。

"事物的复杂性——层层剥开的事物——似乎本就是无止境的，"门罗对采访者说，"我的意思是说，没有什么是容易的，没有什么是简单的。"

她在此陈明了文学的基本公理，文学魅力的核心。无论是出于何种原因——阅读时间的碎片化，当代生活的分散化和破碎化，又或许确实是因为缺乏引人瞩目的长篇小说——我发觉，当我需要被真正的写作击中，需要好好喝上一杯矛盾与复杂性混合而成的烈性酒时，我最可能在短篇小说中与之邂逅。除了《逃离》，近几个月我读过的最吸引人的当代虚构作品是华莱士的短篇集《湮没》和英国作家海伦·辛普森的一部绝妙的集子。辛普森的书中集结了一系列以现代母亲身份为主题的漫画式尖叫，最初出版用的名字是"嘿没错开始新生活"[①]——一个你觉得无须进行任何修改的书名。然而这本书的美国包装商着手改进它，猜猜他们弄出了什么成果？"展开新生活"[②]。下次听到某个美国出版商坚称短篇小说集从来就卖不动的时候，想想这个可怕的动名词吧。

七、门罗的短篇小说比其他人的短篇小说更难以评价。

契诃夫之后，在展现某种人生方面，门罗比其他任何作家都更追求格式塔式的完整性，且更有成就。她总是有着培育和打开顿悟时刻的天赋。但是她取得真正巨大的、世界级的飞越，成为一位悬念大师，是在自《短篇小说选集》（1996）之后的三本集子中。如今，她追逐的时刻不是领悟的时刻，而是做出命定的、无可挽回的戏剧性行为的时刻。对于读者，这意味着在你知晓每个转折之前，你甚至无法开始猜测故事要讲什么；总是到最后一两页，所有的灯才会被打开。

---

① 原文为"Hey Yeah Right Get a Life"，被改成了 ② "Getting a Life"。

与此同时，随着叙事野心的增长，她对炫耀表现出越来越少的兴趣。她早期的作品充满了大修辞、反常的细节、醒目的句子。（参看她1997年创作的《高贵的鞭打》。）但随着她的短篇开始写得像散文形式的古典悲剧，她不仅彻底摒弃了无关紧要的东西，而且十分警觉：似乎一旦写作者的自我对纯粹的故事有所侵扰，就会强烈地破坏和谐性、搞乱气氛——一种美学与道德上的背叛。

读门罗让我静静思索，让我去思量自己的人生：我做过的决定，做过的和没做过的事情，我是个什么样的人，以及我对死亡的展望。当我说小说是我的信仰时，我的脑海中会浮现出屈指可数的几位作家，大部分都已仙逝，还有一些在世，门罗便是其中之一。因为只要我沉浸在门罗的故事中，我就会对一个完全虚构的人物产生庄严的尊重，兴趣也静静生根，当我作为一个人，身处较美好的时刻，我也会这样对待自己。

然而，悬念和纯粹对于读者是一份礼物，却给评论者带来了诸多问题。老实说，《逃离》实在是太精妙了，我都不想在这里谈论它。无论是引文还是内容概要，都无法给予这本书公正的对待。公正对待它的方式就是去读它。

但为了履行我的评论职责，我决定为门罗上一本集子《恨，友谊，追求，爱情，婚姻》中的最后一篇[1]贡献这样一句话的悬疑广告：一个阿兹海默症早期女患者住进一家疗养院，在三十天的适应期后，丈夫获准来探望她时，她已经在病友中找到了一个"男朋友"，对丈夫没有表现出一丝一毫的兴趣。

这不是一个差劲的设计。但使其开始具有明显门罗风格的，是多年以前，回溯至二十世纪六十年代和七十年代，丈夫格兰特接二连三地搞婚外情。直到现在，从前的背叛者才第一次遭到背叛。格兰特最终是否

---

[1] 即《熊从山那边来》。后文中出现的该篇小说的引文均引自李文俊译本，刊登在《世界文学》2010年第1期。

为早年的那些风流韵事感到后悔？哦，不，完全没有。事实上，人生中那个阶段让他记住的"主要是幸福感的大大增强"。他从未像背着妻子菲奥娜偷情时那样感到生气勃发。当然，如今去疗养院探望，看到菲奥娜和她的"男朋友"如此公开地彼此表达着柔情蜜意，对他却如此冷漠，这让他心碎。然而，当这位男朋友的妻子把他从疗养院接走带回家去后，格兰特更心碎了。菲奥娜悲痛欲绝，而格兰特也为她的失去悲痛欲绝。

这下，从门罗的故事中提炼概要的麻烦来了。麻烦就出在我想要告诉你接下来发生了什么。那就是格兰特去找这个男朋友的妻子，请求她带他回疗养院去探望菲奥娜。到了这里，你才意识到，你本以为是故事内核的东西——有关阿兹海默症的种种意味深长的启示，不忠，晚年绽放的爱——实际上只个开头；故事的重大场景发生在格兰特和那个男朋友的妻子之间。在这一幕中，这位妻子拒绝让他的丈夫去见菲奥娜。她的理由表面上是务实的，但私底下却是发自内心的、怀有恶意的。

至此，我提炼概要的尝试整个崩塌了，因为我根本没法下手去暗示这一幕何以重大，除非你对这两个人物形象，对他们如何说话和思考有着特殊的、鲜活的认识。这位妻子，玛丽安，要比格兰特心胸狭窄。她有一栋完美无瑕的郊区房，如果她的丈夫回疗养院去，她就供不起了。她在意的是这栋房子，而不是什么浪漫情事。无论在经济上还是情感上，她都没有格兰特所拥有的那些优势，她身上优越感的明显缺失，使得格兰特在开车返回自己家的路上，生发了一段经典的门罗式的内省。

（他们的交谈）使他不太愉快地忆起，他老家那些人跟他谈话时也是这样的。他的叔伯、亲戚，甚至是他的母亲，也都是像玛丽安那样考虑问题的。他们都相信，如果有人不这么考虑问题，那就是在跟自个儿开玩笑——因为日子过得太轻松、太有保障或是教育受得太多，他们不用食人间烟火了，或是变蠢了。他们脱离实际了。

受过教育的人、文人、像格兰特的社会主义者岳父母那样的富人，都脱离了现实生活。原因是他们获得了一笔原本不该归他们所有的财富，或是天生就有点傻……

真是个呆瓜，她此刻必定正这么想。

面对这样的人使他感到无望、恼怒，甚至悲哀。为什么呢？是因为他无法确定能在这种人面前坚守自己的立场吗？因为他担心到头来被证明对的还是他们这些人吗？

我不情愿地终止了这段引文。我想一直摘引下去，不仅仅是些小碎片，而是整段整段地引述，因为我发现，为了给予这个故事公正对待——"层层剥开的事物"，阶级和道德、欲望和忠诚、性格和命运之间的相互作用——我对概要的最低需求恰好就是门罗本人在纸上写出的全部。唯一充分体现文本的概括便是文本本身。

所以，我只能如一开始那样发出简单的指令了：读门罗！读门罗！

只不过我还是得告诉你——既然已经开了头，就没法不告诉你——在玛丽安拒绝了格兰特的请求后，他回到家，答录机收到一条来自玛丽安的留言，邀请他去参加军人俱乐部的舞会。

还有：格兰特已经在评估玛丽安的乳房和皮肤了，并在想象中将她比喻成一颗不太令人满意的荔枝："外面那层果肉透着股人造般怪怪的诱惑，味道和香气都有点像是化学品，薄薄的一层肉，包住了那颗硕大的种子、那只大果核。"

还有：几小时后，当格兰特还在反复评估玛丽安的诱惑力时，电话又一次响了，答录机接通了："格兰特。我是玛丽安。我方才在地下室往甩干机里放洗好的衣服，听到电话响，可是等我上楼，电话已经挂了，也不知道是谁打来的。因此我想我还是应该打个招呼说我在的。如果打电话的人是你，如果你甚至在家的话。"

这还不是结尾。这个短篇占了四十九页——在门罗的笔下，这涵盖了整个人生——接下来还有另一个转折点。但是，看看作者已经揭示了多少"被剥开的事物"：深情脉脉的丈夫格兰特，背叛者格兰特，忠诚到愿意，说白了，就是为妻子去拉皮条的丈夫格兰特，得体家庭主妇的蔑视者格兰特，认为自己活该遭到得体家庭主妇蔑视的自我怀疑者格兰特。然而，正是玛丽安的第二通电话，揭示了门罗作为一个写作者的真实尺度。为了想象这通电话，你不能太过忿恨玛丽安的道德束缚，也不能为格兰特的放纵不羁感到过于羞耻。你必须原谅每个人，不去咒骂任何一个人。否则，你就会漏掉那些可以敲开生活外壳的微小可能性，那些怪异的机缘：比如，寂寞中的玛丽安被一个自由派傻男人吸引的可能性。

这只是一篇故事。《逃离》中有些故事比这一篇更好看——更大胆、更残酷、更深刻、更广大——等门罗的下本书一出，我立马高兴地为《逃离》写摘要。

不过，等等，还是小小地瞥一眼《逃离》吧：要是被格兰特的自由风格——他的不敬上帝、他的放纵、他的虚荣、他的愚蠢——冒犯的那个人不是某个不幸福的陌生人，而是格兰特自己的孩子，结果会怎么样呢？假如这个孩子的判决代表了整个文化、整个国家的态度（最近开始喜欢拥抱绝对），又会如何呢？

如果你给予孩子的大礼是个人自由，而孩子在她年满二十一岁的时候，利用这份礼物转过身来对你说：你的自由还有你都让我恶心，又当如何呢？

八、仇恨带来快感。这是媒体时代极端主义者们了不起的洞见。否则，还能怎样来解释那么多令人憎恶的狂热分子的当选、政治礼仪的崩解、福克斯新闻的权势呢？先是原教旨主义者本·拉登送给布什一份仇恨大礼，接着布什通过他自己的狂热加剧了那种仇恨，现在，一半国家相信布什正投身于对抗恶魔的正义运动，而另一半（和大半世界）则认为布什才是恶魔。几乎没有什么人是不恨谁的，压根就没有一个人是不被谁仇恨的。无论何时我想到政治，我的脉搏就会猛烈跳动，仿佛我正在读一则机场惊悚故事的最后一章，仿佛我正在看白袜队对洋基队的抢七大战。那就像娱乐如同噩梦如同每天的生活。

一种更好的小说能否拯救世界？总是有那么一点儿小小的希望（奇怪的事情确实会发生），但回答几乎肯定是不，它不能。尽管如此，它却很有希望拯救你的灵魂。如果你内心释放的仇恨让你感到不快乐，你可以试着站在恨你的那个人的立场上，想象一下那会是什么感觉；你可以考虑这样一种可能性，那就是你自己，其实才是那恶者；假如这难以想象，那么你或许可以试着和这个最犹疑不决的加拿大人一起共度几个晚上。在她的经典短篇《乞女》的结尾，女主人公萝丝在一座机场大厅遇见了她的前夫，前夫朝她扮了个幼稚而丑恶的怪脸，萝丝愕然：

> 就在那一刻，她已准备好拿出她的善意、她疲惫的坦诚微笑，还有那种不太自信能得体寒暄的神气，就在这个时刻，怎么还有人能这么恨她？

此时此地，她正在对你我说。

（第五婷婷 译）

逃离 | RUNAWAY

在汽车还没有翻过小山——附近的人都把这稍稍隆起的土堆称为小山——的顶部时,卡拉就已经听到声音了。那是她呀,她想。是贾米森太太西尔维亚从希腊度假回来了。她站在马厩房门的后面——只是在更靠里一些的地方,这样就不至于一下子让人瞥见——朝贾米森太太驾车必经的那条路望过去,贾米森太太就住在这条路上她和克拉克的家再进去半英里路的地方。

倘若开车的人是准备拐向他们家大门的,车子现在应当减速了。可是卡拉仍然抱着希望。但愿那不是她呀。

那就是她。贾米森太太的头扭过来了一次,速度很快——她得集中精力才能对付这条让雨水弄得满是车辙和水坑的砾石路呢——可是她并没有从方向盘上举起一只手来打招呼,她并没有看见卡拉。卡拉瞥见了一只裸到肩部的晒成棕褐色的胳膊,比先前颜色更淡一些的头发——白的多了一些,而不是以前的那种银褐色了,还有那副表情,很决然和下了狠劲的样子,却又为自己这么认真而暗自好笑——贾米森太太在跟这样的路况死死纠缠的时候表情总是这样的。在她扭过头来的时候脸上似乎有一瞬间闪亮了一下——是在询问，也是在希望——这使卡拉的身子不禁往后缩了缩。

情况就是这样。

也许克拉克还不知道呢。如果他是在摆弄电脑，那就一定是背对着窗户和这条路的。

不过贾米森太太很可能还会开车出去的。她从飞机场开车回家，也许并没有停下来去买食物——她应该径直回到家里，想好需要买些什么，然后再出去一趟。那时候克拉克可能会见到她。而且天黑之后，她家里的灯也会亮起来的。不过此刻是七月，天要很晚才会黑。她也许太累了，不开灯就早早上床了。

再说了，她还会打电话的。从现在起，什么时候都可能打的。

这是个雨下得没完没了的夏天。早上醒来，你听到的第一个声音就是雨声，很响地打在活动房子屋顶上的声音。小路上泥泞很深，长长的草吸饱了水，头上的树叶也会浇下一片小阵雨，即使此时天上并没有真的在下雨，阴云也仿佛正在飘散。卡拉每次出门，都要戴一顶高高的澳大利亚宽边旧毡帽，并且把她那条又粗又长的辫子和衬衫一起披在腰后。

来练习骑马的客人连一个都没有，虽然克拉克和卡拉没少走路，在他们能想起来的所有野营地、咖啡屋里都树起了广告牌，在旅行社的海报栏里也都贴上了广告。只有很少几个学生来上骑马课，那都是长期班的老学员，而不是来休假的成群结队的小学生，那一客车又一客车来夏令营的小家伙呀，去年一整个夏天两人的生计就是靠他们才得以维持的。即令是两人视为命根子的长期班老学员现在也大都出外度假去了，或是因为天气太差而退班了。如果他们电话来得迟了些，克拉克还要跟他们把账算清楚，该收的钱一点都不能少。有几个学员嘀嘀咕咕表示不满，以后就再也不露面了。

从寄养在他们这儿的三匹马身上,他们还能得些收益。这三匹马,连同他们自己的那四匹,此刻正放养在外面的田野里,在树底下四处啃草觅食。它们的神情似乎都懒得去管雨暂时歇住了,这种情况在下午是会出现片刻的,也就是刚能勾起你的希望罢了——云变得白了一些,薄了一些,透过来一些散漫的亮光,它们却永远也不会凝聚成真正的阳光,而且一般总是在晚饭之前就收敛了。

卡拉已经清完了马厩里的粪便。她做得不慌不忙——她喜欢干日常杂活时的那种节奏,喜欢畜棚屋顶底下那宽阔的空间,以及这里的气味。现在她又走到环形训练跑道那里去看看地上够不够干,说不定五点钟一班的学员还会来呢。

通常,一般的阵雨都不会下得特别大,或是随着什么风而来,可是上星期突然出现异象,树顶上刮过一阵大风,接着一阵让人睁不开眼睛的大雨几乎从横斜里扫过来。一刻钟以内,暴风雨就过去了。可是路上落满了树枝,高压电线断了,环形跑道顶上有一大片塑料屋顶给扯松脱落了。跑道的一头积起了一片像湖那么大的水潭,克拉克只得天黑之后加班干活,以便挖出一条沟来把水排走。

屋顶至今未能修复,克拉克只能用绳子编起一张网,不让马匹走到水潭里去,卡拉则用标志拦出一条缩短些的跑道。

就在此刻,克拉克在网上寻找有什么地方能买到做屋顶的材料。看有没有某个清仓处理尾货的铺子,开的价是他们能够承受的,或是有没有什么人要处理这一类的二手货。他再也不去镇上的那家海-罗伯特·伯克利建材商店了,他已经把那店改称为海-鸡奸犯·捞大利商店,因为他欠了他们不少钱,而且还跟他们打过一架。

克拉克不单单跟他欠了钱的人打架。他上一分钟跟你还显得挺友好的——那原本也是装出来的——下一分钟说翻脸就翻脸。有些地方他现在不愿进去了，他总是让卡拉去，就是因为他跟那儿的人吵过架。药房就是这样的一个地方。有位老太太在他站的队前面加塞——其实她是去取她忘了要买的一样什么东西，回来时站回到他前面而没有站到队尾去，他便嘀嘀咕咕抱怨起来了。那收银员对他说："她有肺气肿呢。"克拉克就接茬说："是吗，我还有痔疮呢。"后来经理也让他叫出来了，他硬要经理承认对自己不公平。还有，公路边上的一家咖啡店没给他广告上承诺的早餐折扣，因为时间已经过了十一点，克拉克便跟他们吵了起来，还把外带的一杯咖啡摔到地上——就差那么一点点，店里的人说，就会泼到推车里一个小娃娃身上了。他则说那孩子离自己足足有半英里远呢，而且他没拿住杯子是因为店员没给他杯套。店里说他自己没说要杯套。他说这种事本来就是不需要特地关照的。

"你脾气也太火暴了。"卡拉说。

"脾气不火暴还算得上是男子汉吗？"

她还没提他跟乔依·塔克吵架的事呢。乔依·塔克是镇上的女图书馆员，把自己的马寄养在他们这里。那是一匹脾气很躁的栗色小母马，名叫丽姬——乔依·塔克爱逗乐的时候就管它叫丽姬·博登[①]。昨天她来骑过马了，当时正碰到她脾气不顺，便抱怨说棚顶怎么还没修好，还说丽姬看上去状态不佳，是不是着凉了呀。

其实丽姬并没有什么问题。克拉克倒是——对他来说已经是很不容易了——想要息事宁人的。可是接下来发火的反而是乔依·塔克，她指责说这个地方简直就是片垃圾场，出了这么多钱，丽姬不该受到这样的待遇，于是克拉克说："那就悉听尊便吧。"乔依倒没有——或者是还没有——当即就把丽姬领回去，卡拉本来料想会这样。可是原来总把这匹小母马当作自己小宠物的克拉克却坚决不想再跟它有任何牵扯了。

[①] 美国19世纪末一桩有名的谋杀案的女杀人犯的名字。她用斧子一连好几十下活活劈死了自己的继母和父亲。此案曾轰动一时。

自然，丽姬在感情上也受到了伤害。在练习的时候总是跟你闹别扭，你要清理它的蹄子时它便乱踢乱蹬。马蹄是每天都必须清的，否则里面会长霉菌。卡拉得提防着被它瞅冷子咬上一口。

不过让卡拉最不开心的一件事还得说是丢失了弗洛拉，那是只小小的白山羊，老是在畜棚和田野里跟几匹马做伴。有两天都没见到它的踪影了。卡拉担心它是不是被野狗、土狼叼走了，没准还是撞上熊了呢。

昨天晚上还有前天晚上她都梦见弗洛拉了。在第一个梦里，弗洛拉径直走到床前，嘴里叼着一只红苹果，而在第二个梦里——也就是在昨天晚上——它看到卡拉过来，就跑开了。它一条腿似乎受了伤，但它还是跑开了。它引导卡拉来到一道铁丝网栅栏跟前，也就是某些战场上用的那一种，接下去它——也就是弗洛拉——从那底下钻过去了，受伤的脚以及整个身子，就像一条白鳗鱼似的扭着钻了过去，然后就不见了。

那些马看到卡拉穿过去上了环形马道，便全都簇拥着来到栏杆边上——显得又湿又脏，尽管它们身上披有新西兰毛毯——好让她走回来的时候能注意到它们。她轻轻地跟它们说话，对于手里没带吃的表示抱歉。她抚摩它们的脖颈，蹭蹭它们的鼻子，还问它们可知道弗洛拉有什么消息。

格雷斯和朱尼珀喷了喷气，又伸过鼻子来顶她，好像它们认出了这个名字并想为她分忧似的，可是这时丽姬从它们之间插了进来，把格雷斯的脑袋从卡拉的手边顶了开去。它还把她的手轻轻咬了一下，卡拉只得又花了些时间来指责它。

一直到三年之前，卡拉还从来没怎么认真看过活动房屋。对这种东西她也不这么称呼。像她的父母一样，她认为这么称呼是装腔作势。还有人住在拖车里呢，不就是那么一回事吗。一辆拖车跟别的拖车还能有什么区别。可是当卡拉搬进来，选择和克拉克共同生活，她便开始用一种新的眼光来看待事物了。从那时起，她开始用"活动房屋"这个说法，而且注意起别人是怎么装修和布置的了。他们挂的是什么样的窗帘，他们是怎么油漆饰条，又是怎么搭出很有气派的平台、阳台和附属披屋的。她迫不及待地也要给自己的住房添上这些改良性的设备。

有一段时间，克拉克倒也顺着她的想法去做。他翻修了新的台阶，还花了不少时间为这台阶去趸摸旧的熟铁扶手。对于在刷厨房、浴室的漆与窗帘好料子上所花费的钱他也没出过一句怨言。她刷漆的活儿干得不怎么地道——她不明白应该先把碗柜门上的合叶卸下来。她也不明白应该要给窗帘布缝上衬里，现在窗帘都已经褪颜色了。

让克拉克迟疑不决的是要不要扯走地毯，原来每个房间里的地毯都是一样的，卡拉最坚决主张换掉的就是这地毯。它划分成一个个棕色的小方块，每一块上都有深褐色、铁锈色和浅棕色的扭曲线条和花样。在很长的一段时间里，卡拉都以为每个小方块里的线条和花样都是一样的，排列次序也都是相同的。可是在她有了更多空闲时间可以细细观察时，她发现原来大方块是由四个花样不一的小方块组成的。有的她很容易就能分辨清，有的却真得下些功夫才能够看出来呢。

逢到外面下雨，克拉克情绪又不好，使得家里的气氛也很压抑的时候，她就做这样的事情，克拉克只要有电脑屏幕可以死死盯着就不会再为别的事情操心了。但是对她来说，最能排除烦恼的还是上厩棚去为自己找点儿什么杂活来干干。她不开心的时候，马儿们是从不正眼看她的，可是那只从不拴住的弗洛拉却会走过来挨蹭她，而且那双黄绿色眼睛里闪烁着的并不完全是同情，倒更像是闺中密友般嘲讽的神情。

弗洛拉是克拉克有一回上某个农场去买些什么马具时带回来的，当时它还是只比小羊羔大不了多少的半大畜生呢。那个农场的人不想再做田舍翁了，至少是无意再繁殖牲畜了——他们把他们的马全卖掉了，可是山羊却没能处理出去。克拉克听说在畜棚里养只山羊可以起到抚慰与安定马匹的作用，便想试上一试。他们原来是打算养到一定时候让它繁殖小羊羔的，但是至今还从未看出它有任何发情的迹象。

起初，它完全是克拉克的小宠物，跟着他到处跑，在他跟前欢跳争宠。它像小猫一样敏捷、优雅、挑逗，又像情窦初开的天真女孩，常常让他们喜欢得乐不可支。可是再长大些之后，它好像更加依恋卡拉了，这种依恋使得它突然间变得明智，也不那么轻佻了——相反，它似乎多了几分内在的蕴藉，有了能看透一切的智慧。卡拉对待马匹的态度是温和的，同时也是很严格要求的，有点像母亲的态度，可她与弗洛拉的关系却不是同一回事，弗洛拉一点都不让她有任何优越感。

"还没有弗洛拉的消息吧？"她说，一面脱下去畜棚时穿的靴子。克拉克已经在网上贴了丢失山羊的告示。

"到目前还没有。"他说，口气里俨然自己正忙得紧呢，不过倒没有显得不耐烦。他又表示，这也不是他头一回这么说了，弗洛拉无非是外出去给自己找只相好的公山羊罢了。

关于贾米森太太倒是连一个字都没提。卡拉把水壶坐到火上。克拉克则兀自哼着一支小曲，他一旦坐到电脑前面总是会这样做的。

有时候他还会跟电脑拌嘴。狗屁，他会这样说，在出现了什么不顺的时候。要不就是哈哈大笑——但是事后卡拉问他什么事这么好笑时，他又想不起来了。

卡拉喊道："你要喝茶吗？"让她感到惊异的是他竟站起来走进了厨房。

"喔，"他说，"喔，卡拉。"

"什么事？"

"喔,她打来过电话了。"

"谁呀?"

"女王陛下呀。西尔维亚女王呀。她刚回来。"

"我没听到汽车声音嘛。"

"我没问你有没有听到汽车。"

"那她来电话是为了什么呢?"

"她要你过去帮她收拾屋子。她就是这么说的。明天。"

"你是怎么告诉她的呢?"

"我跟她说行啊。不过你最好还是打电话去确认一下。"

卡拉说:"既然你都答应她了,我看也没有必要再这样做了。"她把茶壶里的茶往杯子里倒,"她走之前我刚大扫除过。我看没有什么必要这么快又重新折腾嘛。"

"没准她不在的时候闯进去过几只浣熊,把屋子里弄得一团糟呢。这种事是说不准的。"

"我用不着急吼吼马上就打的,"她说,"我先好好喝上几杯茶,然后还要冲一个澡。"

"还是快点打的好。"

卡拉把她的茶带进浴室,朝身后喊了一句:"咱们得上自助洗衣房一趟了。毛巾即使干了也还是有一股霉味儿。"

"别转移话题好不好,卡拉。"

她都已经进去冲澡了,他仍然站在门外喊着对她说话。

"话没说清楚我是不会轻易让你脱身的,卡拉。"

她还以为她出来时他还会站在那儿呢,可是他已经回去弄电脑了。她衣服穿得好像要上镇子里似的——她希望,如果他们出去一趟,去自助洗衣店,并且在卡布奇诺店外带两杯咖啡,他们说话的方式会有所变化,说不定气氛会变得和缓一些。她快步走进起居室,用胳臂从后面把

10

他抱住。可是她刚这样做心里就涌起了一股忧伤的情绪——必定是冲澡的水太热，才使得她眼泪汪汪的——她伏在他的背上，垮了似的尽情哭了起来。

他双手离开了键盘，但是仍然坐着没动。

"别这样对我发火嘛。"她说。

"我没有发火。我只不过是讨厌你那个样子，就是这样。"

"我是因为你发火了才这样的。"

"用不着你来告诉我我怎么样了。你弄得我气儿都透不过来了。去做晚饭吧。"

其实这正是她开始要做的事。都这么晚了，那些五点钟该来的练马术的人显然是不会来了。她取出土豆，开始削皮，可是她的泪水不断涌出来，使得她没法看清手里的活。她用张纸巾擦了擦脸，又撕了张新的带在身边，跑到雨中去。她没有进马厩，因为没有了弗洛拉那儿好不凄凉。她沿着小道回到小树林。马们在另外的一片地里。它们都凑到围栏边上来看看她。唯独丽姬没有，它跳跃着，喷了喷鼻子，好像明白她的注意力并不在自己身上似的。

事情开始于他们读到讣告——贾米森先生的讣告之后。那是登在本地报纸上的，后来"晚间新闻"里又登出了他的相片。此前的整整一年里，他们对这对夫妻的了解仅限于，他们是邻居，不怎么爱搭理别人。太太在四十英里之外的一所大学里教植物学，因此得在路上花掉许多时间。先生呢，则是一位诗人。

大家所知道的也无非就是这些。可是那位先生却忙于干许多别的事情。对于一位诗人来说，而且还是一个老人——没准比他太太要大上二十岁——他算得上是皮实和活跃的了。他自己动手改进了他住地的排水系统，清理了涵洞阴沟，并且砌上了石块。他开辟出了一个菜园，种

11

上东西，围上篱笆，还在树林里开出小道，监督房屋的修缮。

他们的房屋是他多年前在几个朋友的帮助下自己盖起来的，那是座三角形的怪里怪气的东西，是在一座旧农舍的基础上翻修成的。干活的是些被大伙称作嬉皮士的人——虽然贾米森先生即使就当时来说，年纪也肯定是大了点儿，没法再这么称呼了，跟贾米森太太相比他得算是老一辈的人了。人们传说嬉皮士们在森林里种植大麻，并出售它们，把钱存在封住口的玻璃缸里，埋在这块地的什么地方。克拉克听镇上因办事而认识的人这么说过。可是他说这些事全是扯淡。

"要真有，早就会有人去想法子把财宝挖出来了，还用等到现在吗？总有人会变着法子撬开他们的嘴，让他们供出埋宝地点的。"

在读到讣告时，卡拉和克拉克才第一次知道，利昂·贾米森在去世前五年曾得到过一笔为数不算小的奖金。是一项诗歌奖。倒从来没听人提起过这件事嘛。好像大家宁愿相信用玻璃缸埋入土里的毒品财宝之类的事情，而不肯相信光靠写诗就能够赚到钱。

出了这件事之后不久，克拉克就说："我们是应该让他付出代价的。"

卡拉立刻就明白他指的是什么事了，但是她以为他这么说不过是在开玩笑。

"现在也迟了，"她说，"人都死了，还怎么让他出钱呢。"

"他是不可能了。可是还有那个女的呢。"

"她也上希腊去了呀。"

"她不会一辈子不回来的吧。"

"再说她当初也不知情。"卡拉态度更加慎重了。

"我并没有说她当初知道。"

"她跟这事一点儿关系都没有。"

"我们会有办法的。"

卡拉说："不行。不行。"

克拉克自顾自往下说，就当她什么都没说。

"我们可以说我们要起诉了。这一招总是能让人乖乖地出钱的。"

"这你怎么做得到呢？你总不能起诉一个死人吧。"

"威胁要登报。大名鼎鼎的诗人哪。报界最吃这一套了。我们需要做的一切就是威胁，还怕她不服软吗？"

"你这是在异想天开，"卡拉说，"完全是在开玩笑。"

"不，"克拉克说，"真的，我没在开玩笑。"

卡拉说她不想再谈这件事了，他说，那好吧。

可是他们第二天又谈到这件事了，而且第三天第四天也都谈了。他有时也会认为这样的想法不切实际，甚至还有可能触犯法律。但他谈得越来越起劲，然后接下去——她也不知道什么原因——他又突然不提了。如果雨不下了，如果这年的夏天跟往年的一样正常，他说不定就会像对待许多别的事情一样将它置诸脑后的。可是好天气没有出现，上个月里他喋喋不休地谈论这个计划，好像那是一点儿漏洞都没有的，完全可行，问题仅仅在于开多少价而已。要价太小，那个女的就会不把它当回事儿，觉得他们无非是在虚张声势。开价太大呢，说不定会逼得她奋起反抗，态度会变得很顽强的。

卡拉已经不说那是一个玩笑了。相反，她告诉他这样做是行不通的。她说首先，大家都认为诗人嘛都是那样的，因此没人会花钱去遮遮掩掩。

他说只要做得好必定能奏效。卡拉要装作精神彻底垮了似的去向贾米森太太说出全部情况。接着便由克拉克登场，好像他刚刚发现此事，大为震惊。他显得怒不可遏，发誓要向全世界的人宣告。他要让贾米森太太自己先提钱的事。

"你受到了伤害。你受到骚扰和侮辱，也就是我受到了伤害和侮辱，因为你是我老婆。这是个有关尊严的问题。"

他一遍又一遍地这样教导她，她试着转移话题，可是他紧紧咬住不放。

13

"有戏,"他说,"真的大有希望。"

这一切都源自她对他说过的一些事,这些事,她是既无法收回也不可能否认的了。

有时候他像是对我感兴趣?

那老家伙?

有时候他乘她不在的时候把我叫进房间?

是的。

在她外出购物而护士也不在那里的时候?

这完全是她的突发奇想,可是却立即引起了他的强烈兴趣。

那么你当时是怎么做的?你进他房间了吗?

她做出羞怯的样子。

有时候。

他叫你进他房间。然后呢?卡拉?后来又怎样?

我进去看看他需要什么。

那他需要什么呢?

这样的一问一答都是用耳语悄声说的,即使没人在偷听,即使是他们在床上如痴似醉的那一刻。这是卧室里的闺中腻语,所有的细节都很重要,而且每次都要添油加醋,同时配合以很起作用的延宕、羞怯和咯咯痴笑,下流,真下流。而且想说这些并感到有趣的不单是他,她自己也会感到兴奋。她急切地想讨他喜欢并刺激他,同时也使自己兴奋起来。还真是天从人愿,每回都会起作用。

这事在她头脑的一个角落里还真是有点儿影子,她见到过那个好色的老头子,以及他在床单下挺起的那话儿,都长年卧床不起了,话都几乎说不了了,但是做手势表达意思倒还很灵活。他表示出自己的欲望,想用手指捅捅她勾她过来顺从自己,配合他做些亲热的动作。

(她的拒绝自然是无须说的，可是说来也奇怪，这倒反而使克拉克稍稍有点失望。)

但是她脑子里时不时会出现另外一幅图景，那是她必须要压制下去的，否则便会使一切都变得没有味道了。她会想到那个真实的、模糊不清的、床单围裹着的病人身体，在从医院租来的那张床上受着药物的折磨，一天比一天萎缩。其实她只瞥到过几次，那是当贾米森太太或是来值班的护士忘了关门的时候。她离他从未比这更靠近一些。

事实上她还真的很不想去贾米森家，可是她需要那份工钱，而且她很可怜贾米森太太，那女人当时像是中了邪头脑不清似的，又像是在梦游。有几回，卡拉为了让气氛松弛些，曾豁出去做出某种的确很愚蠢可笑的举止——当初次来学骑马的人因为笨拙和惊慌显得垂头丧气的时候她经常会这样表现。在克拉克情绪不对头的时候她也常常试着这样做。可是这一招现在不灵了，不过，说说贾米森先生的事儿倒真的是屡试不爽呢。

小道上布满了水坑，路两旁是蘸饱了水的高高的草，还有新近开了花的野胡萝卜，这些全都是躲不开的。可是空气够暖和，所以她倒不觉得冷。她的衣服全都湿透了，大概是因为有她自己的汗，或是从脸上流下来的泪水，还有正下着的毛毛雨。随着时间一点点过去，泪倒是不流了。可是她没什么可以用来擦鼻子的——纸巾全湿透了——她只好弯下身子往水坑里使劲地擤了擤鼻子。

她抬起头，使劲吹出了一个拖长的、带颤音的口哨，那是她还有克拉克召唤弗洛拉的声音。她等了几分钟，接着便叫唤弗洛拉的名字。一遍一遍又一遍，吹口哨、喊名字，吹口哨、喊名字。

没有弗洛拉的回应。

相比起来，如果与她跟贾米森太太的烦心事相比，以及跟克拉克之间时断时续的龃龉相比，弗洛拉丢失的痛苦还算是比较轻松的呢。即使是永远都找不回来了。至少，弗洛拉的离去并不是因为她做错了什么事情。

此刻，西尔维亚除了打开窗户通通风，也没有别的事可做。还有，就是想想还有多少时候自己能见到卡拉，她沮丧地——而不是异常惊讶地——发现，她竟急切地想见到她。

所有跟治病有关的设备全都搬走了。过去是西尔维亚和她丈夫的卧室后来又成了他的死前病室的房间早就经过扫除与清理，仿佛什么事儿都未曾在这里发生过似的。在上火葬场之后去希腊之前那乱糟糟的短短几天里，卡拉来帮忙做所有的事情。利昂穿过的每一件衣服——有些他根本都没有穿过，还有他的姐妹送的从未开过封的礼物，全都堆在汽车的后座上拉到廉价二手货铺子去了。他吃的药、剃须用品、一罐罐没有打开的尽力想延续他生命的营养饮品、一箱箱有段时间他吃得挺多的芝麻脆饼、一个个盛满能缓解他背部疼痛的药水的塑料瓶、他病床上铺过的羊皮褥子——所有这一切，全都塞进了大塑料口袋，准备扔到垃圾站去，对此，卡拉没有表示过一点点的疑问。她从未说过，"没准还有人会觉得有用"，或是指出，那一箱箱的罐头食品都是未启封的。西尔维亚说："我真希望用不着我来把它们拉到镇上去。我但愿能把它们全都塞进焚化炉一把火烧得干干净净。"即使在这时候，卡拉都没有显示出一丝惊讶的表情。

她们清洗了炉灶，把碗柜里里外外擦洗得干干净净，并揩拭了墙壁和窗户。西尔维亚花了一天的时间，坐在起居间里，把她收到的所有吊唁信都浏览了一遍。（家里倒没有积存的文稿和笔记需要处理，如一般的作家会留下的那样，也没有未完成的作品或是原始手稿。几个月以前他就告诉过她，他把一切都安排妥当了。再也没有什么可遗憾的了。)

房子倾斜的南墙是由大扇窗户组成的，西尔维亚抬起眼光，感到很惊讶，因为阳光流水般地倾泻而下——或者不如说，她是惊讶于见到了卡拉的身影，光着腿，光着胳膊，站在梯子的顶端，坚毅的面容被一圈蒲公英般的短鬈发围着（头发太短了所以扎不成辫子）。卡拉正在精力充沛地喷着水擦着玻璃，当她见到西尔维亚在看她时，便停下活儿，将手臂大大地张开，就像贴在那儿的一个十字架，并且还做出了一个滴水檐怪石兽似的鬼脸。两人都笑了起来。西尔维亚直觉得这阵大笑像股嬉闹的溪流，贯穿了她的全身。卡拉重新开始清洗，她也接着读信。她已经决定，所有这些仁爱的语言——赞颂式的或是深表遗憾的词句，不管它们是真心诚意的也好敷衍了事的也好——都是可以和羊皮褥子与苏打饼干一样，走向同样的归宿的。

在听到卡拉放下梯子，听到靴子走在阳台上的声音之后，她突然感到害羞起来了。她坐在原处，低垂着头，这时卡拉进入房间从她身后经过，到厨房去以便将水桶和抹布放到水池子底下去。卡拉干活几乎从来不休息，动作迅速得像只鸟雀似的，可是她倒还来得及在西尔维亚弯下的头顶心吻了一下，然后又接着自顾自吹她的口哨去了。

自此以后，这一吻就一直留在西尔维亚的心里了。其实它也没有什么特别的意思。它表示的是快活起来吧，或者是活儿快干完了。这表示她们是好朋友，一起经历过许多苦难。或者仅仅表示太阳出来了。或是卡拉在想，自己快要回家，回到她的马儿中间去了。不过，在西尔维亚眼里，这就是一朵艳丽的花朵，它的花瓣在她的内心乱哄哄热辣辣地张开着，就像是更年期的一次重新来潮。

时不时，她教的植物学班上会有个挺特别的女生，其聪明勤奋、表现得很幼稚的自我中心甚至是对自然世界的真诚热爱，会使她想起年轻时的自己。这样的女孩子会很崇敬地簇拥在她的周围，渴望着她

17

们在大多数情况下无法设想的亲密，她们很快就会使她心烦意乱。

卡拉与她们毫无共同之处。一定要说她像西尔维亚生活中的什么人的话，那就是她中学时结识的某几个女生了——她们聪明，可又不是聪明得过了头，她们是天生的运动员，却并不计较名次，乐乐呵呵却不喧闹烦人，连快活都是快活得自自然然的。

"我住的地方，是个小村庄，和我的两个老朋友住在一起，那真是个非常小的三家村，很难得才会有几辆旅游大巴在那里停上片刻，像是迷了路似的。旅客们下了车，东张西望，都弄糊涂了，因为这算是什么名胜古迹呀，连个把值得一买的东西都没有。"

西尔维亚是在讲希腊的事。卡拉坐在离她几英尺的地方。这个长胳膊长腿、老安定不下来、让人目眩的女子终于坐下来了，在这个曾经充满了对她的想法的房间里。她淡淡地笑着，漫不经心地点点头。

"要说最初那几天呢，"西尔维亚说，"最初那几天，我也很有些困惑。天气是那么热。不过说那边光照好倒是一点儿不假。那真是棒极了。接下来我便考虑有什么事情可以做，那边的人用来打发时间的无非就是简简单单的几件事儿。顺着路走上半英里去买些油，又往另一个方向走半英里去买你需要的面包和酒，一上午就过去了，然后你在树荫下随便吃几口午饭，饭后天太热，你什么都不能干，只得关上百叶窗躺在床上，或是看看书。起先你还看书，再后来你连书都不想看了。念书又为了什么呢？时间再晚一些你就会注意到影子变得长些了，于是你爬起来，去游游泳。"

"哦，"她打断了自己的话头，"哦，我还真的忘了。"

她跳起身，去拿她带来的礼物。其实她压根儿没忘记。她不想一下子就交给卡拉，而是想在时机更自然一些的时候拿出来，在她说到——她事先想到的是，不妨在提到大海和游泳的时候再做这件事，并且要说——正如她此刻在说的这样:"提到游泳使我想起了这东西,因为这是一件缩小的复制品,你知道吧,是他们在海底发现的一匹马的复制品。是青铜铸的。在过了这么长时间之后,他们打捞了上来。据说是公元前二世纪的作品。"

方才卡拉一进来看看有什么活要干的时候,西尔维亚说:"哦,先坐坐吧。我回来后还没有人可以一块儿说说话呢。你坐呀。"卡拉便在一把椅子的边上坐了下来,叉着双腿,两手放在双膝之间,显得有些不知所措。像是要显得不那么缺乏礼貌似的,她问道:"希腊好不好?"

现在卡拉站立着,青铜马仍然由薄纸包裹着,她还没有完全拆开呢。

"据说想表现的是一匹赛马,"西尔维亚说,"在作最后的冲刺,全身都在使劲。上面那骑手,那个男孩,也是这样,你可以看出来他是怎样驱策着马儿尽力往前冲的。"

她没有提起当初看到这男孩使她想到了卡拉,到现在她也无法解释清楚。这男孩只有十岁、十一岁。也许是必须拉紧缰绳的那只手臂的力度与优美,或是他稚气十足的额头上的皱纹,他的专注与单纯的努力,与卡拉春天擦大玻璃窗时的神情有点相像吧。她穿短裤时露出的两条强壮的腿、她宽阔的肩膀、她在玻璃上的大动作,然后是她在玻璃前摊开身子的那个开玩笑的姿态,总会诱发或是迫使西尔维亚大笑不止。

"看得出就是那样的,"卡拉说,此刻她正在细细审视这座绿莹莹的小铜像,"实在太感谢了。"

"这没什么。咱们喝咖啡吧,好吗?我刚煮了一些。希腊的咖啡太浓了,比我喝惯的浓多了,不过面包烤得让人叫绝。还有熟无花果,那真是人间美食。请再坐几分钟吧。你应该帮助我摆脱旧的状态。这里的情况怎么样?日子过得还好吧?"

"几乎一直都在下雨。"

"这我能看出来。我看得出是这样的。"西尔维亚从大房间用作厨房的那个角落里喊道。在倒咖啡时,她决定不提她带来的另一件礼品了。那没让她花一个钱(买那匹马花了多少钱这姑娘肯定是想象不出来的),仅仅是她在路边捡的一块粉白相间的小石子。

"这是要送给卡拉的,"她当时对走在身边的朋友梅姬说,"我知道这样做挺傻。不过我希望她能拥有这片土地的一小块。"

她已经向梅姬、索洛雅和在那边结识的其他朋友提起过卡拉了,告诉她们,这个姑娘的存在对于自己来说意义越来越重要了,她们之间似乎已经出现了一种难以说清的联系,在春天那段可怕的日子里她对自己是起了多么大的抚慰作用。

"就单单是能见到家中还有另外一个人——如此健康、充满青春活力的一个人,这就很不一样了。"

梅姬和索洛雅都善意地笑了,但是那里面隐含着一层令人不快的意思。

"总是会出现一个年轻姑娘的。"索洛雅说,还用那两条肥胖的胳膊伸了个懒腰。接着梅姬又说了:"我们不定什么时候都会有这样的事的。迷恋上了一个年轻姑娘。"

西尔维亚倒让那个陈腐的说法——迷恋——弄得很不愉快。

"也许是因为利昂和我没生过孩子吧,"她说,"是挺傻的。那是一种移位的母爱。"

她那两位朋友同时说起话来,表达的方式不完全相同但意思都是一样的,认为那虽然有些傻,但是毕竟还是一种爱嘛。

可是今天,这个姑娘却与西尔维亚记忆中的卡拉完全不一样了,根本不是在她游历希腊时一直伴随着她的那个安详、聪慧的精灵,那个无忧无虑、慷慨大度的年轻人了。

她对西尔维亚所送的礼物几乎一点都不感兴趣。在伸手去取她的那杯咖啡时也是板着一副阴沉的脸。

"那边有一种动物我想你一定是非常喜欢的，"西尔维亚兴致勃勃地说，"山羊。它们个头很小，即使长大了也是小小巧巧的。有的身上有花斑，有的是纯白的，当它们在岩石上蹦蹦跳跳的时候，那简直就像是当地的精灵了。"她有点做作地笑着说，简直都停不下来了，"倘若它们的角上挂有花环，我是一点也不会觉得意外的。你那只小山羊怎么样了？我忘了它叫什么名字了。"

卡拉说："叫弗洛拉。"

"对了，弗洛拉。"

"它不在了。"

"不在了？你把它卖啦？"

"它不见了。我们也不知道它上哪儿去了。"

"哦，太可惜了。我觉得太可惜了。不过是不是还会有再回来的希望呢？"

没有回答。西尔维亚正对她的脸看过去，到目前为止西尔维亚还没有机会好好地看她的脸，只见她的眼睛里满含着泪水，那张脸上污迹斑斑——显得脏兮兮的——看来她很痛苦，连脸都有点儿肿了。

她对西尔维亚的谛视丝毫没有躲闪。她抿紧双唇，闭住眼睛，前后晃动着身子，似乎是在无声地呜咽，接着，让人吃惊的是，她竟放声大哭起来了。她一会儿号哭，一会儿饮泣，大口大口地吸气，眼泪鼻涕都一起出来了，她开始慌慌张张地四下里寻找可以用来擦拭的东西，西尔维亚赶紧递给她大把大把的餐巾纸。

"先别着急，你是在这儿，在这儿，你没什么好害怕的。"她说，心想是不是将这姑娘揽入怀里会更好些。可是她一点都不希望这样做，这

21

一来反而会把事情弄得更糟的。这姑娘没准会察觉出西尔维亚其实并不想这样做,而是已经让自己的哭闹弄得很烦了。

卡拉在说着些什么,一遍又一遍地说着同样的几个字。

"太可怕了,"她说,"太可怕了。"

"不,不是这样的。有时候我们谁都想哭上一场的。那算不得什么,不用着急嘛。"

"这太可怕了。"

随着这个姑娘显示出自己苦恼的每一个时刻的过去,西尔维亚无法不感觉到她很普通,就跟出现在她西尔维亚办公室里的那些涕泗交流的女学生没有什么不同。有的女生来,是为了自己分数不够,不过那往往是策略性的,潦潦草草地抽噎两下就算了事。真正涕泗交流的并不多见,那应该是为了恋爱失败、父母吵翻甚至是为了不慎怀孕的烦心事。

"不是因为你的那只山羊吧,是吗?"

"不是的,不是的。"

"你最好先喝上一杯水。"

她慢慢地转动着杯子让水凉下来,一面在盘算自己还应该做些什么、说些什么,等她端着水回来时卡拉已经逐渐安定下来了。

"好了。好了,"在卡拉把水大口大口地吞下去时,西尔维亚说道,"现在好些了吧?"

"好一些了。"

"不是因为山羊,那又是为了什么呢?"

卡拉说:"我再也受不了了。"

受不了的又是什么呢?

原来指的是她的丈夫。

他什么时候都冲着她发火。就像是心里有多恨她似的。她不管做什么都是做得不对的,不管说什么都是说错的。跟他一起过真要把她逼疯了。有时候她觉得自己已经疯了。有时候又觉得是他疯了。

"他动粗吗，卡拉？"

不。他倒没有真的动手。可是他恨她。他瞧不起她。她一哭他火就更大了，但是她又忍不住要哭，因为他脾气这么乖戾。

她真不知道该怎么做才好了。

"说不定你还是考虑过该怎么办的吧。"西尔维亚说。

"出走吗？如果办得到的话我早就这样做了。"卡拉又呜咽起来了，"只要可能，我会付出一切代价这么做的。可是不行啊。我没有钱。在这个世界上也没有任何地方可以投奔。"

"嗯。你再想想。真的一点办法都没有了吗？"西尔维亚尽心尽力地启发她，"你不是还有父母亲吗？你不是跟我说过你是在金斯敦长大的吗？你在那边没有家吗？"

她的父母亲后来搬到不列颠哥伦比亚省去了。他们不喜欢卡拉。他们连她是死是活都不想知道。

那么兄弟姐妹呢？

有一个哥哥，比她大九岁。结婚了，住在多伦多。他对她也没有什么感情。他老婆更是狗眼看人低。

"你有没考虑过去妇女庇护所？"

"除非是给打得遍体鳞伤，否则那儿是不会收留的。反而会惹得一身骚，影响到我们的生意。"

西尔维亚淡淡地笑了笑。

"你现在倒还有心情去考虑生意的事？"

这让卡拉扑哧笑出声来。"我也真是的，"她说，"都整个儿变糊涂了。"

"听着，"西尔维亚说，"你听我说。要是你有路费，你想走吗？你打算去哪里？你又打算干什么呢？"

"我会去多伦多，"卡拉胸有成竹地说，"不过我根本不想去找我哥哥。我会在一家汽车旅馆或是这一类的地方待下来,去一个马术学校找份工作。"

"你觉得自己干得了?"

"遇到克拉克的那个夏天,我就是在一个马棚里干活的。我现在比那会儿更有经验了。经验丰富得多了。"

"听你口气,像是你早就有过这样的打算了。"西尔维亚沉吟着说。

卡拉说:"我这会儿真的已经考虑好了。"

"如果你真走得了,那你想什么时候走呢?"

"现在。今天。就这一分钟。"

"你之所以不走仅仅是因为缺钱?"

卡拉深深地吸了一口气。"没有走就是因为这一点。"她说。

"那好,"西尔维亚说,"现在你好好听着。我建议你千万别去汽车旅馆。我想你应该乘大巴去多伦多,住到我的一个朋友家里去。她的名字是鲁思·斯泰尔斯。她有一座大房子,一个人独住,不会在乎家里来一个人住上一阵的。你可以先在那儿住,等找到工作后再搬出去。钱我可以接济你一些。多伦多左近学骑马的马棚是不会少的。"

"那是一定的。"

"那你觉得怎么样?要我打电话问问班车什么时候开吗?"

卡拉说好的。她在发抖。两手在大腿上来回搓动,脑袋从左到右大幅度地摆动着。

"我真的不敢相信,"她说,"钱我会还你的。我的意思是,要谢谢你。钱我会还的。我真不知道该怎么说才好了。"

西尔维亚已经拿起电话了,在拨汽车站的号码。

"嘘,我在听时间呢。"她说。她听完后,把电话挂了,"我知道你是想走的。你同意去找鲁思吗?我会通知她的。不过,还有一个问题。"她挑剔地看了看卡拉的短裤和T恤,"你穿这样的衣服上路可不行。"

"可我不能回家取东西呀。"卡拉惊慌地说,"穿这衣服没事的。"

"大巴里开空调。你会冻着的。我的衣服中必定会有适合你穿的。我们两个子不是差不太多吗?"

"你可比我苗条多了。"

"我以前也是胖过的。"

最后,她们选中了一件几乎是全新的褐色亚麻布夹克——西尔维亚一买回来就觉得犯了一个错误,那款式太惹眼了——以及一条剪裁考究的茶色裤子和一件奶油色的丝衬衣。卡拉脚上的那双帆布运动鞋和衣服不搭配,但是只能将就了,因为她的脚比西尔维亚的要大上两个码。

卡拉去冲了一个澡——早上她心烦意乱顾不上这件事——西尔维亚趁这段时间给鲁思打电话。鲁思这天晚上要出去参加一个会,不过她会把钥匙留在楼上房客那里,卡拉到了按那家的门铃就行了。

"不过她出了汽车站得打个出租车自己来。我寻思做这事她还是能行的吧?"

西尔维亚笑了,"她又不是只跛鸭[①],放心好了。她只不过是正好遇到了一些困难,人总免不了会这样的。"

"那就好。我指的是真好,她就要逃出来了。"

"反正保证不是跛鸭。"西尔维亚说,想着卡拉试穿高级长裤和亚麻夹克时的样子。年轻人多么快就能从绝望中走出来呀,换一身打扮又会显得多么漂亮呀。

大巴来到本镇的时间是两点二十分。西尔维亚决定午饭简单些就吃煎蛋算了,她铺上一块深蓝色的桌布,取出水晶玻璃杯,并且打开了一瓶红酒。

---

① 跛鸭(lame duck),典出《伊索寓言》,用以指称处于困境中而无法自理的人或事。

"我想你也应该有点饿了,能吃下一些东西的吧。"她说,这时,卡拉走出来,穿了借来的衣服,显得又洁净又光鲜,她有着淡淡雀斑痕的皮肤因为刚冲过澡而显得有些泛红,她的头发湿漉漉的,显得颜色更深了,松散着还没有扎起,可爱的鬈发此刻平贴在头上。她说她饿了,可是在她想把一满叉子煎蛋挑到嘴边时,她的手却抖得不行。

"我真不明白手怎么会抖成这样的,"她说,"我必定是太激动了。我从来都没想到事情真的做起来竟是这么简单。"

"事情太突然了,"西尔维亚说,"也许正因为这样才好像显得不真实。"

"但这确实是真的。现在每一件事情都显得特别真切。正如此刻之前,当我脑子里一片迷茫时,什么事儿都一片模糊一样。"

"也许是当你下定决心要做某件事情,当你真的下了决心之后,情况就会是这样的。或者是,事情本来就应该是这样的。"

"当你有一个朋友,"卡拉说,一种发自内心的笑容和潮红一直延伸到她的脑门上,"当你有了一个真正的朋友的时候。我指的是像你这样的朋友。"她放下刀叉,用两只手僵僵地捧起酒杯,"为一位真正的朋友干了这一杯,"她说,有点不太自然,"我也许连抿一小口都是不应该的,不过我要干了这一杯。"

"我也喝。"西尔维亚装作高兴的样子。她喝了,但是接下去说的那句话却破坏了原有的气氛,"你是不是该给他打个电话呢?或是采取点别的措施?总得让他知道呀。至少是在认为你该回家的时候他应该知道你在哪儿呀。"

"不能打电话,"卡拉说,惊慌起来了,"我做不到。也许由你——"
"不行,"西尔维亚说,"不行。"

"的确不行,那样做太愚蠢了。我不应该这么建议的。我脑子现在不好使了。也许我该做的是,往信箱里塞进去一张字条。可是我又不想让他很快就看到字条。我们上镇里去的时候我甚至都不想让汽车经过那里。我想走后面的那条路。因此，如果我写了——如果我写了字条，能不能请你回来时把它塞到信箱里去？"

西尔维亚也想不出别的办法，只好同意了。

她取来了笔和纸，又添了一点点酒。卡拉坐着想了想，接着便写下了几个字。

我已经走了。我不会有是的。[1]

这便是西尔维亚将折着的纸摊开来时所读到的话，那时她已经离开汽车站把车子往回开了。她当然知道卡拉是分得清事和是的。那只是因为方才还在说"是得写字条"，慌慌张张中就写了别字。她的慌乱程度恐怕比西尔维亚意识到的要强烈得多。红酒曾让她滔滔不绝，不过话里面似乎没有提到一句特别的伤心事和烦心事嘛。她说到是在干活的一个马棚里遇到克拉克的，当时她十八岁，刚刚离开中学。她的父母亲要她接着上大学，只要能让她学兽医，她倒也不反对继续上学。她唯一真正想做的，从出生以来唯一真正想做的，就是能够住在乡下和动物打交道。她是中学里的所谓差等生，是姑娘们众口一词的恶言取笑对象，可是她倒不怎么在乎。

克拉克是那个马术学校曾经有过的最优秀的老师。追他的女人多了去了，她们会为了接近他而特地来学骑马。卡拉拿他女友多的事来取笑他，他起先倒觉得很受用，可是多听听也就烦了。她表示抱歉，为了补救就诱导他谈自己的理想——他的打算，说得准确一些是办一所马术学校啦、盖一座马棚啦、在乡下找一块地方啦。一天，她走进马厩，见到

---

[1] 在这里，卡拉将"all right"（不会有事）误写成"all write"。

他在往墙上挂他的马鞍，便顿悟自己是爱上他了。

现在她认为那只是性这方面的问题。也许仅仅就是性的问题。

秋天来临，照说她应该辞职到圭尔夫[①]去上大学了，但是她不肯去，她说她想休学一年。

克拉克人很聪明，可是连中学都没念完就急着出来混事了。他跟家庭完全没有了联系。在他看来，家庭根本就是一个人血液中的毒素。他在一家精神病院当过护工，在艾伯塔省莱斯布里奇一家电台里当过放流行音乐唱片的管理员，在雷霆港附近当过公路维修工人，还学过理发，在处理军用品商店里当过店员。这些还仅仅是他愿意告诉她的一部分他干过的活计。

她给他起了个绰号，叫"吉卜赛流浪汉"，典出于一首歌，一首她母亲老在哼唱的歌。如今她在家里出出进进时也总在唱这首歌，于是她母亲便知道准是有什么事了。

昨晚她睡的是一张羽绒床
丝绸被盖在身上
今夜她躺的冻地板硬邦邦——
依偎着她那位吉卜赛情——郎

她母亲说："他会伤了你的心的，这还不是板上钉钉的事儿？"她的继父，一个工程师，甚至都不认为克拉克有这能耐。"失败者一个。"他这么说克拉克，"一盲流游民。"仿佛克拉克是只臭虫，他手指一弹就能从自己衣服上把他弹飞似的。

[①] 加拿大安大略省东南部城市。该处有一所兽医学院创办于 1862 年。

于是卡拉就说了:"有盲流能攒下足够的钱来买一个农庄的吗?而且,顺便告诉你,这笔钱他已经攒下了,你知道吗?"继父仅仅说:"我不想跟你争辩。"她反正不是他自己的女儿,他加上这么一句,仿佛这才是问题的症结似的。

因此,很自然,卡拉只好出走,去和克拉克住到一起了。她自己的父母当年就是这样做的,他们实际上是为卡拉指明了方向。

"你安定下来之后会和你的父母联系吗?"西尔维亚说,"到多伦多之后?"

卡拉扬起眉毛,收缩面颊,嘴巴张成一个很不雅观的O形。她说:"哦,不。"

显然,是有点儿喝多了。

在把字条塞进信箱,回到家里之后,西尔维亚收拾了仍然摊在桌子上的盘盘碟碟,把煎锅洗刷干净,把餐巾和桌布扔进盛待洗衣物的篮子,打开所有的窗户。她这样做的时候带着一种既遗憾又烦恼的复杂感情。方才她新拆开了一块苹果香味的浴皂给那姑娘冲澡用,现在屋子里还留下了这味儿,就跟她的汽车里一样。

雨正在一点点地歇住。她坐不下来,于是便沿着利昂开辟出的小道散步。他堆在低洼处的砾石大都已经被冲走了。以前他们每年春天都来这里散步,采摘野兰花。她教他认每一种野花的名字——只有一种,也就是延龄草,他记住了,别的所有的名字他全记不住。他总称呼她为多萝西·华兹华斯①。

春天那会儿,她还上这儿来过一次,为他采撷了一束犬齿紫罗兰,

---

① 多萝西·华兹华斯(Dorothy Wordsworth,1771-1855),英国浪漫主义诗人威廉·华兹华斯的妹妹,著有日记多种,显示出她也很有才能。所记录的内容对了解湖畔派诗人很有价值,但生前未能出版。

可是他看它们的时候现出一副无精打采、不以为然的样子——就跟有时候看她的神情没什么两样。

她一直注视着卡拉,就在卡拉踏上大巴的时候也是这样。她的感谢是真诚的,但是几乎已经很随便了,她的挥别显得无忧无虑。对自己的被拯救已经视为理所当然的了。

回到家中大约是六点钟,西尔维亚给多伦多的鲁思去了一个电话,她当然知道卡拉尚未到达。她听到的是电话录音机的声音。

"鲁思,"西尔维亚说,"我是西尔维亚。想跟你说一下我让上你那儿去的那女孩的事。我希望她不至于给你增添太多的麻烦。我希望一切都没有问题。没准你会觉得她有点自以为是。年轻人恐怕都这样吧。有情况就通知我。行吗?"

上床之前她又拨了次电话但仍然是录音机的声音,她只好又说:"还是西尔维亚。只是看看有没有人罢了。"说完就把电话挂了。这时是九十点钟之间,天还没有真正变黑。鲁思必定是还未回家,那姑娘在别人家是不作兴随便接电话的。她试着去想鲁思楼上那房客叫什么名字。他们当然还没有上床。可是她记不起来了。那样也好。打电话惊扰他们也未免太大惊小怪,性子太急,把事情做过头了。

她爬上了床,可是怎么也无法入睡,因此她就拉上一条薄被去起居间的沙发上躺着。利昂生前最后那三个月她都是在这儿睡的。她认为在这里也是不可能睡着的——那一排窗户前都没有窗帘,通过天色她能判断月亮已经升起,虽然她看不到月亮。

再往下去她能感觉到的一件事是她坐在什么地方的一辆大巴上——是在希腊吗?——和许多不认得的人在一起,大巴的引擎发出了惊人的敲击声。她醒过来了,发现敲击声是从前门那儿发出来的。

卡拉?

大巴驶离镇子之前卡拉都一直把头低低埋下。其实车窗玻璃染了色，从外面是看不到里面的，可是她得防备自己忍不住往外看。说不定克拉克正好出现呢。从一家店铺走出来，等着过马路，全然不知道她要抛弃自己，还以为这是一个最普通不过的下午呢。不，他在想正是这个下午，他们的谋略——他的谋略——要付诸行动，急于知道她已经走到哪一步了。

车子一进入乡野，她便把头抬了起来，深深地吸气，朝田野那边望去，由于透过那层有色玻璃，田野都是紫兮兮的。贾米森太太的存在使她被笼罩在某种无比安全与心智健全的感觉之中，使得她的出逃似乎是所能想象出的再合理不过的做法，事实上，也是处在卡拉这种境况中的人唯一一种保持自己尊严的做法。卡拉已经感到自己又能拥有早已不习惯的自信心了，甚至还拥有一种成熟的幽默感呢，她那样将自己的生活隐秘透露给贾米森太太，其结果必然是博得同情，然而这又是具有反讽意味与真实的。而就她所知，将自己呈现成这样，正好符合贾米森太太——也就是西尔维亚的期望。她确实有一种感觉：自己可能会使贾米森太太感到失望，在她看来，这位太太是个极度敏感和缜密的人，不过她想自己还不至于那样做。

但愿自己不必非得在她周围盘桓得过久。

阳光很灿烂，阳光这么好已经有一段时间了。她们坐着吃午饭的时候阳光就曾使酒杯反射出光的。从清晨起就再也没有下过雨。风够大的，足以把路边的草都吹干伸直，足以把成熟的种子从湿漉漉的枝梗上吹得飞散出去。夏天的云——并非雨云，在天上飞掠而过。整片乡野都在改变面貌，在抖松自己，使自己成为一个七月里真正晴朗的日子。大巴疾驰而过时她几乎都看不出近日的任何迹象了——没有田地里一汪一汪的水坑，显示出种子都被冲洗掉了，也没有可怜巴巴的玉米光秆或是堆在一起的谷物。

她忽然想到她必须把这样的想法告诉克拉克——也许他们当初出于什么莫名其妙的原因选了一处特别潮湿、特别没有生气的地角,要是选了别处他们没准早已经发达了。

还会有成功的机会吗?

这时候她忽然又明白过来,自然,她是不会再去告诉克拉克什么的了。永远也不会了。她再也不会去关心他混得好不好了,或是格雷斯、麦克、朱尼珀还有黑莓、丽姬·博登那些马儿又怎么样了。万一弗洛拉真的会回来,她也是不会得知的了。

这是她第二回把一切都扔在了身后。头一回呢,就跟甲壳虫乐队的那首老歌里所唱的情况一模一样——她在桌上留了张字条,清晨五点钟悄悄溜出了家,在街那头的教堂停车场上与克拉克会合。他们驾着那辆吱嘎乱响的老车驶离时,她确确实实就是在哼唱着那支歌曲。*她正在离开她的家,拜——拜*。她现在想起,太阳如何从他们背后升起,她又是怎样谛视着克拉克搁在驾驶盘上的那双手和他那两只能干的前臂上的黑毛,怎样闻着卡车里面的那股气味——那股混合着汽油、金属、工具与马厩的气味。秋天早晨的凉风从卡车生锈的缝隙间吹进来。这种车子是她家里任何人都从未搭乘过的,也是她们住的街道里极难得开进来的。

那天早晨克拉克对于来往车辆的关注(他们已经来到四〇一公路了),他对卡车性能的担忧,他简短的回答,他稍稍眯紧的眼睛,甚至是他对她轻飘飘的喜悦稍稍感到的厌烦——所有这一切,无不使得她心醉神迷。同样吸引着她的还有他过去那种不太正规的生活,他坦然承认的孤独寂寞,他对马匹有时会显露出来的柔情——对她也是这样。她把他看作是二人未来生活的设计师,她自己则甘于当俘虏,她的顺从既是理所当然的也是心悦诚服的。

"你都不明白你抛弃掉的是什么。"她母亲在信里这样说,那是她收到的唯一的一封信，她从此再也没有去过信。不过在出走的那个清晨那些令人兴奋的时刻里，她自然很清楚自己丢在后面的是些什么，虽然对于前景究竟会如何她真的是一片茫然。她看不起自己的父母，烦透了他们的房子、他们的后院、他们的相册、他们度假的方式、他们的烹饪路子、他们的"洗手间"、他们的"大得都能走进去人"的壁柜，还有他们为草坪所安装的地下喷水设备。在她留下的简短字条里她用了"真实的"这样的说法。

> 我一直感到需要过一种更为真实的生活。我知道在这一点上我永远也无法得到你们的理解。

大巴现在来到了要经过的第一个小镇。停靠的地点是一个加油站。这儿就是她和克拉克创业初期常来买便宜汽油的地方。在那些日子里，他们的整个世界也就是附近农村里的几个小镇，他们有时会像游客那样，上一些黑黢黢的小旅店酒吧间去品尝几道特色菜。猪脚啦、德式泡菜啦、土豆煎饼啦、啤酒啦。然后他们会像疯疯癫癫的乡巴佬一样，一边唱着歌一边驱车回家。

可是没过多久，所有这样的漫游就被看成是既浪费时间又浪费金钱的了。那样的事都是不懂得人生艰辛的小青年才会去干的。

她现在哭泣起来了，还不等她意识到，泪水便已经涌满她的眼睛。她让自己集中心思去想多伦多的事，第一步先得怎么干。打出租车，去那所她从未见过的房子，独自一人去睡那张陌生的床。明天，还得在电话簿上查找一个个马术学校的地址，然后还得上这儿那儿它们所在的地方，问人家要不要雇工。

她真是想象不出来。她会怎样去搭乘地铁或是电车，去照料陌生的马匹，去跟不熟识的人说话，每天都生活在不是克拉克的人群之中。

一种生活，一个地方，选择了它仅仅为了一个特殊的原因——那就是那里将不会包括克拉克。

她现在逐渐看出，那个逐渐逼近的未来世界的奇特之处与可怕之处，就在于，她并不能融入其间。她只能在它周边走走，张嘴，说话，干这，干那，却不能真正进入里面。可是奇怪的是，她却在干着所有这样的事，乘着大巴希望能寻回自己。如同贾米森太太会说的那样——也像她自己满怀希望可能会说的那样——把自己的命运掌握在手里。不再有人会恶狠狠地怒视着她，不再有人以自己恶劣的心绪影响着她，使得她也一天天地愁眉不展。

那她还能去关心什么呢？她又要怎样才知道自己是不是还活着呢？

在她正在逃离他的时候——也就是此刻——克拉克仍然在她的生活里占据着一个位置。可是等逃离结束，她自顾自往前走自己的路时，她又用什么来取代他的位置呢？又能有什么别的东西——别的人——能成为如此清晰鲜明的一个挑战呢？

她好不容易才止住了哭泣，可是又开始浑身颤抖起来了。她现在的状态特别糟糕，她得抑制住、控制住自己。"得控制住自个儿嘛。"克拉克有时会这么说她，在经过一个房间见到她蜷缩成一团，想不哭，却又怎么也抑制不住的时候。

大巴在另一个镇子上停了下来。从她登上车子起，这已经是第三站了，这就说明车子经过第二站时她甚至都没察觉到。大巴一定停下来过，司机也一定报过站名，可是她让惊慌弄得糊里糊涂的，竟什么都没有听见什么也没有看见。很快大巴就要拐上高速公路，直奔多伦多了。

但是，她会不知所措的呀。

她是会不知所措的。打出租车，告诉司机一个自己都很陌生的地址，第二天早上起来，刷完牙，便往一个陌生世界里闯？她又究竟是为什么要去找工作，把食物往嘴里一塞，就搭上公交车把自己从一个地方带往另外一个地方呢？

她双脚此时距离她的身体似乎很远。她的膝盖，穿在不是自己的硬绷绷料子的裤子里，犹如灌了铅般的沉重。她像匹被捶击过的马似的，怎么也站不起来。

大巴又上来了几位在这一站等着的带着大包小包的乘客。一个妇女和一个坐在折叠式婴儿车里的娃娃在跟送行的什么人挥手告别。身后的房屋、充当车站的咖啡屋也一点点在往后退去。一股废气喷向砖墙和窗子，仿佛都要把它们吹化了似的。在这生命中的紧要关头，卡拉挣扎着让她那巨大的身躯和灌了铅似的腿脚站立起来，朝前踉跄走去，并且喊道："让我下车。"

那位司机刹住车，恼火地喊道："你不是要去多伦多吗？"车上人好奇地打量着她，似乎谁都没能体会到她正在痛苦之中。

"我必须得在这儿下去。"

"车子后面有洗手间的。"

"不。不。我必须得下车。"

"我可不等人啊。你明白吗？车肚子里有你的大件行李吗？"

"没有。是的。没有。"

"没有行李？"

大巴里响起了一个声音："幽闭恐惧症。她肯定是得了这种毛病。"

"你病了吗？"司机问道。

"没有。没有。我就是要下车。"

"得。得。我是无所谓的。"

"来接我一下吧。求求你了。来接接我吧。"

"我这就来。"

西尔维亚方才忘了锁门。她明白现在应该把它锁上,可是晚了,她已经把门开开了。

可是那儿没有人。

然而她能肯定,显然,是有人敲过门的。

她关上门,这回她把门锁上了。

从整面墙都是窗户的那边传来了逗弄人的声音,是一阵叮叮咚咚的敲击声。她拧亮电灯,可是没见到那儿有什么,于是又把灯关了。是什么小动物吧——也许是一只松鼠?窗户之间的那些通向平台的法式玻璃门也没有锁上。甚至都未曾关严,留了一英寸的缝隙好让屋子透透气的。她开始去关紧它们,可是这时有人笑了,挨得很近,近得好像就在房间里她身边一样。

"是我,"一个男人的声音说,"我吓着你了吧?"

他贴在玻璃的跟前,几乎就紧挨着她。

"是克拉克,"他说,"住在路那头的克拉克。"

她不想请他进来,不过又不敢当着他的面把门关上。他完全可以在她没关上之前就顶住门不让门别住的。她也不想开灯。她睡觉时只穿了一件长T恤。她应该把沙发上的薄被拉过来披在身上的,可是现在来不及了。

"你是想穿好衣服吧?"他说,"我带来的东西没准正好是你用得上的。"

他手里拿着一只购物袋。他把袋子塞给她,不过倒没有想乘机挤进来。

"什么东西?"她说,声音有些发颤。

"你自己瞧瞧就知道了。反正不是炸弹。喏,拿着吧。"

她手伸进去摸了摸,没有看。是软软的。接着她感觉出了外套的纽扣,衬衫的丝料子,以及长裤上的皮带。

"我寻思你还是拿回去的好,"他说,"不都是你的东西吗,不是吗?"

她咬紧牙关,免得牙齿捉对儿打架。嘴巴和喉咙里出现了突如其来的极度干渴。

"我很清楚这些都是你的。"他轻声轻气地说。

她的舌头像是一团羊毛,都不会移动了。好不容易她才挤出了一句:"卡拉在哪儿?"

"你是说我的老婆卡拉吗?"

此刻他的脸看得更清楚些了。她看得出他好不扬扬自得。

"我老婆卡拉正在家里的床上睡觉。睡得可香了。那是她自己的家。"

他长得挺帅气,可是显得有点儿蠢。个子高高瘦瘦的,骨骼也长得挺匀称,不过总像是有些装腔作势,想叫人明白他不是好惹的。一缕黑发垂在前额上,鼻子底下留着两撇挺扎眼的小胡子,眼睛里显出既像是要讨好人同时又是在嘲弄的神情,那副稚气十足的笑容说变就能变成一副怒气腾腾的样子。

她从来就不喜欢见到他——她跟利昂提到过她的感觉,利昂说那无非就是人生经验不足,把握不准该怎样看待自己罢了,他想跟别人套近乎有点过了头。

他把握不准自己该怎样行事,现在让她感到不安全的正是这一点。

"她累坏了,"他说,"在这次小小的出行之后。你真该看看你自己的那张脸的——你真该看看你认出这些衣服之后自己脸上的表情。你方才是怎么想的?以为我把她杀了吗?"

"我有点吃惊。"西尔维亚说。

"我敢说你自然是会吃惊的,在你费了那么大的劲儿帮助她逃走之后。"

"我帮她——"西尔维亚使了点劲儿才把话说了出来,"我帮她,是因为她看上去挺痛苦的。"

"痛苦,"他说,似乎在细细掂量这两个字的分量,"我寻思她的确是挺痛苦的。她跳下大巴找到电话打给我让我去接她的时候,真是痛苦得很哪。她哭得好伤心,连她在说些什么我几乎都听不清了。"

"是她愿意回来的吗?"

"那当然。当然是她自己想回来的。她想回来想得都发歇斯底里了。她是个情绪非常不稳定的女孩。我想你肯定不像我那样地了解她。"

"对于能走开她好像是感到挺高兴的嘛。"

"真是这样的?你这么说,我也不好说一定不是。我上这儿来不是想跟你争出个是非的。"

西尔维亚想不出什么可说的。

"我来是要告诉你,我不喜欢你干涉我跟我老婆的生活。"

"可她还是个人呢,"西尔维亚说,虽然她知道自己最好是缄默不语,"不光是你的老婆。"

"我的天,是这样的吗?我的老婆也是一个人?是吗?多谢提醒。可是别对我指手画脚的。西尔维亚。"

"我可没想对你指手画脚。"

"那好。你没有那就再好不过了。我不想发火。只不过有几件重要的事想提醒你。第一,我不许你在任何场合、任何时间,将你的鼻子伸到我和我老婆的生活当中来。第二,我再也不想让她上你这儿来了。她自己也并不怎么想来,这一点我很清楚。此刻她对你没有什么好印象。从现在起,你得学学怎样打扫自己的家了。"

"好,"他又说道,"这么说你听明白了吧?"

"我听得很明白。"

"好,我希望的确能这样。但愿真能这样。"

西尔维亚说:"好吧。"

"你知道我还在想什么吗?"

"什么呢？"

"我认为你还欠着我些什么。"

"欠着什么？"

"我认为你欠我——也许是——欠着我一个道歉。"

西尔维亚说："好吧。如果你这么认为。那就对不起了。"

他动了动，也许仅仅是想伸一下手，可是随着他身子的移动，她尖叫起来了。

他大声笑了起来。他把手按在门框上，确知她并没有关严别上。

"那是什么？"

"那是什么？"他也说了一句，似乎她是在玩什么花招不过那是没有用的。可是接着他见到窗子上倒映出的什么东西，便急忙扭过头去看。

离屋子不远处是一大片浅洼地，每年的这段时间这里总会弥漫着一团夜雾。今天晚上那儿也有，入夜以来一直都是这样。不过此时却起了一个变化。雾更浓了，而且凝成了一个单独的形体，变得有尖角和闪闪发光。起先像一个活动的蒲公英状的球体，滚动着朝前，接着又演变成一个非人间般的动物，纯白色的，像只巨大的独角兽，就跟不要命似的，朝他们这边冲过来。

"耶稣基督呀。"克拉克轻轻地、真诚地喊了一声，一边紧紧抓住西尔维亚的肩膀。这个肢体接触倒一点也没有吓着她——她认为这一举动不是为了保护她就是为了让他自己镇定下来。

紧接着那形体变得清晰了。从雾中，从晃眼的亮光中——好像是有一辆汽车正从后边路上开过，也许是在寻找停车的位置——出现的，是一只白色的山羊。一只蹦跳着的小白羊，几乎比牧羊犬大不了多少。

克拉克松开了手。他说："你这小家伙，究竟是从哪儿跑出来的？"

"是你们的羊，"西尔维亚说，"这不是你们的羊吗？"

"弗洛拉，"他说，"弗洛拉。"

那羊在离他们一码左右的地方停了下来，变得羞怯起来，垂下了头。

"弗洛拉，"克拉克说，"你到底是从哪个鬼地方跑出来的？都要吓得我们尿裤子了。"

我们？

弗洛拉又挨近了一些，但头仍然没有抬起来。它用头去顶顶克拉克的腿。

"你这狗日的蠢东西，"他声音颤抖地说，"你是从哪儿跑出来的？"

"它就是走失了呗。"西尔维亚说。

"不错，准是这样。还以为再也不会见到它了呢，真的。"

弗洛拉抬起了头。月光使它那双眼睛闪出了一些光芒。

"都要吓得我们尿裤子了，"克拉克对它说，"你是跑出去找男朋友的吧？吓得我们要尿裤子。是不是？我们还以为你是鬼呢。"

"是雾气起的作用。"西尔维亚说。她走出门，来到平台上，感到很安全了。

"是啊。"

"然后车的灯光又加强了效果。"

"简直就像个幽灵呀。"他说，一点点缓过劲儿来了，很为能想出这个生僻的词儿而感到得意。

"是的。"

"从外太空来的山羊。这就是你了。你这狗日的来自外太空的山羊。"他边说边拍着弗洛拉。可是在西尔维亚伸出她空着的那只手——她另外那只手里还提着装卡拉穿过的衣服的口袋——想跟着也那样做的时候，弗洛拉立刻低下头来做出要顶她的样子。

"山羊的脾气是很难捉摸透的，"克拉克说，"它们看着挺温顺，其实不真是那样。特别是在长大之后。"

"它长成了吗？看上去还挺小的。"

"它长足时也就这样了。"

他们站在那里低头看着那只羊，好像是希望它能让他们找出更多的话题似的。但这显然是不可能的了。从这一刻起他们变得没什么可说的了。西尔维亚仿佛看到他脸上掠过一个对此感到不无遗憾的阴影。

他倒是明确地表示出来了。他说："时间太晚了。"

"我想也是。"西尔维亚说，就像这是一次再普通不过的客人来访似的。

"那好吧，弗洛拉。咱们该回家了。"

"以后需要帮工我会另作安排的，"她说，"目前大概也不会有需要了。"她又几乎是带着笑意地加了一句，"不会再给你们添麻烦了。"

"那行，"他说，"你还是进去吧。会着凉的。"

"一般人都认为夜雾对人的身体有害。"

"我倒没听说过。"

"那就祝你晚安了，"她说，"晚安，弗洛拉。"

这时候，电话响了起来。

"对不起，我去接一下。"

他挥了挥手，转身走了。"祝你晚安。"

电话的那头是鲁思。

"对了，"西尔维亚说，"计划又有了改变。"

她没有睡，在想着那只小山羊，它从雾里出现的样子让她觉得越来越神奇。她甚至在猜想会不会利昂跟此事有点什么关系。如果她是个诗人，一定会写一首这方面内容的诗。不过她的经验告诉她，凡是她认为值得一写的题材利昂总会感到一点点意思都没有的。

卡拉没有听到克拉克出去，可是他回来时她醒了。他告诉她，自己方才是去马厩周围检查一下，看看有没有问题。

"刚才有辆汽车从路上开过，我不知道是来干吗的。不出去看一下不放心，没法再睡了。"

"没事儿吧？"

"倒看不出什么来。"

"我既然起来了，"他接着说，"就想不如往路那头走一次吧。我把衣服送回去了。"

卡拉在床上坐了起来。

"你没有叫醒她吧？"

"她醒了。不过没事儿。我们谈了几句。"

"哦。"

"没什么事儿。"

"你一点儿没提那回事吧，是吗？"

"我没提。"

"其实那都是胡编的。真的就是胡编的。你一定得相信我。那根本就是瞎说一气的。"

"知道了。"

"你一定要相信我。"

"我相信你就是了。"

"全都是我编出来的。"

"知道了。"

他上了床。

"你的脚好冷，"她说，"像是打湿了嘛。"

"露水很重。"

"过来点，"他又说，"我读到你的字条时，就像五脏六腑一下子全给掏空了。真是这样的。如果你真的走了，我就会觉得身体里什么都没有留下了。"

晴朗的天气一直持续着。在街道上，在店铺中，在邮局里，人们打招呼时都要说夏天总算是来了。牧场上的草，甚至是被打蔫了的可怜巴巴的庄稼，都昂起了头。水坑变干了，湿土变成了尘埃。暖风轻轻吹起，人人又都手痒痒想干点儿什么了。电话不断响起。都是来打听骑行出游和上马术课的事儿的。大家又对夏令营感兴趣了，纷纷取消了参观博物馆的计划。一辆辆小面包车开来，满载着精力充沛的孩子。不再盖毛毯的马匹沿着栅栏轻快地跑着。

克拉克以合适的价钱买到了足够多修补屋顶的材料。在"逃离日"（他们这样称呼卡拉大巴之行的那一天）之后的那一天，他用了一整天的时间重新安装好了环形跑道的屋顶。

一连几天，他们分头去干自己的活儿时，两人都会挥手作别。遇到正好挨近他时，要是边上没人，她便会隔着他薄薄的夏季衬衫，吻吻他的肩膀。

"要是你还想从我身边跑开，瞧我不抽烂你周身的皮肤。"他对她说。而她就会说："你舍得吗？"

"什么？"

"抽烂我全身的皮肤呀？"

"那是当然。"他现在精神头很高，就像她刚认识他时那样让人难以抗拒。

到处都是鸟儿。天蒙蒙亮就唱上了的红翅乌鸫、知更，还有一对鸽子。此外还有成群结队的乌鸦、从湖上出来巡游的水鸥，以及栖蹲在半英里外那棵枯死的橡树枝干上的大秃鹫。一开始，它们只是蹲在枝子上，晾干自己厚实的羽翼，偶尔才腾起身子试飞一下，转上几个圈子，接着又安顿下来，好让阳光和温暖的气流再把自己弄得舒服些。再过上一两天，等它们恢复过来了，便会往高空飞去，盘旋，再落到地面，消失在树林里，只是在需要休息时才回到熟悉的枯树上来。

丽姬的女主人乔依·塔克又出现了，皮肤晒黑了，脾气也变好了。她让这儿的雨弄得心烦意乱，便去度假，去落基山脉徒步旅行。现在回来了。

"时间掐得真准呀。"克拉克说。他跟乔依·塔克很快又说说笑笑，像是什么事都没发生过似的。

"丽姬看上去状态不错嘛，"她说，"可是她的小朋友呢？叫什么名儿来着——是弗洛拉吧？"

"丢了，"克拉克说，"说不定进了落基山脉了。"

"那边野山羊可真不少。犄角什么模样的都有。"

"我也听说过。"

有三四天他们一直很忙所以没有上路边去看信箱。等卡拉有空去打开时，发现有张交电话费的通知单，还有广告，说如果他们订阅某种杂志便有机会获得一百万元，另外信箱里还有贾米森太太的一封信。

我亲爱的卡拉：
　　我一直在想不久前那几天里所发生过的（相当有戏剧性的）事情，我发现自己经常在自言自语，其实是在对你说话，因为经常出现这样的情况所以我想我必须和你谈谈，即使是——通过写一封信，现在这是我所能采取的最佳方式了。不过你不用发愁——你不一定非得回信的。

贾米森太太接着说，她恐怕是对卡拉的事情管得太多了，误认为卡拉的幸福与自由是二而一的一回事了。她所关心的不过是卡拉的幸福，现在她明白，她——也就是卡拉——必定在夫妻关系上也是能够得到幸福的。她如今唯一希望的就是没准卡拉的出走与感情上的波动能使卡拉的真正感情得以显现，而且认识到她丈夫对她的感情也同样是真实的。

她说，如果卡拉希望今后避免与自己会见，她是完全能够理解的，而对于在自己生活中那么困难的一段时期里能够得到卡拉的帮忙，她将永志不忘。

在我看来，这一整串事情里最最诡异的一件事，就是弗洛拉的重新出现了。事实上，这简直就算得上是一个奇迹。这整段时间里它上哪儿去了，为什么单单选择在这个时刻出现呢？想必你丈夫已经告诉你了。我们当时是站在平台上说话，我呢面朝外先看到有样白色的东西——从黑夜里朝我们移来。这当然是地面上雾气的一种效果。但是的确让人觉得恐怖。我想我当时尖声大叫了一下。我平生还从未像那样中了邪似的，真的就是中了邪。我想我应该坦率地承认，我是感到害怕了。就在那里，我们两个成年人，都吓呆了，紧接着，从那团雾里走出丢失的小弗洛拉。

这件事里必定是有些特别之处的。我当然知道弗洛拉是只普通的小牲畜，没准是因为发情跑出去了。从这个意义上说，它的回来跟我们人类的生活是没有任何关联的。然而它在那一刻出现却对你丈夫和我产生了很大的影响。两个因敌意而分成两个阵营的人，在同一时刻之间，都被同一个幽灵迷惑住了——不，是吓着了，于是在他们之间便产生出一种联系，他们发现，他们以最不可思议的方式被联结在了一起。在人性的共同基础上——这是我想得出的唯一的描述方式。我们几乎像朋友似的告别。就这样，弗洛拉在我的生命中起着天使般的作用，也许在你丈夫和你的生活中也是如此吧。

致以最良好的祝愿，西尔维亚·贾米森

卡拉读完信，立刻将它捏成一团。接着她在水槽里将它点燃。火苗一蹿而起，怪吓人的，她打开水龙头，然后铲起这些黑黑软软、让人憎厌的东西，放进马桶用水冲掉，她一开始就应该这么办的。

这一天余下的时间里她都不得空闲，第二天第三天也是这样。这段时间里，她得带两个队出去骑行，还得给孩子们上课，个别辅导和成班教的都有。晚上，在克拉克将她拥入怀里的时候——尽管很忙，他现在却再也不觉得太累和没有情绪了——她觉得跟他配合也并不怎么困难。

她像是肺里什么地方扎进去了一根致命的针，浅一些呼吸时可能不感到疼。可是每当她需要深深吸进去一口气时，她便能觉出那根针依然存在。

西尔维亚在她教课的大学城里租了一套公寓。原来住的房子并未打算出售——至少房前没有树起待售的告示牌。利昂·贾米森获得了死后追赠的一个什么奖——报纸上登出了消息。不过这次根本没提到有奖金的事。

随着干燥的金秋时节的来临——这是个鼓舞人的、能收获的季节——卡拉发现，对于埋在心里的那个刺痛她已经能够习惯了。现在再也不是剧痛了——事实上，再也不让她感到惊异了。她现在心里埋藏着一个几乎总是对她有吸引力的潜意识，一个永远深藏着的诱惑。

她只须抬起眼睛，朝一个方向望去，便知道自己会往哪个方向走。在干完一天的杂活后，她会作一次傍晚的散步，朝树林的边缘，也就是秃鹫在那里聚集的枯树的跟前。

接下去就能见到草丛里肮脏、细小的骨头。那个头盖骨，说不定还粘连着几丝血迹至今尚未褪净的皮肤。这个头盖骨，她都可以像只茶杯似的用一只手捏着。所有的了解，都捏在了一只手里。

也可能不是这样。那里面什么都没有。

别种情况也可能发生。他说不定会把弗洛拉轰走。或是将它拴在货车后面，把车开出去一段路后将它放掉。把它带回到他们最初找到它的地方，将它放走。不让它在近处出现来提醒他们。

它没准是给放走的呢。

日子一天一天地过去，卡拉不再朝那一带走了。她抵抗着那样做的诱惑。

机 缘 | CHANCE

一九六五年，六月才过了一半，托伦斯寄宿学校的学期就结束了。朱丽叶并未受到正式聘用——她代课的那位老师身体康复了——照说此刻她可以动身回家了。可是她却打算如她自己所说的那样要去兜个小圈圈。兜一个小圈圈，去探望一位住在海边的朋友。

大约一个月之前，她和另一位老师——朱安尼塔，这是全体教师中唯一和她年龄相仿的人,也是仅有的一个朋友——一起去看了一部叫《广岛之恋》的重新上映的电影。事后，朱安尼塔坦白说，她自己就跟影片里那个女的一样，也是爱上了一位已婚男子——一个学生的父亲。这时候朱丽叶便说，她也曾发现自己陷入了大体相似的局面，只不过她没有听任事情往下发展，因为男方妻子的处境实在是太可怜了。那女的病得下不了床，基本上就算是脑死亡了。朱安尼塔便说她倒希望跟她相好那人的老婆得了脑死亡——那雌老虎精力旺盛着呢，能量很大，完全做得到让学校开除朱安尼塔。

此后不久，仿佛是被这些一文不值的吹牛或者可以说一半是编造的故事招引而来似的，一封信出现了。信封显得脏兮兮的，像是让人在兜里揣了有些日子了，上面光是写着："朱丽叶（老师），B.C.省温哥华市马克街1482号，托伦斯学校"。校长把信交给朱丽叶，一边说："我估摸这是给你的。连你的姓都没有写，奇怪吧，不过地址倒是写对的。我猜想，地址总是能想办法查出来的。"

亲爱的朱丽叶，我原来都忘了你教书的学校叫什么名字了，不过那天我不知怎么忽然毫无来由地又想起来了，因此我觉得这说不定是个迹象，说明我应该给你写信。我希望你仍然在那里工作，要是一学期还没结束你就不得不辞职，那这活儿真的是让人没法干了，我反正觉得你倒不像是个动不动就爱撂挑子的角色。

你喜不喜欢我们西海岸的气候呢？如果你觉得温哥华雨水太多，那么你就想象再多上一倍，那就是我们此地的情况了。

我时常会想起你坐直身子看扶梯星星的情景。你瞧，我都写成扶梯[1]了，现在天很晚，早该是我上床睡觉的时候了。安大致还是老样子。我旅游刚回来那阵觉得她衰弱得太厉害了，不过那主要是因为我突然见到她两三年来衰退了那么多的关系。后来我每天都看见她，就再也觉不出来了。

我想我没告诉过你我在里贾纳[2]停下来是去看我的儿子，他现在十一岁了。他跟他母亲一起住在那里。我注意到他也有了很大的变化。

我很高兴我终于还是记起了学校的名称，不过很抱歉我仍然还是没能想起你姓什么。我只好先把信给封上了，但仍然希望它能蹦回到我的眼前来。

我时常会想起你。

---

[1] 英语中"星星"（star）与"扶梯"（stair）音形均很近似。
[2] 加拿大萨斯喀彻温省的省会。

我时常会想起你

我是时时刻刻都会想起你的哟……

大巴把朱丽叶从温哥华市中心带到马掌湾，然后开上一条轮渡船。接着穿过大陆上伸出来的一个半岛又上了另外一条轮渡船，然后再登上大陆，来到写信那人所住的小镇。这地方叫鲸鱼湾。多么快呀，即使还未抵达马掌湾，你便已经从城市来到了荒野的地区。整整一个学期她都是生活在寇里斯达尔区的草坪与花园当中，只要天气晴朗，北边岸上的山岭总能像舞台上的背景似的映现在眼前。学校的场地也都有树木荫掩，侍弄得很整齐，由石墙围着，四季都有鲜花开给你看。所有房屋四周围的空地也莫不如此。那么大规模的整整齐齐的美，由杜鹃花、冬青树、丹桂树，还有紫藤组成。不过还不等你来到距离马掌湾不算太远的地方，真正的森林——而不是公园里的什么小树丛，便向你逼近了。从那时开始——便有了流水与岩石、阴森森的古树、悬垂的苔藓。偶尔会见到一缕炊烟从某座阴暗潮湿、显得破败不堪的小屋子里冒出来，院子里则堆满了柴火、木料，以及轮胎、汽车和汽车部件、破旧不堪或是勉强能走的自行车、玩具，以及人们在没有车库和地下室时不得不堆在室外的种种东西。

客车停下处的那个镇子并不是经过规划而建成的城镇。有几处是凑在一起的若干座同样规格的房子，显然是公司统一盖的，但是绝大多数房屋都跟树林里的那种一样，每一所都有自己单独的宽阔而凌乱的场院，仿佛仅仅是出于偶然，才盖在彼此遥可望及的距离之内的。街上路面都是不铺设的，除非是刚好穿过小镇的公路，也没有人行道。没有坚实的大房子可以容纳邮局或是市政办公室，没有惹人注目的精致店铺。没有战争纪念碑、饮水喷泉和花团锦簇的小公园。有时能见到一家旅馆，不过看上去仅仅像是一家小酒店。有时会出现一所现代化的学校或是医院。干净倒还算干净，只是低矮、简陋得像一排棚屋。

有些时候，特别是在第二条轮渡船上的时候，她开始对这整件事情有了一种让她肚子里不那么舒服的疑虑。

我时常会想起你

我是时时刻刻都会想起你的哟

那只不过是人们企图安慰人时所说的套话，或者是想继续对别人起控制作用时所说的话。

但是，在鲸鱼湾总应该有一家旅馆，或者至少是一家背包客旅社的吧。她打算住在那里。她把她的大手提箱留在学校里了，说好以后来取。她此刻肩膀上只挎着一个旅行包，她不想引人注意。她就待一个晚上。没准只给他打一个电话。

那么说什么呢？

说她正好上这边来看一个朋友。跟她在同一个学校的女友朱安尼塔有一处夏季别墅——在什么地方来着？朱安尼塔在树林里有一座木房子，她可是个勇敢无畏爱过户外生活的女孩（跟真实生活中的朱安尼塔恰恰相反，她可是很少离得开高跟鞋的）。想不到那所木屋就在鲸鱼湾南面不远的地方。到木屋去看过了朱安尼塔之后，朱丽叶想——她想——既然都离得这么近了——她想不如就……

岩石、树木、流水、白雪。六个月之前，在圣诞节与新年之间的一天早上，这些始终不变的东西在火车窗外构成了一幅又一幅的景色。岩石很大，有时是嶙峋突兀的，有时则平滑得像块圆石，不是深灰色的便是黑色的。树木大抵是常绿树，松树、云杉，或是雪松。那些云杉——是黑云杉——老树的树尖上似乎还长出了新的小云杉，那是它自己的雏形。不是常绿的那些树便变得光秃秃的只剩下树干了——它们可能是杨树、柽柳或是桦木吧。有些树干上还结有斑疤。厚厚的雪层聚积在岩石的顶端，树干当风的一面上也黏结着冰雪。那些大大小小的湖已冻结的湖面上都铺有一层软软的雪。只是偶尔，在湍急、狭窄的暗流里，你才能见到完全不结冰的水。

朱丽叶膝头上有本摊开的书，不过她没在看。她眼睛一直盯着流逝过去的风景。她独自坐在双人座上，对面的双人座也是空着的。到晚上，这儿就是她搭铺的地方。乘务员此刻正在这节卧铺车厢里忙着，把夜间所用的设备一一归置好。有些铺位上，那块墨绿色带拉锁的帷帘还一直垂到地板呢。这种布料像帐篷布一样，总有一股味儿，也许是睡衣和厕所残留的气味吧。只要有人打开任何一头的车厢门，便会有一股冬季的新鲜空气吹进来。那是最后去吃早餐的人正在离开，或是吃完早餐的人在回来。

雪地上有踪迹，是小动物的足迹。珠链似的，绕着圈子，一点点地消失不见。

朱丽叶才二十一岁，却已经获得古典文学的学士与硕士学位。她如今正在做博士论文，不过却抽一段时间出来在温哥华的一所私立女子学校里教拉丁文。她并未受过如何当老师的训练，可是学期进行到一半学校偏巧缺了一位老师，这就使得学校很愿意雇用她。也很可能见到广告前来应聘的除了她以外根本就没有第二个人吧。工资不高，也不是任何有正式资历的教师愿意接受的。不过朱丽叶在过了多年清苦的学生生活之后，能多少挣到点儿钱就已经很高兴了。

她是个高挑的姑娘，皮肤白皙，骨骼匀称，那头淡棕色的头发即便是喷了发胶也不会成为蓬松型的。她自有一种很机灵的女学生的风姿。头总是抬得高高的，下巴光滑圆润，大嘴，嘴唇皮薄薄的，鼻子有点翘，眼睛很亮，脑门常常会因为用心思索与学有所得而泛出红光。她的那几个教授都很喜欢她——时至今日还有人愿意学古代语言他们便已经感激不尽，更何况是这么有才能的一个人——不过，他们也很担忧。问题就在于她是个女孩。她一旦结婚——这是很可能的事，因为以一位女学者来说她长得不算难看，一点儿也不——那就是浪费了她自己还有他们的全部辛勤工作，但是如果她不结婚，那她没准会变得高傲与孤僻，而且很可能在提升的问题上会输给男士（他们更需要提升，因为得养家），于是她就无法像男士那样，坚守自己对古典文学的独特选择，而是转而去接受一般人认为这门学问不切实用并枯燥乏味的看法，最终与之分手。怪异的选择对于男人来说并不是什么大问题，他们大多数人还是能找到愿意嫁给他们的女人。但反过来情况就不一样了。

所以当可以去教书的机会出现时他们都劝她接受。这对你有好处。到外面的世界去闯一闯吧。去体验一下真正的生活吧。

对这样的劝告朱丽叶已经听惯了，但仍旧有些失望，因为它们来自这些男人，仿佛他们自己不曾在真实的世界里吃过苦头似的。在她长大的镇子里，她的智力水平往往被归入跛子或多长了一只拇指的人的类别里，人们总是迅速地指出与聪明必然共生的一些缺点——她连缝纫机都玩不转啦，她连打一个小包裹都打不利索啦，或是指出她连内衣都露到外面来啦。她以后会成为怎么样的一个人呢，这真是个问题呀。

连她自己的父母也想到这上头来了，虽然他们一向很以她为骄傲。她母亲希望她能多结点人缘，因此就催促她去学溜冰和弹钢琴。这两样她学得都很不情愿，也没有学好。她父亲就只是希望她能融入社会。你必须得让大家接受你呀，他告诉女儿，不然的话，他们会让你的日子过得一团糟的。（他却不顾这样的事实，那就是他们自己，特别是朱丽叶的母亲，也并没怎么融入社会，可是活得也不算特别惨嘛。也许是父亲怀疑朱丽叶不会像他们自己这么幸运。）

我人缘还不坏嘛，朱丽叶离开小镇进入大学之后就这么说。在古典文学系我跟大家都处得挺好的呀。这方面我一点问题都没有。

可是此刻这里也发出了同样的讯号，而且是发自她的老师，他们不是一直都挺欣赏也老夸奖她的吗。他们的叫好并没能掩盖他们的担忧。

到社会上去,他们说。就好像此前她所在之处不是社会似的。

不过,不管怎么说,在火车上,她是快乐的。

Taiga[①],她想。她不知道这词儿用来指她正在眺望的那片景色对不对。她觉得自己在某种程度上有点像哪本俄罗斯小说里的一个年轻女子,这姑娘正离家进入一片不熟悉、让人惊恐、使人兴奋的景色当中,在此处,狼群一入夜便嗥叫不已,而这姑娘也将在这里面临自己的命运。她——俄罗斯小说里的那个女主人公——并不在乎自己的命运会变得很沉闷或是很悲惨,甚至是二者都兼而有之。

总之,个人的命运还不是最最重要的。吸引她的,实际上是迷惑住她的,是在前寒武纪岩石层峦叠嶂的遮蔽后所能寻见的那种极端冷漠、重复、漫不经心以及对和谐的轻蔑。

一个影子出现在她的余光里。接着是一条穿长裤的腿,它在一点点地移过来。

"这个位子有人吗?"

自然是没有人的。她还能说什么呢?

带穗的皮便鞋、黄褐色的宽松长裤、黄褐色与棕色格子的夹克和栗色与深蓝色直条子的衬衫、点缀着蓝金二色斑点的栗色领带。全都是崭新的——只有皮鞋除外——但都有点肥大,仿佛买下这套行头之后里面的身体又缩小了一圈似的。

这是个约莫五十岁的男子,长长的几绺金褐色的头发横斜着紧贴在他的脑袋上。(不可能是染的吧,是不是?就稀稀拉拉那么几根头发,还值得一染吗?)他的眉毛颜色却深一些,红兮兮,尖耸耸毛茸茸的。脸上布满了小疙瘩,皮肤厚得像变酸的牛奶上结的那层皮。

他是不是很丑?是的,当然是的。他丑是丑,但在她看来,年纪跟

---

① 英语中源自俄语的外来词,意为亚寒带针叶森林。

他相仿的许多许多男人都很丑陋。在将来,她并不会说这个人特别丑陋的。

他眉毛往上一抬,那双颜色浅浅、眼眶里总是潮滋滋的眼睛睁大了,像是想释放出友好的意思。他在她对面坐了下来。他说:"外边也没什么风景好看的。"

"是的。"她垂下目光看她的书。

"呃,"他说,好像事情在朝对他有利的方向发展似的,"你要去的地方远吗?"

"温哥华。"

"我也是。要横穿过整个国家呢。但是既然走一趟就不妨都看全了,对不对?"

"嗯。"

可是他还不想罢休。

"你也是在多伦多工作的吧?"

"是啊。"

"我的家就在那里,在多伦多。我在那儿生活了一辈子了。你的家也在那儿吗?"

"不是的。"朱丽叶说,重又看她的书,而且尽量想把不说话的时间拖得更长些。可是某些因素——她小时候受到的教育、她的不好意思,上帝知道也许还有她的怜悯,都过于强烈,使得她说出了她家乡那个市镇的名字,接着为了让他明白方位又告诉了他那地方与几个大一些的城市之间的距离,它与休伦湖和乔治亚湾相对的地理位置。

"我在柯林伍德有个表亲。那可是个好地方,也是在你们那一带。我去过好几次,是去看她和她一家人的。你是单独一个人出来旅行吗?和我一样?"

他不断地用一只手拍打另外一只。

"是的。"别再说了,她想。别再往下说了吧。

"我是头一遭走这么远的路呢。独自一个人,走这么长的路。"

朱丽叶什么也没有说。

"方才我瞅见你独自在看书,我就寻思,没准她也是一个人走远路,那么我们岂不是可以搭伙儿聊聊?"

听到搭伙儿聊聊这几个字,朱丽叶心中升起了一股寒流。她明白,这人并不是想勾引她。生活中最令人沮丧的事情之一就是,有时候会遇到一些笨嘴拙舌、孤独而又没有吸引力的男子,他们赤裸裸地向她示意,让她明白,她跟他们一样同是天涯沦落人。不过这个男人倒不是这样做。他要一个朋友,并不是一个女朋友。他要的是一个可以搭伙儿聊聊的人。

朱丽叶知道,在许多人的眼里,她也许是古怪和孤独的——而在某种程度上,她也的确是的。不过在一生中的许多时间里,她也有这样的经验,感觉到自己被人包围着——那些人就是想一点点地吸走她的注意力、她的时间和她的灵魂。而她呢,通常总是由着他们这样做的。

别冷落了人家呀,待人要友好呀(特别是如果你没有什么人缘的话)——这是在一个小镇上、在一个女生宿舍里,你都会学到的东西。对任何一个想吸干你的人都要随和呀,即使他们对你是何许人都一无所知。

她直直地看着这个人,脸上没有现出笑容。他看到了她的决心,他的脸上出现了一丝扭曲,那是惊讶的表示。

"你弄到了本好书?是说什么的?"

她不打算告诉他那是关于古代希腊以及希腊人对非理性的事情是如何迷信的。她以后不会去教希腊语,但很可能会教一门叫"希腊思想"的课,所以在重读多兹[①]写的书,看看自己还能够有什么新的发现。她说:

[①] 多兹(E. R. Dodds, 1893–1979),爱尔兰出生的古典学者,曾在牛津大学担任希腊文明的钦定讲座教授。代表作为《希腊与非理性》。

"我不想看书了。我打算上瞭望车厢去待一会儿。"

说完她便站起身，朝外走去，一边想她不应该说打算去哪儿的，很可能他也会站起来跟着她，一边表示抱歉，一边又想出一个什么新的请求来。而且，瞭望车厢想必很冷，她会后悔没带上她的套头运动衫的。但是现在再回去取是不可能的了。

处在最后一节的瞭望车厢能获得环形的开阔视野，但是并不见得比从卧车窗口看出去更能令她满意。现在反倒常会有一列列火车从眼面前窜过呢。

也许问题的确出在她觉得冷了，就像她方才想到的那样。而且是感到心绪不宁了。不过她倒是没有感到后悔。再过一小会儿他那只黏糊糊的手就会伸出来要和她对握了——她想那只手如果不是黏糊糊的那就是干涩粗糙的——名字也得彼此交换了，然后她就会给套牢了。这是她有生以来好不容易才取得的第一次这样的胜利，只是那位对手也未免过于卑微可怜了吧。她现在还能听到他的声音，在喃喃地说搭伙儿聊聊这几个字。既表示不好意思又显得很粗野。表示不好意思是他的习惯。而显得粗野，则是希望和决心打破自己的寂寞与饥渴状态的一种结果。

那是必须得做却又不容易下决心做的，真是非常不容易呀。事实上，能在这样的情况下与一个人对抗，那绝对算得上是战果辉煌了。那比假若他是个圆滑而又自信的人还要战果辉煌呢。不过，再过一会儿，她就会感到有点不开心了。

除她之外，坐在瞭望车厢里的只有两个人。两位年龄较人的女士，都是分开单独坐的。当朱丽叶看到一条大大的狼在越过一个小湖那铺满了雪的很完整的表面时，她知道她们必定也见到了。可是谁都没有打破沉寂，这使她非常高兴。那条狼没有注意火车，既没有踟蹰不前也没有加快步子。它身上的毛很长，白色里透出了银光。它是不是觉得这可以使得自己不被看见呢？

60

在她细细察看狼的时候,另一个乘客走进了车厢。是个男的,他在她座位过道的另一边坐了下来。他也拿着一本书。接着又进来一对老年夫妻——老太太小巧玲珑,步子轻快,丈夫则硕大笨拙,呼吸沉重,一下下出着大气。

"这儿挺冷的呢。"他们坐下来时,他说。

"要我去取你的夹克吗?"

"别麻烦了。"

"一点儿也不麻烦的。"

"我不会有事儿的。"

过了片刻,老太太说:"在这里你肯定能看到好风景。"他没有回答,于是她又试了一句:"你可以看到全景。"

"这儿没什么好看的嘛。"

"等我们穿越山区。那时候就会有你可看的了。你早餐吃得舒服吗?"

"鸡蛋都生得流汤了。"

"我知道。"老太太体贴地说,"我方才还想,我真是应该挤进厨房自己去煎的。"

"叫炊舱。他们是这么称呼厨房的。"

"我以为只有在船上才这么称呼呢。"

朱丽叶和过道对面那个男的同时把目光从他们的书上抬起来,他们的视线相遇了,两人都沉着地抑制着,不让自己显露出任何表情。就在此刻,火车慢了下来,接着又停住了,他们的目光转到别处去了。

他们来到一片林中空地。一边是车站,漆成了深红色,另一边则是漆了同样颜色的几所房屋。必定是铁路工人的家或者集体宿舍。火车里有声音宣告说,要在这里停上十分钟。

车站月台上,雪都清扫干净了,朱丽叶朝前面望去,见到有人正下车打算走动走动。她也很想下去,可是没带大衣。

过道那边的男子站起身，朝车门走去，没有回过头来看一眼。前面什么地方有扇门打开了，一股寒气悄悄涌了进来。那位老先生问干吗要在这儿停下，至少得让大家知道这地方叫什么名字吧。他的太太便上车厢前端去打听，不过也没问出个名堂来。

朱丽叶正读到古希腊酒神女祭司这方面的事。多兹的书里写到，祭祀都是在仲冬时节的夜间举行的。妇女们爬到帕尔纳索斯山的顶峰，有一回，她们在那里受到暴风雪的围困，只得往那儿派出一个救援队。未来的女祭司在极度的惊慌中接受了救援，下山时衣服都冻得跟木板那么硬。在朱丽叶看来，这个事件很有点当代行为的色彩，多少给那些主持仪式者的行动投上了一抹现代的色彩。学生们是不是也会这么看呢？不一定吧。他们说不定会对任何可能会有的调侃、对可能跟自己扯上的任何关系都戒备森严，学生往往都是这样的。而警惕性不那么强的那些又都不愿表露出来。

催人上车的声音响起了，新鲜空气被拦在了外面，列车有一些似乎挺不情愿的转轨动作。她抬起眼睛，见到前面不太远的地方，机车消失在一个拐弯处。

紧接着，一阵摇晃——或者说是一阵颤抖，传遍了整列火车。竟然连这里，这么后面的地方，也有了车厢晃动的感觉。猛地，火车停住了。

每一个人都坐着等待火车重新启动，谁都没有说话。连那位对什么都要抱怨的老先生也一声没吭。一分钟一分钟过去了。门打开又关上。有人在大声叫唤，弄得大家都人心惶惶的。在公务车厢里——就在他们下面的那层，响起了一个很有权威的声音，也许说话的是列车长吧。但是无法听清他在说什么。

朱丽叶站起来走到车厢前端，越过前面所有车厢的顶部朝更远处望去。她见到有几个人影在雪地里奔跑。

单独坐着的女士里，有一个也走到前面来，站在她的身边。

"我早就觉得要出什么事了,"这位女士说,"我坐在那边的时候就感觉到了,在列车停下来的时候。我那时候认为火车最好别再开动,我觉得一准会出什么事儿的。"

另外那位单独坐的女士也走过来站在她们后面。

"不会有什么大事儿的,"她说,"也许是一根树枝横在铁轨上了。"

"他们是有一种装置走在火车头的前面的,"第一位女士告诉她,"目的就是为了把铁轨上的树枝这类东西清走。"

"也许这是刚刚落下的呢。"

两个女人说话都带同样的英格兰北部口音,也没有表现出在陌生人或朋友面前应有的礼貌。此刻朱丽叶好好地打量了她们几眼,觉得她们没准是两姐妹,虽然其中一个的脸更娇嫩一些,也宽阔一些。她们必定是一起出门的,只不过分开坐而已。说不定是吵架了。

列车长正在爬上通向瞭望车厢的扶梯。他没爬到顶便转过身来说话了。

"没什么好担心的,朋友们,看来我们是遇上轨道上的什么阻碍物了。很抱歉有这样的耽误,很快就会继续前行的,不过我们可能得在这儿待上一小会儿。乘务员告诉我几分钟内就会有咖啡免费供应。"

朱丽叶跟着他走下扶梯。她一站起身便意识到自己还有个问题需要解决,她必须回到她的座位和旅行包那里去,不管她方才冷落过的那个男的是不是还在那儿。穿过一节节车厢时,她见到别的人也都在移动。有人挤在列车一侧的玻璃窗前,也有人等候在车厢之间,仿佛在等车门打开。朱丽叶没有时间去打听,可是在往前穿行时她听说那可能是一只熊,或是一头驼鹿、一头牛。大家都感到奇怪,牛来森林里干什么,熊在这个季节干吗不冬眠,会不会是有个醉鬼倒在轨道上呼呼大睡。

餐车里,人们都坐在桌子旁,上面的桌布全给收走了。他们是在喝不花钱的咖啡呢。

没人坐在朱丽叶的座位上，对面的座位上也没有人。她拎起她的旅行包匆匆往女厕所走去。每月一次的来潮简直是她生活中的一个祸害。有时，它甚至都影响到她那些历时三小时的重要考试，因为你总不能离开考场去加固防御吧。

她脸上潮红，肚子里有点胀痛，而且稍稍有点头晕和不舒服，她重重地往便桶上坐下去，取下湿透了的卫生巾，用手纸包上，扔到专设的秽物桶里。她欠起身取出包里干净的卫生巾，此时见到便桶里的水和尿因为有她的血而变得通红。她把手伸到冲水的按钮上，却注意到前面贴有告示，说火车停下时切勿冲便桶。显然，这意味着，当火车停在车站近处时，此时冲厕所，秽物肯定会极令人不快地落在众人看得到的地方。但是眼下，她只得顶风行事了。

但是正当她第二次把手放到按钮上的时候，她听到有人的声音，不是火车里的而是在厕所花玻璃窗子外面的。没准是列车工人正从这里经过。

她当然可以待在这里直到火车开动，但是得等多久呢？要是有人急于进来，那又怎么办呢？她最后认为，自己唯一能做的就是放下盖子，从这儿走出去。

她走回到自己的座位。过道那边，一个四五岁大的孩子正用蜡笔在一本练涂彩色的书上胡乱涂抹。孩子的母亲跟朱丽叶谈到免费咖啡的事。

"咖啡也许是免费的，但是得自己去取，"她说，"我去取的时候，能不能麻烦你帮我看着点他？"

"我不要跟她在一块儿。"那孩子说，连眼皮都没有抬一下。

"我去好了。"朱丽叶说。可是就在这时候，一个服务员推着咖啡车进入车厢了。

"这不来了？我抱怨得也太早了一些，"那位母亲说，"你听说了那是一具 b-o-d-y① 了吗？"

朱丽叶摇摇头。

"他连大衣都没有穿。有人瞧见他下车，一直往前走，但是不明白他想干什么。他必定是走到刚拐过弯去的地方，这样司机就不会看到他了，等看到就已经太迟了。"

过道的那一边再往前几排，有个男人说："瞧，他们回来了。"朱丽叶的这边有几个人站起来，弯下身子去看。那小孩也站起来了，将脸贴在玻璃上。他妈妈唤他坐下。

"你涂你的颜色。瞧你弄成什么样子了，颜色都涂到线外面去了。"

"我不敢看，"她对朱丽叶说，"这样的事儿我光是看着都受不了。"

朱丽叶站起身朝外面看去。她看见一小伙人踏着步子往车站方向走回去。有几个人脱下了大衣，堆在担架的最上面，担架由两个人抬着。

"什么也看不到，"朱丽叶后面的一个男人对未站起来的一个女人说，"他们把他盖得严严实实的。"

并非所有低着头在走路的人都是铁路的员工。朱丽叶认出有个人就是在瞭望车厢里坐在自己斜对面的那个人。

十到十五分钟后，火车开始移动了。在弯道那里并没有见到血迹，左边右边都没有。但是有一片被人踩过的地方，还有一堆铲起来的雪。在她身后的那人又站起来了。他说："这就是事情发生的地方了，我看。"他观看了一会儿，瞧瞧还有什么别的情况，接着便转过身子坐下了。火车并没有加快速度以便把耽误的时间找补回来，反而比原先走得更慢了。也许是表示敬意吧，要不就是生怕前面下一个拐弯处还有什么在等待着。侍者领班一节节车厢地走过来，通知首轮用餐的客人可以入座了，那位母亲和孩子立即起身跟着他走了。一支队伍开始形成，此时朱丽叶听到

---

① "尸体"之意。当母亲的怕吓着幼儿，故意分别念四个字母，这样孩子就听不懂了。

一个经过她身边的女的说:"是真的吗?"

跟她说话的另一个女的轻声说道:"她就是这样告诉我的。都是血呀。因此一定是火车经过时溅进来的——"

"快别说了。"

又过了一小会儿,排队的队伍消失了,最早落座的人都吃上饭了,那个男人走过来了——就是在瞭望车厢待过又见到他在外面雪地里走的那个男人。

朱丽叶站起来,快步跟随着他。在两节车厢间的没有光线的寒冷之处,就在他正要推开身前那扇沉重的门的时候,她说:"对不起。我有点事儿必须请问你。"

这地方忽然间出现了一阵很响的声音,是沉重的轮子压在铁轨上的哐当哐当声。

"什么事?"

"你是位医生吧?你方才见到的那个——"

"我不是医生。火车上没有医生。不过医疗方面我有一些经验。"

"他年纪有多大?"

那人看着她,仍然很有耐心,但已稍稍有点不快。

"很难说。不年轻了。"

"他是穿着一件蓝衬衣的吗?头发是不是金黄夹棕黄色的?"

他摇了摇头,不是表示不是的意思,而是根本不想回答她的问题。

"这个人你认得?"他说,"如果认得,你应该告诉列车长。"

"我不认识他。"

"那就对不起了。"他推开门,离开了她。

自然了。他会以为她充满了令人厌恶的好奇心,跟许多其他人一样。都是血呀。那情况,不妨说,真是让人恶心。

她是永远也无法把自己所犯的这场错误、这荒唐无比的笑话，说给别人听的。要是她真的说了，别人会认为她也太没有教养，太不照顾别人了。而在讲述时，被误解的那一头——自杀者被轧烂的身体——似乎还不会比她自己的经血更加污秽和可怖呢。

这事可千万别跟任何人说呀。(事实上，几年之后，她还是说了，跟一个叫克里斯塔的女人说了，不过这会儿她还不认识那女人呢。)

可是不跟别人说些什么，她心里憋得难受。她取出她的笔记本，在有格子的纸上开始给她的父母亲写信。

> 我们尚未抵达马尼托巴的省界，可是大多数人都已经在埋怨风景未免太单调了，不过他们倒是没法抱怨这次旅行缺乏戏剧性的事件。今天早晨我们在北方森林上帝遗忘的一块林中空地里停了下来，这里的一切都刷成了沉闷的铁路红。我那时正坐在列车尾部的瞭望车厢里，简直冻得半死，因为他们为了节约暖气竟把这儿的给关了（这主意必定是由这样的思路产生的：壮丽的风景能吸引住你，让你忘掉环境的不舒适)，而我又懒得回去取我的套头衫。我们在那里坐了十到十五分钟，这时火车重新启动了，我可以看到火车头在前面拐弯，这时，突然间我们感觉到了一种可怕的强烈震动……

她和她的父母亲一直是认真注意这样做的，但凡遇到什么有趣的事情便一定要带回家来告诉大家。这就需要有一种精致的判断力，不仅是对事情而且也是对自己在世界上的位置得有这样的判断能力。至少朱丽叶是这样认为的，当时她的世界就是学校。她让自己成为一名高屋建瓴、无懈可击的观察家。如今她虽已远离老家多年，但保持这样的姿态已经几乎习惯性地成为她的一个职责了。

可是她刚写下强烈震动这几个字，就发现自己再也无法往下写了。

再也无法用她习惯的语言写下去了。

她想看看窗子外面，但是风景已经变了，虽然仍然是由原来的基本元素构成。往前走了还不到一百英里，却仿佛已经换成了更温暖一些的气候。冰仅仅是镶嵌在湖的四周，没有覆盖住整个湖。冬云底下，黑乎乎的水和黑沉沉的岩石，使得整个气氛都显得很阴沉。她看腻了，便又捡起那本多兹的书，任意翻到一页，因为，不管怎么说，这本书她以前是读过的。每隔几页她便像是得了在文字下面乱画杠杠的毛病。她被吸引到这些段落上来，可是重新读时，她发现自己曾以为大有收获之处现在却显得晦涩不清、模棱两可。

……在活着的人偏颇的眼光中看来是妖魔一般的行为，从死者更宽厚的角度看却无非是宇宙正义的一种现象……

书从她的手里滑了开去，她双目闭合，她现在是和一些孩子（是学生吧？）走在一个湖的冰面上。他们每踩一步那地方就出现了一个五爪痕的裂纹，都很均匀，显得很美，因此冰面都成为一片铺了瓷砖的地板了。孩子们问她这些冰砖的名称，她很自信地回答说，那是抑扬格的五音步诗行。可是他们大笑，笑声使得裂痕延长了。此时她明白自己犯错误了，也知道只有说出正确的答案才能挽救局势，可是她当时没能把握住机会。

她醒了，一睁开眼就见到了那个男人，也就是她曾追踪并在车厢间用问题烦扰他的那个人，此刻他正坐在她的对面。

"你睡着了，"这么说了之后他也微微笑了，"显然是的。"

她睡着的时候头耷拉了下来，跟老太太似的，嘴角还淌出了口水，而且她知道她必须立刻就上女厕所去——但愿没有在裙子上留下点儿什么。她说了声"请原谅"（就像方才他对她说的那样），就拎着旅行包走开了，想尽量别显得太唐突与过于匆促。

她洗过、收拾过也调整好了心态走回来时，他仍然没有走开。

他马上就开口说话了。他说他得表示抱歉。

"我方才想到我对你太没有礼貌了。当时你问我——"

"是的。"她说。

"你说得没错，"他说，"你形容他模样的那些话。"

看来从他这方面来说，这与其说是一个礼貌的表示，不如说更像是一次直截了当且必须要作出的事务上的交代。倘若她不想说什么，他很可能也就会站起身来走开了，不至于感到特别失望，反正他走过来想做的事情他已经做了。

朱丽叶感到很羞愧，泪水涌上了她的眼睛。这事来得太突然，以至于她甚至没来得及将眼睛转开。

"好了，"他说，"没事了。"

她急急地点点头，一连点了好几次，可怜巴巴地吸了吸鼻子，并且把鼻涕擤在好不容易才从手包里找出来的餐巾纸里。

"没有事了。"她说，然后又直截了当地告诉他这之前所发生的事。说那个男的怎样弯身问她对面的位子有人没人，他怎样坐下来，她自己又怎样一直在看窗外的景色，这时候没法再看了，她便试着或者说假装低下头看书，可他还问她在哪儿上的车，还问出了她现在住在哪个城市，而且一个劲儿要把谈话进行下去，使得她只好收拾起东西离开他。

她唯一没有告诉他的是搭伙儿聊聊这个说法。她有一种预感，一说出这样的一句话，她肯定会再一次泪流满面。

"拦住女人说话，"他说，"肯定比拦住男人更加容易些。"

"对的。是这样的。"

"他们觉得女人态度肯定会温和一些。"

"他仅仅是希望有个人跟他说说话罢了，"她说，立场稍稍有些改变，"他想跟人聊聊天的渴望要大过我不想和别人交谈的程度。这我现在明白了。我看上去并不像很小气。我看上去并不像很冷酷。可是当时我就是那样的。"

停顿了一小会儿,这时她总算再一次把鼻涕眼泪都控制住了。

他说:"你以前也想过要对什么人这样做吗?"

"是的。不过我从来没有成功过。我从来没能走得这么远过。这次我为什么真的做了呢——那是因为他是那么卑微。他穿了一身新衣服,也许是专为这次出门买的。没准他很潦倒,想着还不如出门一次吧,这倒是个办法,可以遇到人,可以跟他们交上朋友。"

"没准他仅仅是短途走走——"她又说,"可是他说他是去温哥华,那样我就不得不老陪着他了。有好几天呢。"

"是的。"

"真的很有可能会是那样的。"

"是的。"

"所以啦。"

"运气太差了,"他说,勉强露出一丝笑容,"你头一回鼓起勇气让别人换换挡,可他却投身到火车底下去了。"

"很可能那是最后的一根稻草,"她说,此刻她稍稍有点从防御的角度出发了,"很可能是的。"

"我想你以后会更加留意的。"

朱丽叶抬起下巴,眼光定定地盯着他。

"你是说我是在夸大其词。"

这时,出现了一个情况,就跟她的眼泪一样突如其来、不请自来。她的嘴巴开始在扭曲了。眼看就会有一阵很不严肃的大笑爆发出来。

"我想,这事情是有一点点极端。"

他说:"是有点儿。"

"你认为我是在把事情戏剧化吧?"

"那也是很自然的。"

"但是你认为那是一个错误，"她说，已经把笑意控制住了，"你觉得负罪感仅仅是一种自我放纵？"

"我的感觉是——"他说，"我感觉这件事并不太重要。你的生活里还会发生别的事情，一些事情没准会在你的生活中出现。相比之下这件事情便显得无关紧要了。对于别的那些事情你才会产生负罪感呢。"

"不过人们不是老在这么说吗？对比自己年轻的人？他们说，哦，有一天你就不会再这么想了，你等着瞧好了。就像是你没有权利拥有任何严肃的感情似的。就像你没有能力这样做似的。"

"感情吗，"他说，"我方才说的是经验。"

"可是你不是等于在说有负罪感一无用处吗？大家全都这么说。难道不是吗？"

"这可是你说的。"

他们接着谈这个话题，谈的时间不算短，用压低的声音，但是很热烈，使得经过的人有时会显得很惊讶，甚至很不以为然，就像人们耳边偶尔听到一场看来根本没有必要的抽象辩论时一样。过了片刻，朱丽叶认识到，虽然她是在论证，论证得还挺好的，她觉得公众生活与私人生活中有负罪感存在的必要性，可是她一时之间丧失了这种负罪感。你甚至可以说她是在自我欣赏呢。

他建议他们上酒吧那边去，在那儿可以喝杯咖啡。一到那边，朱丽叶才发现自己肚子很饿了，然而午饭时间早已过去。棒状饼干和花生米是他们能够得到的仅有的东西，她对着它们大嚼大咽，那副狼狈狈相使得方才进行的那场很有思想性的、略微有些针锋相对的辩论不可能再死灰复燃了。因此，他们就改而谈起自己来了。他的名字是埃里克·波蒂厄斯，住在一个叫鲸鱼湾的地方，在温哥华北面，就在西海岸的边上。不过他并不马上去那个地方，他要在里贾纳停上几天，去看好久未见到的几个人。他是个渔夫,以捕大虾为生。她问到他讲起的医药经验是怎么回事,他说了:"哦,算不上很广博。这方面我学过一些。你在大森林里或是在船上的时候什么事情都可能发生的,就发生在你工作同伴或是你自己的身上。"

他结婚了,太太的名字叫安。

八年前,他说,安在一次车祸中受了伤。好几个星期都昏迷不醒。后来总算是清醒过来了,但全身瘫痪,不能走动,连吃东西都要别人喂。她像是认得他,也认得照顾她生活的那个女人,有那个女人的帮助他才能让她在家里住。可是希望她能够说话和明白周围的事情,这样的念想很快就断了。

出事的那天他们是去参加一个派对。她不怎么想去可是他想去。后来她决定独自走回家去,派对上的一些事情使得她不太愉快。

从另一个派对出来的一伙醉鬼把车子驶离了马路,撞倒了她。是些十来岁的毛头小伙子。

幸亏他和安没有小孩。是啊,真是幸运啊。

"你告诉别人这件事,他们总是感到必须说上一句,太可怕了,多么悲惨哪,等等等等。"

"可你能怪他们吗?"朱丽叶说,她自己方才也差点儿说出一句类似的话。

不能,他说。不过问题就在于,整个事情要复杂得多。他的太太安会感觉到那是一场悲剧吗?也许不会。他会吗?那是他自己必须去习惯的一件事情,是截然不同的一种生活方式。事情无非就是这样。

朱丽叶对于男人所有比较愉快的经验都是幻想式的。一两个电影明星啦,那位曼妙的男高音歌唱家啦——不是歌剧里真正的那个没有心肝的男主人公——她是从《唐璜》的一张老唱片里听到的。还有亨利五世,那是她从莎士比亚剧本里读到的,也是从劳伦斯·奥立弗主演的电影中看到的。

这是可笑和悲惨的,可是谁又需要知道这些?在实际生活中总免不了有屈辱性和令人失望的事,她总是设法把它们尽快从自己头脑里驱赶出去。

那样的经历还少吗?在高中舞会上想在一大堆吵吵嚷嚷没人要的女生中脱颖而出,在与大学男同学的约会中,尽管心里很厌烦却又冒冒失失地表现得格外活泼,其实她不怎么喜欢他们,他们也不怎么喜欢她。还有去年,指导她写论文的导师有个外甥来访,她和那外甥一起外出,深夜在威利斯公园的草地上被他占了便宜——那也不能说是强奸,她自己也是下了决心的呀。

在回家的路口,他解释道,她不是适合他的那种女孩。她一棍子给打闷了,都没有想到要反驳说——当时她还没醒过味儿来呢——他也不是适合自己的男人。

她从未对一个特殊的、真正的男人有过什么幻想,更不要说是对她的任何一个老师了。在她看来,在真实的生活里,年龄比较大的男人好像都有点儿不太干净。

这个男人年纪有多大呢?他结婚至少已经有八年了——也许还得多上两三年。这么看,他总得有三十五六岁了。他头发黑黑卷卷的,两鬓稍稍有些花白,他前庭宽阔,皱纹不少,他双肩很结实,稍稍有些前伛。他身材几乎一点也不比她高。他双目隔得很开,深色的,眼神很热切,但同时也很警惕。他的下巴圆圆的,有个小凹坑,像是很好斗似的。

她告诉他自己做什么工作,学校的名称——托伦斯学校。("你想不想打赌说那应该叫'拖人死'学校?")她告诉他自己并不是正式教师,但是校方能找到任何一个主修希腊语、拉丁语的人就已经谢天谢地了。现如今简直就没人愿意学这些老古董了。

"那你干吗学呢？"

"哦，仅仅是想显得与众不同罢了，我猜。"

接下去她告诉他的，她一直都知道，自己是绝对不应该告诉任何一个男人或是男孩子的，说了他们就会立刻对她不感兴趣了的。

"那是因为我喜欢。我就是喜欢和这门学问有关的一切。我真的喜欢。"

他们一起吃了晚餐，还一人喝了一杯酒，接下去他们上瞭望车厢去，在那里，他们坐在灯光照射不到的地方。只有他们两人。这一次朱丽叶带上了她的套头运动衫。

"人家都以为到了晚上这里没什么可看的，"他说，"可是你瞧天上的星星，天气晴朗时你可以看得很清楚的。"

的确，夜空十分清明。没有月亮，至少是还未升起，星星或明或暗聚成团地辉耀着。就像每一个在船上生活与工作过的人一样，他对头顶上的那幅地图熟悉得很。而她呢，能认出来的只有那只大勺子①。

"这可以作为你的起点，"他说，"先看勺把对面的那两颗星。看到了吧？那是个指针。顺着它们的方向。往前一点。你就能找到北极星了。"如此等等。

他帮助她找到了猎户星座，那是北半球冬季最主要的星座。还有天狼星，那只大狗，在一年里的这个时节，那是整片北方天空里最最明亮的星座。

朱丽叶很高兴能有人指点她，但是轮到自己当老师时她也同样高兴。他知道星座的名字却不知道它们的来历。

她告诉他猎户俄里翁的眼睛是被俄诺皮翁弄瞎的，而他的眼睛又因为盯看阳光而得以复明。

---

①指北斗七星。

"他被弄瞎,是因为他太俊美了,赫菲斯托斯前来搭救他。但他还是被阿尔忒弥斯杀死了,于是他变成了一个星座。这样的结果总发生在要紧人物遇上麻烦的时候,他们最后总是变成星星。卡西俄珀亚仙后座在哪里?"

他帮她找到那个不太清楚的 W 字。

"那应该意味着一个坐着的女子。"

"也是因为美丽才变成这样的。"她又说。

"红颜多薄命,对吧?"

"那当然。她嫁给了埃塞俄比亚的国王,是安德洛墨达的母亲。她夸耀自己的女儿有多么美丽,得到的惩罚是被流放到天上去。是不是也有一颗星叫安德洛墨达的?"

"那是一个星系。今天晚上你应该能够看到。那是用肉眼所能见到的最最遥远的东西了。"

即使是在引导着她,示知她该往天上哪个方向看,他也一点儿都没有碰触到她。自然是不应该的。他是结了婚的。

"安德洛墨达是什么人?"他问她。

"她给锁在一块大岩石上,可是珀耳修斯拯救了她。"

鲸鱼湾。

长长的一个码头,几艘大船,一个加油站,一家商店,商店的玻璃窗上有标志,说明这儿也是长途汽车站和邮局。

商店门前停着一辆汽车,窗子上贴着个体出租汽车的标志。她就站在从长途汽车上下来的那个地方。长途车开走了。出租汽车摁响喇叭。司机从车子里出来朝她这儿走来。

"你就一个人呀,"他说,"要去哪儿?"

她问有没有旅客可以借住的地方。显然,这儿旅馆是不会有的。

"我不知道今年有没有人出租房间。我可以到镇上去打听的。这儿就没有一个你认识的人吗？"

没有办法了，只好把埃里克的名字说出来了。

"哦，那就行了，"他松了一口气，"上车吧，咱们一眨眼就能把你送到那里去。不过太可惜了，你刚好错过了守夜。"

起初她还以为他说的是值夜班呢。或者是夜赛？她想到了垂钓比赛。

"伤心的时刻呀，"那司机说，现在他在驾驶盘前坐好了，"不过，她反正是再也不会好起来的了。"

原来说的是守夜。那位妻子。安。

"不要紧的，"他说，"我估计总会有人还没走的。当然葬仪你是错过了。那是在昨天。乱得一团糟。你是走不开身吧？"

朱丽叶说："是的。"

"我不应该说成守夜的，对不对？守夜是下葬之前所做的事，对不对？下葬后的仪式该叫什么，我也弄不清。叫'派对'也不大合适，是不是？我可以把车子开到你能看到摆花圈和丝带的地方去，好不好？"

离开公路，往内陆的方向开去，在一条高低不平的土路上走上四分之一英里之后，就来到"鲸鱼湾联合公墓"了。靠围栏很近的地方有一个土墩，上面放满了花。有枯萎了的真花，也有颜色艳丽的假花，还竖着一个小小的木十字架，上面写着名字和日期。卷成一团团的金光灿灿的丝带飞得墓园草地上到处都是。他让她瞧瞧昨天那么多车子轧出来的车辙和坑坑。

"有一半的人都从未见到过她。可是他们认得埃里克，所以他们一定要来。谁都认识埃里克。"

他们掉过头往回开，不过也不是直奔公路。她想告诉司机她改变主意了，不打算去看任何人了，就想待在商店里等着乘相反方向开来的长途汽车。她可以说自己的确是把日子记错了，现在错过了葬礼觉得很不好意思，所以干脆不想露面了。

可是她不知道该怎样启齿。而且司机不管怎么样，总是会把她的事情说出去的。

他们此刻走在狭窄的、弯弯曲曲的小路上，经过了一些房屋。每回经过一条通向房屋的车道而没有拐上去，她总有一种得到缓刑的感觉。

"嗨，事情也真是奇了怪了，"那司机说，现在车子拐上一条车道了，"所有的人都到哪里去了？我一小时前经过这里时还停了六七辆车的呢。连他的卡车也不在了。派对结束了。请原谅——我是不应该这么说的。"

"既然家里没人，"朱丽叶急切地说道，"我不如就回去吧。"

"嘿，人总是会有的，这你别担心。艾罗是在的。她的自行车就在那边呢。你见到过艾罗吗？你知道吧，管事儿的人是她。"他已经下了车去帮她开车门了。

朱丽叶刚离开汽车，就有一条大黄狗又是跳又叫，一个女人从房子的门廊那里喝住了它。

"哦，继续撒你的野吧，帕特。"司机说，一边把车费放进口袋，迅速坐回到车子里。

"闭嘴。闭嘴，帕特。给我蹲下。它不会伤着你的，"那妇人喊道，"它只是条丁点大的小狗呢。"

帕特再小，朱丽叶心想，也不见得没气力把自己扑倒在地。可是此时又有条红棕色的小型犬过来参加这场骚乱。那个妇人走下台阶，一边喝道："帕特。柯基。你们给我放规矩点儿！——如果你让它们觉得你怕它们，它们只会更凶狠地追赶你。"

她说出来的只会怎么听起来像是侧会。

"我没害怕。"朱丽叶说，但是当那条黄狗的鼻子粗暴地蹭她的手臂时，她还是免不了往回跳了一下。

"好了，停下。别叫了，你们俩，再叫我就要敲你们的脑袋了。你是把今天当作下葬的日子了吧?"

朱丽叶摇了摇头,仿佛是说她感到很抱歉。她作了自我介绍。

"唉,真是太糟糕了。我是艾罗。"她们握了握手。

艾罗是个高大、宽肩膀的女人,肉头很厚实,一点儿也不松弛,一头黄兮兮的白发松垂在肩头上。她的声音坚定,不容置疑,带点儿深沉的喉音。敢情是德语、荷兰语、斯堪的纳维亚语的音调吧。

"你还是在这儿厨房里坐吧。哪儿都乱得一团糟。我来给你煮点咖啡吧。"

厨房里很明亮。高高的斜屋顶上有一扇天窗。碟子、杯子、水壶堆得哪儿都是。帕特和柯基乖乖地跟着艾罗走进厨房,已经开始在狼吞虎咽她往地上的烤锅里放的一切食物了。

厨房上方,往上走两级宽阔的台阶,便是一个背阴的、洞窟似的起居室,大大的坐垫扔得满地都是。

艾罗从餐桌底下抽出一把椅子。"现在请坐下吧。坐在这儿喝点咖啡,吃点东西。"

"我不吃也没事儿的。"朱丽叶说。

"别呀。咖啡是我刚刚新煮的,反正我一边干活一边也是要喝的。剩下没吃完的食物也有的是。"

她放在朱丽叶面前的除了咖啡以外,还有一块馅饼——浅绿色的,上面盖着的一层蛋白酥皮都已经塌下去了。

"酸橙果冻,"她说,也没敢多夸奖,"没准吃起来味道还行。是不是里面还放了点儿大黄?"

朱丽叶说:"挺好吃的。"

"都乱成什么样儿了。守夜以后我打扫过,都弄整齐了。可接下来是葬礼。葬礼之后我又得重新再打扫一遍。"

她的声音里满含着一种真正的怨气。朱丽叶觉得自己不得不表个态,

"我吃完点心可以来帮你一块儿干的。"

"不用。我觉得没有必要,"艾罗说,"这儿的一切我熟悉。"她走过来走过去,行动不算敏捷但是目的性很强,很有效率。(这样的女人是从来不会要你帮忙的。你有几分本事,她们看得很透。)她继续擦玻璃器皿、盆碟和刀刀叉叉,把已经擦干净的一一放回到碗柜和抽屉里去。接着又来收拾锅子和平底锅,包括从两条狗舌头底下抢回来的那只,把它们浸没在新泡出来的肥皂水里,然后又擦桌子和酒台,使劲儿拧绞洗碗布,仿佛它们是鸡的脖子似的。一面还抽空跟朱丽叶说上几句话。

"你是安的朋友吧?以前就认识的吗?"

"不是的。"

"是啊。我想你也不像。你太年轻了一些。那你为什么要来参加她的葬礼呢?"

"我不是的,"朱丽叶说,"我原先并不知道有这件事。我只不过是来看看熟人。"她试着让说话的口气听上去像是她完全是一时兴之所至,仿佛她朋友多的是,可以走到哪里想停就可以停下来拜访一个似的。

仿佛是有意不搭理这句话,艾罗存心闹别扭似的更用力地擦起茶壶来。她一连擦了好几个,把朱丽叶晾在了一边,然后才开口说话。

"那你是来看埃里克的。地址你找对了。埃里克是住在这儿。"

"你不住在这儿,是吧?"朱丽叶说,仿佛这样可以把话题转移开似的。

"是的。我不住这儿。我住在小山脚下,跟我——我丈夫一起。"丈夫这两个字从她嘴里念出来,是挟带着一种骄傲和谴责的分量的。

艾罗连问都没问,就给朱丽叶的杯子加满了咖啡,完了又给自己的也加满。她也给自己切了一块馅饼。底下是玫瑰色的,上面是一层奶油。

"大黄乳蛋糕。得赶紧吃掉否则要变味儿的。我其实吃不下,不过还是勉强吃了。你也来一块,怎么样?"

"不了。谢谢你。"

"好吧,埃里克出去了。他今天晚上是不会回来的。我想是不会的。他去克里斯塔那儿了。你知道克里斯塔吧?"

朱丽叶轻轻地摇了摇头。

"我们都住得很近,因此谁都清楚别人的事。我们都很熟。我不知道你住的那地方情形怎么样。是在温哥华吧?"(朱丽叶点了点头。)"在大城市里。情形就不一样了。因为埃里克心眼很好,那样地照顾他的妻子,所以别人也得帮助他,你懂吗?我就是帮助他的人里的一个。"

朱丽叶说了句很不聪明的话:"不过你不是拿工钱的吗?"

"自然,是付我工资的。但这不仅仅是份工作。另外,还有一些忙是只有女人才能帮的,他有这样的需要。你明白我的意思吧?不能是有丈夫的女人,我不相信这样做行得通,那不合适,会引起掐架的。最初埃里克有桑德拉,后来她搬走了,他又有了克里斯塔。有一个短时期内他同时有克里斯塔和桑德拉,不过她们是好朋友,所以没什么问题。可是桑德拉是有几个孩子的,她想搬到离更正规的学校近些的地方去。克里斯塔是个手艺人。她把海滩上捡来的木头刻成玩意儿。你们管那种木头叫什么来着?"

"海漂。"朱丽叶很不情愿地说。她被失望和羞辱都弄昏了头。

"对了,就是这么说的。她把东西拿到商店去,人家代她出售。挺大件的。动物呀鸟呀,不过不是现实的。是这么说的吧?"

"你的意思是'非现实主义'的?"

"对了,对了。她从来没生过孩子,我想她不见得也打算搬家吧。这事埃里克没告诉过你?你还要添咖啡吗?壶里还有点儿。"

"不。不要了,谢谢。他没有跟我说过。"

"原来是这样。好,那么我现在告诉你了。如果你喝完了,杯子我可要收走洗了。"

她绕了几步路，用鞋子去捅了捅躺在冰箱另一边的黄狗。

"你得起来了。懒丫头。我们这就要回家了。"

接着又说道："有一辆公共汽车开回温哥华的，八点十分穿过这镇子。"她说，一边背对房间，在水槽前忙个不休，"你可以跟我一块儿走，到时间我丈夫开车送你。你可以在我们那儿吃饭。我是骑自行车的，不过我可以慢慢骑，这样你就跟得上我了。路不算很远。"

未来的行动似乎都安排得毫无商量的余地了，朱丽叶不假思索地站起身，去找她的手包。接着她又坐下来了，不过是坐到了另一把椅子里。从这个新角度能看到厨房的另一面，似乎是因为这样，她才下了决心。

"我想我还是留下来吧。"她说。

"留在这里？"

"我没有多少行李。我可以走着去公共汽车站的。"

"你怎么认识路呢？有一英里路呢。"

"那也不算远。"朱丽叶不敢肯定自己能认识路，不过她想，反正朝山下走总不会有错吧。

"他不会回来的，你知道吧，"艾罗说，"今天晚上不会的。"

"那也没有什么关系。"

艾罗很明显地，也许还是很憎厌地耸了耸肩膀。

"快起来，帕特。"她的声音从她肩膀上传了过来，"柯基留在这儿。你要它在屋子里面还是屋子外面？"

"我想还是屋外吧。"

"那我就把它拴住，不让它跟着我。它大概是不愿跟陌生人待在一起的呢。"

朱丽叶什么也没说。

"我们出去，门就锁上了。你明白吧？因此如果你出去了还想回来，就必须把这个地方压下去。不过要是真要走了那就别摁。门拉上就是锁上了。你明白吗?"

"是的。"

"我们这儿一向是懒得锁的,不过眼下陌生人太多了。"

在他们看了一会儿星星之后,火车在温尼伯停留了片刻。他们下车在冷风里散步,寒风刺骨,他们连呼吸都很困难,更不用说开口交谈了。他们重新登上火车后就到酒吧间去坐下,他要了白兰地。

"可以让咱们暖暖身子,也能帮助你入睡嘛。"他说。

他是不打算睡的了。他要坐着直到在里贾纳下车,那总是快天亮的时候了。

他送她回她的车厢时,大多数的卧铺都已打开,墨绿色的帘子使得过道显得更加狭窄了。每节车厢都是有名称的,她那一节的名字是"米拉密琪"[①]。

"就是这儿了。"来到两节之间的地方,她用耳语说道。他的手已经为她推开门了。

"那么,就在这儿说再见吧。"他把手缩了回来,他们让身体平衡好以抵御车身的颠动,这样他才可以好好地与她吻别。吻完以后,他没有松开手,而是抱着她抚摸她的背,接着又吻遍了她的整张脸。

可是她挣脱开去,急切地说:"我可是个处女呢。"

"是的,是的。"他笑着说,吻了吻她的脖颈,接着便松开她,替她推开她身前的那扇门。他们顺着过道往前走,直到她找到自己的铺位。她在帘幕旁站直,转过身子,很希望他再一次吻她或是抚摸她,可是他却轻轻地溜开了,仿佛他们不过是偶然邂逅似的。

[①] 米拉密琪河 (Miramichi River) 是加拿大新布伦瑞克省内的一条河流,是大陆上钓大西洋鲑鱼的绝佳地点。

多么愚蠢，多么不得体啊。自然，是害怕他那只抚摩的手再往下伸就会触碰到那个扣结，那是她系月经带用的。如果她是那种用月经棉栓的女孩，那就绝对不会有这样的担心了。

干吗要说处女什么的呢？她岂不是曾经费了那么大的麻烦，那么自我羞辱地上威利斯公园去，就是为了这样的状态不至于成为对自己的一种拘束吗？她必定是一直在想，自己该怎么跟他说——她是绝对不会对他说自己正来月经的——倘若他希望有进一步行动的话。他怎么可能会有这样的打算呢，说真格的？怎么干呢？在什么地方呢？在她的铺位上吗？那里空间这么狭小，周围别的旅客没准还都醒着。站着吗？在车厢之间么丁点儿大的地方，贴着一扇门前后扭动？在任何时候都可能有人走过来开门的情况下？

如今呢，他就可以跟别人说，自己曾如何一整个晚上听这个傻女孩炫耀一肚子古希腊神话的学问，可是到最后——当他终于吻别她，跟她道晚安，以便摆脱她时——她却尖声大叫起来，说自己是个处女。

他看起来不像是个会这样做、这样说的人，可是她止不住要往那方面想。

直到深夜她都非常清醒地躺着，可是当火车在里贾纳停下时，她却睡着了。

只剩下她一个人了，现在她可以细细察看这个家了。可是她并没有这样做。至少有二十分钟，她都未能摆脱掉艾罗的影子。倒不是说她害怕艾罗会重新回来检查她的行为，或是说忘了什么东西回来取。艾罗可不是那种丢三落四的人，即便是在辛辛苦苦忙碌了一整天之后。而且倘若她认为朱丽叶会偷东西，她早就干脆一脚把朱丽叶踢出大门的。

不过，她倒是那种喜欢霸占空间的人，特别是厨房的空间。朱丽叶目光所及之处都能发现艾罗专政的痕迹，从窗台上置放的盆栽（是药草吧？）直到砧板以及闪闪发光的地板革。

她好不容易才将艾罗驱赶开去，还不是赶出房间，而仅仅也许是赶到了老式冰箱的阴影背后，此时，她又敌意地想起了克里斯塔。埃里克有女人。他自然是有的。朱丽叶眼前出现了一个更年轻、更有诱惑力的艾罗。宽阔的臀部，瓷实的臂膀，长长的头发——全都是金色的没有一丝白发——乳房毫不掩饰地在一件松垂的衬衫底下颤动。同样地咄咄逼人——在克里斯塔那里，则是性的方面——没一点点优雅的风度。用的同样是那种行事方式：想好了一句刻薄伤人的话然后得意扬扬地朝你扔来。

另外的两个女人来到了她的头脑里。布里塞伊斯和克律塞伊斯。阿喀琉斯和阿伽门农的玩伴。两个人都被描写为"有着可爱的面颊"。当教授念到那个词儿时（她一下子记不起那个希腊词儿了），他的前额变得红红亮亮的，而且像是正在把咯咯一笑强压下去。在那一刻，朱丽叶挺瞧不起这个教授。

那么，如果发现克里斯塔是一个更粗俗、更北方气质版的布里塞伊斯（克律塞伊斯），朱丽叶是不是也会同样地开始蔑视埃里克呢？

不过，倘若她走去公路那边，搭上了长途汽车，她又怎么能知道呢？

真的，她根本就没想搭乘那辆长途汽车。看来确实是这样的。没有了艾罗的阻梗，她领悟起自己的意图来容易得多了。她终于站起身又煮了些咖啡，然后倒进一只瓷缸，而不是艾罗收掉的那种小杯子。

她太紧张以至于都没感觉出自己腹中的饥饿，可是她检查了酒台上的那些瓶子，那必定是客人为守夜而带来的。樱桃白兰地、荷兰梨子烈酒、"添万利"、味美思。瓶子都打开了，但是里面的东西看来不怎么受人欢迎。而正正经经的酒水却只剩下了空瓶子，被艾罗排列在门边，那是杜松子酒、威士忌、啤酒和葡萄酒。

她往她的咖啡杯里倒进去些"添万利"，把饮料瓶子也带着走上台阶，进入了挺大的起居室。

这是一年里白昼最长的日子。可是周围的树木,毛茸茸的大常青树和红枝干的野草莓树,却遮挡住了落日的余晖。天窗使厨房里很明亮,可是起居室里的那些窗子却仅仅是墙上的几条长裂缝,在这里,黑暗已经开始在越聚越浓了。地板还没有完全铺好,一些陈旧的破地毯铺盖在一块一块的胶合板上,这个房间的装饰也很古怪,不成格局。大多数的垫子都胡乱地扔在四处的地上,两只跪垫,面子倒是真皮的,却不知怎么给划破了。有一把大大的皮椅子,是可以往后仰靠还附有脚垫的那种。一张长沙发,上面铺着条真正的却已经破破烂烂的百衲被,一台老式的电视机,一只用砖头木板搭起来的书架——上面没有书,只有几摞过期的《国家地理》,还有些销售广告和《大众机械学》。

艾罗显然还没顾得上打扫这个房间。在烟灰缸倾翻过的地方,地毯上有一摊摊灰迹。到处都可见到面包、点心的碎屑。朱丽叶寻思,她是不是该找个吸尘器出来——不知这儿有没有,可是又想到,即使能找到也很可能遇到什么麻烦——比方说薄薄的地毯没准会卷成一团被吸进机器里去。因此她仅仅是坐在皮圈椅里,在杯子里的咖啡少下去的时候再兑上些"添万利"。

海边的这个地方没有什么让她特别喜欢的。树太大,而且簇拥在一起,没有一点自己的个性——它们胡乱凑到一起就成了一片森林。山岭则过于巍峨都不像是真的,浮在乔治亚海峡水面上的那些岛屿又都硬装出一副风光宜人的架势,假模假样的。就拿这座房子来说吧,大而无当,斜天花板太多,连木工活儿也没完成,显得光赤赤且挺自以为是的。

那条狗时不时吠上一阵,倒不很气急败坏。也许是想进屋与人为伴。可是朱丽叶从未养过狗——对于她,狗与其说是伴侣还不如说是目击的证人,只会使她感到不自在。

没准那条狗之所以吠叫,是因为它察觉到了一匹鹿,或者是一只熊、一头美洲狮。温哥华的报纸上就刊载过消息，说是有一头美洲狮咬死了一个小孩，她想就是在这儿的海边。

出了户外，就得与怀有敌意、会袭击人的动物为伍，有谁愿意住在这样的地方呢？

Kallipareos，可爱脸颊的。她一下子想起这个希腊词儿来了。这个在荷马作品中闪光的词语居然被她钩索出来了。有了这个词的带引，她突然把学过的希腊语全都记起来了，这一切似乎都在密室里封闭了近六个月。由于她现在不教希腊语，她把它撂生了。

事情总是这样的。你把某件东西搁下了一阵子，有时候你到壁柜里去找别的什么东西然后你记起来了，于是你想，快要用得上了。于是它成了就在那里、就在壁柜里的一样东西，别的东西挤进来堆在它的前面、上面，最后你根本都不去想它了。

这东西是你的光辉宝藏。你却不去想它。一时之间你都不会认识到这是你的损失，如今，它已成为你几乎记不起来的东西了。

事情往往就是这样。

即使你并没有将它束之高阁，即使你每天都靠它维持生活，那又怎样呢？朱丽叶想到学校里那些年纪大一些的老师，他们大多对于自己所教的科目也并无多大的感情。就拿朱安尼塔来说，她选择了西班牙语是因为与她的名字有关[①]（其实她的祖籍是爱尔兰），她想把这种语言学好，以便在旅行时派上用场。你不能说西班牙语是她的宝藏。

很少人，非常非常少人，才拥有宝藏，如果你真的拥有，那你就千万不要松手。你必须别让自己路遇拦劫，从自己身边把它丢失了。

"添万利"和咖啡掺在一起还是起了些作用的。它使她有点心不在焉，但还是精力旺盛。它使她想到，说到底，埃里克还不是那么重要的。他

---

① Juanita 一般是西班牙与拉美女子的名字，在西语中应念成"胡安尼塔"。

是个自己可以与之调调情的人。对了,"调情"这个词儿挺合适。就跟阿芙洛狄忒对安喀塞斯①那样。然后,在某一天的早晨,她会一走了之的。

她站起来,找到了厕所,用完了又回来,在长沙发上躺下,拉过条被子盖住自己——她太困了,也顾不上被子上有柯基的毛了,也许那是柯基的气味吧。

等她醒来,已经是明亮的早晨了,虽然从厨房的钟上看还只是六点二十分。

她觉得头痛。浴室里有一瓶阿司匹林——她吞下去两片,洗了洗脸,梳了梳头发,从自己的手袋里取出牙刷,刷了刷牙。接下去她新煮了一壶咖啡,吃了一片家制的面包,也懒得去加热并抹上黄油了。她坐在厨房的桌子旁边。阳光从树丛间透过来,在草莓树光滑的树干上泼溅下铜色的光点。柯基开始大叫起来了,叫了挺长一段时间,直到卡车开进院子它才安静下来。

朱丽叶听到卡车车门砰地关上,又听见他跟狗说话的声音,恐惧传遍了她的全身。她想躲到什么地方去(她后来说,我可能会钻到桌子底下去的,不过当然,她并没有真的打算做出这样可笑的事情来)。这真的很像学校里宣布谁得奖之前的那一刻。而且比这更糟,因为她根本没有得奖的希望。也因为在她的一生中是再也不会面临如此严重的时刻了。

门推开时,她都不敢把头抬起来。她双手在膝前扭绞在一起,握得紧紧的。

"你来了呀。"他说。他得意扬扬,十分高兴地笑着,仿佛是目击了一幅极其鲁莽大胆的绝代奇观。当他张开双臂时仿佛有一股风吹进了这个房间,使得她抬起了眼睛。

六个月前,她根本不知道世界上有这么一个男人。六个月之前,那

---

① 安喀塞斯(Anchises)是希腊传说中艾达山上达尔达诺斯的国王。阿芙洛狄忒在那里与他相遇,爱上了他的美貌,同他生了埃涅阿斯。

个死于火车轮下的人仍然活着,也许正在收拾行李准备出门旅行呢。

"你来了呀。"

她从他的声音里听出他是要她的。她站起来,全身发麻,见到他比自己记忆中的那个人老了一些,胖了一些,动作也更加粗鲁了。他逼近她,她觉得自己通体从上到下都给抚触搜索遍了,只感到全身沉浸在轻松当中,都快乐得不知怎么才好了。这是多么令人惊异呀。但又跟失望气馁的感觉是何等相似呀。

后来才知道埃里克并没有像他装出来的那样感到意外。艾罗昨天晚上就给他打了电话,警告他来了个陌生的姑娘,名叫朱丽叶,并且建议他去核查一下那女孩上了长途车没有。他当时想,她这样做也是有道理的——和命运搏一搏嘛,不是吗,试一试自己的命运嘛——可是当艾罗再次来电告诉他那小骚货并没有走,他因为自己竟然很高兴而吃了一惊。不过他并没有立即回来,他也没有告诉克里斯塔,虽然他知道,非常快,自己就必须告诉她了。

这一切朱丽叶都是在随后的几个星期、几个月里一点儿一点儿得知的。有些情况她是偶然发现的,有些则是在她层层紧逼的追问之下才获悉的。

至于她自己这方面(关于已非童贞)状态的暴露,倒没被看作是什么了不起的大事。

克里斯塔也跟艾罗绝无相似之处。她没有宽大的臀部与金色的头发。她是个深色头发、身材纤细的姑娘,很风趣但有时也会有些闷闷不乐,在往后的岁月里,她将成为朱丽叶的心腹之交与主要的依靠——虽然她永远也没有完全抛弃那种隐隐嘲笑朱丽叶的习惯,那无非是一个潜藏的竞争对手心中惯常会兴起的醋波微澜的一种反映。

不 久 | SOON

两个侧面彼此相对。其中之一是一头纯白色小母牛脸的一侧,有着特别温柔安详的表情,另外的那个则是一个绿面人的侧面,这人既不年轻也不年老,看来像是个小公务员,也许是个邮差——他戴的是那样的制帽。他嘴唇颜色很淡,眼白部分却闪闪发亮。一只手,也许就是他的手,从画的下端献上一棵小树或是一根茂密的枝子,上面结的果子则是一颗颗的宝石。

画的上端是一片乌云,底下是坐落在一片凹凸不平的土坡上的几座歪歪斜斜的小房子和一座玩具教堂,教堂上还插着个玩具十字架。土坡上有个小小的人儿(所用的比例要比房子的大上一些)目的很明确地往前走着,肩膀上扛着一把长镰刀,一个大小跟他差不多的妇人似乎在等候他,不过她却是头足颠倒的。

画里还有别的东西。比方说,一个姑娘在给一头奶牛挤奶,但那是画在小母牛面颊上的。

朱丽叶立刻决定要买这张印刷的图片,作为圣诞节送给她父母亲的礼物。

"因为它使我想起了他们。"她对克里斯塔说,那是陪她从鲸鱼湾来到这儿买东西的一个朋友。她们此刻是在温哥华画廊的礼品商店里。

克里斯塔笑了。"那个绿颜色的人和那头母牛吗?他们会感到不胜荣幸的。"

克里斯塔对任何事情一开头总是不肯一本正经,非得对它调侃上几句才肯放过。朱丽叶倒一点儿也不在乎。她怀着三个月的身孕——肚子里那个胎儿就是日后的佩内洛普了,忽然之间,让她不舒服的反应一下子全都没有了,为了这一点以及别的原因,她每隔上一阵子就不由自主地感到高兴。每时每刻,她脑子里在想的都是吃的东西,她本来都不想进礼品店了,因为她眼角扫到旁边的什么地方还有一个小吃部。

她看了看画的标题。我和村庄。

这就使这幅画意味更加深长了。

"夏加尔[①]。我喜欢夏加尔,"克里斯塔说,"毕加索算什么东西。"

朱丽叶因为自己的发现而欣喜不已,她发现自己注意力几乎都无法集中了。

"你知道据传他说过什么话吗?夏加尔的画让女售货员看最合适,"克里斯塔告诉她,"女售货员有什么不好?夏加尔应该回敬一句,毕加索的画让脸长得奇形怪状的人看最合适不过了。"

"我的意思是,它让我想起了我父母亲的生活,"朱丽叶说,"我不知道为什么,不过事实就是这样。"

她已经跟克里斯塔谈过一些她父母亲的情况了——他们如何生活在一种有点古怪却并非不快乐的孤立状态中,虽然她的父亲是一位口碑不错的老师。大家不太跟他们来往的主要原因是萨拉心脏有毛病,但也因为他们订的杂志是周围的人全都不看的,他们听的是国家电台的广播节

[①] 马克·夏加尔(Marc Chagall,1887—1985),犹太裔画家。出生于俄国,后定居法国。现代派大师之一。《我和村庄》为其代表作之一。

目，周围再没有其他人听。再加上萨拉不从巴特里克公司的目录上挑选衣服，却总是根据《时尚》杂志上的样子自己缝制——有时候简直是不伦不类。他们身上多少残留着一些年轻人的气质，而不像朱丽叶同学的双亲那样，越来越胖，越来越懒散。这也是他们不合群的原因之一。朱丽叶形容过她爸爸山姆模样跟她自己差不多——长脖颈，下巴有点儿往上翘，浅棕色的松垂头发——而萨拉则是个纤细、苍白的金发美人，头发总有点乱，不修边幅。

佩内洛普十三个月大的时候，朱丽叶带着她坐飞机去了多伦多，然后换乘火车。那是一九六九年。她在一个小镇下了车，这儿离她长大、山姆和萨拉仍旧住着的那个小镇还有二十来英里。显然，火车已不再在那里设站了。

她感到很失望，因为是在这个不熟悉的小站下车，而没有一下子重新见到自己记忆中的树木、人行道和房屋。然后，很快很快，就能见到坐落在一棵硕大无朋的枫树后面的她自己的房子，山姆和萨拉的房子，很宽敞但是也很普通，肯定仍然是刷着那种起泡的、脏兮兮的白漆。

看到山姆和萨拉了，就在这里，在这个她从未见到他们来过的小镇里，正在微笑呢，但也很着急，他们的身影在一点点地变小。

萨拉发出了一声古怪的小尖叫，仿佛是被什么啄了一下似的。月台上有几个人回过头来看看。

显然，只不过是激动罢了。

"我们一长一短，不过仍然很般配。"她说。

起初，朱丽叶不明白是什么意思。紧接着她猜出来了——萨拉穿着一条长及小腿肚子的黑亚麻长裙和一件配套的黑夹克。夹克的领子和衣袖用的是一种光闪闪的酸橙绿色的布料子，上面还有一个个黑色的大圆点。她头上也缠着用同样的绿料子做的头巾。这套服装必定是她自己缝制的，或是请某个裁缝按照她的设计做的。这样的颜色对她的皮肤可不太厚道，因为看着像是皮肤上洒满了细细的粉笔灰。

朱丽叶穿的是一条黑色的超短连衣裙。

"我方才还寻思你对我会怎么想，大夏天穿一身黑，仿佛是为什么人穿丧服似的，"萨拉说，"可是你穿得正好跟我很般配。你看上去真漂亮，我是完全赞成这种短衣服的。"

"再加上一头长披发，"山姆说，"简直就是个彻头彻尾的嬉皮士了。"他弯下身子去细看婴儿的脸，"你好，佩内洛普。"

萨拉说："多么漂亮的玩具娃娃呀。"

她伸出手想去抱佩内洛普——虽然从她袖管里滑出来的手臂仿佛是两根细棍子，根本不可能支撑住这样的重量。其实也用不着这两只手来做这件事了，因为佩内洛普刚听到外婆发出的第一个声音便已经很紧张，这会儿更是哭喊着把身子往外扭，把小脸藏到朱丽叶的脖颈窝里去了。

萨拉笑了。"我就那么可怕吗，像个稻草人？"她的声音再次失去控制，升高时仿佛是在尖叫，下降又一下子没了声音，引来了周围人的瞪视。这可是个新情况呢——虽然没准并不完全是这样。朱丽叶有这样的印象，只要她母亲大笑或是开始说话，人们总会朝她的方向看过来，但是早年间他们所注意到的总是很有爆发力的一阵欢笑声——那是很有少女风采和吸引力的（虽然并不是谁都喜欢，有人会说她总想卖弄风情、惹人注意）。

朱丽叶说："宝宝太累了。"

山姆把站在他们身后的一个年轻女子介绍给她，那人站得稍远一些，似乎是有意不让人认为她跟他们是一伙的。事实上朱丽叶也完全没想到她是跟她父母一起来的。

"朱丽叶，这是艾琳·艾弗里。"

朱丽叶抱着佩内洛普又拿着放尿片的包包，她尽可能地把手往外伸，可是发现艾琳显然没打算握手，或许是没有注意到她的意图，她便微笑了一下。艾琳并没有笑上一笑作为回应，只是一动不动地站着，给人的印象却是恨不得立时拔腿跑开。

"你好。"朱丽叶说。

艾琳说："见到你很高兴。"声音轻得勉强能听见，但是一丁点儿表情都没有。

"艾琳可是我们的好仙女呀。"萨拉说，这时，艾琳的面色起了些变化。她露出一些不悦，也带着些理应会有的尴尬。

她个子没有朱丽叶高——朱丽叶可是个高个儿——但是肩膀与臀部都要比朱丽叶宽阔，胳臂很结实，下巴显得很有毅力。她有厚厚的、富于弹性的黑发，从脸那儿直着往后梳，扎成一个短而粗的马尾巴，她的黑眉毛浓浓的有点凶相，皮肤是一晒就黑的那种。她眼睛是绿色或是蓝色的，让肤色一衬颜色浅得令人感到意外，也很难让人看透。因为眼眶陷得很深。还因为她脑袋稍稍有点往下耷拉，脸总是扭开去的，这种敌意便像是有意装出来并故意加强的。

"咱们的这位仙女干的活儿真是不少呀，"山姆说，脸上露出了他惯常的那种似乎很有雄才大略的开阔笑容，"我会向全世界宣告她的劳绩的。"

到此时，朱丽叶自然记起了家中来信里提到过，由于萨拉体力急遽大幅度衰退，家中请了一个女的来帮忙。不过她以为那准是个年纪更大些的老太太。艾琳显然不见得比自己年纪大。

汽车倒还是山姆大约十年前买来的二手货庞狄克。原来的蓝漆还在这里那里剩下了一道道痕迹，但大多都已经褪成灰颜色了，冬天路上撒的盐使得低处那层衬漆上现出了一摊摊锈迹。

"看咱们家的老灰母马呀。"萨拉说，从车站月台走下来的这几步路已经使她气儿都快喘不过来了。

"她还坚持着不下岗哪。"朱丽叶说。她很钦佩地说,家里人八成也是希望她这么说的。她已经忘掉家里是怎么称呼这辆车子的了,其实那名字当初还是她起的呢。

"哦,她是任何时候都不会放弃的,"萨拉说,这时候她已经由艾琳扶着在后座上坐了下来,"而我们也从来没有对她放弃过希望。"

朱丽叶摆弄着佩内洛普,好不容易才坐进了前面的座位,娃娃这时候又开始呜咽起来了。车子里热得惊人,虽然车是停在车站外白杨树的稀疏阴影里,车窗还是开着的。

"其实我倒是在考虑——"山姆一边把车倒出来一边说,"我考虑要将它换成一辆卡车呢。"

"他不是当真的。"萨拉尖叫道。

"对于做买卖,"山姆接着往下说,"那样会更方便些。你每回开车走在街上,光是车门上画的广告就能起到不少作用。"

"他是在开玩笑,"萨拉说,"我怎么能坐在一辆漆着新鲜蔬菜字样的车子里招摇过市呢?莫非是自己成了西葫芦或是大白菜了吗?"

"你就省点劲儿吧,太太,"山姆说,"要不然等我们回到家里你会连一句话都不想说了。"

在本县各处的公立学校执教了将近三十年之后——在最后的那所就一口气教了十年——山姆突然辞职不干了,并且决定改行,做蔬菜销售,而且还是全职的。他一直在家屋旁边的一片空地上种着一片不算小的菜园,也侍弄蓝莓树,把自己吃不了的产品卖给镇子内外的一些人家。可是现在,显然,这样的业余活动要变成一种谋生之道了,要把产品卖给食品杂货铺,说不定以后还会在大门口搭一个卖果蔬的摊子出来呢。

"你是认真打算这么干的吗?"朱丽叶轻声问道。

"那是自然啦。"

"放弃教学你就那么舍得?"

"绝对舍得。我可是倒足胃口了。我反胃反得连酸水都要溢出来了。"

的确,教书教了那么多年,他却始终未能在任何一所学校里当上校长。她猜想这就是使他倒胃口的原因。他是个出色的教师,他的特立独行和充沛的精力都是有口皆碑的,他教的六年级也是受业的每一个学生一辈子都难以忘怀的一年。可是年复一年,他总是被忽略过去,原因或许也正在于此。他的方法可以理解为对上级领导的鄙视。因此你可以想象,有关领导自然会认为他不是当校长的料儿,还是让他做原来的工作危害相对来说会轻一些。

他喜爱户外的工作,也善于跟普通人交谈,没准他是能做好销售蔬菜的事业的。

可是萨拉对他这样的打算很不以为然。

朱丽叶同样也是不喜欢。不过,如果真的要她作选择的话,她还是会赞同父亲的做法的。她可不想把自己归到势利小人的行列里去。

实际的情况是,她认为自己以及山姆与萨拉,特别是她自己和山姆,因为有自己独特的想法,所以比周围的每一个人,都要高出一头。因此,即使他去卖菜,那又有什么关系呢?

山姆此刻用一种更低沉、带点搞阴谋意味的声音问她。

"她叫什么名字?"

他指的是婴儿的名字。

"佩内洛普。我们绝对不会简称她为佩内的。[①]就是佩内洛普。"

"不,我是问——问她的姓。"

"哦。应该是叫亨德森-波蒂厄斯,或者波蒂厄斯-亨德森。不过念起来有点儿啰唆,后边的佩内洛普这名字已经够长的了。我们知道会这样,但还是想叫她佩内洛普。我们总是要定下来的嘛。"

[①]佩内(Penny),在英语中是"便士"、"小钱"之意。而佩内洛普则是荷马史诗《奥德赛》中主人公奥德修斯的妻子。

"是这样啊。他让宝宝姓他的姓,"山姆说,"那么,那还是说明问题的。我的意思是,这样就好。"

朱丽叶惊愕了好一会儿,后来才想明白了。

"他当然要这样做的,"她说,假装被弄糊涂了并觉得好笑,"本来就是他的孩子嘛。"

"啊,是的。是的。不过,考虑到具体的情况……"

"我想不起来有什么具体情况嘛,"她说,"如果你指的是我们没有结婚,那根本不是什么值得一提的事儿。在我们住的那地方,在我们认识的人当中,是没有人会在乎这样的形式的。"

"也许是吧,"山姆说,"可他不是结过一次婚的吗?"

朱丽叶告诉过他们埃里克妻子的事,说她出了车祸躺在病床上的八年里他一直都在照顾她。

"你指安吗?是的。呃,我不是太清楚。不过是的,我想是办了结婚手续的。是的。"

萨拉朝前座喊叫道:"停下来吃点冰激凌好不好呀?"

"家中冰箱里有冰激凌,"山姆朝后面喊道,接下去又轻轻地对朱丽叶说了句让她大吃一惊的话,"带她随便上哪儿去请她吃点儿什么,她就要人来疯了。"

车窗仍然是开着的,热烘烘的风穿透了整个车厢。现在正是盛夏,这样的季节,就朱丽叶所感觉到的,是在西海岸从来也没有出现过的。硬木树高耸,围护在田野的边缘,投下了蓝黑色山洞般的阴影,在它们的前面,庄稼和牧场在太阳强光的直晒下,呈现出一片金色和绿色。小麦、大麦、玉米和豆科作物生机勃勃——刺得你的眼睛生疼。

萨拉说:"开啥会呢,你们在前面座位上的?风这么刮着,我们在后排的根本听不见。"

山姆说:"没什么了不起的事儿。光是问问朱丽叶她的男人是不是还在干打鱼的营生。"

埃里克靠捕大虾维持生活,这么干已有很长时间了。他一度是医学院的学生,后来因为给一个朋友(不是他的女朋友)堕胎,没有能学下去。(本来一切都很顺利,但是不知怎的消息传了出去。)朱丽叶曾经打算告诉她那两位思想开放的双亲。也许是想让他们知道,他也是个受过教育的人,不是什么普普通通的打鱼人。不过说了又怎么样呢,特别是山姆现在都已经是个菜农了?而且,他们思想开放的程度恐怕也没有她当初设想的那么牢靠。

可以出售的不仅仅是新鲜蔬菜和浆果。厨房里生产出了不少果酱、瓶装压榨汁和酸黄瓜之类的东西。就在朱丽叶来到的那个上午,他们就在做蓝莓酱。艾琳主持这事儿,她的衬衣给水汽或是汗水打湿了,两片肩胛骨之间的衣服都粘在了身上。时不时地她还会朝电视机扫上一眼,机子被推到后厅通向厨房门口的地方,因此你想回房间还得侧着身子挤过去才行。屏幕上在放的是儿童晨间节目,动画片《波波鹿与飞天鼠》。艾琳过上一阵就会为里面的趣事哈哈大笑,而朱丽叶为了不扫她的兴,也只得哼哼地笑上一两声。但艾琳根本没有注意到这事。

洗菜台上必须得腾出块空地来,好让朱丽叶给佩内洛普煮个鸡蛋再把它碾碎,以充当她的早餐,另外也要为自己煮杯咖啡,烤片面包。"地儿够大了吗?"艾琳问她,那语气有点犹豫不决,仿佛朱丽叶是个外来者,她的要求是预先无法知道的。

挨近了之后,你便可以看清艾琳前臂上长了多少细细的黑毛了。连脸颊上都有,就在耳朵的前面。

她从眼角斜斜地扫看朱丽叶在干着的每一件事情,看着她如何摆弄炉台上的那些开关(一开始朱丽叶都记不得哪个是管哪个灶火的了),看着她如何把鸡蛋从平底锅里取出来,剥壳(这个蛋有点粘壳,壳只能一点点地而不是一大片很容易地剥下来），接着又看她如何找了只小茶碟来碾碎鸡蛋。

"你不想让它掉到地上吧。"她指的不是鸡蛋而是那只瓷碟，"你就没有给孩子用的塑料碟子吗？"

"我会留神的。"朱丽叶说。

后来才知道，艾琳也是个当妈妈的。她有一个三岁的男孩和一个快满两岁的女孩。他们的名字是特雷弗和特蕾西。他们的父亲去年夏天在他干活的养鸡场的一次事故中丧了生。她比朱丽叶小三岁——今年二十二。孩子与丈夫的情况是回答朱丽叶的讯问时说的，她的年龄则是从接下去她说的话里推算出来的。

当时朱丽叶说："哦，我真是难过。"谈到那次事故时，朱丽叶觉得自己太没礼貌了，真不该瞎打听的，现在再表示同情也显得有点伪善了。艾琳说："是啊。就在我过二十一岁生日的那一天。"仿佛厄运也是件能一点点积累而成的东西似的，就跟手镯上那些护身的小饰物一样。

在佩内洛普勉强把一只鸡蛋都吃下去以后，朱丽叶把她夹在一边的腰胯上，带她上楼。

往上走到一半，她想起了那只茶碟还没有洗。

但是孩子无处可放，她还不会走路，爬动起来却是异常迅速。显然，让她独自待在厨房里连五分钟都是不行的，消毒器里的水是沸腾的，还有滚烫的果酱和好多剁东西的刀子——让艾琳帮着照顾一会儿这样要求也未免太过分。而婴儿今早上的第一个表现就是仍然不想跟外婆要好。因此，朱丽叶只好把她抱到通往阁楼的有围栏的楼梯上去，把身后的门关上，让她在这几级楼梯上玩儿，自己则去寻找小时候用过的游戏围栏。幸运的是，佩内洛普是个在台阶上玩惯的行家。

这是一座正正经经两层楼高的房屋，房间的天花板很高，但是房间方方正正的，像个盒子。这也许只是朱丽叶此刻的感觉。屋顶是斜的，因此只能在阁楼的中央部分站直了走。朱丽叶以前就常常这样走,那时她还小呢。她一边走,一边把读到的什么故事讲给自己听,免不了有些添油加醋或是作了一些改动。还跳舞呢——这儿居然还能跳舞——面对着一些想象出来的观众。其实真正的观众只是一些破损、废弃的家具,几只旧箱子,一件重得不得了的野牛皮外套,一所让紫燕做窝的小房子(是山姆旧日学生们送的礼物,其实从来没能吸引到过一只紫燕),一顶德国军盔,据说是山姆的父亲参加第一次世界大战时带回来的,一幅无心作成的滑稽画,完全是业余水平,画的是"爱尔兰女王号"在圣劳伦斯湾沉没的景象,船上的一些火柴梗似的人儿在往四面八方飞出去。

瞧呀,在那边墙上斜靠着的,不正是那幅《我和村庄》吗?画面朝外,没有任何想好好藏起来的意图。上面也没有积上多少灰尘,说明放在那里的时间不会太久。

在搜索了片刻之后她找到了那个游戏围栏。那是一件挺讲究、分量挺沉的东西,有木地板和轴柱能转动的围壁。还找到了那辆婴儿车。她父母什么东西都留着,他们曾想过再要一个孩子。至少是曾经有过一次流产的。星期天早上从他们床上传来的嬉笑声曾使朱丽叶觉得这座房子正为一种偷偷进入的甚至是不怎么体面的干扰所入侵,而这种干扰对她来说是不怎么有利的。

婴儿车是折叠起来便可以推走的那种。这一点朱丽叶已经忘掉了,或者是从来就没有意识到。此刻她已经出汗了,灰头土脸的。她在试着让它折叠起来。对她来说,这类活儿从来都不轻松,她永远都不能一下子就掌握好装卸这样的事儿,当然,如果不是因为考虑到艾琳,她本来可以把整件东西拖到下面园子里去让山姆帮忙干的。艾琳那双闪烁不定的浅色眼睛,不直接看过来却很有心机的眼光,还有那双能干的手。她的警惕,那里面有一种不完全能称之为轻蔑的神情。朱丽叶真不知道那应该叫什么。反正那是猫身上常会有的一种满不在乎但也不跟你亲热的态度。

好不容易,她终于把那辆童车装配好了。它很笨重,比她用惯的那种要大上一半。而且很脏,这是不消说的。就像她现在一样,在台阶上的佩内洛普甚至更脏。可是就在婴儿的手边却有一样东西,那是朱丽叶方才没有看见的。一颗钉子。这样的东西你本来是根本不会注意到的,直到你有了一个会把什么都往嘴里放的宝宝,从这时起你的注意力就一刻都不能松懈了。

可是她偏偏就是做不到。什么东西都在分散她的注意力。炎热、艾琳、过去熟知的事情以及过去没能认识的那些事情。

我和村庄。

"哦,"萨拉说,"我原来是希望你不会注意到的。你可别把它放在心上。"

阳光起居室现在充当了萨拉的卧室。所有的窗子上都挂有竹帘,使得这个小房间——原来是回廊的一部分——充满了一种棕黄色的光线和固定的燠热。可是萨拉却穿着粉红色的绒布睡裤。昨天在火车站,她描了眉,抹了蓝莓色的唇膏,缠着头巾,穿着套装,在朱丽叶看来颇像一位上了年纪的法国女人(其实朱丽叶并未见到过多少法国老太太),可是现在,白发一绺绺地披垂着,亮亮的眼睛在几乎没有的眉毛下焦急地瞪视着,她看上去更像是一个古怪地变老了的小孩。她倚着枕头坐得直直的,被子拉到腰部。方才朱丽叶扶着她上卫生间的时候,发现她竟然是穿着袜子和便鞋上床的,虽然天气炎热。

她床边放着一把直靠背的椅子,座位低,这比桌子更易于她取放东西。上面放着药片、药水、爽身粉、润肤露和一杯喝了一半的奶茶,还有一只玻璃杯,里面有褐色的痕迹,也许是补铁的药水。床头上有一些杂志,过期的《时尚》和《妇女家庭杂志》。

"我可没有在意。"朱丽叶说。

"我们是挂过的。在餐厅门旁边的后厅里。后来你爸把它摘了下来。"

"为什么呢?"

"这事他一点儿也没跟我说过。他没说打算取下来。后来有一天它就是不在那儿了。"

"他干吗要把它取下来呢?"

"哦。准是他有了个什么想法吧,你知道的。"

"什么方面的想法?"

"哦。我想——你知道吧,我想那说不定是和艾琳有关。那幅画会让艾琳瞧着不舒服。"

"里面又没有人光屁股。不像波提切利的那幅。"

因为的确是有一幅《维纳斯的诞生》的复制品挂在山姆和萨拉的起居室里的。多年前,在他们请一些别的老师来吃晚饭时,这幅画往往是被大家当作有点敏感的笑话来说的。

"是没有。不过它挺现代。我想这让你爸感到不安。也可能是当艾琳看到它的时候自己也看着它——这使他感到不安。他可能是怕她会觉得——呃,会有点儿瞧不起我们,你知道吧——认为我们有点儿古怪。他不喜欢让艾琳觉得我们是那种人。"

朱丽叶说:"是会挂那样的画的那种人?你是说他会这么在乎她对我们挂的画有什么想法?"

"你是了解你爸爸的。"

"他并不害怕跟别人意见不一样呀。那岂不正是他工作上不顺利的原因吗?"

"什么?"萨拉说,"啊。是的。他可以跟人家意见不一致。但是有时候他也是小心翼翼的。而且艾琳,艾琳是——他对艾琳是小心翼翼的。艾琳对我们来说是非常可贵的,这个艾琳。"

103

"莫非爸爸以为，就因为我们有一幅有点儿怪的图画，艾琳就会辞职不干吗？"

"这就不好说了，亲爱的。我是很珍惜你送的任何一件东西的。可是你爸……"

朱丽叶什么都不说了。从她九岁十岁开始一直到大约十四岁，她和萨拉对山姆达成了一个共识：你是知道你爸的。

那是她们俩作为女人一起共处的那段时间。在家里自己试着烫朱丽叶那头桀骜不驯的细发呀，上过制衣研习班后做出跟任何人全都不一样的服装呀，山姆学校开会晚回来时照例是拿花生酱—黄油—西红柿加蛋黄酱的三明治做晚餐呀。她们把那些老故事翻来覆去地说个没完，那是关于萨拉过去的男朋友和女朋友的，他们开的玩笑啦，他们做的游戏啦，那时萨拉也做小学教员，心脏病还不算太严重。还讲比这更早时候的事，那时萨拉因为风湿病发烧躺在床上，自己想象出来一对朋友罗洛和马克辛，他们能像某些儿童读物里的人物一样破案，甚至能破谋杀案呢。有时又回想起山姆那一次次疯狂的追求，他用借来的汽车闯下什么祸啦，他又如何化装成流浪汉出现在萨拉的门前啦。

萨拉和朱丽叶，自己做奶油软糖，在衬裙花边的小孔里扎上一个个蝴蝶结，两个人简直合成了一个人。可是突然有一天，朱丽叶再也不想这样做了，反倒会在深夜里到厨房去跟山姆聊天，问他一些关于黑洞、冰期和上帝的问题。她讨厌萨拉睁大眼睛用一些自以为很机巧的问题来破坏他们的谈话，她那些打岔总是试图要把话题扯回到她自己的身上去。这就是谈话非得要在深夜进行的原因，父女俩都有一个共识但是谁都没有捅破过，那就是等我们摆脱开萨拉再说。当然是暂时的。

而与此相伴还有另外的一个提醒。要好好对待萨拉呀。她是冒了生命的危险才怀上你的，这是值得记住的呀。

"你爸爸对于地位比他高的人是不怕得罪的，"萨拉说，深深地吸了口气,"不过你知道他是怎么对待比他低的人的。他会做出各种各样的努力使他们觉得他跟他们没有任何区别,他一定要让自己降低到他们的层次——"

朱丽叶自然是知道的。她知道山姆跟加油站的小伙子是怎么说话的,他在五金店里又是怎样跟人家开玩笑的。不过她什么都没有说。

"他对他们简直是低声下气地讨好呀。"萨拉突然改变了声调,几乎都有点恶狠狠了,而且还低低咕噜地笑了一声。

朱丽叶把推车、佩内洛普以及她自己都好好地清洗了一遍,接着便朝着小镇中心处走去了。她表面上的理由是要买某种牌子的药皂,好用它来洗尿片,如果她用普通肥皂宝宝会起皮疹的。可是她还有别的原因,不可抗拒却有点难以启齿的原因。

这正是她一生中好几年都走着去上学的那条路。即使她已经上了大学,是回来探亲的,她仍然还是同样的一个去上学的女孩。她难道就永远都不停止上学了吗?在她刚获得大学校际拉丁语翻译奖的时候,有人向山姆提了这样的问题,山姆回答说:"恐怕是的吧。"他自己还翻来覆去地讲这个故事。老天爷在上,他可不会去提奖金什么的事。要提就让萨拉来提好了,虽然萨拉没准都记不起来那是个什么奖了。

哦,她终于来到这里,在做补偿的工作了。像任何别的年轻女子那样,推着她的娃娃,为洗尿片的肥皂而操心。而且这不仅仅是她的娃娃。这是她的爱女。她有时候是会这样称呼佩内洛普的,不过只当着埃里克一个人这么说过。他是当笑话听的,她说的时候也像是在说笑话,因为自然,他们生活在一起而且已经有些时候了,他们是打算一直这样过下去的。就她所知,没有结婚这件事对他们来说并不说明什么问题,而且她自己是经常把这件事忘掉的。可是有时候,特别是现在,回到了家里,她没有结婚这件事给了她一种成就感,一种傻乎乎的幸福感。

"这么说——你今天到街那头去了呀,"山姆说(他是一直说街那头的吗?萨拉和朱丽叶总是说镇中心的),"遇见哪个认识的人了吗?"

"我必须要走一趟药房,"朱丽叶说,"因此我和查理·利特尔聊了几句。"

谈话是在厨房里进行的,时间已经过了晚上十一点。朱丽叶心想,现在应该把佩内洛普明天要用的奶瓶准备好了。

"查理小子①吗?"山姆说,朱丽叶忘了,他仍旧保留着他另外的一个习惯,那就是爱用学校里的绰号称呼人,"他夸奖你的孩子了吗?"

"那当然。"

"他自然是应该喜欢的。"

山姆正坐在桌子旁边,喝着一杯黑麦酒,抽着香烟。他喝上威士忌了,这倒是以前没有的事。因为萨拉的父亲过去就是个酒鬼,倒不是个落魄的酒鬼,他一直在做着兽医的营生,可是因为嗜酒,已经在家中形成了一种恐怖的氛围,足以使女儿对酒精深恶痛绝了。山姆过去顶多在家里喝上一杯啤酒,至少就朱丽叶所知而言。

朱丽叶之所以去药房,是因为只有那里才有药皂卖。她没料到会见到查理,虽然这铺子是他家开的。她最后听到的有关他的消息是,他准备当一名工程师。她今天也跟他提到这件事了,也许有些不太讲策略吧,可是他倒是很轻松很愉快地告诉她,这个打算最终并没能实现。他肚子都鼓出来了,头发变稀了,也不像以前那样有波纹和有光泽了。他很热情地和朱丽叶打招呼,把她和婴儿都大大地夸奖了一通,这倒使她有点不好意思,以致在跟他谈话时脸皮和脖颈都有点发热,甚至都冒汗了。在高中时,他可顾不上搭理她,见面仅仅是一本正经地打个招呼,因为

---

①查理·利特尔姓利特尔(Little),也就是"小"的意思。

在礼貌上，他倒一直是挺随和的，而且是不因人而异的。他约会时带出去的总是学校里最招人注意的女孩，他告诉她，现在娶的正是其中的一位，珍尼·皮尔。他们有了两个孩子，一个跟佩内洛普差不多大，另一个稍稍大一些。他坦率地说——他之所以这么坦率似乎跟她目前的状态不无关联——正因为如此，他才终于没有能当上一名工程师。

怪不得他有能耐逗得佩内洛普对他露出笑脸并发出咯咯的笑声了，他像一位同是当父母的人那样跟朱丽叶聊天，好像他们彼此彼此，都是同一个档次的人。她还像个白痴似的觉得很受用也很高兴。可是他还注意到了别的一些事——他朝她没戴戒指的左手瞟了一眼，打趣他自己的婚姻，还有其他的一些事情。他心下暗自地赞赏她，也许是因为他看到的是一个展现大胆性生活成果的女子。况且这还不是别人，而是朱丽叶，那个书呆子，那位女学究。

"她像你吧？"他蹲下来细看佩内洛普时问道。

"像她爸爸的地方更多一些。"朱丽叶随便地说了一句，只觉得心中充满了骄傲，连上唇那儿都冒出汗珠子来了。

"真是这样的吗？"查理站直了身子，一边很机密似的说，"不过，我得告诉你一件事儿。我认为这不太像话……"

朱丽叶对山姆说："他告诉我，他认为不太像话，是跟你有关的什么事儿。"

"他这么说的？那你又是怎么对他说的？"

"我不知道该说些什么。我不明白他所指的是什么事。但我又不想让他知道我不明白。"

"是啊。"

她在桌子边上坐了下来。"我想喝一杯，但是我不喜欢威士忌。"

"你现在也喝上了？"

"就喝葡萄酒。我们自己酿葡萄酒。在海湾那儿每户人家都自己酿做。"

然后他跟她说了一个笑话，要是在以前，他是绝对不会跟她说这类笑话的。它讲的是一对夫妇住进一家汽车旅馆，故事的最后一句是："因此，就像我在主日学校里跟女孩子讲的那样——你是无须既喝酒又抽烟才能享受到美好时光的。"

她大声笑了，可是觉得自己的脸皮发烫了，就像跟查理在一起时一样。

"你干吗要辞职呢？"她说，"是因为我才泄气的吗？"

"唉，得了吧。"山姆笑着说，"别把自己估计得那么高。我没有泄气。我不是被开除的。"

"那好吧。你是自己辞职的。"

"我自己辞掉的。"

"那样做就跟我一点儿关系都没有？"

"我辞职，是因为我厌烦了老把自己的脖子伸在那个套索里。我想辞职已经不止一两年了。"

"就跟我没有一点关系吗？"

"好吧，"山姆说，"我跟别人争吵了一场。老是有人乱说别人的坏话。"

"说什么？"

"你没有必要知道。"

过了片刻，他又接着说："你不用担心，他们没有开除我。他们也没法开除我。是有条例规定的。就像我跟你说的那样——反正我早就不想干了。"

"可是你不明白，"朱丽叶说，"你不明白。你不明白这样做是多么愚蠢，住在这样的一个地方又是多么让人生气，这儿的人总是那样地议论人，可如果我告诉他们我知道这一点的话，他们又是绝对不肯相信。仿佛这是一个笑话似的。"

"可是，不幸的是你母亲和我不是住在你的那个地方。我们是生活在这里。你的那个男人也会认为这是一个笑话吗？今天晚上我不想再谈这件事了，我要上床睡了。我先去看看你母亲，然后我也要睡了。"

"客运列车——"朱丽叶说，精力仍然很旺盛，肚子里的气也还没发泄完，"在这儿仍然是有一站的。不是这样吗？你不想让我们在这儿下车。对不对？"

对她的这个问题，正走出房间的父亲没有回答。

小镇最边缘处的一盏街灯的光此刻正落在朱丽叶的床上。那棵大大的软木枫树早给砍了，现在顶替它的是山姆种了大黄的药田。昨天晚上她是把窗帘拉紧免得灯光照在床上的，可是今天晚上，她觉得自己需要室外的空气。因此她把枕头移到床脚那边，挨着佩内洛普——尽管灯光直直地打在脸上，孩子已经睡得像个天使那样了。

她真希望方才是喝了点儿威士忌的。她僵僵地躺着，既沮丧又气愤，肚子里在打着一封写给埃里克的信的腹稿。我不明白自己来这里是干什么的，我根本就不应该来，我现在迫不及待地想要回家。

回家。

早晨，天还没有怎么亮，她就听到了真空吸尘器的声音。接着她听到了一个声音，山姆的声音，打断了吸尘器的声音，再后来她一定是又睡着了。等她再一次醒来，她想方才一定是在做梦。否则佩内洛普应该会被吵醒的，可是孩子并没有醒。

今天早上厨房里凉快了一些，不再是一屋子都是炖水果的气味了。艾琳在给果酱瓶准备方格布的罩子和预备贴到瓶子上去的标签。

"我好像听到了你在用吸尘器的声音，"朱丽叶说，想让气氛变得轻松一些，"我肯定是做梦了吧。那会儿才清晨五点来钟。"

艾琳没有立即回答。她正在写一个标签。她写的时候精神高度集中，牙齿紧紧地咬着嘴唇。

"是她，"她写完后说道，"她把你爸吵醒了，你爸只好起来去阻止她。"

这好像不大可能嘛。昨天，萨拉只有在要上厕所的时候才会起床的。

"他告诉我的，"艾琳说，"她半夜醒来，认为自己该干点什么活儿，于是你爸不得不起床去拉住她。"

"那么她精力还是很充沛的啰。"朱丽叶说。

"可不是嘛。"艾琳又在写另一张标签了。这张写好后，她把脸转向朱丽叶。

"她是想吵醒你爸，引起注意，就是这么回事。他都累得要死了，可是不得不起来照顾她。"

朱丽叶把身子转开。她不想把佩内洛普放下来——好像孩子在这里不安全似的——所以把孩子搁在一边的腿上，同时用只汤勺去把鸡蛋捞出来，就用一只手去磕开它，剥了皮，再把它碾碎。

她喂佩内洛普时不敢说话，生怕自己的声音会惊吓了孩子，使她哭起来。这样做感染了艾琳。她也压低了自己的声音——不过仍然是气鼓鼓的，"他们就是这样。他们发病的时候连自己也控制不住。他们光是想到自己，也不为别人考虑考虑。"

萨拉的眼睛是闭着的，可是很快就睁开来了。"哦，我的好宝贝儿，"她说，仿佛是在自嘲似的，"我的朱丽叶。我的佩内洛普。"

佩内洛普似乎对她一点点习惯了。至少今天早上没有哭，也没有把小脸扭开。

"喏，"萨拉说，伸手去取一本她的杂志，"把她放下，让她来干这个活儿。"

佩内洛普起先像是有点犹豫不决，但紧接着就揪住一页纸，使劲地撕扯起来。

"干得不错呀，"萨拉说，"小娃娃没有不喜欢撕扯杂志的。我记得的。"

床头那张椅子上放着一碗麦乳精，几乎没怎么动过。

"你早饭都还没有吃吗？"朱丽叶说，"你是不是不想吃这个？"

萨拉看着那只碗，仿佛是有个严重的问题待她解决，不过她还没有想好。

"我不记得了。是的，我琢磨着我是不想吃这个。"她轻声咯咯地笑着，仿佛有点诧异似的，"谁知道呢？我忽然觉得，她没准想毒死我呢。"

"我只不过是在说笑话，"平静下来之后，她又说道，"不过她真的是很凶狠的呀。这个艾琳。我们绝对不应该低估——这个艾琳。你看到她胳膊上的那些毛了吗？"

"就跟猫的毛似的。"朱丽叶说。

"也像是臭鼬的。"

"我们只能希望这样的毛一根也别掉到果酱里去。"

"别让我，别让我再笑了——"

佩内洛普撕杂志撕得很专心，因此朱丽叶放心让她留在萨拉的房间里，自己将麦乳精端到厨房里去。她一句话没说，便做起一份蛋奶酒来。艾琳出出进进，把一箱箱果酱瓶放到汽车里去。在后台阶上，山姆正在用水管将新挖出来的土豆上粘着的泥土冲刷掉。他唱起歌来了——开始声音太轻，没有人能听清他的歌词；接着，当艾琳走上台阶时，他的声音变得响了一些。

> 艾琳，晚——安——安，
> 艾琳，晚安，
> 晚安，艾琳，晚安，艾琳，
> 我会在梦中见到你。

艾琳此时正在厨房里，她呼地转过身，大声喝道："别唱说我的事儿的这首歌。"

"哪首歌说你的事儿啦？"山姆说，装出很吃惊的样子，"谁在唱说你事儿的歌啦？"

"就是你。你方才唱了。"

"哦——那首歌呀。那支说艾琳的歌吗？歌里的那个女孩？天哪——我忘了那也是你的名字了。"

他又唱起来了，不过是在偷偷地哼唱。艾琳站着在听，脸涨得通红，胸脯一起一伏，单等听到歌词里的一个字她就要马上扑过来了。

"不许你唱跟我有关系的歌。如果里面有我的名字，那就是跟我有关。"

突然间，山姆放大嗓音唱起来了。

上周六夜晚我举行婚礼，
我跟我太太安顿下来——

"停住。你给我停住！"艾琳喊着，双目圆睁，满脸通红，"你要是再不停下，我可要出来用水管来冲你了。"

山姆这天下午要给下了订单的几家食品杂货铺和一两家礼品商店送货。他邀请朱丽叶跟他一块儿去。之前他已经去过五金店，为佩内洛普买了一把崭新的婴儿座椅。

"这件东西咱们家阁楼里是不会有的，"他说，"你小的时候，我还不知道有这样的设备呢。而且，买来也没法用。我们当时没有车。"

"这座椅挺时尚的，"朱丽叶说，"我希望不至于太贵吧。"

"值不了几个钱。"山姆说，弯了弯身子请她上车。

艾琳正在地里接着采集蓝莓。那是准备做馅饼用的。山姆把喇叭按响了两下，在车子开动时又挥了挥手，艾琳决定给予回应，她举起了一只胳膊，那动作似乎是在轰赶一只苍蝇。

"那可是个好姑娘呀，"山姆说，"我不知道没有了她我们怎么能活下去。不过我猜她对待你挺粗暴。"

"我跟她才刚刚认得呢。"

"可不。她吓着你了吧。"

"哪能够呢。"朱丽叶尽量想找出句夸奖的、至少是不带贬损的话来评论艾琳，于是问起艾琳的丈夫是怎么在养鸡场出事丧生的。

"我不知道他是那种罪犯型的人呢，还是仅仅就是很不成熟。总之，他跟几个小混混搅到一起，他们打算顺手偷一些鸡，捞点外快，自然，他们触动了警报系统，鸡场主人拿了把枪出来，不管那人是不是有意要开枪打他，反正——"

"我的上帝呀。"

"艾琳和她的公公婆婆告到法院，可是那位农民被判无罪。自然会这样判的。不过对于艾琳来说，必定是打击很大。即使那个丈夫不像是什么好东西。"

朱丽叶说，显然是这样的，接着又问，艾琳是不是他在学校里教过的学生。

"不，不，不。她几乎没怎么上过学，就我所知。"

他说艾琳自己的家庭原来是在北方，在亨茨维尔附近。是的。是那儿附近的一个什么地方。有一天全家进城。父亲、母亲，还有孩子们。那位父亲告诉他们他有些事情要做，一会儿之后再跟他们会合。他还告诉他们会合的地点和时间。于是大家走开去逛了——也没有钱可花——一直等到约定的时间。可是他就是没有露面。

"是根本没想露面。把他们遗弃了。因此他们只好依靠福利救济度日了。住在穷乡僻壤的一个棚屋里。那儿过日子花费少些。艾琳的大姐，据我了解，那可是一家的顶梁柱，起的作用比母亲还大，却因为阑尾炎急性发作死了。当时根本无法送她进城，因为遇到了暴风雪，他们又没有电话。之后艾琳就不想再回到学校了，因为过去都是大姐保护着她，不让别的孩子欺侮她们。现在，她好像什么都不在乎的吧，可是我想她一开始并不就是这样的。没准即使现在，在更多情况下这也只是一种假象。"

现在，山姆说，是由艾琳的母亲帮着带艾琳的小男孩和小女孩，可是你猜怎么着，过了那么多年之后那位父亲居然又出现了，而且还想让母亲回到自己身边去，如果真的会这样，艾琳就不知道怎样办才好了，因为她不想让自己的孩子受他的影响。

"他们是挺聪明的孩子。那个小姑娘有上颚开裂的毛病，已经动过一次手术，不过以后还得再动一次。她会完全治好的。不过还有一件事情。"

还有一件事情。

朱丽叶倒是怎么的啦？她丝毫都没有产生真正的同情心。她感到自己，在心底深处，是在抵制这个可怕的长篇悲情故事。当故事里提到开裂的上颚时，她真心想做的是，哀叹一声，行了，别再往下说了。

她知道自己是不对的，可是这种感觉就是不肯退去。她害怕再说上一句，她的嘴就会将她那颗冷酷的心如实暴露了。她担心自己会对山姆说："这整件不幸的事又有什么了不得的呢，莫非能使她成为一位圣徒？"或者她会说出那句最最不可原谅的话："我希望你不是想让我们卷入那种人的是非堆里去吧。"

"我想让你知道的是，"山姆说，"她来我们家帮忙的时候也正是我一筹莫展的当口。去年秋天，你母亲的情况简直是糟糕透了。倒并不是她什么都不想干了。不是的。如果真是那样倒会好一些。她什么都不干，那样只会更好。她的情况是,她开始干一件事,接着又干不下去了。老是这样,一遍遍地这样重复。这倒不完全是新出现的情况。我是说,我一向老得跟在后面帮她收尾的,既要照顾她还得打理她没能干完的家务活。我和你都得这样——记得吧?她永远都是这么一位心脏有毛病的漂亮娇小姐,老得让人伺候着。这么多年来,我有时也想过,她本来是应该更加努力一些的。"

"可是情况变得那么糟糕,"他说,"糟糕得我下班回家时只见洗衣机给拖到厨房的当中,湿衣服掉得一地都是。或者是她在烤什么东西,烤到一半又不管了,东西在烤箱里都结成了煳嘎巴。我真害怕她会让火烧到自己,会把房子烧着。我一遍一遍地对她说,你就躺在床上得了。可是她不肯,接下去又是把事情弄得一团糟,然后大哭一场。我试着请了一个又一个的小姑娘来帮忙,可是她们就是对付不了她。最后,总算是请到了这一位——艾琳。"

"艾琳,"他说,粗粗地出了一口气,"我为那一天而感恩。我告诉你,我为那个日子而感恩呀。"

可是就像天底下所有的好事一样,他说,这样的好事也必定会有一个终结的。艾琳打算结婚了。要嫁给一个四五十岁的鳏夫。是个农民。据说还有几个钱,为了艾琳着想,山姆希望这是真的。因为这个男人身上是再找不出什么值得一提的好处来了。

"凭良心说,他根本没有什么好处。就我所见到的,他满嘴上上下下就只剩下一颗牙齿了。不是什么好征兆呀,依我看。不是太傲慢了就是太吝啬了,所以不愿意安假牙。想想看——像她那么好看的一个姑娘。"

"打算在什么时候?"

"秋天的什么日子吧。反正是在秋天。"

佩内洛普一直都在睡——几乎在他们刚开动汽车以后她就在她的幼

儿座椅里睡着了。前面的车窗是开着的，朱丽叶能闻到新收割和打捆的干草的香味——现如今，再没人打干草套了。田野里还孤零零地矗立着几棵榆树，它们现在也算是难得见到的好景色了。

他们在由沿着狭谷里的一条街所形成的一个村子里停了下来。山岩从狭谷的壁上露了出来——这儿是方圆好些英里内唯一能见到这样的大块岩石的地方。朱丽叶记得以前来过，当时这儿还有个买票才能进入的特殊公园呢。公园里有一个饮水喷泉、一间茶室，茶室里供应草莓奶油酥饼和冰激凌——当然还会有别的东西，不过她记不得了。岩石上的山洞用的便是《白雪公主》中七个小矮人的名字。当时山姆和萨拉坐在喷泉旁边的草地上吃冰激凌，而她却急着奔到前面去察看一个又一个山洞。（其实真的没什么看头——洞都很浅。）她要他们和自己一起去，当时山姆说："你知道你母亲是爬不了山的。"

"你自己跑过去吧，"萨拉当时这么说道，"回来后把见到的一切都告诉我们。"她是盛装出行的。一条黑色的塔夫绸裙子围绕着她在草地上铺开，形成一个圆圈。那时候是管这种裙子叫作芭蕾女演员舞裙的。

那肯定是一个具有特殊意义的日子。

等山姆从商店里出来后朱丽叶便问他这件事。他起先记不得了。可是后来又想起来了。裙子是从一家专门敲竹杠的商店买的，他说。他不知道从什么时候起那家店就不见了。

朱丽叶沿街一路都找不到有喷泉或茶室的痕迹。

"是给我们带来安宁与秩序的人哪。"山姆说，朱丽叶过了片刻才明白他仍然是在讲艾琳的事。"她什么活儿都愿意干。给园子割草啦、锄地啦。而且不管干什么都是尽量干好，好像干这活是得到了一个特权似的。这正是永远使我惊讶的地方。"

使他感到轻松的能是一个什么日子呢？是谁的生日吗？或是结婚纪念日？

山姆持续不断地，甚至是很庄严地往下说，他的声音甚至都压过了汽车上坡时的挣扎声。

"是她，恢复了我对女性的信心呀。"

山姆每冲进一家店铺之前都对朱丽叶说他用不了一分钟就会出来，可是却总是过了好一阵子才回来，并且解释说他脱不开身。大伙儿都要跟他聊天，他们积了一肚子的笑话要说给他听。还有几个人跟着他出来，要看看他的女儿和小宝贝。

"那么说，这就是那位会说拉丁语的姑娘了。"一位太太说。

"这一阵已经有些丢生了，"山姆说，"她现在正忙着别的事情呢。"

"那肯定是的，"那位太太说，同时弯下了脖子去看佩内洛普，"可孩子们岂不是上帝赐予的好宝贝吗？哎哟，多么可爱呀。"

朱丽叶曾经想过，她是不是该跟山姆谈一谈她打算继续做下去的那篇论文，虽然目前对她来说这仅仅是一个梦。过去，她和父亲之间总是能很自然地谈到这些问题。但是跟萨拉却不行。萨拉会说："好，现在，你该跟我讲讲你学习方面进展得怎么样了。"可是当朱丽叶概括地向她介绍时，萨拉却会问朱丽叶，她是怎么能记清楚所有这些希腊名字的。不过山姆能理解她所讲的是怎么一回事。在学院念书时她告诉别人，她父亲曾给她解释过 *thaumaturgy*[①] 这个词的意思，当时她只有十二三岁，初次读到这个词。别人问，她父亲是不是一位学者。

"当然，"她说，"他教六年级呢。"

现在她有一种感觉，他隐隐中有意想贬低她的水平。这意图没准还不太隐晦呢。他可能会运用 *airy-fairy*[②] 这样的文词儿。或是说他忘记某件事是怎么回事了，要她告诉他。然而她相信他不可能忘记。

[①] 古希腊语，"奇迹制造"之意。
[②] 有"或隐或现"之意，为书面语言。

不过也许他真的是忘记了。他意识中的某些房间的门关上了,窗户被遮住了,那里面的东西被他认为是太无用、太不光彩,因此也无须重见天日了。

朱丽叶的口气说出来时比她原先设想的更为生硬。

"她想结婚吗?那个艾琳?"

这个问题着实让山姆吓了一跳,她用的是那样的口气,又是在沉默了挺长时间之后。

"我不知道。"他说。

可是过了一会儿,他又说:"我看不出来她怎么做得到。"

"你问她去呀,"朱丽叶说,"你必定是想问的,既然对她那么有意思。"

他们驱车走了一两英里之后他才再次开口说话。很明显她是伤着他了。

"我不知道你在说些什么。"他说。

"开心果、爱生气、糊涂蛋、瞌睡虫、喷嚏精——"萨拉说。

"万事通。"朱丽叶说。

"万事通。万事通。开心果、瞌睡虫、万事通,爱生气、害羞鬼、喷嚏精——不。是喷嚏精、害羞鬼、万事通、爱生气——瞌睡虫、开心果、万事通、害羞鬼——"

数了自己的手指之后,萨拉说:"这不都八个了吗?"[①]

"我们到那儿去玩了可不止一遍,"她又说,"以前我们总叫那地方'草莓蛋奶饼神殿'。哦,我多希望能再去一次呀。"

"唉,现在那儿什么都没有了,"朱丽叶说,"我都看不出原址是在哪儿了。"

[①] 这里萨拉是在测试自己的记忆能力,所讲到的是动画片《白雪公主和七个小矮人》中矮人的名字。

"我肯定我能找到。为什么我没跟你们一块儿去呢？一次夏日的驾车出游。坐车还能费多大的力气？你爹老说我没这个劲儿。"

"你不是来车站接我了吗？"

"是啊，我是去了，"萨拉说，"不过他不让我去。我不得不发了一次脾气。"

她把手往后弯，想把脑袋后面的枕头拉高一些，可是她做不到，因此朱丽叶帮她做了。

"见鬼，"萨拉说，"我真成了百无一用的废物了。不过，我想我洗个澡总还是有力气的吧。要是有人来那怎么办呢？"

朱丽叶问她是不是等什么人来。

"不是。不过万一有呢？"

于是朱丽叶扶她进了洗澡间，佩内洛普爬着跟在后头。接着，当水放好，她的外婆被抱着放下去后，佩内洛普也非要一起洗不可。朱丽叶帮她脱了衣服，于是一老一小便一起洗起来了。不过脱光衣服的萨拉并不像是个老太太，倒更像是一个老小孩，这么说吧，一个害着某种异域传来、很消耗人、让人脱水的病的女孩。

佩内洛普倒是能接受这个浴伴，一点儿也没有惊慌，只是始终紧捏着她自己那块小鸭形的黄肥皂。

在洗澡时，萨拉终于小心翼翼、主动地问到埃里克的事儿。

"我肯定他是个很不错的男人。"

"有时候是的吧。"朱丽叶随口应付道。

"他对他第一个妻子那么好。"

"是唯一的妻子，"朱丽叶纠正她，"到目前为止。"

"不过我敢肯定,现在你有了这个宝宝——你很快乐吧,我的意思是。我敢肯定你是快乐的。"

"是很快乐，就像持续生活在罪恶之中那样。"朱丽叶说，同时捞起一条毛巾，将拧出来的水浇在母亲打了肥皂的头上，吓了她一跳。

"这正好是我的意思。"萨拉快乐地尖叫着说，她刚将头浸到水里去过，现在则用毛巾捂住了脸。接着，她又说，"朱丽叶？"

"怎么啦？"

"你知道的，如果我说过你爸的什么坏话，我不是真的有那个意思。我知道他是爱我的。他只是不快乐罢了。"

朱丽叶梦见她又是个小女孩了，还是在这座房子里，虽然房间里面的布置陈设有些不一样。她从一个不太熟悉的房间的窗子里看出去，看到一道弧形的水在空中闪闪发光。水是从一根橡皮管子里喷出来的。她的父亲背对着她，在给菜园浇水。一个人影在蓝莓树丛间穿过来穿过去，后来看清，原来这人就是艾琳——不过是一个更加稚气的艾琳，身段更灵活些，也更快乐些。她在躲闪水管里喷出来的亮晶晶的水。她躲开，又出现，基本上都能成功，但是在逃开去之前也总会给浇着一小会儿。这个游戏的原意是打趣性质的，但是躲在窗后窥视的朱丽叶却觉得挺恶心。她父亲一直背对着她，不过她相信——她多少还是看到了一些——他把水管在身子前面压得低低的，他转动着的仅仅是那只喷嘴。

这个梦里充满了说不清道不明的恐怖。倒不是那种吓得你险些魂不附体的恐怖，却是能从你血管的最狭窄处穿过去的那一种。

当她醒来时那种感觉仍然滞留不去。她发现这样的梦挺可耻的。显然，很俗气。是一种卑劣的自我泄愤。

下午刚过去一半，前门那儿有人敲门。前门现在没有人用了——朱丽叶去开的时候觉得门很涩。

站在那儿的人穿着一件烫得很挺的短袖黄衬衣和一条棕黄色的裤子。他可能比她稍稍大上几岁，个子高高的，不过显得不大健康的样子，胸部有些凹陷，握手时倒是挺有力气的，微笑的背后却没带多少感情。

"我是来探望这家的女主人的。"他说。

朱丽叶让他站在那儿，自己来到了阳光起居室。

"门口来了一个男人，"她说，"没准是来推销什么商品的。我是不是应该让他走？"

萨拉挣扎着要坐起来。"别呀，别呀，"她有气无力地说，"帮我弄得像样一些，行不行？我听到他的声音了。那是唐恩。是我的朋友唐恩。"

唐恩已经进入房屋了，可以听到他就在阳光起居室的门口。

"别忙了，萨拉。不过是我。你方便见人吗？"

萨拉喜欢和兴奋得什么似的，想伸手去取她够不着的梳子，取不到只好改变主意用手指尽可能地把头发理理顺。她的声音里满含着快乐，"我跟往常一样，挺好的。你进来呀。"

那人出现在门口，快步趋前，来到她的身边，她举起双臂表示欢迎。"你身上有一股夏日的气味，"她说，"那是什么气味？"她用手指摸了摸他的衬衣，"熨过了。熨烫棉制品的气味。嘿，真好闻呀。"

"是我自己熨的，"他说，"莎利在教堂那儿侍弄那些花儿呢。我干得还不坏吧，嗯？"

"干得漂亮，"萨拉说，"可是你差一点进不来。朱丽叶还以为你是推销商品的呢。朱丽叶是我的女儿。我亲爱的女儿。我告诉过你的，不是吗？我告诉过你她要来看我。唐恩是我的牧师，朱丽叶。我的朋友和牧师。"

唐恩站直了，握住了朱丽叶的手。

"你能回老家来，这太好了——我很高兴能见到你。其实，你也没有错到哪儿去。我就是一种推销什么的人。"

对于牧师的幽默，朱丽叶很有礼貌地绽现出一个微笑。

"您是哪个教派的牧师呢？"

这个问题使得萨拉笑了起来,"哦,亲爱的——这样就得把底牌全都打出来了,是不是呀?"

"我是属于'三位一体'教派的,"唐恩说,仍然保持着他那僵僵的微笑,"至于底牌——这在我已经不是什么新鲜事儿了,萨拉和山姆跟社区里任何一个教派都没有关系。我只是路过顺便来看看你母亲的,因为她是那么可爱的一位夫人。"

朱丽叶已经想不起来,叫"三位一体"的究竟是圣公会还是联合基督教会了。

"你能给唐恩找一把舒服些的椅子来吗,亲爱的?"萨拉说,"他现在弯着身子对着我,就像是一只鹳鸟呢。喝点什么饮料好不好,唐恩?来杯蛋奶酒怎么样?朱丽叶给我冲的蛋奶酒好喝得不得了。不。不,也许那太不清淡了。你刚从大热天里走进来。茶呢?那又太热了。姜汁啤酒,或者是哪种果汁?咱们有什么果汁呀,朱丽叶?"

唐恩说:"除了一杯清水之外别的我什么都不需要。那就是我最想要的了。"

"不要茶?真的吗?"萨拉连气儿都快喘不过来了,"不过我倒想喝一点呢。你喝半杯总是不成问题的吧。朱丽叶,你说呢?"

在厨房里,独自一人——可以看到艾琳在菜园里,她今天干的是给豆子锄草的活儿——朱丽叶怀疑沏茶只不过是一种计策,好让她退出房间让他们能私下里讲几句话。几句悄悄话,没准还是私下里专为她做一次祷告?这个想法让她觉得很不舒服。

山姆和萨拉从未属于过任何一个教派,虽然在他们刚刚来到此地的时候,山姆对别人说过,他们是"德鲁伊特"人[①]。于是便有流言说他们

[①]古代凯尔特人中的学者,他们也担任祭司的职务。

所属的教派是本镇所没有的，接下去就又发展到更高一级，说他们是什么宗教都不信。朱丽叶自己短时期参加过圣公会的主日学校，那主要是因为她有一个圣公会教派的好朋友。山姆在学校里从未反对过念《圣经》或是每天早上念"主祷文"，正如他从未反对过唱《主佑女王》一样。

"有时候你得把头伸出去，有时候却没有这个必要，"他这样说过，"在这个方面你让着他们一点，说不定等你给孩子们讲些物种进化的知识的时候，就不会受到追究了。"

萨拉一度对巴哈教派①非常着迷，不过朱丽叶相信她的这种热情已经消退了。

她煮了够三个人喝的茶，又从食柜里找出一些苏打饼干，另外还找出了萨拉遇到特殊场合总爱拿出来用的那只黄铜托盘。

唐恩接过一只杯子，迅速地喝下了她没忘记带来的冰水，但是对于饼干，他却摇了摇头。

"我没法吃这个，谢谢。"

他的话里似乎有什么特殊的含意。好像是神的意旨不允许他吃似的。

他问朱丽叶住在什么地方，西海岸的气候有什么特点，她的丈夫是做什么工作的。

"他是个捕虾的渔民，不过他事实上不能算是我的丈夫。"朱丽叶情绪很好地说道。

唐恩点点头。嗯，是的。

"那边海上风浪很大吧？"

"有时候是的。"

"鲸鱼湾。这地方我以前未曾听说过，不过从现在起我会记住它的。

---

① 一个与伊斯兰教有关的教派。

你们在鲸鱼湾去的是什么教堂呢?"

"我们不去。我们不上教堂。"

"是附近没有你们想上的那个教派吧?"

朱丽叶微笑着摇了摇头。

"根本就没有我们要上的那种教堂。我们不信上帝。"

唐恩把杯子放回碟子的时候发出了轻轻的嗒的一声。他说,他听到有人这样说觉得很难过。

"听到这样的说法我真的很难过。你们持有这样的看法有多久了?"

"我不知道。就在我认真地考虑过这个问题之后吧。"

"你母亲告诉我你有一个孩子。一个女娃娃,对吗?"

朱丽叶说,是的,她有。

"那么她就从来也没有受过洗礼吗?你们想让她长大成为一个异教徒吗?"

朱丽叶说她,希望有一天,等佩内洛普长大后她自己会作出决定。

"不过,我们是有意在不受宗教影响的情况下将她抚养成人的。是的。"

"那太可悲了,"唐恩轻轻地说道,"对于你们自己来说,这是很可悲的。你和你的那位,不管你们是怎么称呼的,你们竟决定要拒绝神的恩典。嗯。你们是成年人。可是不让你们的孩子得到,那就跟不向她提供营养一样了。"

朱丽叶觉得自己的镇静快要维持不住了。"可是我们不相信呀,"她说,"我们不相信有神的恩典。这不是不给她营养,而是不让她在谎言中长大。"

"谎言。全世界千百万的人都相信的,你却称之为谎言。你不觉得自己过于狂妄了吗,居然称上帝为谎言?"

"那千百万人并不是相信,他们仅仅是上教堂罢了,"朱丽叶说,她的声音在一点点地变得激动,"他们仅仅是没有去深究。如果真的有一个上帝，我的头脑也是上帝给的，难道他同时又希望我不用头脑去思考吗？"

"而且，"她说，努力想让自己镇定下来，"而且，还有千百万人相信着旁的什么。他们相信佛，比方说。因此怎么能因为有千百万人相信就能确定这是真的呢？"

"基督是活着的，"唐恩不假思索地说，"佛却不是的。"

"那不过是一种说法罢了。那又有什么意思呢？我看不出有什么证据说明这二者当中哪一个是活的，就目前而言。"

"你看不见。可是别人是看见了的。你可知道亨利·福特，亨利·福特二世[①]，世人想要的一切他全都有，然而他却每天晚上跪下来向上帝祷告，你难道不知道吗？"

"亨利·福特？"朱丽叶喊道，"亨利·福特？亨利·福特跟我又有什么关系？"

争论沿着这类争论必定会走的老路在往前发展。牧师的声音一开始与其说是愤怒的还不如说是悲天悯人的——虽然始终表现出铁皮包着般的坚定信心——现在却一点点变成尖厉与训斥式的了。而朱丽叶呢，一开始还能如她所设想的那样，用软中有硬、讲道理的抗争方式——平静、慧黠，甚至彬彬有礼得让人生气——现在却变成了冷酷和刺人的狂怒。双方都在为自己提出论据与理由，可它们其实于事无补，徒然进一步激怒对方。

这段时间里，萨拉在一点点啃着一片苏打饼干，甚至都没抬起头来看他们。时不时她会打个冷战，似乎他们的话刺着了她，其实他们根本不在她注意的范围内。

使得他们的表演告一结束的还是佩内洛普的大声哭闹，她尿湿了，

[①] 亨利·福特二世（Henry Ford II，1917—1987），"汽车大王"亨利·福特的孙子，1945—1960年间掌管福特汽车公司。

觉得很不舒服，先是轻声呜咽了一阵表示不满，接着便抱怨得更厉害了一些，最后终于迸发出雷霆大怒。最先觉察到这一动向的是萨拉，她试着去引起论争两造的注意。

"佩内洛普，"她有气无力地说道，接着又费了些力气地说，"朱丽叶，佩内洛普。"朱丽叶和那位牧师茫然不知所措地看着她，接下去牧师明白过来了，他突然放低声音说："你的宝宝。"

朱丽叶急匆匆地跑离房间。她抱起佩内洛普时全身还在发抖，在用别针固定佩内洛普的尿片时她险些刺着了娃娃。佩内洛普不哭了，倒不是因为她觉得舒服了，而是让这样的粗暴对待吓着了。她大睁着的泪汪汪的眼睛，她凄惶的眼神，使得朱丽叶从全神贯注的争论中解脱出来，她努力使自己平静下来，说话声也尽可能温柔一些，然后又抱起孩子，在二楼过道上走来走去。佩内洛普并没有立刻就安定下来，可是几分钟后，她的身体开始不那么紧张了。

朱丽叶自己也有了同样的感觉，在觉得母女俩在相当程度上都重新有了控制能力与安定感之后，她便抱着佩内洛普到楼下去了。

牧师已经从萨拉房间出来，正在等候她。他用一种听来像是有后悔之意其实只是感受到惊吓的声音说道："那真是个好宝宝呀。"

朱丽叶说："谢谢你。"

她想这下子他们该说再见了吧，可是又不知是什么事情留住了他。他继续盯着她，就是不走。他伸出手，似乎要抓住她的肩膀，接着又放了下来。

"你可知道你有没——"他说，接着又微微地摇了摇头。那个"有"字给他发成了"呕"的声音。

"格子。"他说，用手拍了拍喉咙，又伸手朝厨房的方向挥了挥。

朱丽叶的第一个想法是他必定是喝醉了。他的脑袋在微微地前后摆动，眼前似乎让一层翳蒙住了。难道他是喝醉了来的，还是在衣兜里揣有一个扁瓶子？接着她想起来了。她教过半年的那个学校里有个女孩子，患有糖尿病，会突然发病，舌头会变大，心神不宁，走路跌跌撞撞，好像是多久没吃东西似的。

她把佩内洛普架在自己的腰胯间，伸出手去抓住牧师的一只手臂，让他稳住脚步，扶着他朝厨房走去。果汁。当时人家给女孩喝的就是这个，牧师想说的也是这个。

"等一分钟，就一分钟，你会没事的。"她说。他让自己站稳，双手扶住了洗碗台，头耷拉着。

没有橘子汁了呢——她记得这天早上把最后剩下的一点都让佩内洛普喝了，当时还想着，得去再买一些了。不过这儿有一瓶葡萄汽水，那是山姆和艾琳在菜园里干完活回来时最爱喝的。

"马上就得。"她说。她对付着用一只手干着——她已经习惯这么做了，给他倒了满满一玻璃杯。"喝吧。"在他喝时，她说，"我很抱歉没有果汁了。不过这里头也有糖分，不是吗？你必须要有些糖分，对不对？"

他把饮料喝了下去，说："是啊。糖分。多谢了。"他的声音已经变得清晰一些了。同样的情况她也是记得的，学校里的那个姑娘——那么快，明显得跟奇迹出现一样，她便恢复正常了。不过，在牧师完全恢复正常之前，或者说在他完全成为原来的自我之前，在他仍然斜捧着自己的脑袋的时候，他的眼睛遇上了她的目光。看来不是有意的，而仅仅是一种偶然。他的眼光不是感激的或是原谅的——那不是一种个人的情绪，而仅仅是一只受到惊吓的动物天然本色的眼光，停留在它所遇到的任何东西上面。

不过在几秒钟之内，那双眼睛，那张脸，又变成那个人——那位牧师的了，他放下玻璃杯，没有再说一个字，就悄然离开了这座房屋。

在朱丽叶去收走茶杯和托盘时，萨拉不是睡着了便是假装睡着了。

她的入寐状态、瞌睡状态与清醒状态现在已经不太好区分,因此很难识别此刻究竟是属于哪一种。不过她总算是开口说话了,她的声音也就比耳语稍稍大一点点,"是朱丽叶吧?"

朱丽叶在门口处停住脚步。

"你必定以为唐恩是个——智力低下的人吧,"萨拉说,"不过他身体不好。他患糖尿病。还很严重。"

朱丽叶说:"是的。"

"他需要有他的信仰。"

"散兵坑理论①。"朱丽叶说,不过声音很轻,也许萨拉并未听到,因为她还在往下说。

"我的信仰可不这么简单,"萨拉说,她的声音全都是带着颤音的(此时此刻,在朱丽叶看来,似乎是战略性悲怆式的),"我也说不清楚。不过它是,我只能说是,有点意思的。那是一个很了不起的什么东西。到了我真的不行的时候,等到真的不行了,你知道到那时我会想什么吗?我想,好了。我想——快了。不久我就能见到朱丽叶了。"

让人讨厌的(亲爱的)埃里克:

  从哪里说起呢?我很好,佩内洛普也很好。你想想看,现在她都能信心十足地围着萨拉的床自己走了,但是完全没有东西可扶时,她仍然不太敢挪动步子。和西海岸相比,这里夏季的酷热还是很迷人的。即使是下雨,也别有风味。下雨是件好事,因为山姆打算在市场园艺事业上大干一场呢。前几天我随着他坐上那辆老掉牙的汽车去送新鲜蓝莓和蓝莓酱(制造者是一位小艾利斯·科克②型的人物,在我们家的厨房里搭铺睡)还有新挖出来的土豆。山姆现在干活干

---

① 二战中流传的一句俚语:散兵坑里没有无神论者。
② 艾利斯·科克(Ilse Koch, 1906 – 1967),恶名昭著的纳粹集中营女卫兵。

得可欢了。萨拉则是起不了床，不是打瞌睡便是翻看不知哪一年的过期时装杂志。一个牧师来看望她，我跟他很傻地剧烈争论了一番，主题是上帝是否存在以及这一类的热门话题。这次探亲还是挺不错的，虽然……

这是一封朱丽叶多年之后重新找出来的信。埃里克必定是在偶然之中把它保存下来的——在他们的生活中这封信并不具有什么特殊的重要性。

后来她还重返过一次她儿童时代住过的这所旧屋，是来参加萨拉的葬礼的，那已经是写了上面的那封信之后几个月的事了。艾琳已经不在那儿了，朱丽叶不记得她是否问过或是别人告诉过她艾琳到哪里去了。很可能她已经结婚了。跟山姆一样，山姆几年之后也再婚了。他找了一位教师同行，一位脾气好、长相不错还挺能干的女士。他们在她家住，山姆把原来他和萨拉住的房子拆掉了，扩大了菜园。等他的妻子退了休，他们买了一辆拖车，开始他们漫长的冬季旅游。他们曾两次到鲸鱼湾来看朱丽叶。埃里克还带着他们乘上他的船出过海呢。他跟山姆处得不错，正如山姆所说的那样，热烈得都快要让房子着火了。

朱丽叶读着这封旧信时，一个劲儿地倒吸冷气，所有人在发现自我虚构的那些留存下来、让人感到尴尬的痕迹时，都会这样的。与记忆的痛苦相对照，她不由得要为自己巧妙的美化手法而惊诧不已了。接下去她寻思，当时必定是发生了一些变化，具体的情况她就记不得了。是关于家在何方的观念上的变化。不是指和埃里克在鲸鱼湾的家，而是更早年代的家，在她整整一生之前那个时代的家。

因为你试着去保护，想尽可能好地、尽可能长久地加以保护的，总是发生在家里的那些事。

可是她没有保护萨拉。当萨拉说"不久我就能见到朱丽叶了"的时候，朱丽叶找不出应答之辞。难道就真的无从应对吗？怎么就那么难呢？只要应一声是啊。对于萨拉来说，那必定是意义非凡的——对她自己来说呢，自然没有多少意义。可是当时，她仅仅是转过身子，把托盘拿到厨房去，洗净、擦干那些茶杯以及那只盛过葡萄汽水的玻璃杯。她把一切都放回到原处。

沉 寂 | SILENCE

在从巴克利湾到丹曼岛的短程摆渡路途上，朱丽叶从她的汽车里钻出来，站在了摆渡船前端的夏日微风之中。站在那里的一个妇女认出了她，两人便聊了起来。这也算不得什么稀罕事儿了，人们多看朱丽叶一眼，便会琢磨以前在哪儿见过这个女人，有时候也真的会记起来。她经常出现在省电视频道上，采访有杰出事迹的人物，或是熟练地主持专题讨论，那个栏目的名称是"今日话题"。她的头发现在剪短了，尽可能地短，染成了很深的红褐色，以便与她眼镜框的颜色相配。她经常穿黑色长裤和一件象牙白的丝衬衫，今天也是这样，有时候再加上一件黑夹克。她现在都成了她母亲会称之为"非常抢眼"的一位女士了。

"真的得请你原谅。你一准是经常受到打扰的吧。"

"没关系的，"朱丽叶说，"除非是我刚好看了牙医出来或是有其他这一类的事儿。"

那个女的年龄跟朱丽叶大致相仿。长长的黑发中间杂着一绺绺灰丝，没有化妆，穿着长长的牛仔裙。她的家就在丹曼岛，因此朱丽叶跟她打听有没有听说过"精神平衡中心"。

"因为我的女儿正在那里，"朱丽叶说，"她去那里'静修'一阵子或者是上一个什么课程，我不知道那是怎么称呼的。期限是六个月。六个月当中，这是我第一次决定必须去看看她了。"

"这类地方有好几处呢，"那位妇女回答说，"他们总是来了又走，行踪不定的。我不是说他们有什么可疑之处。只是他们一般总是到森林里去搞活动，你明白吧，与外界社会没有什么接触。不过话说回来，要是有接触，那还叫什么隐退呢？"

她说朱丽叶必定是很想重新见到她的女儿了，朱丽叶说是啊，的确是很想的。

"我是个被宠坏了的母亲，"她说，"她都二十了，我这个女儿，事实上，到这个月就是二十一了，可是我们一直都是黏在一起，没怎么分开过呢。"

那位女士说她有个二十岁的儿子，还有两个女儿，一个十八，另一个十五，有时候她真愿意付他们点儿钱，让他们去隐退，去一个也成，三个全走更是再好不过。

朱丽叶笑了起来，"还好，我就这么一个。自然，我是不会保证不想把她装在船上带回家去的，哪怕就回去几星期也好。"

这就是她发现自己很容易就陷入的那种溺爱却佯装生气的母亲们的谈话（朱丽叶真的已经是个善于做出使人愉悦的反应的专家了呢），不过，佩内洛普真就是几乎从未给过她可以埋怨的理由，如果让她说实话，那么此刻她想说的便是，一天没跟女儿多少有点接触都会使她觉得难以忍受，更不用说六个月了。佩内洛普曾在班夫①当过暑期女服务生，也曾乘坐大巴去墨西哥游览，还曾一路搭便车远行到纽芬兰。不过她一直都是和朱丽叶一起过的，分开六个月是从来都没有过的事儿。

---

①加拿大艾伯塔省的旅游胜地。

她带给了我欢乐,朱丽叶是完全可以这么说的。倒不是因为她是那种能歌善舞,给人带来阳光与喜悦,凡事都乐乐和和的女孩。我希望我培养的女儿比这样的人要更优秀。她气质优雅,有同情心,明智得像是在世界上已经有了八十年的阅历。她天性就是深思熟虑的,不像我这般反复无常。是有些内向,这一点像她父亲。她还天仙似的美丽,和我母亲一样,也像我母亲一样有着那样的金头发和白皮肤,只是没有外婆那么纤弱。她既强壮又高雅。挺拔丰满,我得说,像一尊女像柱。一般人都以为我会妒忌她,可是这样的心思我一点点都没有。在没有她在的这长长一段时间里——从她那里连一个字都没有呀,因为"精神平衡"不允许通信与电话联系——这整段时间里我真是有如身在沙漠,当她的信息传来时我简直像是龟裂的土地痛饮到了一场甘霖。

希望星期天下午能见到你。是时候了。佩内洛普的卡片上是这样写的。

是回家的时候了,朱丽叶希望这句话的意思是这样的,不过当然,得由佩内洛普来表明说的是不是这个意思。

佩内洛普还画了一张简单的地图,很快,朱丽叶就发现自己的车子停在一座老教堂的前面——或者说,一座有七十五年或八十年历史的教会建筑的门前,那上面涂抹的是灰泥,不像朱丽叶长大的那个地区的教堂那样,通常都很古老,多少具有一种震撼力量。教堂后面是一幢较新的建筑,有斜屋顶,正面全是窗子,楼前还有一个简单的舞台和一些供人坐的板凳,以及一片像是排球场的地方,场上挂着一面松垂的网。一切都显得挺简陋寒酸的,一块以前清理出来的地皮如今正由刺柏和白杨在重新收复失地。

舞台上,有几个人在做木匠活——看不清是男人还是女人,还有一些人分成一个个小组坐在板凳上。他们都穿日常的普通衣服，不是黄袈裟或是这一类的服装。有几分钟，没有人理睬朱丽叶的汽车。这以后，才有一个人从板凳上站起身不慌不忙地朝她走来。是个戴眼镜、矮墩墩的中年人。

她走出车子，跟他打招呼，说是要找佩内洛普。他没有说话——也许他们是有规定不跟陌生人说话的——而是点点头转过身朝教堂里走去。很快，从那里面走出来一个人，不是佩内洛普，而是个动作迟缓、身体沉重的白发女人，穿的是牛仔裤和松松垮垮的套头运动衫。

"见到你真荣幸，"她说，"快请进。我已经让唐尼给我们准备茶了。"

她有一张宽阔开朗的脸，笑容既调皮又温和，一双眼睛朱丽叶寻思必定是人们称为闪闪发亮的那种。"我的名字是琼安。"她说。朱丽叶原以为会遇到一个像"静安"这一类的法名或是什么带东方色彩的法号的，而不会是像琼安这么一个再普通不过的名字。当然，后来她想起了若安教皇[①]。

"地方我找对了，是吗？在丹曼这地方，我是两眼一抹黑呀，"她有意让气氛显得轻松一些，"你知道的，我是来看佩内洛普的。"

"当然。找佩内洛普。"琼安把人名拖长了，一个音节一个音节地念，像是带点儿庆典的口气。

教堂内部，高高的窗子上都挂有紫色布帘，因此显得黑幽幽的。一排排座椅和别的教堂设备都给清走了，却挂起了最普通不过的白布幔，像医院病房似的隔出了一个个私密的小间。朱丽叶被带进去的小隔间里没有床，只有一张小桌和几把塑料椅子，还有几只架子，上面乱七八糟地堆了些散乱的纸张。

"很抱歉，我们这儿一切都还乱得很呢，"琼安说，"是朱丽叶吧。

[①]天主教历史上的一位女教皇。其名在原文里和"琼安"一样，都是Joan。

我可以叫你朱丽叶吗？"

"当然可以。"

"我很不习惯跟名人打交道。"琼安就像做祷告一样，把双手合十放在下巴底下，"我不知道谈话应该正规一些呢还是随便一些。"

"我还算不上是名人呢。"

"哦，你是的。你千万别这么谦虚。我只是不由自主地想告诉你，我是多么地钦佩你做出的成绩。那是黑暗中的一道光芒呀。而且是唯一值得看看的电视节目。"

"谢谢你，"朱丽叶说，"我接到佩内洛普的一张字条——"

"我知道的。不过我不得不抱歉地告诉你，朱丽叶，我真的非常抱歉，我也不想让你觉得太失望——佩内洛普不在这儿。"

那个女人说那几个字——佩内洛普不在这儿——的时候，声音尽量放轻。你会以为"佩内洛普不在"不过是一个有趣的臆想，甚至是两个人逗着玩时说的一句玩笑话。

朱丽叶不得不深深地吸了一口气，一时之间为之语塞。恐惧向她袭来，浸透了她的全身。果然不出所料呀。接下去她强打起精神来设法尽量处理好这件事情。她伸手在她的手提包里摸索。

"她说了她希望——"

"我知道，我知道，"琼安说，"她本来是想留在这儿等你的，可是事实是，她不能够——"

"她在哪儿？她上哪儿去了？"

"这我可没法告诉你。"

"你的意思是你说不出还是你不想说？"

"我没法说。我也不知道。不过有一点我可以告诉你，好让你放心。不论她去了哪里，不管她决定做什么事，对她来说，那都是正确的。对于她的性灵以及她的成长，那都是一件正确的事情。"

137

朱丽叶决定先不跟她计较这一点。性灵这两个字让她作呕，什么东西像是都能往这个筐里装，从祈祷之轮一直到大弥撒，她从未想到智力水平那么高的佩内洛普居然也会卷到这种事情里去。

"我倒认为我是应该知道的，"她说，"说不定她需要我给她送去什么她的东西呢。"

"她的衣服用品？"琼安似乎都抑制不住想要笑出声来，虽然她立刻就将之淡化为一种温和的表情，"佩内洛普眼下对她的衣服用品并不十分关心呢。"

有时候，在访谈的过程中，朱丽叶会觉得面前的这个谈话对象心底怀着很大的仇恨，而在摄像机开动之前这一点是不明显的。朱丽叶原来不怎么重视的一个人，被她认为是相当愚蠢的一个人，却往往会有这种力量。表面上嘻嘻哈哈，实际上却对你恨之入骨。你需要做的是绝对不要显示出你大吃一惊，也绝对不要表现出任何想要报复的敌意。

"我所说的成长，自然是指我们内心的成长。"琼安说。

"我明白的。"朱丽叶说，直直地盯着对方的眼睛。

"佩内洛普在她的一生中有了一个非常好的机会，可以遇到很有意思的人——天哪，照说她并不需要去会见有意思的人物啊，她是随同一位有意思的人物一起成长的，你是她的母亲嘛，不过有的时候在某些领域还是会有所缺失的，孩子们长大后会觉得他们在某件事上有些缺失——"

"哦，是的，"朱丽叶说，"我知道孩子长大后是会有各种各样的抱怨的。"

琼安决心把那张大牌打出来了。

"精神领域，我必须提到这一点了，是不是在佩内洛普的生活中极端缺乏呢？我猜想她并不是成长在信仰坚定的家庭里吧。"

"宗教并非不许谈论的话题。我们是可以自由讨论的。"

"不过也许是用你谈到它时的那种方式吧。你们知识分子的方式?你当然是懂我的意思的。你是那么聪明。"她还大度地加上一句。

"随你怎么说吧。"

朱丽叶明白,自己对这次谈话,还有对自己的控制力,正在一点点地失去,很可能会完全丧失。

"这不是我说的,朱丽叶。是佩内洛普这么说的。佩内洛普是一个可爱的好女孩,不过她是在极端饥渴的状态中来到我们这儿的。她所饥渴的正是在自己家中得不到的东西。你又是那样,过的是忙碌与成功的辉煌日子。可是朱丽叶,我必须告诉你,你的女儿一直觉得孤独。她体会到了不幸福。"

"大多数人不都是这样吗,在这段时间或是那段时间里?既孤独又不幸福?"

"这个问题不该由我来回答。哦,朱丽叶。你是一位看得很透的女士。我常在电视上见到你,我总是想,她怎么能一方面把事情的本质看得这么透,同时又能对人这么和蔼而彬彬有礼呢?我从未想到我会坐着面对面地跟你谈话。不仅如此,还处在可以给予你帮助的地位上——"

"我想这一点你恐怕是弄错了。"

"你觉得受到伤害了。你觉得受到伤害,这是很自然的。"

"这是我自己的事情。"

"啊,是的。也许她会跟你联系的。不管怎么说。"

佩内洛普的确和朱丽叶联系过,那是在两个星期之后。朱丽叶收到了一张生日卡,是在她自己——佩内洛普自己——生日的那天,六月十九日。她的二十一岁生日。那是你猜不出对方的趣味时你寄送的那种卡片。不是一张粗俗的逗乐式的卡片,也不是一张真正富于机智或是感伤味很浓的卡片。正面印着一小束三色堇,上面系着一根紫色的细丝带,尾巴上拼出了生日快乐这几个字。内页里重复了这几个字，只不过在四个字上端用金色加上了"祝你"与"非常"这几个字。

没有签名。朱丽叶最初以为这是什么人寄给佩内洛普的，忘了签名了，是她拆错信了。是某个在自己的档案上存有佩内洛普名字与生日的人。没准是她的牙医，或是驾驶学校的老师。可是在她检查了信封上的字之后，她知道没有错——写的确实是她自己的名字，是佩内洛普亲笔写的。

从邮戳上也找不出什么线索。那上面盖的全是加拿大邮政这几个字。朱丽叶有点印象应该是能分辨出信是从哪个省发出的，不过这就得去问邮局，拿着这封信上邮局人家很可能要你说明为何要这样做，你又有什么权利知道这些信息。而且肯定是会有人认出她来的。

她去找她的老朋友克里斯塔，她住在鲸鱼湾时克里斯塔也在那里，当时佩内洛普还未出生呢。克里斯塔目前住在基兹西兰诺的一所疗养院里。她多处患有血管硬化症。她的房间在底层，有一个独用的小阳台，朱丽叶就在那里和她一起坐下，俯瞰着一小片阳光照晒着的草坪——沿着篱笆，紫藤开得正盛，把好几个垃圾桶都遮盖住了。

朱丽叶把丹曼岛之行的整个过程都跟克里斯塔说了。她没有告诉过别的人，也希望无须再跟其他人提这件事。她每天下班回家的路上都在寻思佩内洛普没准会在公寓里等她。或者至少会收到一封信。可是等来的却是——那张不友好的卡片——她撕开信封时双手都在颤抖呢。

"那还是能说明些问题的，"克里斯塔说，"它让你知道她没事儿。别的消息会接着来的。一定会的。你要有耐心。"

朱丽叶狠毒地谈了谈"大吨位教母"①的事儿。她先是挖苦地称她为

---

① 此处原文为 Mother Shipton，即西普顿嬷嬷，为中世纪广为人知的女巫和预言师。因前文提到琼安体形臃肿，而 Shipton 也有重量不轻的意思，为表达出这种语带双关的揶揄，故译如是。

"教皇若安"，但是不太满意，最后才决定这么叫她。玩弄的是多么卑鄙的手段呀，她说。在甜腻腻、不入流的宗教幌子的背后，隐藏的又是何等样的邪恶与污秽呀。佩内洛普竟会真的被她迷惑住了，这简直让人难以相信。

克里斯塔提出，会不会是佩内洛普想在这种题目上采写点什么，所以才去的。是一种新闻调查之类的工作。那叫实地采访吧。那种从个人角度出发——啰里啰唆、突出个人色彩的新闻报道，眼下不是挺时髦的吗？

调查六个月？朱丽叶说。佩内洛普要不了十分钟就能把"大吨位教母"看得透透的了。

"是有点怪怪的。"克里斯塔也承认。

"除了透露给你的那点儿之外，你并不知道更多吧，是不是？"朱丽叶说，"连问了那一点点都让我觉得恶心呢。这不就跟在海上漂流一样吗。我觉得自己傻傻的。那个女的就是想让我显得呆头呆脑，这是明摆着的。就跟某出戏里一个角色脱口说到某件事情，大家全都扭过头去避开话头一样，因为这事别人全都心里透亮，唯独她一个人不清楚——"

"现如今再没有人演出这种戏啰，"克里斯塔说，"现在演的是，所有人在任何情况下全都是两眼一抹黑。不——就跟佩内洛普现在不跟你说心里话一样，她也早就不信任我了。她干吗信任？她知道我迟早会告诉你的。"

朱丽叶静默了一会儿，接着她愠怒地嘟哝道："有些事情你可没有告诉我。"

"哦，老天在上，"克里斯塔说，不过没带什么怨气，"别再提那件事了。"

"不提了，"朱丽叶同意，"总而言之，我现在情绪坏透了。"

"再忍一忍吧。当父母的总得经受这样的折磨。总的来说，她给你的苦头还不算多呢。要不了一年，这些事都会成为古代历史的。"

朱丽叶并没有告诉她，最后自己竟未能维持着尊严从"精神平衡中心"走出去。当时她别转身子，哀求而狂怒地哭出声来。

"她当时跟你说了什么啦？"

大吨位教母站在那里瞅着她，像是早就料到会有这样的结果似的。这肥婆把头摇了摇，一种油腻腻、怜悯的笑容使她闭紧的嘴唇拉扯得更直也更长了。

第二年，朱丽叶偶尔会接到电话，是从过去跟佩内洛普熟识的人那里打来的。对他们的询问她的回答都是一样的。佩内洛普决定休学一年。她外出旅行了。她的游程事先完全未加确定，朱丽叶无法与她联系，也提供不了她的地址。

但是她却没有从佩内洛普任何一个最要好的朋友那里接到过电话。这很可能意味着这些知心老友是清楚佩内洛普在哪里的。要不就是她们全都到外国去了，或者在外省找到工作了，进入了新的生活轨道，眼下太忙或是风险太大，顾不上关心老朋友了。

（在人生的这个阶段，所谓老朋友，指的就是有半年你们未曾相见的那些人。）

朱丽叶现在回到家中，要做的第一件事便是去看自己的电话录音机是不是在闪亮——而在过去，这正是她最烦的一件事，指不定又有什么人要抓她差，让她去干什么公众事务了。她还试验了多种多样愚蠢的小把戏，例如几步走到电话机旁呀，以什么姿势捡起电话筒呀，怎样呼吸吐气呀。千千万万让打来电话的就是她呀。

可是怎么样的小动作都不起作用。再过一阵，整个世界都像是变空了，佩内洛普认识的人全都消失了，让她甩掉的男孩和把她甩掉的男孩，跟她喊喊喳喳扯闲篇说不定还和她推心置腹的女孩，一个个全都不见了。她以前上的是一家私立女子寄宿学校托伦斯学院，而不是什么公立高中，这就意味着跟她交往时间长久一些的朋友，甚至大学时期仍然跟她有联系的朋友，大多不是本地人。有的来自阿拉斯加或是乔治王子城甚至是秘鲁。

圣诞节没有消息。可是在六月，倒又来了一张贺卡，形式与那第一张几乎一模一样，里面连一个字都没写。朱丽叶在拆信之前还先喝了一杯酒，可是打开后立刻就把它往边上一扔。她爆发出了一阵又一阵的啜泣，还时不时会全身控制不住地颤抖起来，但是她很快就摆脱了这些，转而怒火中烧，在屋子里一圈圈地走着，还把一只手捏成拳头朝另外一只的掌心打去。这怒火是冲着大吨位教母发的，可是这女人的形象逐渐变淡，最后朱丽叶只得承认，其实这个女人也只是出于方便而找出来的一个替罪羊。

佩内洛普所有的照片都给堆塞到她卧室里去了，连同一摞摞她们离开鲸鱼湾前她用铅笔和蜡笔所作的画、她的书，以及她用暑期在麦当劳打工挣的第一笔钱给朱丽叶买的礼物——那是只欧式的一次仅能泡一杯的咖啡壶，上面还带着个橡胶吸盘呢。另外还有一些为这套公寓购置的古里古怪的小礼品，例如一枚贴在冰箱上的塑料扇子、一台用发条启动的小拖拉机、一面挂在洗澡间窗前用玻璃珠子串成的帘子。这个房间的门总是关着的，这样，时间一长，经过这扇门时心中就可以不再受到骚扰了。

朱丽叶常常想要不要从这套公寓搬走，这样做可以给自己提供一个新的环境。可是她对克里斯塔说她不能这样做，因为这是佩内洛普知道的地址，邮件转递只负责三个月，在那以后她的女儿就不知道上哪儿去找她了。

"她总归是可以到你上班的地方去找你的。"克里斯塔说。

"谁知道我会在那里干多久呢?"朱丽叶说,"她也许是参加了一个什么公社,那里是不允许跟外界联系的。也许是追随着一位什么大法师,他睡遍了全体女信徒,还派她们上街去托钵化缘。如果我当初让她上主日学校,教会她怎样念祷告,这事也许就不会发生了。我真是应该那样做的。那等于是打了防疫针呀。我忽略了她的性灵。大吨位教母就是这样说的。"

佩内洛普还不到十三岁的时候,就随同托伦斯学校的一个同学还有那同学一家,上不列颠哥伦比亚省的库特内山去野营旅行了。朱丽叶是很赞成她去的。佩内洛普进托伦斯学校才不过一年(母亲在那儿教过书所以她进去在收费上是受到优惠的),朱丽叶很高兴她已经交上了这么铁的朋友,而且这么快就能为朋友家庭接受。她能够去野营,这一点也让朱丽叶觉得高兴——这是像样些的人家的孩子才能去的,朱丽叶自己小时候就从未得到过这样的机会。倒不是她自己对这类事情特别感兴趣——她那时就已经迷上了看书——而是她喜欢见到佩内洛普有迹象成为一个比自己更加正常的女孩。

埃里克对整件事情却有点忧心忡忡。他认为佩内洛普还太年轻。他不喜欢她跟随一伙他了解得这么少的人外出度假。她上的是寄宿学校,他们见面的时间已经很少了,又何必把共聚的时间再进一步削减呢?

朱丽叶却还有另外一层用意——她就是有意在暑期头两个星期里不让佩内洛普待在身边,因为她与埃里克之间气氛不大正常。她想把事情作个了断,但现在却乱成一团。她不想看在孩子的分上装作什么事情都没有似的。

埃里克却正好相反,他最愿意的就是看到矛盾暂时得以缓解,大家对之视而不见。按照埃里克的思路,客客气气总能恢复好感的吧,假装那就是爱情了，好歹也能蒙混下去，撑到爱情真的复苏的那一天，要是始终都复苏不了呢，那也只能这样了，埃里克反正是能这样凑合着过的。

是啊，他的确是能凑合的，朱丽叶沮丧地想。

有佩内洛普在家里，就有了一个行为举止都得规规矩矩的理由——让朱丽叶可以规规矩矩，因为在他看来，朱丽叶正是惹起这整场深仇大恨的那个人——若是能这样，对于埃里克来说真是再好也没有了。

朱丽叶直截了当地揭穿了他的如意算盘，这就又引起了一场新的怨仇与相互指摘，因为他对佩内洛普也正是想念得不行呢。

他们这场争吵的原因是个既古老又平凡的故事，没有一点新鲜之处。春天那阵子，通过一些小事情的暴露——多半是因为艾罗口没遮拦，更可能是出于她的蓄意挑拨，艾罗是他们的老邻居，对埃里克已故的前妻至今仍然很有感情，对朱丽叶则是百般看不惯——朱丽叶发现埃里克跟克里斯塔睡过觉。克里斯塔长期以来就是她的亲密朋友，但是，在这之前，她也曾是埃里克的女朋友，或者说，他的情妇（虽然现在再没人这么称呼了）。埃里克求朱丽叶和自己同居时便跟克里斯塔分了手。朱丽叶对克里斯塔的事是完全清楚的，她没有正当的理由去计较埃里克跟自己同居以前的那些事。她也没这样做。她反对的是——她声称这可伤透她的心了——那以后发生的事。（不过那也是很久以前的事了呀，埃里克说。）这事发生在佩内洛普一岁的时候，当时朱丽叶带她回安大略省去。朱丽叶回老家去探望父母亲。是去看——她现在总是这样指出——她即将离开人世的母亲呀。她不在时，就在她全身上下没有一处不在思念埃里克的时候（她现在深信的确是如此的），他却干脆跟别人重续旧欢了。

起先，他只承认发生过一次（那是酒后失德），可是在进一步追问具体细节，在跟他较真了之后，他又说没准不止一次。

也许？记不得了？次数太多所以才记不得的吧？

他记性好着呢。

克里斯塔来找朱丽叶，要让她相信真的没出什么要紧的事儿。（连调子都唱得跟埃里克一模一样。）朱丽叶让她滚，以后也不要再来。克里斯塔寻思，那她只好利用这段时间去看望住在加利福尼亚的兄弟了。

朱丽叶冲克里斯塔发火其实只是走走形式而已。她很清楚，与一个旧女友在干草堆里打了几个滚（这是埃里克拙劣之至的描述，他还以为这么说就可以缩小事态了呢），这跟和一个女的刚认识不久便缠在了一起，严重性到底还是不一样的。而且，她对埃里克的怒火是如此炽烈，如此无法压抑，哪里还有余力来对付任何其他人呢。

她的看法是他不爱她，从来都没有爱过她。他是背着她跟克里斯塔一起嘲弄她。他是在别人跟前把她当作笑柄，比方说，在艾罗的面前（这个女人一贯地恨她）。他眼里一直都在藐视她，蔑视她对他（或是曾经对他有过）的爱，他和她一起的生活自始至终都是一场骗局。性的问题，对他来说也根本不是值得认真看待的事，至少不像是对她（或是曾经对她）来说那么重要，谁恰好近在身边，他就跟谁玩儿。

这些论点里，唯有那最后的一点勉强算是接触到了真相的轮廓，在稍稍平静下来的时候她也认识到了这一点。可是即使这一点点的认识也足以让她周围的一切全都坍塌了。它不应该起这么大的作用，可就是起了。埃里克弄不懂——老实说他真的是弄不懂——为什么情况会变成这样。如果她反对，吵闹，甚至是哭泣（虽然像克里斯塔那样的女人压根儿不会这么做），他是不会感到奇怪的。但是她竟真的受到了伤害，她竟认为自己失去了赖以生存的一切——为了十二年前发生的某件事情——这就是他不能理解的了。

有时候他相信她是在装腔作势，是想尽量利用好这次机会，可是在别的时候他又深深而且真诚地感到忧伤，因为自己使她受到了伤害。

忧伤刺激了他们，使得他们的做爱变得十分完美。每一次做完之后他都以为事情总算过去了，不幸总算是告一段落了。可是每一次他都错了。

在床上，朱丽叶开心地笑着，告诉他佩皮斯①和佩皮斯太太的事——他们被类似的境况撩拨得春心荡漾。（在放弃了对古典文学的研习后她扩大了阅读范围，眼下她阅读的一切似乎都与偷情通奸有关。）从来未曾如此频繁也从来未曾如此炽热过，佩皮斯这样写道，虽然他也记录了他的妻子曾起念要在他睡着时把他杀死。朱丽叶为此事大笑不止，可是半个小时之后，当埃里克要驾驶小船出去检查他捕大虾的网有没有问题，前来与她吻别时，她却把脸板得跟石头一样，敷衍了事地把他打发走，仿佛他在多雨的天空下进海湾是去跟一个女人幽会似的。

遇到的却不仅仅是雨。埃里克出去的时候海上几乎没有风浪，可是下午稍晚时突然起了风，是从东南方向刮来的，把荒凉海峡和马拉斯皮纳海峡里的海水都撕扯得乱七八糟。那是六月这最后一个星期里的事儿，险恶的天气一直持续到天几乎全黑下来了——一直到夜里十一时左右才真正地平静下来。到此时，从坎贝尔里弗来的一艘小帆船失踪了，上面有三个成年人和两个儿童。另外还不见了两条打鱼船——一条上面有两个人，另一条上只有一个——那就是埃里克。

第二天早上风平浪静，阳光灿烂——山岭、海水、岸边，一切都干干净净，闪闪发光。

自然，有可能所有这些人全都平平安安，躲进了这一带众多的小港湾里的一个，在那里过了夜。这样的情况更可能发生在几个渔人的身上，小帆船上的那家人就很难说了，他们不是本地人，而是从西雅图来的旅游者。立刻就派了船艇出去，到大陆海边、海岛和海面上去搜救。

---

①赛缪尔·佩皮斯（Samuel Pepys，1633—1703），英国著名作家，他用密码写的日记毫不隐讳自己的缺点和过失，写出了人类共有的弱点。

最先发现的是那几个溺亡的孩子，他们是穿着救生衣的，白天将结束时他们父母的遗体也找到了。跟他们一起的那位祖父是第二天才找到的。共同捕鱼的那两个人的尸体一直都没有见到，虽然他们小船的残存部分一直冲到了难民湾的附近。

埃里克的遗体是第三天才找到的。没有让朱丽叶去看。据说，遗体冲上岸后又遭到某种东西（意思是指某种动物）的袭击。

也许是因为这一点——因为再辨认是不是他已经没有意义了，连装殓师也无须请了——埃里克的老朋友们和打鱼的伙伴们都想到，不如就在海滩上把埃里克火化了吧。对此朱丽叶并没有反对。死亡证明书是必须要开的，因此朋友们往一星期来鲸鱼湾一回的医生在鲍威尔里弗的办公室打去电话，医生授权给艾罗——她一星期一回给他当下手——和一位执证护士，代表自己来做这件事。

漂木附近一带多得是，浸透了盐分的树皮好烧得很。几个小时之内一切都准备就绪了。消息传播了开去——即使是在这么短的时间之内，妇女们都设法带上了食物陆续来到。负责指挥这场半异教仪式的就是艾罗——她的斯堪的纳维亚血统、挺得笔直的腰板、那头在风中飘飞的白发，似乎使她天生就能担当"海之寡妇"这样的角色。孩子们在原木之间跑来跑去，不断从愈来愈高的柴火堆和用布缠绕、小得让人感到奇怪的包包跟前被轰赶开去——这个小包包也就是埃里克了。附近某所教堂的一个妇女为这场半异教的仪式备好了一大壶咖啡，而一箱箱的啤酒和一瓶瓶各种饮料暂时还都堆放在汽车的后备厢和卡车的驾驶室里。

此时产生了一个问题，该由谁来讲话，点火的又该是谁。他们问朱丽叶愿不愿意做？而朱丽叶当时正在紧张忙碌地分发一个个盛了咖啡的缸子——她说他们找错人了，作为寡妇，她该做的是自己纵身往火堆里跳去。她说这话时还真的笑了，把几个邀请她的人惊得直往后退缩，担心她马上要发歇斯底里。老跟埃里克搭伙出海的那人愿意当点火者，不过说发表演说自己可不是这个料。此时有人忽然想起那人的老婆是福音派新教徒，让他演说，没准他会觉得有责任要讲一些话，而倘若埃里克还能听见肯定会不愉快。这时候艾罗的丈夫挺身而出了——一个小个子，多年前在一次小船着火事件中被烧得变了形。他是个气鼓鼓的社会主义者和无神论者，说着说着就跑了题，那里几乎都没了埃里克的踪影，除了声称死者跟自己是同一营垒中肩并肩的战友。他说开了头，话就长得没个完了，事后有人分析说，这是他在艾罗专制统治下长期受压抑的心态的反弹。在他洋洋洒洒的哀悼演说还没结束时，人群没准有些骚动不安，有人觉得这个仪式怎么举行得不像预先设想的那么光辉，那么庄严，那么动人心弦。可是一等火堆燃起，这样的心情便一扫而空了，特别是在孩子们中间，更是出现了一种心思过于热衷的精神状态。这时人们才觉得不对头，于是有一个男人出来大喊了一声："把小鬼们都从这儿轰走。"那已经是火焰开始舔噬遗体的时候，目的开始要真的实现的时候，这一喊未免也来得太迟了一些。脂肪、心脏、肾和肝的焚化很可能会产生爆炸声或是咝咝声，听着是会让人感到坐立不安的，因此大多数孩子都被自己的母亲拖走了——有的正巴不得走，有的却老大不情愿。于是火葬最后的一幕便基本上成了男人的仪式，也稍稍有些不成体统，虽然并非不合法——这回的火化在这一方面倒是没有什么问题的。

朱丽叶留了下来，大睁着眼睛，半蹲着摇晃着身子，脸庞与热气贴得很近。她有点心不在焉。她在想，把雪莱的心脏从火焰中夺出的到底是哪一个——是特里劳尼[①]吗？那颗心脏，有着长期历史意义的心脏。都已经那时候了，离现今也不算太遥远吧，一个肉体的器官居然会这样受到珍视，被看成是勇气与爱情所在的地方。那无非是肉，正在燃烧的一团肉，与埃里克没有什么相干。

[①] 爱德华·约翰·特里劳尼（Edward John Trelawny，1792—1881），英国海军军官，也是诗人雪莱、拜伦的朋友。

佩内洛普对正在发生的事一无所知。温哥华的报纸上刊出了一条简短的消息——自然不是关于海滩火化的事，仅仅是关于那次海难的——不过身处库特内山脉深处的她，是接触不到报纸和广播的。她回到温哥华时给家里打了电话，是从她的朋友希瑟家打来的。克里斯塔接的电话——她回来得太晚了没能赶上葬仪，但是现在正陪朱丽叶住，想尽量帮帮她。克里斯塔说朱丽叶不在家——其实不是真的——希望让希瑟的母亲来接电话。她解释了近来所发生的事，说她正打算开车送朱丽叶去温哥华，她们这就动身，到那边后朱丽叶会亲自跟佩内洛普说的。

克里斯塔把朱丽叶带到佩内洛普所在的那幢房屋的门前，朱丽叶自己进去了。希瑟的母亲请她上阳光起居室去，佩内洛普在那里等候呢。佩内洛普听到消息后现出一脸的惊恐，但接着——当朱丽叶挺正规地要伸出双臂去拥抱她时——她却显出了有点像窘迫的样子。也许因为是在希瑟的家里，在白绿橙三色相间的阳光客厅里，后院那里还有希瑟的兄弟在投篮，在这样的背景前如此严重可怖的消息几乎让人无法接受。焚化一事更是连提都没有提——在这样的房屋、这样的居住区里，那样的事自然就显得很不文明，很荒诞了。在这座房屋里，朱丽叶的仪态似乎也与自己所想表现的有了差距——她的一举一动都变得更接近大家闺秀应该有的那一种了。

希瑟的母亲用手轻轻啄了一下门，走了进来，手里端着冰茶。佩内洛普几口喝下了她的那一杯，就走出房间去找希瑟了，希瑟一直躲藏在门厅里。

希瑟的母亲这时和朱丽叶谈了起来。她很抱歉自己闯进来用实际事务来打扰客人，但是时间紧迫也不得不如此了。她和希瑟的父亲打算这几天驾车上东部去探望亲戚。他们要去一个月，本来是想把希瑟一起带去的。（男孩子们要去野营。）可是现在希瑟又说不想去了，她恳求能让她留在家里，由佩内洛普陪着。一个十四岁，另一个才十三岁，怎么能放心让她们单独留在家里呢？于是她想到，朱丽叶在经过那样的事情之后没准愿意换一种生活方式，好放松放松。在那样严重的损失和打击之后。

就这样，朱丽叶很快发现自己生活在了一个完全不同的世界里，在一座一尘不染、装修得很华丽与讲究的宽敞大房子里。这儿对每一个方面的需求都有各种各样的方便设施，人家说是为了方便——在她看来那就是奢侈了。这房子坐落在一条弯弯曲曲的路上，路两边都是大同小异的房子，藏身在修剪得整整齐齐的灌木树丛和鲜艳的花坛后面。连天气，就那个时节来说，也是完美无瑕——温暖、凉风习习、光照宜人。希瑟和佩内洛普去游泳，在后院里打羽毛球，去看电影，烤曲奇饼，玩命地海吃海喝，然后又下狠劲减肥，费尽心思要把一身皮肤晒黑，把音乐放得整栋房屋都听得到——那些歌的歌词在朱丽叶看来都是俗不可耐且富于挑逗性的，两人有时还邀请女朋友来，倒没有正式叫男孩来，只是和经过房前或是扎堆在隔壁人家的那几个嘲弄地聊个没完。朱丽叶偶然间听到佩内洛普跟来访的一个女孩说："咳，说实在的，我几乎都不怎么认识他。"

她是在说她的父亲。

多么奇怪呀。

她不像朱丽叶，从来也不畏惧在海面上有动静时坐小船下海。她常常缠着父亲带她出去，也经常能达到目的。当她煞有介事地穿着橘黄色的救生衣，拿着她拿得动的什么器械，走在埃里克后面时，她总是一脸的一本正经、完全献身的表情。她在本子上记下布网的地点，把捕获的鱼的头剁下、肚肠掏空时，技术越来越熟练、动作越来越麻利，也越来越冷酷无情。在她幼年的某个时间段上——大概是八岁到十一岁吧——她一直说长大后要到海上去打鱼，埃里克告诉过她现如今姑娘们也有干这号营生的了。朱丽叶曾经觉得也不是没有这样的可能，因为佩内洛普很聪明，不书呆子气，体格也灵活壮实，而且又很勇敢。可是埃里克在佩内洛普听不见的时候会说，他但愿女儿这样的志向会一点点地消磨掉，因为他可不希望自己这样的生活再让任何人过上一遍。他在谈到他选择的这一行如何艰辛，又如何不安定时，一直都是这样说的，不过，他又是对所有这一切都充满自豪的，朱丽叶这样觉得。

可是此刻他却被排除出去了。是被佩内洛普——她最近把脚指甲染成了紫色而且在腹部很招摇地粘了个文身图案。过去充实她生活的是埃里克，可如今她却把他驱赶出局了。

不过朱丽叶觉得自己也正在做同样的事。自然，她忙着找一个工作和一个住处。她已经树起牌子要把在鲸鱼湾的那座房子出售了——她无法想象继续在那里住。她把卡车卖了，把埃里克的工具都送人了——例如海难中找回来的那些渔网，还有那艘小船。埃里克那个已成年的儿子从萨斯喀彻温赶来把那条狗领走了。

她向大学图书馆的一个研究部门和一家公立图书馆求职，她有点把握，觉得两个职位总有一个自己是能够获得的。她上基西兰诺、邓巴或是格雷角这些地段去看可有合适的公寓。城市生活的洁净、整齐与管理有序不断地使她感到惊讶。这里的人不在露天工作，与工作有关的各种各样的活动又不仅仅局限在室内，这才使得他们的日子能这样过下去。在这里，天气会影响你的情绪，却不至于对你的生活起决定性的作用，在这里，大虾、大马哈鱼生活习性的是否改变与能否捕到，这样至关紧要的问题仅仅会让人觉得有趣，他们甚至都不会对此说什么。相比之下，就在不多几天之前她还在鲸鱼湾所过的生活，就显得很没条理，很杂乱无章且让人身心交瘁。而她自己呢，也把几个月来的郁结情绪淘洗一空——她现在变得麻利、干练了，人也精神多了。

真应该让埃里克看到现在的她。

她一直都是在这样的心绪下想到埃里克。并不是说她还没明白埃里克已经死了——这样的情况一次都没有过。不过,她在自己的意识里却总是不断地提到他,仿佛他依旧是那个人,她的存在对他来说,比对其他任何人都更重要。仿佛他依旧是那个人,她希望自己能使他的眼睛闪闪发光,而他也仍然是她要与之争论、向之提供信息并使之惊喜的那个人。她这样做已经成了习惯,已经成为一种自发行为,以致他的死似乎都不能产生影响。

而且他们的最后一次争吵也还没有完全平息呢。她仍然对他的背叛记恨在心。如果说她现在稍稍有点爱卖弄风情的话,那也是为了报复他。

那场暴风雨、遗体的发现、海滩上举行的火葬——那都像是一场她不得不瞻仰、不得不赞同的仪式,其实那跟埃里克和她,仍然都没有任何关系。

她得到了参考书图书室的那份差事,她找到了勉强付得起房租的一套两居室的公寓,佩内洛普继续上托伦斯学校,当了一名走读生。她们在鲸鱼湾的生活画上一个句号,她们给在那儿的生活拉下了帷幕。连克里斯塔都想搬走,她准备春暖时节也到温哥华来。

这之前的一天,那还是在二月里,朱丽叶下午工作结束后站在校园班车站的遮雨棚里。下了一天的雨此时歇住了,西方露出了一抹青天,在太阳落下去的地方泛出了红红的光,那儿是乔治亚海峡的上方。这样的白天变长、季节嬗变的迹象与预示,对于她,有着一种未曾预料到的摧毁性的效果。

她终于明白,埃里克确实是死了。

仿佛整个这段时间里,当她在温哥华的这些日子里,他一直都在某处等候,等着看她是否愿意恢复跟他一块儿过的那种生活。仿佛那一直都是一个可以自由选择的项目似的。她来到此处后,仍然是生活在埃里克震动的余波之中,并未完全明白埃里克已经不在了。他任何的一切都已经不存在了。而在一天天过去的再平凡不过的世界里,对他的记忆已经在一点点消退了。

这么说这就是哀愁了。她感觉到仿佛有一袋水泥倒进了她的身体,并且很快就凝结了。她几乎都不能动了。上公共汽车,下公共汽车,走半条街回到她的那幢楼——她怎么会住在这儿的呢?——就像是在爬一座陡峰。而且这一切她还绝对不能让佩内洛普看出来。

在晚餐的桌子上她颤抖起来,但是又松不开手指好让刀叉落下来。佩内洛普绕过桌子,帮她把手指掰开。她说:"是因为老爸,对吧?"

朱丽叶事后告诉几个人——例如克里斯塔——这几个字真是她所听到过的任何人对她说的话里最能宽慰她也是最有温情的话语了。

佩内洛普让自己那双凉阴阴的手顺着朱丽叶胳膊的内侧上下滑动,第二天还打电话给图书馆说她母亲病了。她一连几天待在家里照顾母亲,没去上学,直到母亲康复。至少是,直到最糟糕的时日好歹挨过去了。

在那些天里,朱丽叶把一切都告诉了佩内洛普。克里斯塔、那场争吵、海滩上的火化(此前,她几乎是奇迹般地向女儿隐瞒了这一切)。所有的一切。

"我不应当用所有这些事来加重你的负担。"

佩内洛普说:"是啊,嗯,没准是不应当。"可是又很大度地添上一句:"我原谅你。我想我也不是小小孩了。"

朱丽叶又重新进入这个世界了。她在校车站犯过的那种昏厥也还出现过,不过再没有那么厉害了。

在图书馆做研究工作的过程中,她遇见省电视频道的几个人,接受了他们向她提供的一个职位。在那里干了大约一年之后她开始做访谈工作。她多年来的广泛阅读(在鲸鱼湾的日子里,这一点正是艾罗顶顶瞧不上眼的),平时对信息的点滴收集,她的贪婪吸收与快速消化,此时此刻，刚好都派得上用场。而且她修炼出了一种自我贬损、淡淡嘲讽的姿态，看来这倒经常能起到极好的效果。在摄像机前，没什么事情能让她怯场。虽然事实上她回到家后常常会大步地走来走去，发出呜咽声与咒骂声，因为她回忆起哪件事上出现过一点小小的过失与慌乱，更加糟糕的是，在什么地方还念了别字。

五年之后，生日卡不再寄来了。

"这不说明任何问题，"克里斯塔说，"那些卡片之所以寄来，无非是让你知道她还在某个地方活着。现在她寻思这个信息你已经掌握了。她希望你别派什么猎犬去追踪她。如此而已。"

"我以前给她的压力太大了吧？"

"哦，朱尔。"

"我不只是指埃里克的死。后来又有了别的男人。我让她看到了太多的不幸。我的愚蠢所造成的不幸。"

因为，在佩内洛普十四岁到二十一岁的这个阶段里，朱丽叶有过两次爱情经历，这两次里，她都完全不由自主地一头扎了进去——虽然事后感到很羞愧。其中的一个男人年龄比她大得多，而且是一本正经结了婚的。另一个比她小许多，而且为她这么快就动了情而惊诧不已。事后，她自己也为这样的情况而大感不解。其实她并没有喜欢上他身上的哪一点嘛，她说。

"我也觉得你是没有喜欢，"克里斯塔敷衍了一句，她疲倦了，"我也说不上来。"

"哦，基督啊。我那会儿真傻。我后来就再没有对男人那么犯晕过。我是没有吧？"

克里斯塔没有点穿也许那是因为一时还没有候选的男人。

"没有，朱尔。是没有。"

"事实上我并没有做过什么特别不像话的事,"朱丽叶的兴致好起来了,"我干吗总是自我谴责,认为是我的错呢?让人不可理解的是她,事情就是这样。我必须面对这一点。"

"一个谜,而且还是一条冰冷的鱼①。"她接着又戏拟下结论似的说了一遍。

"不是的。"克里斯塔说。

"不是的,"朱丽叶说,"不是的——的确不是这样的。"

第二年的六月都过了,仍然是一个字都没有,朱丽叶决定搬家了。头上那五年,她告诉克里斯塔,她都是等到六月,看看会不会有什么事情发生。按现在的情况看,她每一天都必须要等待。而每一天所感到的却都是失望。

她搬到西区的一幢高层建筑里去。她本想把佩内洛普房间里的那些东西都扔掉的,可是最后她还是把那一切都塞进了几只垃圾袋,依旧带去了。她现在只有一间卧室了,不过地下室里有可以堆东西的地方。

她养成在斯坦利公园练慢跑的习惯。现在她极少提起佩内洛普了,即使是在克里斯塔面前。她有了一个男朋友——眼下大家都这么称呼了——他从未听她说起过她的女儿。

克里斯塔变得越来越瘦,也越来越郁郁不乐了。非常突然地,有一年的一月,她死了。

任谁都不可能走红得永远出现在电视荧幕上。不管你那张脸再怎么讨观众的喜欢,总有一天,他们会更爱看跟你有所不同的另一张脸。朱丽叶也不是没得过换做别的工种的机会——研究点儿什么问题呀,为放送的自然景色写点什么画外音说明词呀——可是她高高兴兴地拒绝了,

---

①冰冷的鱼(cold fish),指对人冷淡。

她说自己正想要有一个彻底的改变。她又重新进了古典文学系——这个系比原来的规模又进一步缩小了——她打算接着写她的博士论文。她从高层公寓搬出去，住进了一个单身者住的套间，这样好省些钱。

她的男朋友得到了一个去中国教书的工作。

她的套间是在一幢房子的地下室，不过从后面的拉门出去，倒正好是平地。在那里她有一片铺了砖的小平台，有一个棚架，缠挂着一些甜豌豆和铁线莲，还有几个花盆，里面种了些药草和花。一生中头一回，虽然规模极小，她成了一名园艺师，她父亲以前就是个园艺师。

有时候有人会对她说——在商店里，或是在校车上——"请原谅，不过怎么看着你的脸这么熟呢？"或者是，"您不是原先老在电视上露面的那位女士吗？"不过，过了一年左右，这样的事就再也没有了。她大部分时间都用来坐下来看书，或是在人行道的小桌旁喝喝咖啡，再也没有人注意她了。她把头发留长，在染成红色的那些年里，头发都失去了原来棕褐色时的弹性与活力——如今那是银褐色的了，非常细，有自然波纹，让人想起她的母亲萨拉。萨拉那头柔软、漂亮、飞蓬般的美发，先是一点点变成花白，然后是一片纯白。

她家中再没有空地可以请人来吃饭了，而且她也失去了烹饪的兴趣。她吃的饭菜营养倒是够的，但是非常单调。虽然绝非有意为之，她却与大多数朋友都失去了联系。

这没有什么好奇怪的。她此刻所过的生活与她以前当女名人时是那样截然不同，那会儿她活跃机敏，事事留心，消息要多灵通就有多灵通。如今她生活在书堆里，醒着的时候基本上都是在读书，不管是想到一个什么命题，都忍不住要往深里挖掘并加些演变。她经常是整整一星期都不知道世界上出了什么大事。

但是她又放弃了她的学位论文，而对几位归在希腊语小说家里的人产生了兴趣，他们的作品出现在希腊语文学史中相当靠后的那个时期里

（从B.C.E.①一世纪开始——她现在也学会这么称呼了——一直延续到中世纪的早期）。也就是阿里斯提得斯、朗戈斯、赫利奥多罗斯、阿喀琉斯·塔提乌斯等等。他们的许多作品或已逸失或已成残篇而且还被人看成是有伤风化。可是赫利奥多罗斯写有一部叫《埃塞俄比亚传奇》的作品（原藏于一家私人图书馆，在布达被围困时才得以重新发现），自从一五三四年在巴塞尔印制成书后才在欧洲为人所知。

在那个传奇故事里，埃塞俄比亚的女王产下一个白皮肤的婴儿，她生怕被人指控犯通奸罪，于是便把孩子——是个女儿——交给一群天衣派信徒（亦即裸体哲学家）来照料，那些人是隐士修炼者和神秘主义者。这个姑娘，名唤查列克里亚，最后被带到德尔斐神庙，在那里她成为了狩猎女神阿耳忒弥斯的女祭司之一。在此处她又遇见了一位高贵的台萨利安人，名唤台阿吉尼斯，他爱上了她，并且在一个聪明的埃及人的帮助下，带着她逃跑了。但是，人们发现，那位埃塞俄比亚女王从未停止过思念她的女儿，她派人去寻找女儿，雇请的正是那个埃及人。接下去又出现了许多不幸和巧遇，直到最后，所有主要的人物都来到了梅罗依，查列克里亚眼看要被自己的父亲献上祭坛了，这时——总是要直到此时——才总算得救。

有意思的主题密集得像一窝苍蝇，这个故事对朱丽叶有一种天然持续不断的吸引力。特别是有关裸体哲学家的那部分。她尽力收集有关这些人的材料，知道他们往往被说成是印度哲学家。在这件事情上，印度是不是被当成了埃塞俄比亚的邻国了呢？不会的，赫利奥多罗斯在历史上出现得相当迟，对地理是不会如此无知的。裸体哲学家一准是云游四海的人，再远的地方都去，对他们铁一般地忠诚于自己的信念以使生活与思想变得更加纯洁的做法，周围的人莫不敬畏有加，他们藐视物质财

---

① 即"Before Common Era"，意同B.C.（公元前），但C不指基督，表示出一种知识分子的观点。

富,连最简单的衣食都包括在内。一位在他们之中长大的美丽少女,日后心理倒错,反倒渴望过一种毫不加掩饰的淫乱生活,这是很可能的呢。

朱丽叶交上了一位名叫拉里的新朋友。他是教古希腊语的。他让朱丽叶把那几个垃圾袋存放在他自己房子的地下室里。他爱设想,说不定他们可以把《埃塞俄比亚传奇》改编成一出音乐剧呢。朱丽叶也掺和进来,帮他一块儿编制这首幻想曲,她甚至还设计出了一些难听无比的曲调以及愚蠢可笑的舞台效果。不过她暗中却倾向于设计一种全然不同的结局——这里牵涉到王位放弃的问题,而且还有追寻过去的踪迹的问题,在过程中那位少女必定会遇到骗子手和假内行,僭王和冒牌货,他们声称自己正是她真正要寻找的那个人。而最终结局则是母女重归于好,那位埃塞俄比亚女王尽管犯了错误,但她悔悟了,她毕竟基本上还是一位宽宏大度、母仪天下的仁君。

朱丽叶几乎能肯定自己在温哥华又见到过那个大吨位教母。有一天,她带了一些自己不会再穿的衣服(现在她衣柜里的衣物已变得实用性越来越强了)到救世军的节俭商店去,当她把那袋衣服在接待室里放下时她见到有位穿了件宽松袍子的胖老太在往裤子上安装价格标牌。这个妇女正跟别的工作人员在聊天,却自有那么一股领导人的派头,态度随和但是警觉性也很高的监工气派——又或者说,她是那种女人,不管职务是不是比旁人高,总会摆出一副领导人的架势。

如果她真的就是大吨位教母,那她的地位倒是有所降低了。不过也并未降低多少。因为如果她是大吨位教母,她岂不是有后备浮力与自我调整的能力,足以使自己的地位不至于真正降低到哪里去吗?

还有那一肚子的后备训诫教条,足够刻毒的呀。

她是在极端饥渴的状态中来到我们这儿的。

朱丽叶把佩内洛普的情况告诉了拉里。她总得跟一个认识的人谈谈的不是？"我是不是必须跟她说她应该度过崇高的一生？"她说，"跟她谈自我牺牲？让她一辈子都得为陌生人的需要而服务？我从未想到过这一点。我的想法很简单，但求她长大后生活得能跟我一样，那就够好的了。我那样做会使她很反感吗？"

拉里并不是那种需要她的一切的男人，他要的只是她的友情与好脾气。他是往往被称为老派单身汉的那种人，就她所知，他在性这方面没多少要求（不过没准有的事她并不知道），很怕接触到任何有关个人私密的事，而且任何时候都是很风趣的。

她还遇到另外两个男人，也想要她做自己的生活伴侣。其中之一是往她那张街边咖啡桌跟前坐下来时结识的。他是个新近丧妻的鳏夫。她喜欢他，可是他的孤独感太强烈了，追她又是追得那么凶，因此倒把她吓着了。

另外那人则是克里斯塔的哥哥，克里斯塔在世时她见到过几次。跟他相处倒不觉得别扭——在许多方面他都很像克里斯塔。他的婚姻很久之前就终止了，但他并不特别想要女人——她也是从克里斯塔那里知道，有几个女人想跟他结婚可是他都躲开了。只不过他太理智了，他选中她几乎是经过精打细算的，这里面有些东西是挺屈辱人的。

不过为什么会觉得屈辱呢？倘若她真的爱他，那就不会这样觉得吧。

还是在仍然与克里斯塔的哥哥来往的时候——他的名字是加里·拉姆——她偶然间遇上了希瑟，那是在温哥华闹市区的一条街上。朱丽叶和加里刚从一家电影院出来，他们看了一场傍晚场的电影，正在讨论该上哪里去吃晚餐。那是个温暖的夏夜，天光还未散尽。

一个女人脱离开街边的一伙人，径直朝朱丽叶走来。那是个瘦瘦的女子，三十七八岁光景。衣着入时，黑发中夹杂着一绺绺棕色的发丝。

"波蒂厄斯太太。波蒂厄斯太太。"

这声音朱丽叶很熟悉，虽然她怎么也不会认出这张脸的。原来竟是希瑟。

"真是让人难以相信呀，"希瑟说，"我来这儿待三天，明天就走。我丈夫来参加一个会。我刚才还在想此地我是再也没有一个熟人的了，一转身却看到了你。"

朱丽叶问她现在住在哪里，她说是在康涅狄格州。

"大约三个星期以前我去看过乔希——你还记得我弟弟乔希吧？——我去埃德蒙顿看我弟弟乔希跟他一家时，竟撞见了佩内洛普。就和现在一样，在大街上。不——实际上是在购物中心里，他们那里有个大得不得了的购物中心。她身边带着两个孩子，她是带他们来买上学要穿的校服的。两个都是男孩。我们俩全都惊呆了。我一下子没认出她来，不过她认得我。她是坐飞机去那里的，自然。从北方很远的一个地方。不过她说其实那地方已经相当现代化了。她说你仍然住在这里。不过我跟那些人在一起——他们是我丈夫的朋友——我真的没有时间给你打电话——"

朱丽叶便像模像样地说，自然，哪儿会有时间呢，而且她也想不到有人会给自己打电话。

她问希瑟有几个孩子了。

"三个。全都是混世魔王。我希望他们马上变成大人。可是跟佩内洛普一比我的日子就算是在享福了。五个哪。"

"是啊。"

"我真得走了，我们还要去看一场电影。其实我一点都不懂，我根本都不爱看法语电影。不过今天能见到你真是件大好事。我老爸老妈搬到白石市去了。他们以前老是在电视上见到你。他们总在朋友面前吹，说你在我们家住过。他们说现在电视里再见不到你了，你是干腻了吧？"

"差不多吧。"

"我这就来，我这就来。"她拥抱并吻了朱丽叶——现在的人都时兴这个——接着便跑着去加入那一伙人了。

原来如此。佩内洛普不是住在埃德蒙顿——她是从北方去到埃德蒙顿的。坐飞机去的。这说明她必定是住在白马镇或是黄刀镇。还有什么其他地方她能形容说是相当现代化了呢？没准她那样说的时候还带点儿嘲讽希瑟的意思呢。

她有五个孩子，其中至少有两个是男孩。他们需要买校服。那就说明上的是私立学校。那就说明出得起钱。

希瑟没能一下子认出她来。是不是说她很显老呢？怀过五次身孕后她身体走形了，她没能很好地照顾自己？没有像希瑟那样。在某种程度上，没能像朱丽叶那样。这说明她是那样的女人：在她们看来，作这样的努力这观念本身，就是可笑的，是对女性地位不安全的一种承认？要不就是那是她根本没有时间顾及的一件事——完全不在她考虑范围之内的一件事。

朱丽叶曾经想过，佩内洛普也许是给卷到超验派的队伍里去了，没准她成了一个神秘主义者，把一生的时间都用在冥思与参悟上去了。要不就是——与此相反但仍然是简朴艰苦得可笑——过着清苦、危险的日子，靠打鱼为生，也许跟丈夫一起，也许还带着几个粗里粗气的小家伙，在不列颠哥伦比亚海岸线外内海航道的冰凉海水里。

压根儿不是这样的。她现在过的该是一位富裕的、讲求实际的护士长的生活。没准是嫁给了一位医生，或者是当地官员里的一个，他们在小心翼翼地，并且是在赞歌的伴奏声中将自己的权力逐步逐步地移交到原住民的手中，与此同时，还依然在管理着那些北方的领土。如果朱丽叶真的有一天与佩内洛普重新相见，她们说不定会哈哈大笑，笑朱丽叶想到哪里去了。当她们谈到两人分别与希瑟相遇的事时，会觉得多么奇怪，于是便又哈哈大笑起来。

不。不。事实肯定是她对与佩内洛普有关的事已经取笑得太多了。太多的事情都被看成是笑话。正如太多的事情——个人的事务、也许仅仅是为了性满足的恋爱——被看作是悲剧一样。她太缺乏母亲应有的抑制、礼仪与自我控制的能力了。

佩内洛普说她——朱丽叶——仍然住在温哥华。她一点儿也没有向希瑟透露母女有裂痕的事。肯定没有。如果希瑟知道了，说话时神情是不会如此自然的。

除非是查了电话簿，否则佩内洛普怎么会知道她仍然住在此地呢？如果她查了，那又说明什么呢？

没有。这事什么问题都没有说明。

她走到马路牙子那儿去与加里会合，他方才见到她遇见熟人，很知趣地躲开了。

白马镇，黄刀镇。知道了这些地名反倒让她痛苦——这些地方她可以坐飞机去。在那里她可以到街上去转，总会想出办法来吸引眼球的。

可是她还不至于那么疯吧。她一定不能够那么疯。

用晚餐时，她想，方才知道的那个消息倒能使她处在一个较好的位置上，倘若要和加里结婚，或是同居的话——看他愿意怎么样了。关于佩内洛普，她再没什么可以担心，或是怕牵制住自己行动的了。佩内洛普不是一个鬼影，她很安全，跟任何人没什么不同，她也必定跟任何别的人一样快乐。她和朱丽叶断绝了来往，也很可能根本不想朱丽叶，那么朱丽叶也大可不必再对她魂牵梦萦了。

不过她当时告诉希瑟，朱丽叶现在住在温哥华。她是称呼她朱丽叶的吗？或者是母亲。我的母亲。

朱丽叶告诉加里，希瑟是一对老朋友的小孩。她从未向他提过佩内洛普的事，他也从未表现出任何知道佩内洛普存在的迹象。没准克里斯塔跟他说起过，他一句也不提，是考虑到此事与他毫不相干。或者是克里斯塔告诉过他，他却忘掉了。或许是与佩内洛普有关的事克里斯塔压根儿未曾提到过，连名字都没有提起过。

倘若朱丽叶跟他一块儿过，佩内洛普的事是不会浮出水面的，佩内洛普是不存在的。

佩内洛普的确并不存在。朱丽叶寻找的那个佩内洛普已经消失了。希瑟在埃德蒙顿见到的那个女人，带儿子上埃德蒙顿去买校服的那个女人，脸和身体都起了变化，使希瑟认不出来，那可不是朱丽叶认识的什么人。

朱丽叶真的是这样相信的吗？

就算加里看出她很激动，他也假装自己没有注意到。不过也许就是在这个夜晚，他们双方都明白他们是永远不可能生活在一起的了。要是他们有可能一起生活，那天晚上她没准会跟他说：

> 我的女儿没有对我说声再见就离开了，事实上她也许当时并不知道自己是在出走。她不知道那是永远走开。这以后，我相信，她逐渐明白了她是多么地不想回来。那只是她发现了怎样安排自己的生活方式的一种办法。
>
> 也许是她无法面对如何跟我解释。或者她真的没有解释的时间。你知道的，我们总是认为有这样的理由，有那样的理由，我们一直都是在试着寻找理由。而且我也可以告诉你，有许多事我是做错了。不过我想，理由也许不是那么容易找出来的。更有可能是一件与她纯洁的天性有关的事儿。是的，她天性中有一些细腻、严格和纯净的方面，有一种岩石般坚定的诚实的素质。
>
> 过去我父亲在说到某个他不喜欢的人的时候，总是说这人对自

己没有用场。这几个字是否就是表面上的那个意思呢？对佩内洛普来说，我是没有一点用场的了。

要不就是她再也受不了我了。那也是可能的。

朱丽叶还有几个朋友。现在不多了——不过有倒还有。拉里仍然来看她，跟她说说笑话。她继续读她的书。读书这个词儿用在她正做着的事儿上似乎并不合适——说研究倒是更恰当一些。

因为钱不够用，她到过去总在街旁桌边泡上许多时间的那家咖啡屋去打工，一星期干上若干个小时。她觉得这活儿对她跟古希腊人的苦苦纠缠是个很好的平衡——到后来她相信即使她钱够花了，她也不会从这里辞职的。

她仍然希望能从佩内洛普那里得到只言片语，但再也不那么特别耗费心神了。她像更谙世故的人在等待非分之想、自然康复或是此等好事时那样，仅仅是怀着希望而已。

激 情 | PASSION

不算太久以前，格雷斯曾上渥太华峡谷去寻找特拉弗斯家的避暑别墅。她已有多年未上这个地区来了，这里的变化自然很大。七号公路如今都已绕开市镇，而在以前是直穿而过的。而在她记忆中以前绕弯子的地方，现在反而是笔直的了。加拿大地盾的这个部分有许多小湖泊，一般的地图上都不标出来，因为根本排不下。即使在她弄清了或是自以为弄清了小塞博湖的方位时，从乡村土路又有许多条道路可以通向它，接下去，当她选上了其中的一条时，与它相交的又有那么多条铺有路面的街道，那些街名她连一点儿印象都没有。其实，四十多年前她在这儿时，连街名都还没起呢。那会儿路边也还没有人行道，只有一条土路通往湖边，此外就是环湖有一条曲里拐弯、很不规整的路。

现在出现了一个村子。或者说一片郊区——这样称呼也许更加恰当一些，因为她没见到有什么邮局或是最不起眼的便利店。这片小区占着湖边四五条街那么深的地方，小小的房屋紧挨着，占着一小片一小片的土地。有些无疑是夏季避暑住的，因为窗户上已经钉上了木板，每逢冬季总免不了要这样做的。不过仍然有许多房子显示出长年有人居住的种种迹象——迹象很多，从充塞在院子里的塑料健身器械和户外烤架，以及训练用的自行车、摩托车和野餐用的木桌上都可以看出来，有些人在这仍然算是暖和的九月里坐在桌边吃午饭、喝啤酒。另外也会有人——那就很难见到他们的人影了，是学生或是独身的老嬉皮士——他们会把旗子或是锡纸片挂起来充当窗帘。这些都是造价便宜的小房子，总体上还算结实，有些装了防寒设备，有的却没有。

格雷斯本来会决定掉转车头往回走的，倘若她没看见那座八角形房子的话——它的屋顶周围都饰有回纹格子铁饰，每隔一面墙就有一扇门。那是伍兹家的别墅。她一直记得它是有八扇门的，可是现在看来只有四扇。她从未进去过，不知那里面是怎样隔成小间的，或者究竟有没有隔开。她也不认为特拉弗斯家的任何人曾经进去过。早年间，这座房子四周都是围着高大的树篱的，还有闪光的白杨树，只要湖岸刮过一阵风它们就会飒飒作响。伍兹先生和伍兹太太已经上年纪了——就跟格雷斯现在一样——好像从来也没有朋友或是孩子来探望过他们。他们这所饶有古风、设计奇特的房子现在也显得荒芜且不协调了。邻居们把搁置不用的破东西和他们一时拆散有待重新安装的车子、他们的玩具和待洗的东西，都堆在了这座房子的四周。

当她在沿着路开下去大约四分之一英里处找到特拉弗斯家时，她发现那儿的情况也是一样。现在大道经过这里后还能通向别处，不像以前就终止在房子的前面，而周围的房子距离它四面环绕的宽宽的游廊也只是咫尺之遥了。

那是格雷斯所看到的第一幢建成这个样子的房子——只有一层，主要的屋顶朝四边一直延伸到游廊的边缘，当中并没有间断之处。后来她在澳大利亚也见到许多房子是跟这一样的。这种风格会让你想到炎炎夏日。

过去，你总是能从游廊上跑下来，穿过多尘土的车道末端，再穿过一片长有杂草和野草莓的沙地——那也是特拉弗斯家的产业,然后就跳入——不,事实上是蹚着走进湖中。现在你都几乎看不到湖了,因为多出来了一幢结结实实的大房子,是这一带那种为数不多的正规的郊区别墅,还附有能放两辆车的车库呢——沿着这条路一路开来,时不时能见到一幢这样的房子。

格雷斯之所以要从事这次远征,想达到的目的究竟是什么呢?也许最最坏的结果就是,她确实找到了她打算要找的东西。能遮风挡雨的屋顶,百叶窗,房前的湖泊,房后高高耸立的枫树、雪松和乳香木。旧貌保存良好,原封不动,但那样的景貌却丝毫也不能说明她自己的经历。而找到了一些如此衰败,虽仍留存却早已不合时宜的东西——就像特拉弗斯的房子如今的情况那样,加了几个屋顶窗,抹了怪刺眼的蓝漆——从长远来说,说不定对自己的伤害倒会稍少一些呢。

要是发现这个旧宅完全不在了,那又会如何呢?你会大惊小怪。要是有人走过来听你说什么,你会哀叹它的消失。不过那样便会让你感到轻松?陈旧的迷惘与自责莫非就会消亡?

特拉弗斯先生盖起这座房子——当然,是他让别人帮他盖的,是作为结婚礼物,好让特拉弗斯太太得到一个惊喜的。格雷斯初次见到这座房屋时,它大约已有三十年历史了。特拉弗斯太太的儿女年龄间隔很大——格蕾琴大约二十八九岁,已经结婚有了孩子,莫里二十一,正要上大学的最后一年。还有尼尔,三十五六吧。不过尼尔不姓特拉弗斯。他的名字是尼尔·博罗。特拉弗斯太太以前结过一次婚,那男的后来死了。她在一所培养秘书的学校里教商业英语,凭此挣钱维持生活、养育孩子。特拉弗斯先生在提到她遇到他之前的那段生活时,总把它说得几乎像是在服劳役犯的苦刑,纵使自己此后欣然为她提供一辈子的舒适生活,那都是难以补偿的。

特拉弗斯太太自己却从未这样说过。她曾经跟尼尔住在彭布罗克镇一座大房子隔出来的一套房间里，离铁路很近，她在餐桌上讲的许多故事都是跟那里的生活有关的，像别的房客的事啦，以及那位法裔加拿大房东的事——她学他那口刺耳的法语和乱七八糟的英语。真应该给那些故事起上标题的，就像格雷斯念过的瑟伯[①]所写的那些故事一样——

她是在十年级教室后墙根架子上置放的《美国幽默文选》里偶然读到的。（在书架上一并摆放着的还有《最后的男爵》和《桅前两年》。）

《克罗马蒂老太太爬上屋顶的那一夜》、《邮差是怎样向弗劳尔小姐求爱的》，还有《吃沙丁鱼的那条狗》。这些就是瑟伯书里的几个篇名。

特拉弗斯先生从来不讲故事，他吃饭时连话都很少说，不过如果他恰好看到你在注视——比方说——用石块砌起来的壁炉，他就会说，"你对岩石也感兴趣？"并且告诉你每一块石头的出处，以及他又是怎样费尽周折寻觅到那块特殊的粉红色花岗石的——因为特拉弗斯太太有一回瞥向一个路边断岩，看到类似的一块石头，曾经惊叹不已。他也会向你炫耀一些他自己设计的其实并无特别了不起的装置——厨房里能往外旋转的角柜啦，窗台底下的储物空间啦。他个子高高的，背有些驼，嗓音柔和，稀稀拉拉的几根头发油光光地贴在脑壳上。他连下水时都要穿上浴鞋。他穿着平常的衣服时不显得胖，可是穿着游泳裤时，那上面就显出了白生生往下重叠的肉褶子。

那年夏天，格雷斯在小塞博湖北边伯莱瀑布旁边的一家旅馆里找了个活儿。初夏时，特拉弗斯一家到这儿来用过餐。她没有注意到他们——那张桌子不归她管，那天晚上客人又特别多。她在铺设干净餐具准备接待下一拨客人时感觉到有人想和她说话。

[①] 詹姆士·瑟伯（James Thurber, 1894 – 1961），美国著名幽默作家。

那是莫里。他说:"我不知道,你是不是愿意有空的时候跟我一起出去走走?"

格雷斯在摆银餐具,几乎连眼皮都没抬。她说:"被人激将来的吧?"因为他的声音既高又紧张,站在那里直僵僵的,好像来得挺勉强似的。这儿的姑娘都知道,有时一伙从度假村来的年轻人会互相激将,看谁有本事把一位女招待约出去。这倒不完全是闹着玩的——如果邀请被接受,他们真的会到场,只不过有时候仅仅是带你上公园走走,而不是请你去看电影,连咖啡都不请你喝一杯。因此接受邀请的女孩会觉得挺没面子,仿佛真的到了穷途末路那一步似的。

"什么?"他显然受到了伤害,这时格雷斯停下手里的活儿,抬眼看他。她似乎在一瞬间就把莫里整个人都看了个透,这个真正的莫里。胆怯却很热诚,天真但是很有决心。

"好吧。"她快快地说道。她的意思可能是说,好吧,别生气,我知道这不是激将,我知道你不会那样干的。也可以理解为,好吧,我答应一起出去就是了。她自己也不太清楚究竟是哪一种意思。可是他把话理解成同意了,当下便安排起来——连声音都没有压低,也没有注意到周围的用餐者朝他投来的目光——说是第二天下班以后就来接她。

他真的带她去看电影了。他们看的片子是《新娘的父亲》。格雷斯一点也不喜欢这部影片。她讨厌里面的那些像伊丽莎白·泰勒的女孩子,她讨厌被宠坏的富家小姐,她们什么负担都没有,只会撒娇发嗲、索钱要物。莫里说那不过是一出逗趣的喜剧罢了,但她说问题不在这里。她也分析不清楚问题关键到底在什么地方。换了别人都会认为,那是因为她当女招待,穷得上不起大学,如果她结婚也想摆这样的排场,那真得节衣缩食省上好多年,自己来负担这笔费用才行。(莫里也是这么想的,不过他对于她能这样想却没一点看不起的意思,相反倒几乎是怀着敬意呢。)

她无法解释，自己也不太明白，她所感觉到的并不完全是妒忌，而是一种愤怒。并非因为她不能那样散漫地花钱购物，那样穿衣打扮。而是因为人们都认为女孩子就应该这样。那就是男人——一般人，所有的人——认为她们应该是的样子。漂亮、当成宝贝似的供着哄着宠着，自私而又蠢笨。女孩子似乎就应该这样，那才有人为之神魂颠倒。这以后呢，又会当上母亲，一心都扑在孩子们的身上。自私倒不自私了，但还是一样无知。永远都是如此。

她正为此而怒气冲冲，但是身边却坐着一个爱上了她的男孩，因为他相信——顷刻之间就相信——她在思想与心灵上都是既成熟又有自己的独立见解的，而且还把她的贫穷视为一圈有思想性的浪漫光环。（他自然知道她穷，不仅是因为她在干着的活儿，而且也因为她说话有很重的渥太华峡谷的乡音，这一点当时连她自己都还未能察觉到。）

他尊重她对影片的看法。现在既然听了她结结巴巴、充满火气的分析，他倒也打算试着讲讲自己的想法了。他说，他现在认识到，人性中，再没有比妒忌更为幼稚、更为女人气的了。这一点他算是明白了。他反对妒忌，就跟她不能容忍轻浮、不满足于像一般的女孩子一样。她是不同凡俗的呀。

格雷斯一直记得那天晚上自己穿的是什么衣服。一条深蓝色的舞裙，一件白上衣——透过那上面花边的镂孔可以窥见她乳胸的上部，还系着根宽宽的玫瑰红色松紧腰带。显然，在表现出来的她与希望别人认定的她之间，是存在着差别的。但她身上绝无那会儿时兴的那种小巧精致或是精心修饰的痕迹。衣裙边上有些破损，事实上，还使她带点儿吉卜赛风格呢，何况还有最不值钱的镀银手镯，以及那一头又长又卷、野性十足的深色头发，若是上班端盘子，她是得把头发用网罩套起来的。

不同凡俗呀。

他跟妈妈谈到了她，妈妈说："你一定要把你的这个格雷斯带到家里来一起吃一顿饭。"

这对她来说全然是件新鲜事，立刻就使她感到异常愉快。事实上，她一下子就喜欢上特拉弗斯太太了，就跟莫里一下子就爱上了她一样。当然，她一般是不会如此晕头晕脑地被迷住、成为精神上的俘虏的，这不合她的天性，她跟莫里可不一样。

格雷斯是由她的舅舅舅妈带大的，严格地说应该是舅公舅婆。她母亲在她三岁时就去世了，她父亲移居去了萨斯喀彻温，另行建立起了家庭。带大她的那对老夫妻对她很好，甚至很以她为骄傲，只是不太清楚应该怎么管她，因为他们不善于与别人交流。舅公以编结藤椅为生，他教会了格雷斯该怎么编，以便自己眼力不济时最终有人把这门手艺接过去。可是接着她有了夏季上伯莱瀑布去打工的机会，虽然他不舍得——舅婆也一样——让她去，不过他也相信，在她安定下来之前多体会一些人生经验是应该的。

她当时二十岁，中学刚毕业。照说她应该早一年毕业的，可是她作了个奇怪的选择。她住着的是个很小的镇子——离特拉弗斯太太住过的彭布罗克不远——可那里却有一所能让学生受五年教育的中学，使你够资格去参加政府规定的一种考试，当时是称作高级注册考试的。这样，学生就不必去学所有的中学科目。她在该校念的一年学期结束时——那应该是她最后的一年，也就是十三年级——格雷斯试着去参加了历史、植物学、动物学、英语、拉丁语和法语的考试，得到了本来无此需要的好成绩。可是到九月份她又回来，说她还想学物理、化学、三角、几何与代数，虽然这些科目一般认为都是女学生最不易学好的。那一学年结束时，她已经学了十三年级所有的科目，除了希腊语、意大利语、西班牙语和德语，但她在的那所学校里都没有教这些科目的老师。她在三门数学课与自然科学课程上成绩也都不错，虽然不如上一年那么突出。她也曾想过，那么，是不是可以自学希腊语、西班牙语、意大利语和德语呢，这样，就可以试着参加明年的相关考试了。可是学校的校长跟她谈了一次话，告诉她这样做达不到什么目的，因为她反正也没有可能上大学，更何况大学课程也是不需要如此完备的一份"拼盘"的。她为什么要这么做呢？她有什么计划吗？

没有，格雷斯说，她只是想把义务教育能免费提供的东西全都学到手罢了。以后仍然是去干她编藤椅的手艺活。

校长认识这家小旅店的经理，他说，如果她想试着做一下夏季女招待，他可以帮着引荐。他也提到了体验人生况味这样的话。

看来，即使是身在其位管理教育的人也并不相信学习必定与生活有关系。每当格雷斯告诉别人自己做了什么——她这么做是为了解释为什么自己在中学里迟了一年毕业——那些人听了后没有一个不对她说，你必定是疯了。

只有特拉弗斯太太没有这样说。她上的是商业学院而不是一所真正的大学，因为人家对她说，她必须得"有实用"，可是她现在懊悔得不得了——她是这样说的——但愿当初给塞进她脑子里的是些——或者首先是些——不实用的东西。

"不过你的确得有个职业以维持生计，"她说，"编藤椅看来还是件很实用的事情。以后再看看有什么机会吧。"

看什么？格雷斯一点儿也不愿想以后的事。她希望生活就像现在一样延续下去。她跟别的姑娘调换班次，使自己星期天从早餐之后就能休息。这意味着每逢星期六晚上她都必须干得很晚。事实上，她是在把和莫里相处的时间换成与莫里一家相处的时间。她和莫里如今再也无法一起去看场电影了，再也没有机会两人单独相聚了。不过他会在她下班时去接她,大约在十一点钟,他们会驾车出去兜兜,在某处停下来吃个蛋筒冰激凌或是一份汉堡包——莫里很严格注意不带她进酒吧,因为她还不到二十一岁——最后找个地方把车子停下来亲热一番。

格雷斯对这样的亲热场景——往往会延续到凌晨一两点钟——的记忆,似乎倒不如别的一些时候的来得更深刻,比如围坐在特拉弗斯家圆餐桌旁时,或是——当每一个人终于都站立起来,端着杯咖啡或是别的什么新鲜饮料——坐到房间另一端的黄褐色皮沙发、摇椅或加了垫子的柳条椅子上的时候。(倒用不着有人花力气来收拾餐具并清洗厨房——第二天早上自有位被特拉弗斯太太称为"我的朋友、能干的艾贝尔太太"来包办这一切的。)

莫里经常把垫子拉到地毯上,在那里坐下。格蕾琴来吃饭从不换一套正规些的衣服,仍然是一条牛仔裤或是军裤,她一般总是交叉着双腿,坐在一把宽大的椅子里。她和莫里都是大身架、宽肩膀,继承了母亲的某些好的相貌——焦糖色的卷发、暖人心的榛子色的眼睛。甚至脸上还有酒窝呢,不过只是莫里才有。小帅哥一个呀,别的女招待都这么称赞他。她们轻轻吹上一声口哨,嘴里说上一句:相好的来了。特拉弗斯太太身高也就是差不多五英尺,罩在亮丽的穆穆袍①下面的身体不显得胖,只是挺敦实的,就跟一个还没充分长成的孩子似的。不过她眼睛里那种明亮、专注的目光,随时都会绽放出来的笑意,却是没有也不可能被人模仿或是继承的。儿女们也没有她脸颊上那种粗糙得像是出了疹子似的红颜色。这可能是任何恶劣的天气都不加以考虑硬要出门而造成的,这就像她的体形和她的穆穆袍一样,显示出了她那独来独往的个性。

在那些星期天的晚上,除了家人,也会有几个来客。一对夫妻,也可能是一个单身客人,年龄与特拉弗斯夫妇相仿,脾气也跟他们差

---

①一种色彩鲜艳的女式宽大长袍,最初为夏威夷女子所穿,现流行于美国全国。

不多，女的热情机智，男的话少一些，动作稳重一些，性格也随和一些。大家讲一些有趣的故事，往往是说他们自己是多么可笑。(格雷斯一向都是个热心的交谈者，所以此刻都有点烦自己了，现在再让她回忆起吃饭时讲的那些笑话曾让她觉得多么有趣，都已经很难了。在她老家那边，大多数有刺激性的笑话都带点荤味儿，当然，她的舅公舅婆是不参加进去的。他们家难得来了客人时，大家讲的无非是人家夸奖菜怎么可口啦，而自己则谦虚一番，要不就是聊聊天气，心底却但愿这顿饭能快点吃完。)

在特拉弗斯家，晚饭吃完后，如果天气确实有点凉，特拉弗斯先生就会把炉火点燃。大家会玩特拉弗斯太太称作"愚人字谜"的游戏，其实玩的时候，参加者还得相当聪明才行，即使在他们想编出特幼稚的谜底时。吃饭时言语不多的人现在可以一显身手了。看似荒谬已极的谜面，答案倒可能是相当机智。格蕾琴的丈夫沃特猜中了，过了一会儿格雷斯也猜中了，这使得特拉弗斯太太和莫里都很高兴。(莫里大声喊道："瞧，我不是跟你们说过吗？她可聪明了。"这话让大家都觉得有趣，只除了格雷斯自己。)特拉弗斯太太带头编一些特别好玩的谜面，好使这个游戏不至于过于沉闷，也免得让猜谜者过于焦虑。

唯一一次使得玩游戏的人感到不愉快的是梅维斯来吃饭的那回，她是特拉弗斯太太的儿子尼尔的妻子。梅维斯和她两个孩子住得不远，就在湖下游她父母亲的家里。那天晚上在的只有特拉弗斯自己一家人，还有格雷斯，本来是期待梅维斯、尼尔带着他们那两个小小孩一起来的。可是只有梅维斯一个人来——尼尔是位大夫，这个周末因为有事留在了渥太华。特拉弗斯太太很是失望，但她还是强装笑颜，快乐地喊道："不过孩子们不至于是留在了渥太华吧，是吗？"

"倒霉的是，没有，"梅维斯说，"不过他们情况正不顺呢。我肯定吃饭时他们会从头闹到底的。小的那个身上出痱子，而米基天知道又怎么不开心了。"

她是个让太阳晒得黑黑的瘦女子，穿一条紫色的连衣裙，用一条相配称的紫色宽带子把深色头发拢在脑后。其实人还是挺好看的，只是嘴角那里多出了两个小鼓包，表示她看什么都不顺眼，人正烦着呢。她盘子里的食物几乎一动都没动，说是对咖喱过敏。

"哦，梅维斯。这太糟了，"特拉弗斯太太说，"是新得的吗？"

"哦，不。我得了都有好多年了，只是过去碍于礼貌没说。可是我再也不想半夜半夜地犯恶心了。"

"你要是早些告诉我们——我们另外给你做点别的什么好吗？"

"不用麻烦了，我没事儿。反正我一点胃口都没有，天这么热，当妈妈的又有这么多的福气，我是任什么都吃不下去的了。"

她点燃了一支香烟。

后来，在玩游戏时，她跟沃特为了他用的一个字的意思而争吵起来，翻字典后证明这样解释是可以的，她就说："哦，我很抱歉。看来我的档次已经远远落后于你们诸位了。"到了每一个人都得交一张纸，写上自己挑选的字，以便下一轮用的时候，她笑了笑，摇摇头说：

"我可想不出有什么字可写的。"

"哦，梅维斯。"特拉弗斯太太说。接着特拉弗斯先生也说："写吧，梅维斯。随便哪个用过的字都是可以的。"

"可是我一个用过的字都没有。我非常抱歉。我就是觉得今天晚上脑子特别不好使。你们别管我，只管玩你们的好了。"

他们也的确这样玩下去，都装作没出什么不对头的事似的，与此同时，梅维斯抽她的烟，仍然装出一副执意显得很可爱的受伤后的苦笑。不一会儿，她站起身子，说她真的很累，她那两个孩子再麻烦外公外婆管着也不合适了，她在这里做客，感到非常有意思也很受教益，不过现在她真的要回去了。

"圣诞节来到时，我得送一本牛津字典给你们。"出门时，她发出刺耳的大笑声，不特别针对某一个人地说道。

沃特所用的特拉弗斯家的字典是美国出版的。

她走了以后，谁也没有看谁。特拉弗斯太太说："格蕾琴，你还有力气给我们大家煮一壶咖啡吗？"格蕾琴朝厨房走去，嘴里嘟哝着说："真逗。耶稣都受不了呀。"

"唉。她也不容易，"特拉弗斯太太说，"拖着两个孩子呢。"

每个星期里，从早餐清理完餐厅到开始摆设晚餐的桌子，格雷斯可以有一次休息。特拉弗斯太太在得知这一点后，便开动汽车去伯莱瀑布，把格雷斯接到湖滨，让她享受这自由的几个小时。莫里此时是要上班的——这个夏天他是和修路工人一起在修整七号公路——而沃特则要去渥太华他的办公室上班，格蕾琴会陪孩子们游泳或是在湖上划船。特拉弗斯太太一般总会说她要去购物，或是要准备晚餐，或是有信要写，她让格雷斯独自待在宽大、凉爽、有遮阴的起居室里，那里摆着永远有凹痕的沙发和好几个塞得满满的书架。

"喜欢什么就拿下来看好了，"特拉弗斯太太说，"你若想歪一会儿，想睡，怎么的都行。你干的活儿很辛苦，一定很累。我反正保证你能准时回去就是了。"

格雷斯一分钟也没睡。她光是读书，几乎一动都不动，短裤下面的光腿因为出汗都跟皮革粘在了一起。她浑然不觉，也许是因为读书读得太愉快了吧。连特拉弗斯太太的进进出出她都经常视而不见，直到不得不搭车赶回去上班了才把书放下。

特拉弗斯太太也不随便开口和格雷斯聊天，直到过了相当长的时间，格雷斯的思想已经完全从所读的那本书里解脱出来。这时，她才会提到这本书她也读过，还会谈谈自己的感想——不过那感想经常是既有思想内涵又很有趣的。例如，在谈到《安娜·卡列尼娜》时，她说："我都不记得读过多少遍了，不过我知道最初我喜欢吉提，接着又变得喜欢安娜——哦，多可怕，居然会认可安娜，可是现在，最近的这一次阅读，我发现自己一直都是同情多莉的。多莉下乡时，你知道吧，带上了所有的那些孩子，她必须考虑怎么解决洗澡的问题，那儿没有洗澡盆呀——我寻思人年纪一点点变大同情心也是会产生变化的。情感是会受到洗澡盆左右的。不过，千万别把我的话当真。你不会的，是吧？"

"我恐怕从来都不受别人看法的影响。"连格雷斯自己都对会这样答复感到吃惊，不知道是不是太自以为是了还是过于幼稚了，"不过我很喜欢听您聊天。"

特拉弗斯太太笑了起来，"我也很喜欢听自己聊天呀。"

一来二去，没过多久，莫里开始谈论起他们结婚的事来了。短时期内自然还不行——总要等取得资格当上工程师才行吧——可是他谈到结婚这事时像是对她对他都是再自然也不过似的。等我们结了婚，他总是这么说，格雷斯倒是既不质疑也不反驳，只是好奇地听着。

等他们结了婚他们要在小塞博湖边上有一个家。离他父母住处不要太近，也别太远。当然，那只是一处夏季的住所。别的季节里，他们就得住在他当工程师工作需要他去的那个地方了。去什么地方都是有可能的——秘鲁呀，伊拉克呀，西北地区呀。格雷斯感兴趣的倒是有关旅行的想法，而不是他无比骄傲地说到咱们自己的家时所引起的联想。这事在她看来似乎一点都不真实，可是，在她长大的那个小镇的那所房子里帮她舅公干活，以编结藤椅为生，这同样也从来都不像是真实的。

莫里老是问她，她在舅公舅婆面前是怎么说他的，她又打算什么时候带他上她家里去与他们见面。其实他那么信口用的家这一个字，在她听来还是觉得有点别扭的，虽然这个字她自己也是不得不用。在她看来，更恰当的说法应当是我舅公舅婆的家。

事实上，在她每星期所写的短柬里，除了提到自己"有时会跟一个夏季在附近打工的男孩出去"之外，她别的什么都还没有说呢。她语气里给人的印象是这男孩也是在旅馆里工作的。

倒不是说她从来都没有想过要结婚。那样的可能性——一半是必然性吧——在她脑子里也是闪现过的，和靠编藤椅谋生的想法交织在一起。以前虽然没有人追求过她，但她坚信总有一天必定会有的，而且也跟这回似的，男方立时就下定了决心。他会遇上她——说不定是拿了把椅子来修补——见到她，便一见钟情。他必定是很英俊的——跟莫里一样，热情迸发的——也像莫里一样。紧接着的便是让人兴奋的肉体上的亲密接触了。

但是这样的事却并没有发生。在莫里的车子里，或是在繁星映照下的草地上，她倒是愿意的。莫里虽然有此需要，但是却不愿就这样草率而为。他觉得自己有责任保护她。她那样从容地自我奉献倒令他有点不知所措了。他也许感觉到了冷淡吧。按部就班的投怀送抱是他所不能理解的，也是与他想象中的她不相吻合的。她自己也不理解自己是有多么冷淡——她相信她显示出的急切必定会带来她在孤独与幻想中渴求的欢愉，她觉得接下来该由莫里来接手了。可是他却并没有这样做。

这样的较劲儿使得两人都很困惑，而且还稍稍有些愠怒和羞愧，因此道别时总不能不以更多的接吻、拥抱和更多的亲热话来加以补偿，免得对方不高兴。对于格雷斯来说，能独处斗室，在单身宿舍里上床，把前几个小时的印象从脑子里排除出去，这倒是件轻松的事。她觉得莫里能独自驱车沿着公路回家，把他对自己的印象重新调整一下，以便继续全心全意地爱她，这对于他，也必定是件能放松神经的事。

劳工节①后,大多数的女招待都回到中学、大学里去了。可是尽管人手不足,旅馆仍然要开到感恩节②——格雷斯是属于留下来继续干活的人。据说今年的十二月初还要再开,办冬季营业——至少是圣诞节那几天是一定要开的,不过厨房和餐厅部的人似乎没一个人知道是不是真会这样。格雷斯在写信给舅公舅婆的口气表示圣诞节她是一定要上班的。事实上她压根儿没提旅馆有段时间会歇业,她只说自己恐怕一直要上班到新年之后。因此他们不用等她回家了。

她为什么要这样做呢?倒不是她还有别的计划。她对莫里说过她觉得应该再帮舅公一年,说不定得想法子另找个人来学编结,与此同时,他,莫里,就可以把大学的最后一年念完。她甚至还答应圣诞节带他回家去见见家人。而他也说圣诞节是正式宣布订婚的好日子。他在把夏天打工的钱攒下来,准备给她买一枚钻戒呢。

她也一直在攒钱。这样在他上学时就可以坐大巴去金斯顿看望他了。

她说得答应得都很轻巧。但是她真的相信——或者即使是希望,这样的事能够实现吗?

"莫里是个有纯金品质的人,"特拉弗斯太太说,"这,你自己也是能看出来的。他会是一个可爱单纯的丈夫的,像他的父亲一样。他跟他哥哥尼尔不一样。他哥哥尼尔非常聪明。我不是说莫里不聪明,脑子里缺根弦又怎么当得成工程师呢,不过尼尔——他这人深沉。"她因为自己这样说而笑了起来,"深不可测的海底洞穴③——我说的是什么呀?很长时间尼尔和我相依为命,再也没有任何人可以指望。因此我觉得他是很了不起的。我不是说他没有幽默感。但是有的时候最嘻嘻哈哈的人反

---

①指9月1日。
②在加拿大是在10月的第二个星期一。
③ 18世纪英国著名的墓畔派诗人托马斯·格雷(Thomas Gray,1716 – 1771)有一句诗:"世间多少璀璨晶莹的珠宝,藏在深不可知的海底洞穴。"

倒很忧郁，是不是这样？你简直弄不懂这究竟是怎么一回事。不过为自己已经成年的孩子担忧，这又有什么用呢？我是有点为尼尔担心，为莫里只是稍稍担心一点点。为格蕾琴，我是压根儿不操心。因为女人总是有内在的力量能让自己活下去的，是不是这样？男人倒不见得有呢。"

湖边的别墅不到感恩节是不会封闭的。格蕾琴和她那些孩子自然得回渥太华，因为要上学。莫里呢，这儿的工程结束了，便得去金斯顿。特拉弗斯先生一般只是周末才来这儿。不过，特拉弗斯太太总是会继续待下去的，她告诉格雷斯，有时候和客人在一起，有时候是独自一人住在这里。

可是她的计划有了变化。九月间，她随特拉弗斯先生回了渥太华。这事来得很突然——周末的晚宴取消了。

莫里说她偶尔会出点问题，神经方面的问题。"她必须得休息上一阵子，"他说，"她得进医院去待上一两个星期，使自己能够安定下来。不过她总是会好起来，然后就出院的。"

格雷斯说他母亲看上去挺好的，一点儿都不像有这样的病嘛。

"怎么会得的呢？"

"我想家里人恐怕都不清楚吧。"莫里说。

可是过了一会儿他又说："呃。可能是因为她的丈夫。我是指她的第一个丈夫。尼尔的父亲。他的遭遇，等等等等。"

尼尔的父亲原来是自杀的。

"他情绪很不稳定，我猜。"

"不过呢，也不一定是因为她前夫，"他接着说，"也可能是别的原因。我母亲那样年纪的女人常会有这类的问题的。不过问题不大——现在有了各种各样的好药，这种病好治。你不用担心的。"

到感恩节,果然如莫里所预料的那样,特拉弗斯太太病愈出院了。

感恩节聚餐像往常一样要在湖边家中进行。而且也按常规在周日举办——跟以前一样,因为星期一大家就要收拾行李,关窗锁门了。这对格雷斯来说倒正合适,因为她的休假仍然是安排在星期天。

全家人都会到的。没请客人——除非把格雷斯算作客人。尼尔、梅维斯和他们的孩子将住在梅维斯父亲那里,星期一在那边聚餐,但是星期天他们是要在特拉弗斯家这边过的。

星期天上午,等莫里把格雷斯带到湖滨这边来时,火鸡已经在烤炉里烤上了。因为有小小孩,晚餐得早些开,大约在五点钟吧。馅饼已摆放在厨房的料理台上了——南瓜馅的、苹果馅的、蓝莓馅的都有。主厨的是格蕾琴,她在厨房里的动作灵活协调得跟个运动员似的。特拉弗斯太太坐在厨房桌子旁,和格蕾琴的小女儿达娜一起玩拼图游戏。

"啊,格雷斯。"她喊道,一边跳起身来要跟格雷斯拥抱——她这样做还是第一次——由于动作不灵活,她的一只手弄乱了拼装的小木片。

达娜不高兴了。"外婆。"她哭哭叽叽地喊道,然后一直在边上挑剔性地瞧着她的姐姐詹妮去把小木片收集拢来。

"可以重新摆好的嘛,"詹妮说,"外婆也不是存心想弄乱的。"

"越橘沙司你放哪儿了?"格蕾琴问。

"在食品柜里。"特拉弗斯太太说,仍然紧捏着格雷斯的胳臂,也没有去管弄乱了的游戏。

"食品柜里的哪儿呀?"

"哦。越橘沙司呀,"特拉弗斯太太说,"呃——我自己做的。我先让越橘浸入少量的水,然后在文火上慢慢加热——不,我想是先用水把它们泡透了——"

"唉,我没时间听你从头说起了,"格蕾琴说,"你的意思是说你根本没有沙司罐头?"

"我想是没有。我一定是没有的,因为我是自己做的。"

"那我得派谁去买几罐来了。"

"你要不要去问问伍兹太太她那儿有没有?"

"不了。我都没怎么跟她说过话。我没这个心思。得让谁往商店跑一趟。"

"亲爱的——现在是感恩节,"特拉弗斯太太柔声柔气地说道,"哪家铺子都不会开门的。"

"顺着公路下去的那家,任何日子都是营业的。"格蕾琴的声音变得响起来了,"沃特在哪儿?"

"他下湖划船去了。"梅维斯从后卧室里喊道。她让自己的声音里带有一些警告的意思,因为她正在哄她的小宝宝入睡,"他把米基也带上船了。"

梅维斯是驾自己的车带了米基和小宝宝来的。尼尔得稍晚一些才来——他有几个电话要打。

而特拉弗斯先生又是打高尔夫球去了。

"我只是想让谁去商店跑一趟。"格蕾琴说。她等着,可是后卧室那边没有传来愿意帮忙的回应。她朝格雷斯扬了扬眉毛。

"你不会开车吧,你能开吗?"

格雷斯说她不会。

特拉弗斯太太朝四下里看了看,找她的那把椅子,在她坐下来之后,便舒心地叹了一口气。

"对了,"格蕾琴说,"莫里能开车。莫里在哪儿呢?"

莫里在前卧室里找他的游泳裤,虽然每一个人都告诉他水太冷,不宜游泳。他也说商店不会开门的。

"会开的,"格蕾琴说,"他们卖汽油。就算那一家不开,快到珀斯那里还有一家,知道吧,就是卖蛋卷冰激凌的那家——"

莫里想让格雷斯和他一起去,可是那两个小姑娘,詹妮和达娜,正拉着她一块儿去看外公在屋子旁边挪威枫树上安装的那架秋千。

在走下台阶时,格雷斯发觉她一只凉鞋的带子断了。她干脆把两只鞋子都脱了——在沙土地上走得挺惬意的,那里长有小草的地压得挺瓷实,上面还落了一层干枯起卷的叶子。

她先推两个坐上了秋千的孩子,接着又由她们来推她。在她光着脚从那上面跳下来时,一条腿蜷了起来,她疼得"哎哟"了一声,不知道什么地方出了毛病。

不是腿的事,是她的脚。疼痛是从她左脚底部那里发出来的,那儿让蛤壳锋利的侧边划破了。

"蛤壳是达娜找来的,"詹妮说,"她要给她的蜗牛搭一所小房子。"

"蜗牛跑掉了。"达娜说。

格蕾琴、特拉弗斯太太,甚至是梅维斯都匆匆跑出了屋子,以为叫疼的是哪个孩子。

"她的脚流血了,"达娜说,"都流了一地。"

詹妮说:"她是让贝壳划伤的。贝壳是达娜捡来的,她想给伊凡盖座房子。伊凡是她的蜗牛。"

于是有人端来了一盆水,用水冲干净伤口,毛巾也拿来了,大家七嘴八舌地问伤得厉害不厉害。

"还行吧。"格雷斯说,一瘸一拐地走向台阶,两个小姑娘争着要搀扶她,结果却绊住了她,真是越帮越忙。

"哎呀,挺严重的,"格蕾琴说,"不过你怎么不穿鞋呢?"

"她的鞋带断了,"达娜和詹妮异口同声地说,就在此时,一辆酒红色的敞篷汽车几乎不出声音地拐进停车空地。

"哟,这真是不能再巧了,"特拉弗斯太太说,"来的正好是我们所需要的人。一位大夫。"

这就是尼尔,格雷斯还是头一次见到他。他高高瘦瘦的,动作很灵活。

"你的药箱呢,"特拉弗斯太太开心地喊起来,"已经有一个病人在等你了。"

"你那辆车挺不错呀,"格蕾琴说,"新买的?"

尼尔说:"华而不实罢了。"

"小宝宝这会儿肯定醒了。"梅维斯像是发着无名火似的,一扭身便朝屋子走回去。

詹妮一本正经地说:"你一来气儿,便会说小宝宝要醒了。"

"你给我闭上嘴。"格蕾琴说。

"可别告诉我们你没有带药箱哟。"特拉弗斯太太说。不过尼尔倒是手一挥,从后备厢里把只药箱提了出来,于是她又说:"啊,你带了的,那太好了,总是要以防万一的呀。"

"你就是那病人?"尼尔向达娜说,"怎么回事?咽下了一只癞蛤蟆?"

"是她,"达娜很要面子地说,"是格雷斯。"

"我明白了。她吞了一只癞蛤蟆。"

"她划破脚了。血流呀流,流呀流。"

"是让蛤壳划的。"詹妮说。

这时尼尔对那两个外甥女说了声"闪开点儿",就在比格雷斯低一级的台阶上坐下,他轻轻抬起她的一只脚,说:"把那块布还是什么的递给我。"接下去便小心翼翼地吸干净血,好检查伤口。他现在离她那么近,格雷斯便闻出了她在小旅馆干了一夏季活儿学会辨别的气味——带点薄荷味儿的酒精气味。

"一点儿不错,"他说,"血流个不停。洗干净了,这做得挺好。疼吧?"

格雷斯说:"有点儿。"

他探索性地正视她的脸,虽然那只是迅速的一瞥。也许是在探究她有没有闻出那股气味,她又会作何感想。

"肯定是疼得不轻。瞧见搭下来的那块皮了吗？我们还得探到那底下去，确定没受到污染，然后在上面缝上几针。我这儿有些药，抹上后你就不会觉得太疼了。"他抬起头看着格蕾琴，"嘿。把这些观众弄开去好不好。"

直到此时他还没有跟他母亲说过一句话呢，而她却还在不断地说他来得倒真是时候。

"时刻准备着。"他说，"童子军不是经常这么说的吗？"

他的手很稳，一点不像喝醉的样子，他的眼神也一点儿不像。他也不像他跟孩子们说话时想装出的那副快乐叔叔的模样，或是想在格雷斯面前充当的、安慰话说得比唱得都好听的大哥哥的角色。他那苍白的脑门高高的，有一头密密实实的灰黑鬈发，灰色眼睛挺亮，大嘴巴的嘴唇皮薄薄的，一扭曲时，便显出一副挺不耐烦、消化不良或是挺痛苦的模样。

就在台阶上把伤口包扎好了之后——这时格蕾琴已经回进厨房，把孩子们也一并带走了，可是特拉弗斯太太仍然没有走，她仔细地观察着，嘴唇抿得紧紧的，似乎要保证她是不会插一句嘴打扰他们似的——尼尔说他认为最好还是把格雷斯带到镇上的医院去。

"要打一支破伤风针。"

"不至于这么严重吧。"格雷斯说。

尼尔说："关键不在这儿。"

"我看还是去的好，"特拉弗斯太太说，"真得了破伤风——那可不是闹着玩的。"

"用不了多长时间的，"他说，"好吗，格雷斯？格雷斯，让我扶你上车。"他撑着她的一只胳膊。她穿上那只没坏的凉鞋，把受伤那只脚的脚趾套在另一只鞋子里，以便拖着脚往前走。绷带打得既整齐又紧密。

"我一会儿就回来，"他说，这时她已经在座位上坐好了，"跟大家说一声抱歉。"

向格蕾琴吗？是向梅维斯吧。

特拉弗斯太太从游廊上走下来，脸上一副迷迷蒙蒙很热情的样子，那在她身上显得很自然，而且真的很真诚，尤其是在今天。她把手按在车门上。

"这很好，"她说，"这太好了。格雷斯，你简直是上天派下来的。你会注意不让他今天喝酒的，对吧？你当然是知道应该怎么做的。"

格雷斯听着这些话，却几乎没有用心去想上一想。特拉弗斯太太身上所起的变化使她感到非常不安，她的躯体显得比以前笨重了，所有的动作也变得僵滞了，表现出的慈爱似乎很偶然很冲动，眼角透露出一种带泪的微笑。她嘴角那里像是沾了一层稀薄的壳，有点像是糖浆造成的。

医院是在三英里外的卡尔顿屯。铁路上方有一条高架路，他们开在那条路上速度快得惊人，格雷斯觉得开得最快时，车子真的是离开了路面，他们是在飞。路上几乎没有别的汽车，所以她倒不怎么害怕，再说这事也不是她管得了的。

尼尔认识急诊室的当班护士，他填完表格，让护士顺带看了看格雷斯的脚。（"活儿干得漂亮。"她不咸不淡地说了一句。）于是他可以亲自去干下面的活儿——给格雷斯打针了。（"当时不觉得疼，但过一会儿会的。"）他打完针，护士回进那小隔间，说："候诊室里有个人要接她回去。"

她对格雷斯说："他说他是你的未婚夫。"

"告诉他这儿的事还没完。"尼尔说，"不，跟他说我们已经走了。"

"我已经说了你们在这儿呢。"

"不过等你回来一看，"尼尔说，"我们已经走了。"

"他说您是他哥哥。他会认不出停车场上您车子的吗？"

"我停在后院，在医生停车区那边呢。"

"脑子就是好使呀。"护士走时甩回来这么一句。

这时候尼尔问格雷斯:"你现在还不想回去,是吧?"

"不想。"格雷斯说,就像是检测视力时回答别人问她前面墙上是什么字似的。

她又一次被扶上车,只挂住前半部的凉鞋耷拉着,一屁股在奶油色的垫子上坐了下来。他们从停车场开上一条偏僻的后街,不走大路出了镇子。她知道他们是不会碰见莫里的。她用不着去想他。想梅维斯就更加用不着了。

后来,在叙述这段经历,她生命中的这一变化时,格雷斯会说——她的确就那么说——仿佛有一扇门在她身后哐地关上。可是在当时可没有哐的一声——有的只是从她那里发出的一波又一波的默许,至于其他那些人的权利,那就干脆被毫不踌躇地置于脑后了。

她对于那一天的记忆一直都是清清楚楚、历历在目的,虽然与她有关的那些部分有着不同的版本。

但即使是在那样的一部分细节里,必定有一些是她没有记准确的。

一开始,他们顺着七号公路往西开。在格雷斯的记忆里,公路上再没有第二辆车子,他们的速度与在高架路上飞行时可称不相上下。这一点不可能是真实的——路上必定是有人的,那个星期天早上回家的人,以及赶回家去与家人一起过感恩节的人,去教堂的人与从教堂回家的人。尼尔必定是会把车速减下来的,在他穿过村子或是绕过小镇的时候,以及在走上有许多弯道的老公路之后。她不习惯坐在车顶敞开的敞篷车里。风灌满了她的眼睛,控制着她的头发。那就给了她一种幻觉,似乎一直都是用同一种速度在迅疾飞行——并不疯狂,反而奇迹似的十分安详。

虽然她脑子里没有了莫里、梅维斯和家里别的人的丝毫痕迹,但是特拉弗斯太太的一些破碎影子却仍然留了下来,在盘桓,在用耳语说着些什么,发出了诡异的、使人羞愧的轻笑,在作出她最后的那句交代。

你当然知道是应该怎么做的。

格雷斯和尼尔没有说话,这是不消说的。就她所记得的,在当时的情况下,你必须高声尖叫才能让人听清你在说些什么。老实说,她所记得的,与她当时认为"性"应该是怎么一回事的想法与幻觉,全都混淆在了一起。这样的偶然邂逅,这样的无声却强有力的信号,这样的几乎是一语不发的飞行,在这里,她或多或少把自己设想为一名女俘。一名无忧无虑的降臣,体内除了涌流着欲念以外别的什么都没有。

最后,他们在卡拉达停了下来,走进了一家旅馆——这家老旅馆现在还开在那里。尼尔握住她的手,手指相互交叉在一起,并放慢自己的脚步以与她一拖一拖的步子相协调。尼尔带她走进酒吧。她认出那是一家酒吧,虽然以前她从未进过酒吧。(伯莱瀑布的小旅店没有领到执照——客人要喝酒只能在自己房间里喝,或是到路对面一个自称是夜总会的破棚子里去喝。)这跟她想象中的完全一样——一间挺大的密不通风的黑屋子,匆匆打扫后胡乱摆回去的桌子椅子,一股消毒剂的气味,却去不掉啤酒、威士忌、雪茄、板烟和男人的气味。

这儿一个人也没有——也许是下午开业的时间还未到。不过这会儿真的已经是下午了吗?她的时间观念似乎都不准了。

这时候从另一个房间走进来一个男人,跟尼尔说起话来。他说:"你好,大夫。"接着便走到吧台的后面。

格雷斯相信情况总是这样的——不管他们去到哪里,总有尼尔早就认得的人。

"你知道,今天是星期天啊。"那人用提高了的、严厉的、几乎是在大叫的声音说,好像是想让停车场那边都能听见似的,"星期天我这儿什么都不能卖给你。也没法卖给她。她甚至都不应该进到这儿来的。你明白吗?"

"哦,是的,先生。的确不错,先生。"尼尔说,"我完全同意,先生。"

两个男人说着话,酒吧后面的那人从一个隐藏的架子上取出一瓶威士忌,往一只玻璃杯里倒了一些,朝柜台对面的尼尔跟前推去。

"你渴了吧?"他对格雷斯说,已经打开一瓶可口可乐了。他递给她,干脆连杯子都不提供了。

尼尔在柜台上放了张钞票,那人把钱推到一边去。

"跟你说过了,"他说,"不能卖。"

"可口可乐呢?"

"也不能卖的。"

那人把酒瓶收好,尼尔非常快就把杯子里剩下的喝空。"你是好人哪,"他说,"遵纪守法的模范呀。"

"把可乐带走。她越快离开这里我心里越是踏实。"

"那是,"尼尔说,"她是个好姑娘。我的弟妹,未来的。据我所知。"

"这是真话?"

他们没有重上七号公路,相反却上了往北去的路。这儿连路面都没有铺,不过却是够宽阔的,相当平坦。酒喝下去对尼尔的驾驶却似乎起了相反的作用。他降低了速度,以与路况相配称,甚至到了小心翼翼的地步。

"你不在乎吗?"

格雷斯说:"在乎什么?"

"把你拉到某个破破烂烂的地方。"

"不在乎。"

"我需要你做伴。你的脚怎么样?"

"没什么事了。"

"还是有点儿疼的吧。"

"不厉害。没事了。"

他握起她没拿可乐瓶的那只手,将掌心压在自己的嘴唇上,舔了舔,然后又松开。

"你是不是认为我是出于堕落的目的而诱拐你?"

"没有啊。"格雷斯违心地说,她想他用词怎么都跟他母亲一个路子的呢。堕落。

"你这样说用在别的时候也许会是对的,"他说,仿佛她方才是回答了"是的","不过今天却不对。我觉得不对。今天你安全得跟座教堂似的。"

他的声调起了变化,现在成了亲切、坦诚和轻声轻气的了,方才他的嘴唇压在、接着他的舌头舔在她皮肤上的感觉,在相当程度上撼动着格雷斯,使得她听到的不是他在说着的那个内容,而是他的声音本身。她能觉出他的舌头一百次、几百次地在她全身的皮肤上移动,在那里跳着祈求之舞。可是她光是回答了一句:"教堂也并不总是安全的。"

"不错。不错。"

"而且我也不是你的弟妹。"

"未来的。我没说是未来的吗?"

"我连那也不是的。"

"哦。是吧。我想我也觉得不一定是的。是的。什么都是有可能的。"

此时,他的声调又变了,变得公事公办了。

"我在找一个需要拐弯的地方,是往右拐。这儿有一条路我想我是应该认识的。这一带你不熟悉吗?"

"不,这一带不熟。"

"那你知道弗劳尔车站吗?翁帕、波兰呢?斯诺路认得不?"

这些地方她连听都没有听说过。

"我想去找一个人。"

车子往右拐了一下,他嘴里嘟哝了几句,仿佛有点拿不定主意。见不到有什么路牌。路更窄也更难走了,有座桥竟是只能开过去一辆车的木板桥。阔叶树林的浓叶在他们头顶上织成了网。今年天气不正常,凉得迟,叶子还未变色,树枝都仍然是翠绿翠绿的,只除了这儿那儿偶尔有片红色黄色在一闪一闪,像面旗子似的。周围有一种身处圣殿的气氛。走了好几里路尼尔和格雷斯都没有说话,而树林也未曾显出要中断的迹象,简直是无穷无尽了。不过此时尼尔打破了沉寂。

他说:"你会开车吗?"格雷斯说她不会。他便说:"那你应该学学。"

他的意思是,当下就学。他停下车,走出来,绕到她的身边,于是她只好移身到方向盘后面去了。

"学车再没有比这更好的地方了。"

"有车呀什么的来了怎么办?"

"不会有的。来了也总有办法的。所以我才选了这段直路。你不用发愁,只要会用右脚控制就行了。"

他们正处在一条树枝交拱的长隧道的开端处,地面上散落着一片片的阳光。他根本没费心去讲解汽车开动的原理——他只是简单地指示她的脚应该放在何处,让她练了练怎样换挡,接着便说:"现在往前开吧,照我说的去做就行了。"

汽车的初次往前一冲让她吓了一跳。她练了练换挡,以为他的授课到此应该告一结束了吧,可是他只是笑笑。他说:"不错,放松些。放松些。继续往前开呀。"她也真的照着做了。他没指斥她操纵得不好,也没怪她光顾转方向盘忘了踩油门,仅仅是说:"继续往前,往前走,别离开路,别让引擎熄火。"

"我什么时候可以停下来呀?"她说。

"还没教你怎么停,你就先别停。"

他让她一直往前开直到走出隧道,这才教她怎样刹车。车子一停,她就打开车门好与他对换位置,可是他说:"不。这不过是让你歇口气。你很快就会喜欢上开车的。"他们重新启动时,她开始发现他说得还真对。

而就是这一瞬间的得意,差点儿没把他们带进沟里。不过,他在不得不抓过方向盘时还在不停地笑着,他们的课程在继续往下进行。

他们像是都走了有好几英里了,他仍然不让她撒手,虽然这过程中还走了——当然是速度极慢——好几个弯道。这时候他说他们还是换过来吧,因为不是自己开车他便失去了方向感。

他问她感觉如何,她虽然全身都在发抖,却仍然说:"挺好。"

他帮她揉搓,从肩膀一直搓到肘弯,说了句:"撒谎。"但是除此以外,再也没有抚触她,也没有再让她身上的任何一个部分感觉到他嘴唇的接触。

又开了几英里之后,他必定是找回他的方向感了,因为来到一个十字路口时他往左拐了,这儿的树木逐渐变稀,他们顺着一条烂路爬上一个长长的土坡,又走了几英里来到一个村庄——至少可以说是路边的一小组房子吧。一座教堂和一家店铺,看来都已经改变了原来的功能,没准都住进人家了——从周围停的车子和窗上挂的寒酸相的布帘可以看出来。另外几所房屋的情况也大致相似,其中一所后面的一座谷仓自行坍塌了,发黑的干草从断裂的桁梁之间伸出来,像是肿胀的内脏。

看到这片景色,尼尔欢呼了起来,不过却没在这里停下车。

"真舒心啊,"他说,"真——让人——感到——舒心呀。现在我算是明白了。还得谢谢你呀。"

"谢谢我?"

"因为你让我教你开车。这让我神经松弛了下来。"

"让你神经松弛?"格雷斯说,"真的吗?"

"真得不能再真了。"尼尔微笑了,不过却没有看她。他正忙着左左右右地张望出村之后的路边田野。他在自言自语。

"就是这儿了。不会错的。现在我们清楚了。"

就这么地嘟哝着,直到他拐上了一条巷子。这巷子不是直直的,而是扭来扭去绕过了一片田地，躲开了岩石和一片刺柏，巷子尽头处有一座房屋，样子比村里的那些好不到哪里去。

"好了，就是这儿，"他说，"这地方我就不带你进去了。五分钟不到我就出来。"

他待的时间可远远不止五分钟。

她坐在车子里，倒是有屋子挡着太阳。屋门大开，只有纱门关着。纱门上打了补丁，新些的铁纱和旧的编在一起。没有人出来看她，连条狗都没来探头探脑。现在汽车熄了火，长日里充斥着一种异乎寻常的寂静。说它异乎寻常，是因为你总觉得在炎热的下午应该是不缺在草丛里、刺柏丛里发出的各种昆虫的嗡嗡唧唧声的。即使你在任何地方都见不到它们，它们的喧闹声也总会从远到天边的任何草木丛间发出来。不过也许是时节已经太迟，说不定迟得连大雁南飞引吭高鸣的声音都已无法听到了。至少她什么都没有听到。

在这儿，他们像是处在世界的巅峰，至少是巅峰之一吧。四边的田野都向低处倾斜，树木只能看到上端，因为它们都长在比较低洼之处。

他认识这里的什么人呢，住在里面的又能是谁呢？一个女人吗？他需要的女人似乎不大可能住在这样一个地方，可是今天格雷斯遇到的怪事就是层出不穷，简直是没完没了。

这儿原来是座砖房，可是不知是谁把外面那层砖拆掉了，里面的木板墙露了出来。拆下的砖头胡乱堆在院子里，像是等着出让似的。房子墙上还留着两道砖没拆，形成了一道对角线，像个楼梯，格雷斯无事可做，便把椅背放低，身子往后靠，好数清楼梯有多少级。这事她做得挺傻的，却还很认真，就跟一个人在从一朵花上揪下花瓣似的，就剩下没有公然这样喃喃自语了：他爱我，他不爱我。

走运。背运。走运。背运。其实这才是她想猜度的。

她发现很难辨清这行成锯齿形的砖头到底有多少排,因为来到门的上方那儿,线条就变平了。

她想通了。这儿还能是什么地方?一个私酒贩子的窝呗。她想起了老家的那个私酒贩子——一个颤颤巍巍、瘦得只剩皮包骨的老头,脾气阴郁而且多疑。万圣节的晚上,他竟会手持一把霰弹枪坐在自家门口台阶上。而且还会在堆在门口的柴火垛上做上记号,好察知有没有被偷。她想象着他——或者是此处的这一个——坐着打盹,在自己肮脏的却什么物件搁在哪儿全一清二楚的房间里(她知道情况必然是这样的,从纱门的修补上就可以判定)。想象着他从他那张嘎吱作响的小床或躺椅上爬起来,翻开那条脏兮兮的被子,那还是多年前某个女亲戚帮他纫的,那女的死了都有很久了。

她倒是没进过走私贩子的家,可是在老家那边,日子过得紧巴巴但受人尊敬的门户,和声名不怎么好的人家,彼此的生活状况也就是隔着层薄薄的板吧。因此她是想象得出的。

她竟会想到要跟莫里结婚,这不是莫名其妙吗。这简直就是一种背叛。一种对自己的背叛。可是和尼尔一起坐车出游却并不是背叛,因为对于她熟悉的一些事,他也是有所了解的。而随着时间的过去,她对于他,也是了解得越来越透彻了。

现在,在门口那里,她似乎都能见到是她的舅公在那里站着,弓着背,一脸的迷茫,在对着她看,好像她出门都有好多年了。似乎她答应过要回去的但是又把这事忘了,在这段时间里他早就该故去了,可是却并没有死。

她挣扎着要跟他说话,可是他不见了。她一点点醒了,移动了一下身子。她是和尼尔一起坐在车子里,他们又上路了。她睡着时是张着嘴的,口里干得很。他转过头来看了她片刻,她注意到,虽然身边车风阵阵,却新添了一股威士忌的气味。

不出所料。

"你醒了吧？我从屋子里出来时你睡得可香了，"他说，"真对不起——都是熟人，我不好意思马上就离开。你膀胱那里胀不胀？"

事实上，这个问题她早就想解决了，在车子刚在房子前面停下来的时候。她当时瞥见左近有一处户外的茅房，但是不好意思下车往那边走去。

他说："这地方看来挺合适。"他把车子停了下来。她走出车子，朝一些盛开的野花和乱草窠里走去，蹲了下来。他站在路那边的野花丛里，背对着她。她走回来爬上车时，看了看她脚边地板上的那只瓶子，发现里面盛的液体已经少了三分之一。

他注意到了她的眼光。

"哦，不必担心，"他说，"我只是把里面的一些倒到这儿罢了。"他举起一只扁瓶，"边开车边喝方便些。"

地板上还有另一瓶可口可乐。他告诉她储物箱里就有开瓶器。

"挺凉的嘛。"她惊讶地说。

"有冰箱。他们冬天把湖里的冰锯开，起出来，贮藏在锯木屑里。这个人是存在屋子下面的地窖里的。"

"我还以为在那座房子的门口见到我舅公了呢，"她说，"不过是做了一场梦。"

"你可以跟我说说你舅公的吧。说说你老家的事儿。干什么活儿的。什么都可以谈。我就是喜欢听你说话。"

他声音里有一种新的力量，脸上也不一样了，不过那完全不是酒醉后的奇异光彩。那只不过是：他方才好像是身体不舒服——不是说病得有多厉害，只不过是打不起精神来，在这样的天气状况下——而现在则是想让你确信他已经好得多了。他拧上小扁瓶的盖子，放下扁瓶，把手伸出去抓住她的手。他轻轻地握着，那是一种伙伴式的感情。

"他很老了,"格雷斯说,"是我妈妈的舅父。他是个编织工——就是说能用藤编成椅子。我说不清楚,不过你要是有椅子要编,我可以做给你看——"

"我可没有这样的椅子。"

她笑起来,说道:"这活儿挺单调的,真的。"

"那告诉我你对什么感兴趣。对什么呢?"

她说:"对你呀。"

"哦。我又有什么事让你感兴趣呢?"他挪开了手。

"你这会儿正在做着的事,"格雷斯决断地说,"是为了什么。"

"你指的是喝酒?我为什么要喝酒?"扁瓶的盖子又拧开了,"你为什么不问我呢?"

"因为我知道你会说什么的。"

"说什么?我会说什么?"

"你会说,那还有什么别的可干呢?反正是这一类的话。"

"这倒不假,"他说,"我的确是会这样说的。接下去你就会使劲儿劝我别这么干,这样又有什么不好。"

"不,"格雷斯说,"不。我不会的。"

这话她一说出口,就觉得身上发冷。她原来以为自己是很严肃的,现在她明白了,自己其实是想用这些回答来打动他,使他觉得她跟自己一样,也是个大俗人。可是在对话的过程中,她接触到了本质性的真实。这样缺乏希望——真正彻底、并非没有道理、永远也不会有所改变地缺乏希望。

尼尔说:"你不会吗?是啊。你不会。这倒是让人感到轻松的事。你让人感到轻松,格雷斯。"

过了一会儿,他说:"你知道吧——我困了。很快我们就能找到一个好地方,我打算停车打个瞌睡。就眯一小会儿。你不介意吧?"

"不介意。我想你也应该睡会儿了。"

"你照看我一会儿？"

"可以啊。"

"那好。"

他挑中的地方是一个叫福郡的小镇。镇郊河边有个公园，还有片砾石地的停车场。他把椅背放低，立刻就睡着了。夜晚随着也来到了，差不多是吃晚饭的时候了，天凉下来了，说明季节毕竟不再是夏天。不多久之前还有人在这里举行过感恩节野餐会——野营篝火处仍然缭绕着一丝青烟呢，空气里还飘有烤汉堡包的气味呢。这气味并没有真的让格雷斯感到肚子饿了——倒是让她记起了别的环境下挨饿的情况。

他立刻就睡着了。她下了车。方才学车时，车子开开停停，使她身上落了不少土。她在一处野营水管前尽可能地洗了洗她的胳膊、双手和脸。接着，为了保护自己受伤的脚，她慢慢地拖着步子走到河边，看到水并不深，还有芦苇冒出水面。水边立着一个警告牌，说是此处不得使用亵渎、污秽或是粗俗的语言，否则定当严惩不贷。

她试着玩朝向西边的秋千。在把自己荡得高高的时候，她遥看那清澈的天空——变暗的绿色、变淡的金色，以及天边那一抹粉红色的晚霞。空气已经变得越来越凉了。

她原以为那是接触的关系。嘴唇、舌头、皮肤、身体，还有骨骼上的碰撞。是燃烧。是激情。可是对于他们来说却完全不是这么一回事。就她此刻对他的所知，对他所了解的深度而言，那根本就是一场儿戏。

她所见到的是一个终结。就如同她是站在伸向远处——以及更远处的一片深黑死水的边缘似的。冰冷、毫无波澜的水。望着这样冰冷死寂发黑的水，她知道所有的一切也就是这么一回事了。

该责怪的并不是喝酒的事。那同样的结果是在等待着，不论情况如何，不管是什么时候。喝酒，有瘾想喝酒——那不过是分散注意力的某种方法罢了，跟别的方法没有什么两样。

她走回到汽车跟前，想叫醒他。他动了一下，但是却醒不过来。她只好再在近处走走，好让自己暖和一些，而且还用脚做了些最简单的练习动作——此刻她想起来，明天早上自己还得再去上班，再去给别人端早餐。

她又作了次努力，急急地跟他说话。他嘟嘟哝哝应答说好的好的，可接着又睡着了。到此时，天已经完全黑下来了，她也放弃希望了。此刻，夜寒使她意识到必须另外打主意了。他们不能留在这里，他们毕竟还活在这个世界上。她必须得回到伯莱瀑布去。

她费了好大的劲儿又是推又是拽，才把他弄到旁边的座位上去。就这样都没能弄醒他，很明显他一时半刻醒不过来了。她花了好一会儿才弄明白怎样才能开亮车前的灯，接着她发动车子，一颠一跳地，慢腾腾地，回到了路上。

她一点都不知道该往哪个方向开，街上也无人可问。她仅仅是不断地朝镇的另一头开过去，到了那边，总算是谢天谢地见到了一块路牌，除了标明别的一些地方之外，也指明了伯莱瀑布的方向。只有九英里远。

她用从未超过三十英里的时速开在一条两车道的公路上。来往的车子不多。有一两回，后面的车子按响着喇叭超越了她，迎面而来为数不多的几辆也按响了喇叭。前者是因为她速度太慢，后者则是因为她不懂应该变暗灯光。不过这不重要。她开在半路上反正也不能停下来给自己打气。因此她只能继续往前开，像他对她说过的那样。只管往前开。

起先，她没认出来已经到了伯莱瀑布，因为走的是一条她不熟悉的路。等她明白过来了，她比开全部九英里路程时还要紧张。在陌生的地方开车是一回事，可是拐到小旅馆大门里去又是另外的一回事。

她在停车场停下时他倒醒过来了。对于他们来到什么地方，她又是怎么做成的，他一点都没显得吃惊。他告诉她，事实上，是几英里以前的喇叭声把他吵醒的，不过他仍然假装睡着，因为重要的是千万别吓着了她。他知道她是能行的。

她问，他现在是不是足够清醒，可以开车了。

"清醒得很，倍儿清楚，就跟一枚崭新的一元硬币一样。"

他让她甩脱凉鞋把脚伸出来，这儿那儿地摸了摸，捏了捏，说："很好。没有发热，也没有肿。你的胳膊也不酸疼吧？大概不至于吧。"他送她走到门口，感谢她的陪伴。她仍然不敢相信能够安全返回。昏昏然都忘了该说声再会了。

事实上，她直到今天仍然记不起来她说了再见的话没有，还是他只是抱住了她，将她拥在双臂里——抱得那么紧，那么持久，转换着压紧着她的部位，似乎只有两只胳膊已经不够用了，她为他围裹着，他的身体既强壮又很灵巧，同一时间里既是在索求又是在施予，仿佛是在告诉她，她放弃他是错误的，一切都是可能的，可是接着又说她没有错，他不过是想要在她身上留下自己的印记，然后就要走开的。

早上天还没怎么亮，经理就来敲单身宿舍的门，喊叫格雷斯。

"有人打来电话，"他说，"你不用起来，他们只想知道你在这儿不在。我说我上来看看。就这么件事。"

必定是莫里，她想。至少是他们家里的什么人。不过最有可能的还是莫里。现在她得想法子去跟莫里解释了。

在她下楼去负责端早餐时——她只能穿帆布跑鞋了——她听说了那场事故。一辆汽车在去小塞博湖的半路上撞上了桥墩。是对直了撞上去的，车全毁了而且烧了起来。跟别的车子无关，里面显然没有别的乘客。只好根据医治牙齿的档案来辨认开车者了。没准到这时候已经弄清楚了。

"这方式真够惨烈的，"经理说，"还不如割喉自尽呢。"

"没准就仅仅是一次交通事故，"那厨子说，他生性乐观，"也许是正好眯着了吧。"

"是啊。当然是可能的。"

她的胳臂一下子疼了起来,像是挨了次猛击似的。她手里的盘子几乎失去平衡,不得不用双手将它抱在胸前。

她无须面对面跟莫里打交道了。他给她写来了一封信。
只须告诉我是他让你这样做的。只须说你是不想去的。
她回了五个字。我自愿去的。她本想再加上一句我很抱歉,可是最终还是没有加。

特拉弗斯先生到小旅馆来看她了。他礼貌客套,严肃并且冷冰冰的,不过并没有表现出不友好。她看到他处在目前这样的景况下,倒更显出自己的本色了。显出他是个能负责处理问题而且能把问题解决得干净利落的人。他说他感到很悲哀,全家人都非常悲哀,认为酗酒真是件可怕的事。等特拉弗斯太太身体好一些时,他会带她出去旅行,度一次假,上暖和些的地方去。

接着,他说他得走了,还有许多事情要处理呢。他和她握手告别时将一只信封放在她的手里。

"我们都希望你能好好利用这点东西。"他说。

那是一张一千元的支票。她当时的第一反应是把它退回去或是把它撕了,即使时至今日,她有时候还会想,那样做必定很了不起。不过,她自然最终还是无法这样做。在那些日子里,这么一笔钱确实能保证她的生活可以有一个新的开端。

罪 债 | TRESPASSES

他们是在半夜左右驾车离开小镇的——哈里和德尔芬坐在前座，艾琳和劳莲坐在后座。天空清明，积雪已从树上滑落，但是树下的雪和矗立路边的那些岩石上的雪仍未消融。在一座桥的旁边，哈里停下汽车。

"这儿可以了吧。"

"车停在这里别人看得见的，"艾琳说，"他们说不定会停下来察看我们想干什么的。"

于是他又开动汽车。他们拐进了遇到的第一条乡村小路，在那里大家都下了车，小心翼翼地从路堤上走下来，走不多远，就置身于黑杉树丛之中了。雪面上发出毕毕剥剥的轻微爆裂声，虽然下面的土地是松软和潮湿的。劳莲在大衣底下穿的仍然是睡裤，不过艾琳已经让她换上了皮靴。

"这儿行了吧？"艾琳说。

哈里说："离大路还不算很远。"

"也够远的了。"

那是哈里从原先在干着的那家新闻刊物辞职之后的那一年——他已

经腻味透顶，不想再干了。他把这个小镇的一份周报买了下来。他从小就知道这个小镇，他家过去在这儿附近一个小湖的岸边有一座夏季别墅，他记得，就是在小镇大街的一家旅馆里，他喝下生平的第一杯啤酒。他和艾琳来到小镇的第一个星期天的夜晚，晚餐就是在旅馆里吃的。

可是酒吧没开门。哈里和艾琳只能喝水了。

"怎么搞的嘛？"艾琳说。

哈里向旅馆老板扬了扬眉毛，这老板同时兼任侍者。

"是因为星期天？"

"没有执照。"老板说话口音很重——而且说话口气像是不太瞧得起人似的。他穿着衬衫，打着领带，外加一件开襟羊毛衫、一条裤子，所有的衣服都像是一起长出来的——全都是软绵绵、松皱皱、毛茸茸的，像是他长在外面的一层灰乎乎的易剥落的皮肤，而他的真皮肤则隐藏于下。

"跟老年间大不一样啰。"哈里说，见那人不搭腔，便着手点菜，要了烤牛肉，一人一份。

"倒是挺随便的。"艾琳说。

"欧洲派头嘛，"哈里说，"文化上有差距。他们觉得没有必要任何时候都对人微笑。"他指出餐厅里几十年依然如故的景象——高高的天花板、慢悠悠地转着的吊扇，甚至那幅灰蒙蒙的油画，里面画了一头猎犬，嘴里叼着一只锈黄色羽毛的鸟。

又走进来了别的一些用餐者。是一次家庭聚会。几个小女孩都穿着漆皮鞋，衣裙褶边挺得能刮疼人，还有一个正蹒跚学步的娃娃，一个十来岁的少年——他穿的是成套的西服，僵手僵脚的好不难受，此外便是几对父母亲以及这些父母亲的父母亲了——那是一个精神不太能集中的瘦老头和一个坐着轮椅、身上别了朵装饰性假花的老太太。任何一个穿花裙子的婆娘都有四个艾琳那么胖。

"结婚纪念日呢。"哈里悄悄地说。

离开餐厅时他停下脚步，向那家人作了自我介绍，告诉他们，他是报社新来的那个人，要向他们表示自己的祝贺。他希望他们不会在意他记下他们的名字。哈里是个宽脸膛、样子显得很年轻的人，黝黑的脸，浅棕色的头发闪闪发亮。他的一片好意和热情的祝贺使全桌的人都受到了感染——虽然那个少年和那对老夫妻不见得会领受。他问两位老人结婚多少年了，别人告诉他都有六十五个年头了。

"六十五年呀。"哈里喊道，想到有这么久都快站不稳了。他问他可不可以吻新娘，也真的吻了，在她把脸转开去时他用嘴唇碰了碰她的长耳垂。

"现在该由你来吻新郎了。"他对艾琳说，艾琳紧张地微笑着，啄了啄老人的头顶。

哈里问，婚姻这么美满，那么秘诀又是什么呢。

"妈咪说不了话，"胖大女人中的一个回答说，"不过让我来问老爹。"她对准她父亲的耳朵吼道，"问你婚姻这么快乐有什么诀窍呢？"

老人的脸调皮地皱成了一团。

"唯一要做的就是用一只脚踩住她的脖子再别松开。"

所有的成年人全都哈哈大笑，哈里便说："好极了。我就在报上说，你每做一件事都要先问过太太是否同意。"

走到外面，艾琳说："她们怎么会都胖成这个样子的呢？我真是不明白了。要这么胖，你非得白天黑夜一口不歇地吃才行呢。"

"奇怪。"哈里说。

"配菜里用的是罐头青豆。"她说，"眼下是八月，地里的青豆莫非还没熟吗？这小镇地处乡村的中心，莫非农业地带是不长东西的吗？"

"真是匪夷所思呀。"他快快活活地说道。

几乎就在不久之后，旅馆就起了一些变化。在原来的餐厅里安装了一个假模假样的吊顶——一方方由细金属条固定住的硬纸板。大圆桌为一张张小方桌所取代，沉重的木椅也换成了轻盈的金属椅，座位上面蒙着紫红色的人造革。因为天花板变低了，窗户也不得不改成矮墩墩的正方形了。一面窗子上装了个霓虹灯，上面写的是：迎宾咖啡厅。

老板的名字是帕拉基安先生，不到万不得已，他对任何人都是从来不笑或是多说一个字的，虽然招牌上写着那样的字。

尽管如此，每到中午，或是下午稍晚时，咖啡厅里照样坐满了顾客。他们都是高中生，基本上是九年级到十一年级的。也有些年纪稍大一些的小学生。这地方最大的吸引力就是这里任何人都可以吸烟。不是说你可以买烟，如果你看上去不到十六岁的话。帕拉基安对这一点执行得还是很严格的。你不行，他会说，用他那重浊、疲惫的声音。你不行。

此时，他已经雇了一个妇女帮他干活了，如果有年纪太小的人想从她这里买烟，她会笑起来。

"你在骗谁呢，娃娃脸。"

不过十六岁以及超过十六岁的人可以从年纪小的人那里接过钱，帮他买上十二包都没有问题。

真是能抠法律字眼呀，哈里说。

哈里不再在这里吃午餐了——这儿太闹了——不过他仍然来吃早饭。他还在希望帕拉基安先生有一天会解冻，把自己一生的故事都向他和盘托出呢。哈里立了一个档案，里面记满了他想写什么书的打算。他一直都在密切注意值得一写的人生故事，像帕拉基安这样的人——甚至是那个说话粗俗的胖女侍，哈里说——没准肚子里有一部当代悲剧或是传奇故事呢，记录下来就是本畅销书了。

生活的要义，哈里告诉劳莲，就是满怀兴趣地活在这个世界上。睁大你的眼睛，从你所遇到的每一个人身上看到各种可能性——看到人性。要时刻注意。如果他有什么可以传授给女儿的话，那就是这句话了：要时刻注意。

劳莲自己准备早餐,一般都是麦片粥,往里加枫糖浆而不是牛奶。艾琳总是把她的咖啡端回到床上去慢慢喝。她不想跟人说话,她得养精蓄锐,以应付白天在报馆的工作。等她自以为养蓄得差不多了——那时劳莲上学也走了有一会儿了——她便起床,冲一个澡,挑拣她的一套比较随便、带点挑逗性的服装。随着秋意渐浓,这往往是一件宽松的运动衣、一条短短的皮裙子和一条颜色鲜艳的紧身裤。和帕拉基安先生一样,艾琳很容易做到跟镇上任何人的外表都不一样,但跟他不同的是,她容貌出众,留着一头短发,两只细细的金耳环活像两个惊叹号,还抹着淡紫色的眼影。她在报馆办公室对人态度简慢,表情冷淡,但是这印象又时不时为几个精心营造的生动的微笑所打断。

他们在镇子边缘处租了座房子。一出他们的后院就是一片休假地的荒原风光了:这儿有纠结的岩石和花岗石的斜坡,有雪松沼泽、小湖,还有由杨树、软枫、落叶松和云杉构成的有季节性的树林。哈里喜欢这儿。他说没准他们哪天早上醒来朝外望去,就能见到后院里有一只驼鹿。劳莲放学回到家中时,太阳已经西沉,秋天多少犹存的暖意正暴露出它虚假的一面。屋子里冷冰冰的,一股昨天晚餐的气味、变质的咖啡渣和垃圾的陈腐味儿。把垃圾扔出去正是劳莲的任务。哈里在堆肥呢——等开了春他打算辟出一个菜园来。劳莲把装了瓜果皮、苹果核、咖啡渣和剩饭剩菜的一只袋子拎到树林边缘,这正是一只驼鹿或是熊可能会出现的地方。杨树叶已经变黄,落叶松毛茸茸的橘黄色支杆耸立着,反衬在暗色调的常绿树的前面。她把垃圾扔出去,又铲了一些土和草盖住它,哈里就是这么教她干的。

跟几个星期之前相比,她的生活起了很大的变化,那会儿她和哈里、艾琳在炎热的下午常常驾车出去,在随便哪个湖里游泳。然后在晚上,她和哈里会围绕小镇散步，作探险式的漫游，让艾琳留在家里打磨、上漆和贴墙纸，她说让她单独干可以做得更快更好些。当时艾琳对哈里唯一的要求就是让他把他所有的那些文件箱、档案柜和写字桌统统都堆到地下室的一个破房间里去，别挡她的道。劳莲也帮着他搬东西。

她拿起的一个纸板盒轻得有些古怪，里面像是放了什么很软的东西，不像是纸，倒像是布或是纱线。她刚说一句："这是什么？"哈里看到她捧着这纸盒马上说道："嘿。"然后又说了句："哦，天哪。"

他把纸盒从她手中取了过来，放进档案柜的一个抽屉里，砰地把抽屉关上。"哦，上帝啊。"他又说了一遍。

他以前几乎从未用如此粗暴和恼怒的口气对她说过话。他朝四周看了看，像是怕有人会看到他们似的，接着又把两只手在裤子上拍了拍。

"对不起，"他说，"我没有料到你会捡起它。"他把双肘支在档案柜顶部，又把头压在两只手上。

"听着，劳莲。我原本也可以对你随便编一个谎话的，但是我想还是对你实话实说吧。因为我是不主张对小孩说瞎话的。至少到了你这个年纪，再不应该不对你说实话了。不过这件事情必须保密。懂吗？"

劳莲说："懂了。"可是某种迹象使得她希望他还是别说算了。

"盒子里有一些灰烬。"哈里说，在说到灰烬这两个字的时候，他把声音降低成一种特殊的声调，"不是普通的灰烬，而是一个婴儿火化后的骨灰。这个婴儿在你出生之前就死了。懂了吧？坐下。"

她在一摞硬皮笔记本上坐下，本子里都是哈里手写的字。他抬起头来注视着她。

"明白吗——我现在要告诉你的是让艾琳觉得很烦心的事，正因为如此所以才必须保密，所以从前才没告诉你，免得艾琳想到了又会受不了。你现在明白了吧？"

她知道此时自己必须说什么话。是的，她说。

"好，咱们再往下说——事情是这样的，我们在有你之前就有了这个婴儿。是个女娃娃，她还非常小的时候艾琳怀孕了。这对艾琳可是个很大的打击，因为她刚知道带一个新出生的宝宝有多么累，而现在呢，根本没法睡，老要吐，因为她有早孕反应。说是早孕反应，其实是早上、中午和晚上全都有反应，她真不知道自己怎么受得了。因此有一天晚上，在她觉得无法忍受的时候，不知怎么的忽然想到她得上外面去。于是她上了车，带着睡筐里的婴儿，这时天已经黑了，又下着雨，她车开得太快，没看到前面有一个拐弯。这就出事了。婴儿没有固定好，从筐里摔了出去。艾琳摔断了肋骨，还得了脑震荡，一时之间，我们好像两个孩子都要保不住了。"

他深深地吸了一口气。

"我的意思是，我们失去了一个。那个女娃娃从筐里摔出去时就已经完了。不过我们却没有失去艾琳怀着的那个。那就是你。你懂了吧？就是你。"

劳莲点了点头，动作很小。

"因此我们一直没有告诉你的原因就是——除了艾琳的情绪之外——怕会让你觉得自己不是很受欢迎，并非第一选择。不过你一定得相信我你是的。哦，劳莲。你过去是。现在也是。"

他把手臂从档案柜上收拢来，走过来抱她。他身上有汗和酒的气味。他和艾琳晚饭时喝了酒，这使劳莲觉得很不舒服也很窘。这个故事并没有使她受到多大刺激，虽然那些骨灰稍微有点阴气森森。不过她相信了他的话，认为艾琳的确会不愿见到它。

"所以你们才常常吵架吧？"她说，有点脱口而出的样子，这时候他松开了她。

"吵架呀，"他悲哀地说，"我琢磨这件事说不定起到了一个间接的作用，是她发歇斯底里的潜在原因。你知道我对这整件事情都是感到非常悲哀的。真的。"

在他们出去散步时,他偶尔会问她,对于他跟她讲的事情,她有没有觉得不安或是悲哀。她说:"没有。"口气很坚定,相当不耐烦,于是他说:"那好。"

每一条街都有值得一看的景点——一座维多利亚时期的大楼啦(现在充当了养老院),一座砖塔楼啦(那是一家扫帚工厂唯一剩下的建筑物),一片墓园啦(它最早的历史可以追溯到一八四二年)。再过几天就要举行一场秋季集市了。他们瞅着卡车一辆辆在泥地里费劲地跋涉,各自拖着一个平台,上面堆着水泥板,而水泥板在朝前滑,使得卡车开得屁股一扭一扭的,为了对准距离还得时不时停下来。哈里和劳莲各自挑选了一辆卡车为之加油叫好。

对于劳莲来说,那段时间的一切都带有一种虚幻的光辉,一种鲁莽的傻兮兮的热情,对于日常生活或是现实的负担丝毫不加考虑,而这样的负担,只要学校一开学,报纸一开始出版或者气候发生变化,她便必须马上背起来的。一只熊或是一头驼鹿那样的野兽操心的是自己的生活必需——而并不是某种威胁。她现在不会再像以前那样,在游乐场跳上跳下、大声尖叫,为她选定的那辆卡车叫好了。若是学校里的什么人看到她,准会认为她是一个怪人。

他们这样想反正也差不到哪里去。

她在学校里之所以处于孤立的状态,是因为知识和经验,她隐约明白,这看起来跟天真和书呆子气没有多大的区别。对别人来说是惹人厌的谜团,在她眼里,却不一定如此,她不知道怎样装得像是不明白的样子。这正是使她不合群的原因,正如她知道 L'Anse aux Meadows[①]的正

[①]法语,意为草原湾。加拿大纽芬兰岛上的著名历史遗迹。

确发音和读过了《魔戒》一样。她五岁的时候喝下过半瓶啤酒，六岁那年抽过含有大麻的香烟，虽然这两样东西她全都不喜欢。她吃晚饭时偶尔饮一点点葡萄酒，这玩意儿她倒还能接受。她知道口交是怎么一回事，也了解避孕的所有方法，同性恋者干的是什么事她也明白。她时不时就能见到哈里和艾琳一丝不挂，也见到过他们的一伙朋友脱光衣服围坐在林中篝火之前。也就是在那次假期，她和别的孩子们偷偷溜出去窥看父亲们在事先的秘密协议下偷偷钻进不是自己太太的女人帐篷里去。男孩子中的一个建议跟她玩那样的事，她也同意了，可是他劳而无功，于是他们闹翻了，后来她一见到他就气不打一处来。

这些经历对于现在的她都是一个负担——给予了她一种尴尬的感觉和特殊的哀愁，甚至有一种被剥夺的感觉。而她也没多少事可以做，除了记住在学校里要管哈里和艾琳叫老爸、老妈，似乎这样可以使他们变得高大一些似的。但是却不那么清晰了。在这样说到他们的时候他们僵直的线条便显得模糊了一些，他们的个性也大致可以略而不谈了。与他们面对面时，她倒没有心机来达到这样的效果。她甚至都无法承认，那样可能会给自己带来安慰。

劳莲班上的一些女孩子，发现咖啡厅离自己这么近，很想进去，但是胆子又壮不起来，她们往往是穿过旅馆的过厅便踅进了女洗手间。在那里她们可以待上一刻钟或是半个小时，把自己跟同伴的头发梳成各种式样，抹上唇膏——那是她们从斯塔特曼超市偷来的——或是对着彼此的脖颈与手腕嗅闻。她们把从药房那里讨来的免费试用香水全都喷在了这些地方。

她们邀请劳莲一起去的时候，劳莲怀疑这里面会不会有什么鬼名堂，但她还是同意了，部分原因是她很不喜欢在越来越短的下午独自一人回到树林边缘的屋子里去。

她们一走进过厅就有两个女孩子抓住她把她推到柜台跟前去，那里有一个餐厅的女服务员坐在一只高凳子上，对着计算器在算什么数目。

这个女人的名字——劳莲早就从哈里那儿听说了——叫德尔芬。她有一头长长的细发，可能是白兮兮的淡金色的也可能真的就是白的，因为她已经不太年轻了。她必定是经常得把头发往脸后面甩的，如她此刻正在做的那样。黑框眼镜后面的那双眼睛，上面的那层眼睑抹的眼影是紫色的。她苍白与平滑的脸膛跟身体一样，也是宽宽的。但她身上没有一点点懒散的迹象。她此刻抬起来的眼睛是浅蓝色的，没什么光彩，她的眼光从一个姑娘身上转移到另一个身上，仿佛她们的行为再可鄙都不会使她感到惊奇。

"这就是她了。"姑娘们说。

那个女的——也就是德尔芬——此时看着劳莲。她说："是劳莲？你真的就是吗？"

劳莲觉得莫名其妙，回答说是啊。

"哦，我问她们学校里有没有人名叫劳莲的，"德尔芬说——在她口气里那些女孩子似乎早就远离她们，给排除在她和劳莲对话的范围之外了，"我问她们，因为在这里找到了一件东西。肯定是有人把它丢失在咖啡厅里了。"

她打开了一只抽屉，取出一根金链。在链子底下晃荡着的是拼成劳莲的那几个字母。

劳莲摇了摇头。

"不是你的？"德尔芬说，"太糟糕了。我也已经问过高中的孩子了。那我看只好留下再说了。没准会有人回来找的。"

劳莲说："你可以在我老爸的报纸上登一段广告嘛。"她没有意识到自己是应该光说"报纸"的，直到第二天，她在学校过厅从几个姑娘的身边走过时，听到一个模仿她的声音在说"我老爸的报纸"这几个字。

"我当然可以,"德尔芬说,"可是这样一来说不定会招来各种各样的人,跑来跟我说那是她们的。说不定还会冒领,说那正是她们的名字。那可是金的呀。"

"不过她们也没法戴呀,"劳莲指出,"如果那不是她们的真名的话。"

"也许是吧。不过我认为她很可能会来冒领。"

别的女孩子都朝女洗手间走去了。

"嘿,你们几个,"德尔芬叫住她们,"那儿不让去。"

她们转过身来,觉得很奇怪。

"怎么回事?"

"因为那是在允许的界限之外的,就是这么回事。你们上别处去逛吧。"

"你原先从来不阻止我们进去的嘛。"

"原先是原先,现在是现在。"

"那不是规定了对外开放的吗?"

"没有这样的规定,"德尔芬说,"市镇厅里的那个才是对外开放的。走吧走吧。"

"我不是指你,"她对劳莲说——劳莲正打算随大家一起离开,"我真遗憾这根链条不是你的。你过两天再过来看一眼。要是还没有人来打听,那我想,嘿,这上头毕竟有你的名字嘛。"

劳莲第二天又来了。她其实一点也不喜欢这根链条,她无法想象把自己的名字挂在脖子上到处招摇。她只不过是得有件事可以做,有个地方可以去。她原本是可以去报馆的,可是在听到别人学说我老爸的报纸那样的口气之后,她便不想再去了。

她决定,倘若在柜台后面的是帕拉基安而不是德尔芬,那她就不进去了。可是看店的正是德尔芬,她正在前窗那儿给一棵很丑陋的盆栽浇水。

"哦，好得很，"德尔芬说，"没人来打听那件东西。再等等看，等到这个周末。我总有一种感觉它终究会属于你的。你每天都来好了，就这个时候。下午我不给咖啡厅干活。如果我不在过厅你就摁铃好了，我反正就在附近的什么地方。"

劳莲说了声"好吧"，便转过身子要走。

"你愿意坐下来待上一分钟吗？我正想要沏一杯茶呢。你从来都不喝茶的吗？是不让你喝吧？要不你来一杯软饮料？"

"柠檬—酸橙汁吧，"劳莲说，"谢谢了。"

"用玻璃杯吧？你喜欢用玻璃杯吗？要冰吗？"

"原来怎样就怎样好了，"劳莲说，"谢谢你了。"

但德尔芬还是拿来了一个玻璃杯，加了冰块。"我是觉得还不够凉。"她说。她问劳莲愿意坐在哪里——是窗子边上的一把旧皮椅里，还是柜台边的一只高凳子上。劳莲选了高凳，于是德尔芬便坐到了另外的那只凳子上去。

"好，你现在想告诉我今天在学校里学到什么了吧？"

劳莲说："这个嘛——"

德尔芬那张宽脸膛上漾出了一个微笑。

"我这么问你只不过是开个玩笑罢了。我以前最恨别人问我这个了。首先，我从来都记不住一天里学到了什么。其次，我放学后最不想做的就是去提学校里的事。因此咱们就别说这个了吧。"

对于这个女人这么明显地想跟自己做朋友，劳莲倒不感到意外。她从小就被告知儿童和大人是可以平等相处的——虽然她也注意到有许多成年人对此并无认识，因此她大可不必过于较真。她觉得德尔芬有点儿紧张。正因为这样她才一个劲儿地说话不怎么停歇，在不该笑的时候也哈哈大笑，而且还不惜采取了点小手腕，把手伸到抽屉里去摸出早有准备的一条巧克力来。

"只不过想让你喝饮料时更有滋味罢了。可以让你觉得再来看我还是值得的,对不对?"

劳莲替那个女人感到不好意思,虽然得到巧克力她还是很高兴的。她在家里是从来也吃不到糖果的。

"你用不着拿小恩小惠吸引我来你这儿的,"她说,"我愿意来。"

"哦——嘀。我用不着,对不对?你真是小机灵鬼。那好,就把那还给我吧。"

她伸手去抓巧克力,劳莲闪开不让她拿到。现在劳莲也哈哈大笑了。

"我的意思是下一回。下一次你用不着收买我。"

"那么说,收买一回就够了。是这个意思吧?"

"我喜欢有点事情可做,"劳莲说,"而不是直接就回家。"

"你不能去看朋友吗?"

"我没有什么朋友。我是九月才转到这个学校来的。"

"哼。如果以前来这儿的那些活宝就是你不得不来往的人,我得说你离她们越远越好。你对这个小镇印象怎么样?"

"太小了点儿。有些方面还不错。"

"根本就是个垃圾场。这些地方全都是垃圾场。我一生到过的垃圾场太多了,本以为时至今日我的鼻子都已经给耗子啃掉了的。"她用手指在鼻子上下敲击着。她的指甲油的颜色和眼影是配套的。"倒还在嘛。"她大惑不解地说道。

这是个垃圾场。德尔芬说话就是这样的。她言辞激烈——她从不讨论而只是陈述,她的判断总是那么尖酸刻薄。她讲到她自己——她的喜好、她的体力活——就跟讲一桩惊心动魄的案子似的,那简直是空前绝后、举世无双的。

她对甜菜头过敏。只要有一滴甜菜汁流下她的咽喉,她的组织就会肿起来，必须立刻上医院，紧急手术，这样才能呼吸。

"你怎么样？对什么过敏吗？没有？那太好了。"

她认为一个女人应该保护好自己的一双手，不管为了吃饭她必须去做哪种工作。她爱涂深蓝色或是酱红色的指甲油。她也爱戴耳环，大大的、叮当作响的那种，即使是在干活的时间。小小的、纽扣似的那种她不喜欢。

她不怕蛇，但是对于猫，她却有一种神秘的恐惧。她想她襁褓时必定是有过一只猫压在她身上的，是牛奶气味招引来的。

"那么你的情况怎么样？"她对劳莲说，"你最怕的是什么？你最喜欢什么颜色？你有没有梦游过？你去海边晒过皮肤吗，灼伤没有？你的头发长得快还是慢？"

劳莲倒不是不习惯于有人对她感兴趣。哈里和艾琳对她就很感兴趣——特别是哈里——不过他们更感兴趣的是她的思想、意见和她对事情的看法。有时候那几乎让她觉得心烦。可是她从来没有体会到，所有这些别的事情，毫不相干的一些事情，居然也会如此有趣地受人重视。她压根儿没有感觉到——就像她在家里时那样——在德尔芬提问题的背后还有文章，也从未感觉到如果她不警惕的话，有人可能是在刺探她的隐私。

德尔芬告诉了她不少笑话。她说她知道的笑话多了去了，不过她只给劳莲说合适的那些。哈里会觉得嘲弄纽芬兰人（所谓纽法人）的笑话是不该对劳莲说的，但劳莲听德尔芬讲了以后也还是尽责地笑了。

她告诉哈里和艾琳她放学后要去一个朋友那里。那也不能算是说谎。他们听了似乎很高兴。不过因为他们，她没有把那条有她名字的金链拿回去，虽然德尔芬说她可以这样做。她假装表示，那个丢了东西的人说不定还会回来寻找。

德尔芬知道哈里，在咖啡厅里她给他端过早餐，她是可以跟他提起劳莲来看过她的，可是显然她没有提。

她有时会摆出一个告示牌——如需服务请按电铃——接着便把劳莲带到旅馆里别的什么地方去。偶尔也有客人来住，那时候就得给他们铺床，刷洗便桶和洗脸盆，用吸尘器清洁地板。她不让劳莲帮忙。"就坐在那儿跟我说说话好了，"德尔芬说，"这种活儿干着挺烦人的。"

可是说话的仍然是她。她漫无次序地讲述着自己生活中的一些事情。提到一个个人，接着他们又消失了，仿佛劳莲应该知道他们是谁，根本不必问似的。称他们为先生、太太的，那些便是好老板了。另外的，被称作老咸猪肉、老马屁股（别学我的粗话呀）的那些，就是坏老板了。德尔芬也在医院里干过，（当护士？你别逗了。）在烟草田里，在小饭馆和廉价酒吧，还有在伐木场（她在那里当厨子），在汽车维修厂（在那里她当清洁工，见到的丑事那真是没法说呀），还在一家通宵营业的便利店干过，她在那里遭到抢劫，后来就辞职不干了。

有时候她跟洛兰要好，有时候跟菲尔要好。菲尔有个习惯，不打招呼就随便借用你的东西——她借过德尔芬的一件上衣去跳舞，出了那么多汗把腋下那儿都沤烂了。洛兰是正儿八经高中毕业的，可是犯了个大错误，嫁了个脑子缺根弦的丈夫，后来自然是后悔莫及了。

德尔芬本来也是可以结婚的。她处过的一些男的后来挺发达，也有些成了瘪三的，还有的她也弄不清他们后来如何了。她喜欢过一个小伙子名叫汤米·基尔布莱德，可是他却是个天主教徒。

"你可能不知道对于一个女人来说那意味着什么。"

"那就意味着你不能节制生育呗，"劳莲说，"艾琳就是个天主教徒，可是她退出了，因为她不能同意这一点。艾琳就是我妈。"

"你妈反正不用担心，情况不一样呀。"

劳莲不明白这是什么意思。接着她想德尔芬必定是在说她——劳莲——是独生女儿。她必定认为哈里和艾琳在有了自己以后还想再生，可是艾琳生不出来了。就劳莲所知，情况并不是这样的。

她说："他们如果想生的话是可以再生的。在他们有了我之后。"

"这是你想的，对吧？"德尔芬开玩笑似的说，"也许他们根本就不能生呢。很可能你还是领养的呢。"

"不。他们没有领养。"劳莲差一点要说出艾琳怀孕时所发生的事了，可是她咽了回去，因为哈里是那么认真地把它当作一个秘密来对待的。在诺言遵守上她是很迷信的，虽然她注意到成年人经常并不把遵守诺言当作一回事。

"别显得那么严肃好不好。"德尔芬说。她捧住劳莲的脸，用黑莓色指甲在她脸颊上弹了弹，"我不过是在开玩笑嘛。"

旅馆洗衣间的甩干机不灵了，德尔芬只得把湿床单和毛巾拿出去晾干，因为下雨，晾东西的最佳地点只能是旧时的马厩了。劳莲帮着把堆满白床单的篮子拎过砾石铺就的旅馆后院，端进空着的石砌牲口棚。这儿已经铺上了水泥地面，但仍然有一股气味从下面的泥地里渗出来，不过也没准气味是来自石块与碎石砌成的墙。那是湿土、马皮、皮革和很容易就让人想到是尿液的气味。这地方空荡荡的，有的只是几根晾衣绳和一些破椅子破柜。她们的脚步在这里发出了回音。

"叫你的名字试试看。"德尔芬说。

劳莲喊道："德——尔——芬。"

"你的名字。你想干什么？"

"叫你的回声更好些，"劳莲说，接着又叫了一声，"德——尔——芬。"

"我不喜欢我的名字，"德尔芬说，"没有人喜欢自己的名字的。"

"我也不喜欢我的名字。"

"劳莲挺不错的嘛。那是个好名字。他们给你挑了个好名字。"

德尔芬要到床单后面去用夹子固定住床单，人看不见了。劳莲随便走着，一边吹着口哨。

"在这儿唱歌声音特别好听，"德尔芬说，"唱支你最喜欢的歌吧。"

劳莲想不起来哪支歌是她最喜欢的。这又使德尔芬大感不解，正如她发现劳莲一个笑话都不会讲时一样。

"我喜欢的歌可多了。"她说。接着她便唱起来了：

月亮河，比一英里还宽——①

这首歌哈里有时候也唱的，他老把这首歌唱得很滑稽，跟他自己开玩笑。德尔芬的唱法却有很大的不同。劳莲只觉得德尔芬声音里那恬静的哀愁正在把自己往飘动着的床单那里吸引过去。一张张床单本身似乎会在她周围——不，她和德尔芬的周围——溶化，形成一种无比甜蜜的感觉。德尔芬的歌唱有如一种拥抱，大张着手臂，等待你冲进去。与此同时，歌声中那松弛的感情又使劳莲肚子里起了一阵冷战，隐隐约约地预示着，她即将要生病了。

在河湾口等候
我可爱的老朋友——

劳莲抓起一把缺了坐板的椅子，拖着它让椅腿划过地面，打断了歌声。

"有时候我真想问问你们，"劳莲在晚餐桌上很果断地问哈里和艾琳，

---

①这是美国1961年影片《蒂凡尼的早餐》中的插曲，由影星奥黛丽·赫本亲自演唱，曾经风靡一时。

"我会不会有一丁点儿领养来的可能呢?"

"你这个念头是打哪儿得来的呀?"艾琳说。

哈里停止了吃东西,对着劳莲警告地扬起眉毛,接着又打趣起来了。"如果我们当初想领养孩子,"他说,"你以为我们会领养一个爱瞎提问题的吗?"

艾琳站起来,摆弄她裙子上的拉锁。裙子松落在地,接着她又把紧身裤和衬裤翻下来。

"瞧瞧这儿,"她说,"这应该给你一个解答了吧。"

她的腹部穿上衣服时显得挺平坦的,现在却有些鼓凸也有点儿松垂。肚子表面除了残留着穿比基尼泳装时晒出来的深浅不同的痕迹外,还嵌着几条死白死白的轨痕,它们在厨房电灯底下反光。劳莲以前也见到过它们,但是从未有过什么想法——它们只不过是艾琳身体的一些特征罢了,就跟她锁骨那儿有一对痦痣一样。

"那是皮肤被撑过的痕迹,"艾琳说,"我怀你的时候前面一直鼓到这么远。"她把手伸到身体前面不可想象的远处,"现在你应该相信了吧?"

哈里让自己的头贴着艾琳,挨蹭她光着的腹部。接着他坐直身子,对劳莲说:

"也许你感到奇怪为什么我们没有再要孩子,回答是:你是我们所需要的唯一的孩子。你既聪明又漂亮而且还有幽默感。我们怎么能肯定第二个也会这样优秀呢?再说,我们不是周围那些普通家庭。我们喜欢搬来搬去,总想试验过另一种生活,好动不好静。我们既然已经有了一个完美的、适应能力很强的孩子,又何必再去冒险呢。"

他的脸,此时艾琳是看不见的,在向劳莲传达一种远比他的语言更为严肃的意念。是一种延续的警告,还夹杂着失望与惊讶。

如果艾琳不在场,劳莲会继续向他发出疑问的。如果他们两个孩子都失去了,而不是只失去一个,那又会怎样?如果她从未存在于艾琳的肚子里，不必为她肚子上的轨迹负责，那又怎么样？她怎么能肯定她不是他们领来的一个代用品呢？如果已经有了一件不为她所知的如此重大的事情，那么怎么能保证就没有第二件呢？

这个想法仍然是未能得到解决的，但是却有一种朦胧的魅力。

劳莲下一次放学后来到旅馆的过厅时，她在咳嗽。

"到楼上来，"德尔芬说，"我有治咳嗽的好药。"

就在她把如需服务请按电铃的牌子树起来时，帕拉基安先生从咖啡厅走到过厅里来。他一只脚穿着皮鞋，另一只脚穿的却是拖鞋，当中还扯开了一些，以便装得进一只经过包扎的脚。就在他大拇指那里有一摊干结了的血迹。

劳莲以为，见到帕拉基安先生德尔芬一定会把牌子收起来的，可是她并没有。她对他仅仅说了一句："你有空的话最好把绷带换一下。"

帕拉基安点点头，却没有看她。

"我一会儿就下来。"她告诉他。

她的房间在三楼，就在屋檐底下。劳莲一边爬楼梯一边咳嗽，说："他的脚怎么啦？"

"什么脚？"德尔芬说，"可能是让什么人踩了吧，我猜。也许是用皮鞋的后跟吧，对不对？"

她房间两面的天花板都很陡地斜向一扇老虎窗的两侧。房间里有一张单人床、一个水池子、一把椅子和一个柜子。椅子上放着一只电炉，上面坐着一把水壶。柜子顶上，化妆品、梳子、药瓶，以及一盒袋泡茶和一听巧克力粉都挤得紧紧的，排成一行。床上的罩单是棕白条纹、薄泡泡纱的，就跟客房床上的一样。

"不太整齐，对吧？"德尔芬说，"我在这儿待的时间很少。"她在水池那里给水壶灌满水，又插上电炉的插头，接着把罩单扯开拉出来一张毯子。"把夹克脱了,"她说,"用毯子裹住自己,一会儿就会暖和了。"她碰了碰暖气片,"得烧上一整天才能使这儿有一点点热气呢。"

劳莲照她的话做了。两只杯子和两只茶匙从柜子最上面的一个抽屉里取出,往里面放了适当分量的巧克力粉。德尔芬说:"我就用开水来冲。我猜你是喝惯了用牛奶冲的吧。我喝茶什么的不加牛奶。况且牛奶拿上来也会变酸的。我这里没有冰箱。"

"用开水冲挺好。"劳莲说,虽然她从未这样喝过热巧克力。她突然之间产生了一种愿望,希望是在家里,裹着毛毯躺在沙发上看电视。

"好了,别光是站在这儿呀,"德尔芬说,声音里稍稍有些恼怒不安的成分,"坐下来让自己舒服一些。水一会儿就开。"

劳莲坐在床沿处。突然德尔芬转过身子,抱住她的双胁——使她重又咳了起来——把她往后拖,让她可以靠墙坐着,双脚戳出在地板的上方。她的靴子给脱下来了,德尔芬赶紧捏捏她的脚,看看她的袜子是不是湿了。

袜子没有湿。

"对了。我还打算让你吃点药止一止咳嗽的呢。我的止咳糖浆在哪儿呢?"

仍然是从最上面的那个抽屉里找出了一瓶半满的琥珀色药水。德尔芬往茶里满满地倒了一勺。"张开嘴,"她说,"味道不算太差。"

劳莲吞咽下去之后说:"是不是里面有威士忌呀?"

德尔芬朝药瓶那儿瞟了一眼,上面没贴标签。

"我瞧不出来什么地方有这样的说明。你能看到吗?要是我给你一勺威士忌帮你治咳嗽,你妈你爸会不会大发脾气呀?"

"我老爸有时候会给我冲一杯托地酒[①]。"

[①]托地酒(Toddy),威士忌加热水的一种酒类甜饮。

"是吗？他会吗？"

这时候水开了，水给倒进了杯子里。德尔芬快速地搅动着，把结了块的碾碎，还一边跟饮料说话。

"快点儿快点儿，你们这些坏东西。快点儿呀，说你哪。"还装出一副很开心的样子。

今天德尔芬有点儿不大对头。她似乎过于慌乱和紧张了，说不定还蕴积着一些怒气。另外，在这么个小房间里，她块头有点儿太大，动作也太急促太装腔作势了。

"你对着这个地方扫了一眼，"她说，"我便知道你肚子里是怎么想的了。你在想，哇，她一定是很穷呀。为什么她没有更多的东西呢？不过我这个人不爱攒东西。理由很清楚，收拾东西走人，这样的事情我经历得太多了。刚安定下来，你就发现有什么事情不对头，只好搬家。不过我攒钱。别人要是知道了我在银行里存下了多少钱，准会大吃一惊的。"

她递给劳莲一杯饮料，自己小心翼翼地在床头坐下，背靠枕头，穿着袜子的脚放在拉开的罩单上。劳莲对于穿尼龙长袜的脚有一种特殊的反感。不是反感光脚，也不是反感穿了棉短袜的脚、穿了鞋子的脚或是穿尼龙袜但是外面有鞋子包住的脚，而仅仅是反感穿着尼龙袜晾在空中的脚，特别是当它碰到任何别的布料的时候。这是一种个人的诡异感觉——就像她对蘑菇、对掉落在牛奶周围的燕麦片特别反感一样。

"就在你今天下午走进来的那阵，我正觉得心里不好过，"德尔芬说，"我想起了一个以前认识的姑娘，我想我应该给她写一封信，如果我知道她在哪儿的话。她名叫乔伊斯。我在寻思，不知她的日子过得怎么样呢。"

德尔芬身体的重量使得褥子凹陷了下去，因此劳莲得费点劲儿才能使自己不向她那边滑过去。得留意不让自己撞上那个身体，这使得她很狼狈，也使得她不得不做出一副格外有礼貌的样子。

"你是什么时候认识她的?"她说,"是你年轻那会儿吧?"

德尔芬笑了,"是啊。是我年轻那会儿。她那时候也很年轻,她不得不离开自己的家,在她跟一个男人混在一起,出了麻烦之后。你明白我指的是什么吧?"

劳莲说:"怀孕。"

"一点儿不错。她就这么拖着,以为没准它会自己好的,哈哈,像伤风感冒一样。她搭伙过的那个男人已经跟另一个女人生了两个孩子了,也是没结婚的,但是那人多少也算是他的老婆了吧,因此他老是想着要回到她身边去。可是还没等他把这事儿弄妥他就给抓起来了。她也是——乔伊斯也给抓了——因为她帮男人转移东西。她把东西塞在丹碧丝①套子里,你知道那东西长得什么样吧?你明白我指的是什么吗?"

"是的,"劳莲同时回答了两个问题,"当然。毒品呗。"

德尔芬发出咕噜的一声,把她的饮料一口吞了下去。"这都是绝对机密,你明白吧?"

并不是所有结成块的巧克力粉都被碾碎溶解了,但劳莲又不想用茶匙去搅化,因为勺子上仍然带有所谓咳嗽糖浆的余味。

"她判了缓刑给放了出来,因此她的怀孕倒也不全是坏事,因为正是为了这一点人家才放了她的。接下来,她跟基督教会里的一些人搭上了关系,他们认得一个医生和医生太太,他们能照顾怀了孩子的姑娘,孩子一生下来就立刻交给别人领养。那可不是纯粹做好事,交出去这些孩子是可以拿到钱的,不过这至少可以让她免得让救济工作者来管吧。就这样,她生下孩子却连一眼都没有看到。她唯一知道的是那是个女孩。"

劳莲朝四下看看,想找一只钟。房间里似乎没有。德尔芬的表是缩在她黑套头运动衫袖子里的。

---

① 丹碧丝(Tampax),卫生棉条品牌。

"于是她从医生那里出来,接下去她遇到了一件又一件的事,她根本没顾得上想起这个娃娃。她想她可以结婚再生几个孩子的。可是,哼,这样的事情并没有发生。她倒不是那么在乎,不是还有人根本不会生的吗。她甚至还做过几回不生的手术。你可知道那是什么手术吗?"

"人流呗,"劳莲说,"现在几点啦?"

"你这孩子知道的事情倒不少嘛,"德尔芬说,"是啊,说得不错。就是人流。"她拉起袖子看了看表,"还不到五点。我方才正要说到她开始想到那个小女孩,心想不知她后来怎么样了,于是她开始去查究,想弄个明白。说来也算她走运,她还真的找到了当初经手的那些人。教会里的。她不得不跟他们说些狠话,总算是打听到了一些情况。她问到了领养女孩的那对夫妻的名字。"

劳莲扭动身子想要下床。她差点没让那条毛毯绊倒,才总算把手里的杯子放回到柜子上去。

"我现在得走了,"她说,朝小窗户外面看去,"下雪了。"

"是吗?那也算不得是什么新情况了吧?你不想知道后面的事了吗?"

劳莲在穿靴子,她想尽量做得不动声色些,以免引起德尔芬太多的注意。

"那个男的据说是在为一家杂志做事,于是她找到那儿,那里的人说他不在了,但是告诉了她他去了哪儿。她不知道他们给她的女孩起了什么名字,不过要查清楚这件事对她来说也不费事。你不试一下,是不会知道你能做成什么事的。你想从我这儿跑开去了,是不是?"

"我必须走了。我肚子里不舒服。我着凉了。"

劳莲要把德尔芬挂在门背后高处钩子上的夹克扯下来。她一下没能取到,眼睛里涌满了泪水。

"这个乔伊斯我连认都认不得呢。"她灰溜溜地说。

德尔芬把双脚放到地上,慢慢地从床上站起来,把她的杯子放在柜子上。

"要是你肚子不舒服,那是应该躺到床上去的。那杯东西你也许喝下去得太快了。"

"我就要我的夹克嘛。"

德尔芬把夹克取了下来,但是举得很高。劳莲去抓,她却不松手。

"怎么回事?"她说,"你不是在哭吧,是不是?我可不愿把你看成是个哭宝宝呀。好了。好了。给你。我不过是跟你开开玩笑罢了。"

劳莲两只手都穿进了袖筒,可是她知道,拉锁自己是没法拉好的了。她把双手插进了两边的口袋。

"没事了吧?"德尔芬说,"你现在没事了吧?你仍然是我的朋友吧?"

"谢谢你的热巧克力。"

"别走得太快。你得让你肚子里吃下去的东西安定下来。"

德尔芬弯下身子。劳莲往后退了退,生怕那些白头发,那道丝一般的头发垂帘,会落进她的嘴巴。

一个人如果年纪太老,头发都白了,那么就不应该把头发留得那么长。

"我知道你是能够保守秘密的,我知道你是会把我们的往来、谈话和其他的一切都作为秘密对待的。你以后会明白的。你真是个好女孩。好了。"

她吻了吻劳莲的头。

"你用不着担心任何事。"她说。

大片大片的雪花垂直地落下来,给人行道铺上了一层毛茸茸的外衣,但是在人踩过之处融化成了一道道黑色的轨迹,紧接着,雪花又重新把那儿填补上了。汽车小心谨慎地移动着，发出了朦胧不清的黄色灯光。劳莲时不时地向后张望，看是不是有人在跟踪自己。她看不太清楚，因为雪花越来越密了，日光也越来越黯淡了，不过她不认为有人在跟踪自己。

她肚子里既感到胀又感到空虚。好像只要她再吃下去点什么合适的东西，那样的感觉就会消失似的，因此她一进屋就直奔厨房的碗柜，给自己倒了一大碗早餐必吃的燕麦片。家里没有枫糖浆了，不过她找到了一些玉米糖浆。她站在冰冷的厨房里吃了起来——连靴子和外套都没有脱，一面看着新变白的后院。白雪使得外面的东西清晰可见，即使厨房里灯光是亮的。她看见自己在玻璃上的影子映衬在白雪覆盖着的后院、岩石和常青树枝之前，那些树枝已经被白色的重担压得很低了。

她几乎还来不及把最后一勺东西送入嘴中，就不得不冲到浴室里去把一切全都吐了出来——几乎还未变形的麦片、稠稠的糖浆，还有黏黏的一道道颜色变淡了的巧克力汁。

她父母回到家里时，她正躺在沙发上看电视，连皮靴和外衣都还没有脱。

艾琳帮她脱了外衣和靴子，拿来一条毯子盖住她，又给她测了体温——倒是正常的——接着又按按她的肚子看看硬不硬，还让她把右膝弯到胸前问她右侧那儿疼不疼。艾琳对阑尾炎最畏惧了，因为有一回她参加一次派对——是那种一连几天都不散的派对——就有一个姑娘因为阑尾炎急性发作而死，而在场所有的人对她的危急状态全都毫无认识，麻木不仁。等她确定劳莲的事与阑尾无关时，便去做晚饭了，由哈里来陪伴劳莲。

"我猜你是得了厌学症，"他说，"我自己以前也得过的。不过我小时候治这种病的方法还没有发明出来呢。你知道怎么治吗？那就是躺在长沙发上看电视。"

第二天早上劳莲说她仍然觉得不舒服,其实这不是真的。她不肯吃早餐,可是一等哈里和艾琳出门她就抓过一只挺大的肉桂圆面包,不热一下就吃了起来,一边看电视。她就在盖着的毯子上擦她那黏糊糊的手指,一面盘算着往下的日子该怎么过。按她的如意打算,就是待在这里,不出家门,赖在沙发上,不过除非她能制造出某种真正的疾病,她不知道这个目的要怎么才能够达到。

电视新闻结束了,现在播放的是每天都有的连续肥皂剧,那里面的世界是她春天得支气管炎时很熟悉的,身体好了后就忘得一干二净了,尽管这么长时间没看,但是内容却没有多大变化。大多数的人物还是原来的那些——自然,是在新的环境里——他们的行事方式也还都是相同的(高尚、残忍、好色,或是哀愁),还有他们茫然向远方望去的眼光和他们提到某些事件和秘密时那吞吞吐吐、欲语还休的模样,也都是依然如故。她津津有味地欣赏了一会儿,接着有些想法进入了她的头脑,开始使她感到不安。在她想到的故事里,儿童也好大人也好,他们后来都发现自己并非自己一直认为属于的那个家庭的亲骨肉。不知打哪儿冒出来了有时是很疯狂与危险的陌生人,他们提出了灾难性的要求与感情主张,正常的生活从此就上下颠了个个儿。

要是在以前,这样的事对于她没准是一种挺有吸引力的可能性,可是现在再也不是如此了。

哈里和艾琳是从来也不锁门的。他会说,想想看——我们住在这样的一个地方,你走出去就是了,永远也不用锁门的。可现在呢,劳莲却站起身走过去把门锁上,后门前门全都锁上。接着她又拉上了所有窗户前的帘子。今天没有下雪,不过也没有融雪。新雪上已经多了一层淡淡的灰色,好像是隔了一夜它已经老了许多。

前门上的那三个小窗子她却没有办法覆盖住。小窗子共有三个,形状像是眼泪,是斜着由上而下的。艾琳很不喜欢它们。对于这座价格低廉的房屋,她曾撕下原来的墙纸,把墙壁涂成异想天开的颜色——鸫蛋青色、荼蘼红色、柠檬黄色——她处理了奇丑无比的地毯,抛光了木头地板,可是对于这几个了无生气的小窗洞她却束手无策。

哈里说它们也不算太难看嘛,而且三个人还可以各自独用一个,高度也正合适,每个人都可以用自己的那只朝外张望。他还给它们起了名字:熊爸爸、熊妈妈、熊娃娃。

电视里的肥皂剧演完了,接下去一个男人和一个女人开始谈起室内植物来了,劳莲陷入了浅睡的状态之中,但她几乎没意识到,其实这就是睡了。直到她从梦中醒过来时,她才知道自己必定是睡着了。她梦到一种动物,一只冬季状态中的灰鼬或是瘦成皮包骨的狐狸——她吃不准到底是什么——在光天化日之下从后院眺望这所房子。在梦里,不知什么人告诉她,这只野物是疯的,因为它不怕人或是有人住着的房子。

电话铃响了。她把毯子拉得蒙住脑袋免得自己听见。她能肯定打电话的就是德尔芬。德尔芬想知道她怎么样了,她为什么要躲起来,她对给她讲的故事有什么想法,她什么时候再上旅馆来。

打电话的其实是艾琳,她想看看劳莲状态如何了,她的支气管炎好些没有。艾琳让电话响了十到十五下,接着便连外衣都没穿就从报馆办公室冲出来开车回家。当她发现门是锁着的时候她使劲用拳头敲门并且把门钮弄得咔嗒咔嗒直响。她把脸贴在熊妈妈那个窗洞上,喊劳莲的名字。她听得见电视开着的声音。她又绕到后门那儿,再次摇门和喊叫。

虽说劳莲的头缩在毛毯里,当然还是能听到所有这些声音的,但过了好一阵子她才弄明白叫门的是艾琳而不是德尔芬。等她想清楚之后,便蹑手蹑脚地走进厨房——毯子拖在身后,仍然半信半疑,生怕这声音没准是个圈套。

"耶稣呀,你这是怎么回事呀?"艾琳说,一把将她抱在怀里,"你干吗锁上门,干吗不接电话,你搞的是什么名堂嘛?"

劳莲挺了约莫有十五分钟,于此期间艾琳时而拥抱她,时而对着她大声叫喊。接着,她崩溃了,把一切都说了出来。这使她顿时感到异常轻松,可是即使是在她颤抖与哭泣的时候,她也意识到,为了自身的安全与舒适,自己把属于隐私和感情方面的事情也都泄露出去了。她不可能说清楚全部的真实,因为连她自己都无法理清。她解释不清她要的是什么,因为那恰恰是她根本不想要的。

艾琳打电话给哈里,叫他赶紧回家。他只能自己来,她没法去接他,她不能离开劳莲。

她去把前门的锁打开,发现有一只信封,是从信插处塞进来的,却没有贴邮票,上面除了劳莲两个字以外别的什么都没有写。

"你听到它从信插那里塞进来吗?"她说,"你听到有人到门口来过吗,这到底是狗日的怎么一回事?"

她撕开信封,从里面拉出一条带有劳莲名字的金链。

"我忘了告诉你这个部分了。"劳莲说。

"里面还有张字条。"

"别念它,"劳莲喊道,"别念它!我不要听!"

"别傻了。它又不会咬人。她仅仅说她往学校打过电话,你没上学校。因此她猜你会不会是病了,因此送你一件礼物好让你高兴高兴。她说这是她专为你买的,根本没人丢失过它。这是什么意思?原来是想在三月里你十一岁时作为生日礼物的,不过她想现在就给你。她从哪儿来的想法认为你的生日是在三月?你的生日是在六月嘛。"

"这一点我倒是知道的。"劳莲说,她又恢复到原先的那种有气无力、稚嫩、气鼓鼓的声调了。

"你看到了吧?"艾琳说,"她什么事情全弄拧了。她真是疯了。"

"不过她知道你的名字。她知道你原来在什么地方。如果我不是你领养的那她怎么会知道的呢?"

"我哪里知道她怎么会知道的呢,不过她错了。她把一切全都弄错了。好。我们可以把你的出生证找出来的。你是在多伦多的韦尔斯利医院出生的。我们可以带你去,连生你时候的那个病房我都可以指给你看——"艾琳又看了看字条,接着便将它捏成了团。

"这母狗。竟敢往学校打电话,"她说,"还找上门来。这条疯母狗。"

"把那东西藏起来,"劳莲说,指指那条项链,"藏起来。拿走。快拿走呀。"

哈里倒没有像艾琳那样大发雷霆。

"我每次跟她说话的时候她好像都挺正常的嘛,"他说,"她从来都没跟我提过这样的事。"

"哼,她是不想跟你说,"艾琳说,"她要做的是劳莲的工作。你必须去找到她跟她好好谈谈。你不去我自己去。我可是认真的。今天就去。"

哈里说他会去的。"我会跟她解决好的,"他说,"绝对会的。不会再有任何麻烦了。这真不像话。"

艾琳草草弄出了一顿提前的午餐。她做的是夹了蛋黄酱和芥末的汉堡包,弄成哈里和劳莲两人全爱吃的那种口味。劳莲没几口就把她的那份吃下去了,吃完了才想起来,暴露出自己胃口这么好也许是犯了个错误。

"觉得好些了吗?"哈里说,"下午回学校去吗?"

"我感冒还没全好呢。"

艾琳说:"不。不回学校了。而且我要留在家里陪她。"

"我完全看不出来有这样做的必要。"哈里说。

"还有,把这还给她,"艾琳说,把那个信封塞进他的口袋,"别管这是什么,也不必费神去看,那只不过是她愚蠢的礼物。告诉她以后再别干这样的事,不然有她苦头吃的。再也别来这一套了。再也别了。"

劳莲再也不用回学校了,至少是那个镇子里的学校。

下午,艾琳打了个电话给哈里的姐姐——哈里如今再不跟她说话了,因为那个姐夫对他的,也就是对哈里的生活方式说三道四——她们谈到了这个姐姐过去上过的一所学校,多伦多的一所私立女子学校。接下去又打了一些电话,最后作好了一次预约。

"钱不是问题,"艾琳说,"哈里这边钱还是够用的。最不济他还可以想办法去弄嘛。"

她又说:"倒也不是仅仅为了这一次的经历。你不应该在这么一个没档次的小镇里长大。你不应该日后一开口便让人觉得你是个土包子。我考虑这件事不是一天两天了。我只不过想等你长大一些再办这件事情。"

哈里回到家来之后说,这件事自然还得看劳莲自己想怎么办。

"你愿意离开家吗,劳莲?我一直认为你是喜欢这儿的。我想你在这儿有朋友的。"

"朋友?"艾琳说,"她有的是那个女人。德尔——芬。你真的把她摆平了吗?我们的意思你跟她说了吗?"

"我摆平了,"哈里说,"她明白了。"

"那件收买人心的东西你还给她了吗?"

"你非得这么说我也没办法。还掉了。"

"不会再有麻烦了吧?她明白,不可以再搞什么名堂了吧?"

哈里打开了收音机,他们边听新闻边吃饭。艾琳新开了一瓶葡萄酒。

"这算怎么回事?"哈里的语气里有轻微的不祥成分,"是庆祝什么吗?"

劳莲却读懂了这里面的信息,她觉得她看出了今后会遇到什么样的事情,为了这次不可思议的拯救得付出什么样的代价——学校不必再去了,那个旅馆也用不着再走近了,也许永远再不用在那几条街上走了,在圣诞节前剩余的两个星期里也不必再走出这座房屋了。

喝酒可以是这些信号里的一个。有时候是。有时候却不是。不过当哈里取出那瓶杜松子酒给自己倒了半玻璃杯时,他只往里面加了点冰——很快,他连冰也会不加的——此时,事情的行程就已经是确定的了。一切都仍然会是高高兴兴的,但是那高兴却锋利得跟刀刃似的。哈里会跟劳莲说话,而艾琳也会跟劳莲说话,比两人平时跟她说话的时候要多一些。偶尔他们之间也会对话,外表上几乎是很正常,可是房间里有一种不管不顾的气氛,那是未经语言表达出来的。劳莲会希望,或是试着希望——更准确地说,是她一直在试着希望——他们好歹能避免让争吵爆发出来。而她一直相信——她现在仍相信——她不是唯一这样希望的人。他们也是这样希望的。这是他们一部分的心愿。不过他们另一部分的心愿却又是热切渴望该发生的事赶紧发生。他们始终也没有克服这样的热切渴望。从来没有过一个时候,当这种感觉存在于这个房间里,这种变化存在于空气中,那种振荡人心的光明感使得所有的形象、所有的家具和器皿线条更加清晰,但是也更加坚实的时候——从来没有过一次,最坏的情况不是接踵而至的。

在这样的时候劳莲总是无法待在自己的房间里,她必须得跟他们在一起,扑向他们,去抗议和哭泣,直到他们中的这个或那个把她抱起来,将她抱回到床上去,一边说:"好啦,好啦,别给我们添乱了,就别再给我们添乱了,这是我们之间的事,我们得把事情谈谈清楚呀。""谈清楚"就是意味着在房间里走来走去,发出尖刻的严正训斥和高声反驳,直到他们不得不相互朝对方扔烟灰缸、瓶子和碟子。有一回艾琳跑到外面去,扑倒在草地上,把一团一团的草皮带泥揪了起来,与此同时,哈里则站在门廊上咬牙切齿地说道:"好嘛,让大家好好瞧瞧,这就是你的作风。"有一回哈里把自己关在插上门销的洗手间里,高声喊道:"要脱离苦海只剩下一个办法了。"两个人都威胁说要使用安眠药和刀片。

"哦上帝啊，咱们别再这样做了，"艾琳有一回这样说，"求求你了，求求你了，别再这样了。"而哈里却很残酷地模仿她的声音，尖声哭喊似的说道："这样干的人不正是你吗——那你先别做呀。"

劳莲已经司空见惯，不再试着去探究他们一次次吵架是为的什么了。一般总是为了一件新的什么事情（今天晚上她躺在黑暗中寻思，没准那就是为了她的即将离开，为了艾琳的独自作出决定），而且总是同样性质的什么事——属于他们，他们永远也不能放弃的一件事情。

她也已经不再抱有这样的想法，希望在他们两人身上都能找到一个柔软的地方——比如说哈里，他一天到晚都说笑话，其实是因为他心中哀伤，而艾琳呢，她性子急躁却又毫不妥协，那是因为哈里像是有件什么事情瞒住了她——如果她，劳莲，只要能把一个人的想法跟对方解释清楚，情况就会好转。

吵架过后的第二天，他们会沉默不语，沮丧，不好意思，而且奇怪的是，还会异常兴奋。"人就得这样，压抑自己的情绪是极为有害的，"艾琳有一次告诉劳莲，"甚至还有一种理论呢，说把自己的愤怒压抑下去是会得癌的。"

哈里则把这样的吵架说成是拌嘴。"很遗憾又拌嘴了，"他会这样说，"艾琳是个情绪很不稳定的女人。我唯一能说的是，宝贝女儿——哦上帝，我唯一能说的就是——这样的事是到处都在发生的。"

这个晚上，在他们真的开始干起很伤感情的事之前，劳莲其实已经睡着了，甚至是在她能够判定要坏事之前。她走开去上床的时候，那瓶杜松子酒还未拿出来呢。

哈里将她摇醒。

"对不起，"他说，"我很抱歉，宝贝。你能不能起床去一下楼下？"

"是天亮了吗?"

"没有。现在仍然是深夜。艾琳和我要跟你谈谈。我们有一件事要跟你说一下。这事你大致也已经有所了解了。那就来吧。你要穿拖鞋吗?"

"我讨厌拖鞋。"劳莲提醒他。她走在他的前面,下了楼梯。他仍然穿着白天穿的衣服,艾琳也是,她在客厅里等着。她对劳莲说:"这儿还有位你认识的人。"

那是德尔芬。德尔芬坐在沙发上,在她平时穿的黑裤子、运动衣的外面套了件滑雪夹克。劳莲以前从未见过她穿出门的衣服。她的脸凹陷了下去,皮肤看上去松松软软的,整个人像是遭受了巨大的打击。

"咱们不能上厨房去吗?"劳莲说。她不知道为什么,可是厨房里好像更安全些。那地方不那么正规,还有桌子可以撑持,如果他们都能围着餐桌坐下的话。

"劳莲想到厨房去,那我们就去厨房吧。"哈里说。

他们在那儿都坐定之后,他说:"劳莲。我已经跟她们解释过我把那个婴儿的事告诉你了。关于我们在你之前有过的那个娃娃以及那个娃娃所遇到的事。"

他等着,直到劳莲说了一声:"是的。"

"现在我可以说句话了吧?"艾琳说,"我能对劳莲说句话了吧?"

哈里说:"当然可以。"

"哈里接受不了再有一个娃娃的想法,"艾琳说,眼睛盯着桌面底下自己放在膝上的那双手,"一想到将会有那么多烦杂的家务事,他怎么也接受不了。他有写作的事儿要做。他希望能有些成就,因此他不想很烦乱。他要我去堕胎,我说好吧,但是接着我又说我不愿意,完了又说做掉就做掉吧,可是我还是下不了决心,于是我们争吵起来,我抱起娃娃钻进汽车,我是打算上哪个朋友的家里去。我并没有开快车,当然我也没有喝醉酒。完全是因为路上灯光太暗,而且天气不好。"

"也因为婴儿睡筐没有固定好。"哈里说。

"不过先别说这个了,"他说,"我当时也并没有坚持要堕胎。我也许提过是不是可以这样做,不过根本没有硬逼你去的可能。这一部分的事我没有跟劳莲说过,因为她知道了肯定会很害怕的。那必定会让她受到很大震动的。"

"是的,但那是真的,"艾琳说,"劳莲受得了的,她知道那个娃娃不会是她。"

劳莲插进来说了一句,连她自己都吓了一跳。

"那是我,"她说,"如果那不是我又能是谁呢?"

"是的,不过不是我想那样的。"艾琳说。

"你也没有完全不想那样。"哈里说。

劳莲说:"都别说了。"

"这正是我们承诺过我们不会做的事,"哈里说,"我们难道没有承诺过我们不会这样做的吗?我们是应该向德尔芬表示抱歉的。"

这场谈话进行着的时候德尔芬没有抬起头看任何人。她没有把她的椅子拉到桌子跟前。哈里提到她名字时她似乎也没有注意到。并不仅仅是失败感使她保持了沉默,那是哈里与艾琳未能察觉的一种坚韧,甚至是仇恨的力量。

"我今天下午跟德尔芬谈过了,劳莲。我告诉她那个婴儿的情况。那是她的孩子。我从未告诉过你那个孩子是领养的,因为那会使所有的事变得更加复杂——关于我们领养了那个孩子,接着我们又遇到了麻烦。结婚五年,我们从未想到还会怀孕的,因此我们领养了。可是首先,孩子的母亲是德尔芬。我们给她起的名字是劳莲,接着我们也叫你劳莲——我猜想那是因为我们最喜欢这个名字,而且这样可以给我们一种重新开始的感觉。现在德尔芬想知道她的孩子怎么样了,她查出来是我们领养了她,很自然,她就误以为那孩子就是你了。她上这儿来寻找你。

这些事都很让人伤心。我把真实情况告诉她以后,她要看证据,这自然是很可理解的,于是我让她今天晚上来这儿,我把文件拿给她看。她绝没有想偷走你或是做这类事的意思,只是想跟你做个朋友。她仅仅是很孤独,心里很不好受罢了。"

德尔芬把外衣拉锁往下拉了拉,似乎是想多透点气。

"我还告诉她我们仍然保留着——我们始终没有腾出手来或者说是没有找到合适的机会来——"他把手朝着就放在洗碗台边上的硬纸盒挥了挥,"因此我也让她看了。"

"因此,今天晚上,作为一家人,"他继续说道,"今天晚上,当一切都真相大白之后,我们要上外面去完成这件事情。同时也把这一切——不幸和罪责,都清洗掉。德尔芬、艾琳和我都去,我们要你和我们一起去——你可以去的吧?你没有问题吧?"

劳莲说:"我方才都睡着了。我还在感冒呢。"

"你最好还是按哈里说的那样做。"艾琳说。

德尔芬一直都没把头抬起来。哈里从洗碗台上取过纸盒,交给了她。"也许这该由你来拿着,"他说,"你没问题吧?"

"大家都没有问题,"艾琳说,"那就让咱们走吧。"

德尔芬抱着纸盒,站在雪地里,因此艾琳说了:"给我好吗?"并且很庄重地从她手里接了过来。她打开盖子,准备交给哈里,但是又改变了主意,把它递给德尔芬。德尔芬掬起一把灰烬,但是没有把盒子接过来并传出去。艾琳也掬起一把,又将纸盒传给哈里。当他拿起一些骨灰时他准备把盒子传给劳莲,可是艾琳说:"不。她不是非得这样做。"

劳莲已经把双手插到口袋里去了。

一丝儿风都没有,因此灰就落在了哈里、艾琳和德尔芬撒下去的地方,落到了雪地里。

艾琳开口说话，嗓子像是肿胀着似的，"我们在天上的父——"

哈里一个一个字清清楚楚地说："这是劳莲，我们的孩子和我们全都挚爱的——咱们都一块儿说吧。"他看了看德尔芬，又看了看艾琳，于是他们一起说了："这是劳莲。"这里夹杂着德尔芬非常低的、嘟嘟哝哝地说出来的声音，艾琳庄严肃穆、诚心诚意的声音以及哈里那洪亮深沉、主持一切、无比严肃的声音。

"我们向她道别，将她置放于雪地——"

最后，艾琳匆匆忙忙地说："宽免我们的罪过①。我们的罪债②。宽免我们的罪债③。"

回镇上去时，德尔芬钻进后座去和劳莲坐在一起。本来哈里拉住车门，让她坐到前座他的身边去，可是她跟跟跄跄绕过他往后面走去。她现在已不是骨灰盒的捧持人了，所以就把较主要的位置让了出来。她伸手到滑雪夹克的口袋里去取一张纸巾，在这样做的时候把什么东西带了出来，那东西掉在了汽车的地板上。她不由自主地哼了一声，把手伸下去取，可是劳莲的动作更快一些。劳莲捡起的是一对耳饰里的一只，这是她常常见到德尔芬戴的——在她发际间闪亮的长垂及肩的彩虹珠子耳饰。那必定是她今天晚上原来戴着的，后来想想不合适就把它塞在兜里了。正是这只耳饰的感觉，冰冷、明亮的珠子在自己手指间蜿蜒滑动的感觉，使得劳莲突然之间企盼这一切能够消失，企盼德尔芬能够变回一开始时的那个人，坐在旅馆柜台后面，既干练又麻利的那样一个人。

德尔芬没说一个字。她把耳饰接了过去，两个人连手指都没接触到。可是今天晚上第一次，她和劳莲面对面地相互看到了。德尔芬的眼睛大睁着，片刻之间那里出现了一种熟悉的表情，那是嘲弄与阴谋的神情。她耸了耸肩，把耳饰放到兜里。这就是全部的情况——从此时起她仅仅

---

① 原文为 sins；②③ 原文为 trespasses，两个词在此处同义，但圣经主祷文中用的是 trespasses。

是盯看着哈里的后脑勺。

当哈里让车子慢下来以便让她下车时,他说:"要是哪天晚上你不当班,愿意上我们家来一起吃一顿晚餐,那就太好了。"

"我几乎什么时候都是要干活的。"德尔芬说。她下了车,说了声"再见",不是特别针对谁的,接着便迈着沉重的脚步穿过潮滋滋的人行道进入了旅馆。

在回家的路上,艾琳说:"我知道她不会肯的。"

哈里说:"是啊。不过对于我们的邀请她也许还是感到高兴的。"

"对我们她根本是无所谓的。她只在乎劳莲,在她以为劳莲是她的孩子的时候。现在连劳莲她也不会在乎了。"

"可我们在乎,"哈里说,声音一点点在升高,"她是我们的。"

"我们爱你,劳莲,"他说,"我们只是想再一次地告诉你。"

她的。我们的。

有什么东西在刺痛劳莲裸着的脚踝。她往下摸,发现一丛丛的蒺藜粘在了她穿着睡裤的双腿上。

"我粘上雪底下的蒺藜了。我粘上了上百个蒺藜了。"

"回到家里我会帮你摘掉的,"艾琳说,"这会儿我干不了。"

劳莲发疯似的要把蒺藜从睡裤上摘下来。她刚把一些粘得不太牢的摘下来便发现它们又粘在她的手指上了。她试着用另一只手帮着去摘,可是很快,她所有的手指上全都粘满了蒺藜。她恨死了这些蒺藜,想用双手对着打,也想大喊大叫,可是她知道自己唯一能做的,就仅仅是坐着不动并耐心等待。

播 弄 | TRICKS

1

"我会死的,"许多年前的一个晚上,若冰这样说,"如果她们不把那条裙子给我准备好,那我一定会死的。"

他们是在伊萨克街一座有暗绿色护墙板的房屋安了纱窗的前廊上。住在隔壁的威拉德·格里格正在牌桌上和若冰的姐姐乔安妮玩纸牌。若冰坐在一把长椅上,对着一本杂志直皱眉头。这条街一路过去,从好几家厨房里都冒出了烟草与番茄汁相克却又混杂在一起的气味。

威拉德瞧着乔安妮那张几乎没有一点笑意的脸,片刻后她用不动声色的口气问了一句:"你说什么来着?"

"我说,我会死的。"若冰气呼呼地说,"我会死的,如果她们明天还没有把那条裙子准备妥的话。我说的是洗衣店里的那些人。"

"我想你就是那样说的。你真的会死?"

从乔安妮说的这些话里你是永远也挑不出什么毛病的。她的语气很平和,她的嘲讽几乎让人无法察觉,而她的冷笑——现在已经收住了——也仅仅是嘴角极细微地往上一翘。

"哼,我会的,"若冰挑衅地说道,"我需要它。"

"她需要它,她会死的,她要去看戏呢。"乔安妮用很私密的语气对威拉德说。

威拉德说:"好了,乔安妮。"他的父母,还有他自己,都是这两个姑娘父母亲的朋友——他心目中仍然把她们俩看成是那两个小妮儿——如今,既然两家的老人都已经不在了,他便觉得,在可能的范围内,阻止这两个女孩互相撕扯头发,理当是自己的责任。

乔安妮今年三十岁了,若冰也有二十六了。乔安妮有一副孩子般的身躯,胸部窄窄的,脸又长又扁,头发则是细细直直土褐色的。她从不讳言自己是个十十足足的苦命人,竟在青春少女的半途当中停止了发育。她自幼就患上了严重、持续不断的哮喘症,使得她非但长不大,甚至走路都有点儿瘸。对于看上去如此不堪的一个人,整个冬天不能出户、晚上也不敢留下她独自在家的一个人,你无法想象她竟然具有如此惊人的洞察力,能够捕捉到别人——比她幸运的人的愚蠢之处。或者说,具有这么充沛的蔑视他人的能力。在威拉德看来,在两姐妹这么多年的生活里,他所看到的永远是若冰眼睛里充满着愤怒的泪水,听到的总是乔安妮这样的一句话:"你这会儿又怎么啦?"

今天晚上若冰感到的仅仅是让什么轻轻地叮咬了一下。明天是她要上斯特拉特福[①]去的日子,她觉得自己已经生活在乔安妮的控制范围之外了。

"演的是哪一出戏?"威拉德问,他尽可能地想让气氛显得缓和些,"是莎士比亚的吗?"

"是的。是《皆大欢喜》。"

[①] 斯特拉特福,加拿大安大略省东南部一城市。该城以莎士比亚诞生地命名,自1953年起每年夏季都在公园内举办莎士比亚节,有庆祝活动,并演出莎剧。

"你看得懂他的戏吗？真能看懂莎士比亚？"

若冰说她看得懂。

"你真了不起。"

五年以来，若冰一直都在这样做。每年夏天看一出戏。这开始于她生活在斯特拉特福的那段时间，当时她在那里接受护士训练。她是和一个同学一起去的，那女孩有两张赠券，是她一个管演出服装的姑姑给的。拿来赠券的那个女孩看得腻味死了——那天演的是《李尔王》——因此若冰对自己观后的感想始终没有表露。而且她也说不清楚——她宁愿独自离开剧场，至少是二十四小时之内不必跟任何人交谈的。当时她就下定决心以后还来。而且是独自一人来。

这事要做到并不难。她所生长而且接着又在这儿工作的镇子——因为有乔安妮她只得在本地找了份工作，离斯特拉特福只有三十英里。镇上的人都知道那地方演莎士比亚的戏，可是若冰却从未听说有谁去看过一出。像威拉德这样的人不去，一是怕让观众中的一些人看不起，况且还有台词不好懂的问题。至于像乔安妮这样的人呢，则根本就不相信有人会真的喜欢莎士比亚，倘若本地真有人去，那准是因为急煎煎地想混入上流社会，他们其实并不喜欢，只不过是做做样子罢了。对于镇上有看舞台剧习惯的为数不多的那几个人来说，他们是宁愿上多伦多皇家阿历克斯剧院去看的，如果正好有出百老汇音乐剧来巡回演出的话。

若冰看戏就得有好座位，因此她只好买星期六日场不算太贵的票了。她会挑一出她医院轮休时、正好是在周末的戏。她从来不先念剧本，她也不在乎那是悲剧还是喜剧。她从未遇到过一个熟人，不管是在剧场里还是在附近的街上，这对她来说是最好不过。跟她一块儿工作的一个护士曾对她说过："我可绝对没有胆量一个人这么干呀。"这便使得若冰明白自己的确是与大多数的人有很大的不同。在这样的场合里，置身于陌生人的包围中，她觉得再自在不过了。戏散场后，她会沿着河在市中心一带散步，找一个花钱不多的地方吃点东西——往往是吃一客三明治，她会在柜台边的一只凳子上坐下。然后乘七点四十分的火车回家。这就是一切了。然而这短短的几个小时使她充满自信，认为她即将回到里面去的那种看来是那么临时将就不能令人满意的生活，只不过是一个短短的插曲，是能轻松忍受下去的。而在它的后面，在那种生活的背后，在一切东西的后面，自有一种光辉，从火车窗外的阳光里便可以看出来的。夏日农田里的灿烂阳光与长长的投影，就仿佛是那出戏在她头脑里留下的余景。

去年，她看的是《安东尼与克莉奥佩特拉》。终场后她沿着河边散步，注意到水上有一只黑天鹅——她生平第一次见到的黑天鹅——那是只狡猾的闯入者，隔开一段距离滑行在白天鹅群的后面，独自觅食。没准是白天鹅羽翼上的闪光使她想到，这一回她要在一家真正的餐厅进食了，而不是在柜台边上。要有雪白的桌布、几枝新鲜的花、一杯葡萄酒和一道有特殊风味的菜，比方说贻贝，或者是康沃尔菜鸡。她举了举胳膊想检查一下她的手包，看看自己有多少钱。

可是她的手包不在那儿。那只平时难得一用的银链子佩斯利涡旋图纹的小布包并没有挂在她的肩膀上，它不见了。从剧场出来独自走到市中心的一路上，她几乎都没有注意到手包不见了。自然，她的裙子是没有衣兜的。她没有了回程车票，没有了唇膏，没有了梳子，也没有了钱。连一角钱都没有了。

她记得在观剧的整个过程中，她是把手包放在自己膝上的，在节目单的下面。她现在节目单也没有了。也许两样东西都滑到地上去了？不过不对——她记得上洗手间在隔间里还是带着手包的。她还将银链子挂到门后的钩子上去了呢。而且她也没有把包落在那里。没有。她对着洗手池的上方照镜子的时候还取出梳子整理过头发的呢。她的头发又黑又细,虽然她想让它们蓬蓬松松地鼓起来,像杰基①的那样,而且也在晚上把头发做成了一个个卷儿,但它们总免不了会变得瘪塌塌的。若不是因为这一点,她就会对镜子里自己的形象相当满意了。她有灰绿色的眼睛、黑色的睫毛,皮肤不用下功夫也像是晒过日光浴似的,所有这一切,都被她那条紧腰身、下摆张得很开、臀部周围有一排细裥的鳄梨绿抛光布裙子映衬得十分美满。

她的手包就是在那儿落下的。就在洗手池的边台上。她当时欣赏着自己,扭过头越过肩膀去看背后裙子上的那个V字——她相信她的背还是很经看的——并且检查一下有没有乳罩带子露出来的任何痕迹。

紧接着,在虚荣心膨胀、愚蠢的得意扬扬的状态中,她高视阔步地走出女洗手间,却把手包留在了那儿。

她爬上河堤,来到街上,开始沿着最直的路线走回剧场去。她走得尽可能地快。一路上都没有树荫的遮盖,开来开去的车子很多,下午都近黄昏了,天气仍然很热。她几乎是在奔跑了。这就使得汗水从吸汗垫的下面渗了出来。她很艰苦地穿过热得烤人的停车场——现在已空无一车——爬上坡地。这儿的高地上就更没有阴影了,剧场建筑四周连一个人影都没有。

不过大门倒还没有锁上。在空荡荡的过厅里她站定片刻,好让自己的视觉在户外强光的刺激之后得以恢复。她能感觉到她的心在怦怦跳动,一颗颗的汗珠也从上唇周围冒了出来。售票口已经关闭了,卖饮料小吃的柜台也是。剧场内厅的那些门全都锁上了。她走楼梯下到盥洗室,她的皮鞋在大理石阶梯上发出了嗒嗒声。

但愿那儿的门还没锁上吧,但愿那儿的门还没锁上吧,但愿手包还在那儿吧。

---

① 即杰奎琳·肯尼迪(Jacqueline Kennedy, 1929 – 1994),美国前总统肯尼迪的夫人。

没有。在光滑、带石纹的洗手台上什么都没有，废品筐里什么都没有，所有门背后的钩子上也是什么都没有。

她上楼来时有一个男的在拖地。他告诉她东西说不定会交到失物招领处去的，可是那地方已经上锁了。他迟疑了片刻之后便放下拖把，带领她走下另外一道扶梯，来到一个斗室，那里面有几把伞、几个小包，甚至还有夹克衫、帽子和一条挺让人恶心的棕色狐狸皮围巾。可是并没有佩斯利图纹布的肩挎手包。

"真不走运呀。"他说。

"会不会是在我座位底下呢？"她乞求地说，虽然她自己都能肯定不会在那儿的。

"内厅都已经打扫过了。"

她再没有什么可做的了，只能爬上楼梯，穿过门厅，走到外面的街上去。

她朝与停车场相反的方向走去，以求得阴影的遮蔽。她能想象乔安妮会说这个清洁工早已把她的手包藏起来，准备拿回去给自己的老婆、女儿用呢，这种地方的人还不都是这么干的吗？她想找一张长椅或是一段矮墙坐下来，好让自己想想该怎么办。可是哪儿都没见到有这样的东西。

一条大狗从她后面走来，经过时碰到了她。那是条深棕色的狗，腿长长的，脸上一副凶巴巴、犟头犟脑的模样。

"朱诺。朱诺，"一个男人喊道，"瞧你都走到哪儿去了呀。"

"它太小了，还不懂规矩，"他对若冰说，"它以为这整条人行道都是它的地盘呢。它倒不会咬人。吓着你了没有？"

若冰说："没有。"丢失手包的事占据了她的全部心思，所以根本没想到还会有被狗咬的可能。

"一般人见到多伯曼犬都会害怕。这种狗是有凶狠的名声，不过是想让它看家的时候才把它训练得恶狠狠的,光让它陪你散步它一点儿也不凶的。"

若冰根本区分不出犬的种类。由于乔安妮有哮喘病,她们从来就不让狗或是猫挨近她们的房子。

"我不在乎的。"她说。

狗的主人没有朝那条叫朱诺的狗等着的地方走去,反倒把狗叫了回来。他将手里的皮带与狗的项圈扣在了一起。

"走在草地上的时候我把它松开。那是在剧场的下面。它喜欢那样。可是来到这儿就应该拴住它了。我偷懒了。你是不是身体不舒服?"

话题一下子转到这上面来,若冰甚至都没有感到惊奇。她说:"我钱包丢了。是我自己的错儿。我把它落在剧场女洗手间的水池子旁边了,等我再回去找它已经不在了。戏演完时我光顾着出去竟把它落在那儿了。"

"今天演的是哪一出?"

"《安东尼与克莉奥佩特拉》,"她说,"我的钱全在里面,还有我的回程火车票。"

"你坐火车来?就为了看《安东尼与克莉奥佩特拉》?"

"是啊。"

她想起了母亲以前对她和乔安妮作过的嘱咐,让她们每当坐火车旅行或者说只要是出门旅行的时候,都永远得另外准备几张钞票,折起来用别针别在内衣内裤上。而且,永远都不要和陌生男人说话。

"你怎么笑起来了?"他说。

"我不知道。"

"是啊,你想笑就尽管笑好了,"他说,"因为我很乐于借钱给你买火车票。是什么时候的车?"

她告诉了他,接着他说:"那好。不过走之前你应该吃点东西。不然你会饿的,这样就享受不了坐火车的乐趣了。我身上什么都没带,因为我带朱诺出来遛的时候是从来都不带钱的。不过这儿离我的店铺不远。你随我来,我从现金出纳机里取出点钱就是了。"

因为心事重重,所以她直到此时才注意到他说话带有一种口音。那是什么口音呢?既不是法语也不是荷兰语——这两种语言她相信自己是可以识别出来的,法语她在学校里念过,荷兰语呢,她的医院里有时会有说这种话的移民来看病。引起她注意的另外一件事情是,他提到她可以享受搭乘火车。她认得的人里没一个会用这样的话来说成年人的。可是他这样说的时候似乎那是很自然也很必需的。

来到唐尼街拐角时,他说:"咱们往这边拐。我的房子就在前面不远。"

他说房子,可是方才他是说店铺。不过也没准他的铺子就是开在他的房子里的。

她一点儿也没有感到不安。事后她也曾对这一点感到诧异。她毫不踟蹰地就接受了他伸出援手的建议,允许他搭救自己,还觉得那是再自然不过的事:他散步时是随身不带钱的,不过倒可以从自己店的现金柜里去取。

她之所以会这样反应,原因之一可能是他的口音。有些护士嘲笑荷兰农民和他们的老婆说话的口音——自然,是在他们的背后。因此若冰也养成了习惯,觉得对待这样的人应该有特殊的考虑,仿佛他们有特殊的语言障碍,甚或是心理上的某种迟钝似的,虽然她知道这样想是完全没有根据的。所以,对方有口音,是会引得她显示出某种程度上的宽容与格外客气的。

再说她也根本未曾正眼好好地看过他。起初她心乱如麻,接着再想要看到他的脸就不容易了,因为他们是并肩前行的。他个子高,腿长,走得很快。她注意到的一点是阳光在他的头发上闪耀,头发剪得很短,跟胡茬似的,在她看来像是银光闪闪的。也就是说,是花白的。他的前额，很开阔很饱满，也在阳光底下闪亮，她不知怎的得出一种印象他比自己要大上一辈——是一个彬彬有礼却稍稍有点不耐烦的人，像学校里的老师，有点专横，他需要的是尊敬，却绝对不是亲密。稍后，在室内，她能看到他的灰白头发里还间杂着一种锈红色——虽然他的皮肤有一种橄榄绿的色调，对于一个红头发的人来说那是很不寻常的——而他在房间里的动作有时有点儿笨拙，仿佛是不习惯有客人出现在自己的生活区里。他的年纪也不见得会比她大过十岁。

她出于错误的原因相信了他。不过她相信这本身却没有什么错儿。

这店铺的确是开在一座住宅里。这座狭窄的砖楼是早年间留下来的，所在的这条街除了这一座之外其他建筑都是盖了专门用来开店的。它的前门、台阶和窗户都是正规的住房的样式，在窗台上有一架精心制作的座钟。他打开了锁着的门，不过并没有把写着休息的牌子翻转过来。朱诺先于二人硬挤了进去，他又一次向她表示抱歉。

"它认为它有责任检查一下是不是有不该进来的人在里面，是不是我们出去时一切都正常。"

这地方到处都是钟表。有深色木框的也有浅色木框的，色彩鲜明的数字，镀金的穹顶。它们置放在架子上、地板上，甚至是得在上面取货交款的柜台上。柜台里面，还有几只放在长凳上，肚子里的机件全露了出来。朱诺很灵活地在它们之间穿行，可以听到它上楼踩着步子的声音。

"你对钟表感兴趣吗？"

若冰还没等考虑到应该显得有礼貌，就迸出了一个"不"字。

"很好，那么我就没必要自卖自夸了。"他说，一边领她穿过朱诺方才走过的窄径，经过了一扇门——这里面应该是一个厕所——又登上了很陡的扶梯。接着他们进入了一个厨房，那里一切都很洁净、明亮和井井有条，而朱诺已经摇晃着尾巴，伫候在地上一只红盘子的旁边了。

"你得给我等一等，"他说，"是的。等一等。没见到咱们家来客人了吗?"

他靠边侧立让若冰进入前面的大房间,那儿上漆的宽条地板上没铺地毯,窗前也没有挂窗帘,有的只是百叶窗。一套音响设备占据了差不多整整的一面墙,对面的墙前摆放着一张沙发,是那种拉开便可以当床的。还有两把帆布椅子和一只书架,一个格子上放着书,另一格上放的是杂志,都码放得整整齐齐的。看不到有图画、椅垫或是小摆设之类的东西。是一个单身汉的房间,一切都是有目的与必需的,是为了满足某种简朴的需要的。这儿跟若冰唯一熟悉的另一个单身汉——亦即威拉德·格里格——的住处是那样截然不同,那儿更像是在已故父母留下的家具之间随随便便隔出来的一片凄凉的宿营地。

"你愿意坐在哪里?"他说,"坐沙发?那儿比椅子舒适一些。我来给你煮一杯咖啡,你坐在这里喝的时候,我去煮一些东西,给你当晚餐。你以前几次来,在散戏和上火车回家,这当中的时间里,都干了些什么呢?"

外国人说话就是不一样,在词与词之间都留出一点点时间,就跟演员念台词似的。

"散步,"若冰说,"另外就是找些东西吃。"

"那么今天也是这样。你独自一人吃东西不觉得烦闷吗?"

"不觉得。我总是会想戏里面的事情的。"

咖啡很浓,但是她喝了几口也就习惯了。她不认为自己应当表示想帮他一起到厨房去干活,倘若主人是个女的她就会这样做了。她站起来,几乎是踮着脚地穿过房间自己去取过一本杂志。她刚拿起来的时候她就知道是没有用的了——那些杂志全都是用很次的发黄的纸印的,用的是她既不懂也识别不了的语言。

事实上,她刚把杂志摊开在自己的膝上时,她便明白她连字母也全都不认识。

他走进来给她续咖啡。

"啊,"他说,"原来你还懂得我用的语言?"

这话听上去有点挖苦的意思,不过他的眼光避开了她的眼睛。情况几乎好像是,他,在他自己的家里,反倒觉得不好意思了。

"我甚至都不清楚这是什么语言呢。"她回答道。

"是塞尔维亚语。也有人称它为塞尔维亚—克罗地亚语。"

"你就是从那儿来的吗?"

"我是从门的内哥罗①来的。"

这下子她可抓瞎了。她都不知道门的内哥罗在哪里。是挨着希腊的吧?不对——那是马其顿。

"门的内哥罗是在南斯拉夫,"他说,"或者说他们是这样告诉我们的。不过我们并不这样认为。"

"我一直以为你们是没法离开那些国家的,"她说,"那些共产主义国家。我以为你们是没法像别人那样出国进入西方的。"

"哦,还是做得到的。"他说的时候似乎自己对这事不太感兴趣,或者是他已经把它淡忘了,"你真想的话那还是做得到的。我是大约五年前离开的,现在又容易些了。很快我还要回去,我估计还是能再出来的。现在我必须给你做晚餐了。不然你会饿着肚子离开的。"

"就再问一件事,"若冰说,"我怎么连字母都不认得呢?我是说,这些是什么字母?是你那个国家用的字母吧?"

"是西里尔字母。跟希腊字母差不多。现在我要去做饭了。"

她坐着,那些印着古怪文字的书页摊开在她的膝上,心想她算是进入了一个异域世界了。在斯特拉特福城唐尼街上的一个小小的异域世界。门的内哥罗。西里尔字母。她猜想再继续追问是很不礼貌的。就像是把他当作一件标本似的。她必须得控制自己了,虽然此刻她肚子里有一大

---

①即"黑山"。

堆的问题想要问。

楼下所有的钟——或者是绝大部分的钟——都开始敲响报时了。已经是七点钟了。

"再晚一班的车还有吗?"他从厨房里喊着问她。

"有的。十点差五分。"

"坐那一班行吗?有人会担心你吗?"

她说不会有的。乔安妮会不高兴,不过准确地说,那不能算是担心。

晚餐是一道炖菜或者说是浓汤,外加面包和红酒。

"这叫斯特柔伽诺夫①,"他说,"我希望你能喜欢。"

"好吃极了。"她真心实意地说。酒的味道她不太敢肯定——她喝惯的是更甜一些的酒。"这就是你们在门的内哥罗吃的菜吗?"

"不完全是。门的内哥罗食物不算出色。我们的菜肴没什么名气。"

话说到这里势必得接着往下问了,"那你们是以什么而著称的呢?"

"那你们是什么呢?"

"加拿大人呀。"

"不是这个意思。问的是你们以什么而著称?"

这可把她问住了,她觉得自己很傻。不过她笑了起来。

"我不知道。我猜是什么特色都没有吧。"

"门的内哥罗人最为人知的就是会大喊大叫和打架。就跟朱诺一样。他们需要的是纪律。"

他站起来去放了一段音乐。他也没有问她想听什么,那倒让她感到轻松了。她不希望有人问她最喜欢的是哪些作曲家,因为她脑子里想得起来的仅有两个名字,那就是莫扎特和贝多芬,而且她也说不清他们中

---

① 一种用肉、香肠、蘑菇、洋葱、酸奶油、酒等烩成的菜肴。

究竟谁作了什么曲子。其实她喜欢的是民间音乐,可是她觉得他说不定会觉得这样的爱好是讨厌和排外的,如果跟她对门的内哥罗的一些概念联系起来的话。

他放的是一种爵士乐的曲子。

若冰从未有过一个恋人,连普通的男朋友都没有。怎么会这样,或者说怎么会没有?连她自己都说不清楚。自然,身边有个乔安妮,不过也有别的女孩,同样有负担,却好歹解决了问题。原因之一可能是她对这件事没有太上心,没有及早用心思。在她所住的镇子里,大多数女孩高中没念完时就已经跟某个男的认真好上了,有的还没毕业就休学结婚了。社会地位更高一些的女孩,那自然是——少数几个家长供得起上大学的女孩——在外出寻找更好的前程时家里希望她们能跟高中时代的男朋友切断联系。被甩的男孩很快就会被抢走,而动手慢一些的女孩就会发现,剩下的人里真是没什么好货了。至于新来到此地过了某个年龄段的男子,又往往都是已经配备好妻子的。

不过若冰还是有过自己的机会的。她曾被派到外地去接受护士训练,那应该能给她一个新的起点。接受护士训练的姑娘有机会接近医生。但是在这上头她也没能成功。她当时不明白原因何在。她做人太认真,没准问题正是出在这里。对事情过于执著,像李尔王一样,也不会利用跳舞与打网球这样的机会。一个满脸正经的姑娘是会让自己的容貌打个折扣的。不过她也实在想不出一个例子,说明她曾妒忌过某个得到了哪位男士的女孩。事实上她怎么想都没能想出来有哪位男士是自己希望与之结婚的呢。

她倒不是完全反对结婚。她仅仅是在等待,就像她是个十五岁的小姑娘似的,只是偶尔,她才被引领到真实的状况里来。有时候,会有医院里的某个妇女安排她与一个男的见面,可这时她又会为人家认为是挺般配的结合前景而感到畏惧。最近，连威拉德也把她吓得不轻，因为他开玩笑说，哪天他应该搬过来住，好帮她一起照顾乔安妮。

已经有人在为她解释，甚至是在夸奖她了，他们想当然地认为她从一开始就是有意奉献出自己的一生来照顾乔安妮的。

吃完晚餐后，他问她愿不愿意在上火车前沿着河边去散散步。她说好的，于是他说，在这样做之前他先得知道她叫什么名字。

"说不定我得向别人介绍你的。"他说。

于是她告诉了他。

"是什么鸟的那个 Robin[①]吗？"

"正是'红胸脯知更鸟'的那个 Robin。"她说，她一向都是这么跟人介绍自己名字的。不过她现在倒觉得非常不好意思，唯一的做法只能是不顾一切地继续往下说。

"现在该轮到你告诉我你叫什么名字了。"

他的名字是丹尼尔。"原本是丹尼洛。不过在这儿便是丹尼尔了。"

"还是得入乡从俗嘛，"她说，用的仍然是戏谑的口吻，因为还未完全从说了"红胸脯知更鸟"的尴尬中摆脱出来，"不过是在那儿的什么地方呢？在门的内哥罗——你是住在城里还是住在乡下的？"

"我住的地方是山区。"

他们坐在他的店铺楼上的房间里时，两人之间隔着一些距离，她从未害怕——也从未希望——这个距离会因为他的任何莽撞的、笨拙的或是狡猾的动作而有所改变。在她与别的男人之间偶尔发生这样的事时，她总为这样的事情而替双方都感到不好意思。现在出于必要，她和这个男人走路时靠得很近，如果对面来了什么人，他们的胳臂就会碰在一起。

[①] 若冰，原文为 Robin。如系男性，一般当译为"罗宾"。倘不用作人名，意思是"知更鸟"。

或者他也会稍稍往后躲一躲好让别人过去，这时他的手臂或是胸口就会与她的背接触一瞬间。这样的机会，加之想到他们遇到的人必定是把他们当作是一对儿，引起了某种像是哼鸣或是紧张的感受，通过她的双肩以及那只胳膊传播开去。

他问她关于《安东尼与克莉奥佩特拉》的事，她喜欢不喜欢（喜欢的）以及她最喜欢的是哪个部分。她脑子里出现的是几个大胆却又令人信服必须如此的拥抱场面，可是她不能照实说。

"结尾时的那个部分，"她说，"那时她即将把那条小毒蛇放到身体上去"——她本来是要说胸口的，可是临出口时改掉了，不过身体这两个字也不见得文雅到哪里去——"还有那个老人进来，带来里面有蛇的那篮无花果，他们说了几句笑话，这一类的话吧。我想我喜欢它是因为当时你没料到会出现这样的场面。我是说，别的地方我也喜欢，我全都喜欢，不过那一段很特别。"

"是的，"他说，"我也很喜欢那一段。"

"你看过吗？"

"没有。我现在需要攒钱呢。不过我以前读过不少莎士比亚的作品，学生学英语都要念的。白天我学修钟表，晚上我学英语。你在学校里是学什么的？"

"没学过多少东西，"她说，"不是在学校学的。从学校出来后我学了些必须得掌握的东西，为了能当一名护士。"

"那也有的好学了，要是想能够当护士的话。我想是这样的吧。"

这以后他们又说到，天黑下来后总算凉快多了，这真是天遂人愿，夜晚明显变长了，虽然还有整整一个八月得受煎熬呢。还谈到朱诺，说它也想跟他们一起出来，可是一听他说必须留下来看店，它立刻就老老实实待下来了。这次谈话越来越像是两个人默契达成的一个花招了，就如同是掩饰他们之间正越来越无法避免、越来越感到必须要走的那一步

261

通常得有的纱幕。

可是在进入小火车站的灯光底下时，满含希望的一切，或是虚无缥缈的一切，顿时就烟消云散了。人们在售票窗口前面排队，他站在他们的后面等候，然后帮她买了车票。他们通过检票口上了月台，旅客们都在这儿等着。

"如果你能把你的全名和地址写在一张纸上，"她说，"我会立刻把钱寄还给你的。"

现在就要见分晓了，她想。可是根本没什么事儿。现在什么都不会发生的。再见了。谢谢你。我会把钱寄去的。不用着急。谢谢你。这一点都不麻烦。但还是要谢谢你的。再见了。

"咱们再往前走上一段吧。"他说，于是他们沿着月台走到灯光照不见的地方。

"钱的事何必着急呢。数目那么小而且还可能寄不到，因为我很快就要出门了。邮件有时候走得很慢的。"

"哦，不过我是必须得还你的。"

"那让我来告诉你该怎么还。你是在听吗？"

"在啊。"

"明年夏天我还会在老地方。还是那家店铺。明年最迟六月，我一定会在的。明年夏天。因此你可以挑选你要看的戏，上这儿来，去那家店。"

"我那时候再还你？"

"哦，是的。我再做饭，咱们一块儿喝红酒，我会告诉你一年来发生了什么事，你也告诉我。不过另外我还有一个要求。"

"什么要求？"

"你仍然得穿同样的衣服。穿你的绿裙子。你的头发也仍然得是这个样子。"

她笑了。"这样你才能认出是我。"

"是的。"

他们已经走到月台的尽头了，于是他说："注意脚底下。"接着又问："没问题吧？"这时他们下到了砾石地上。

"没问题。"若冰说，声音里打了一个顿，一来是因为觉得地面有些不平，二来是因为此刻他扶住了她的双肩，接着那双手又一点点移到了她光着的手臂上。

"重要的是我们相遇了，"他说，"我是这样想的。你也这样想吗？"

她说："是的。"

"是的。是的。"

他把双手滑向她手臂的内侧，抱住了她的腰，抱得紧了一些，他们吻了又吻。

这是通过接吻的对话。微妙、让人着迷、无所畏惧，也改变着一切。当他们停下来时两人都在颤抖，他好不容易才使自己的声音正常下来，试着用务实的口气说话。

"我们不写信，写信不是一个好主意。我们只要互相记得，明年夏天我们将重新见面。你不用通知我，来就是了。如果你的感觉还没有变的话，你来就是了。"

他们能听到火车的声音了。他扶她上了月台，然后就再也不触碰她了，仅仅是急急地走在她的身边，一面摸索着口袋里的什么东西。

就在他们分手之前，他交给他一张折起的纸。"这是我们离开店铺之前我写下的。"他说。

在火车上，她念出了他的名字。丹尼洛·阿德齐克。还有这几个字：比捷洛杰维奇，我的村庄。

她离开火车站，行走在黑暗、浓密的树荫底下。乔安妮仍未上床。她在玩单人纸牌戏。

"很抱歉,我错过了早一班的火车,"若冰说,"我吃过晚饭了。我吃的是斯特柔伽诺夫。"

"我都闻到它的气味了。"

"我还喝了一杯红酒。"

"这我也闻出来了。"

"我想我要立刻上床了。"

"我想你最好这样。"

我们披祥云,若冰拾级上楼时一边这么想,来自上帝身边,那本是我们的家园。[①]

这是多么愚蠢呀,简直都是在亵渎神灵了,如果你相信有渎圣这样事情的话。在火车月台上任别人亲吻,而且被通知一年之后报到。如果乔安妮知道这事,她会怎么说呢?一个外国人。外国人才会捡拾没人要的女孩呀。

好几个星期两姐妹几乎不说话。接着,看到没人打电话来也没有收到什么信,若冰晚上出去也只是去图书馆,乔安妮放心了。她知道有了点儿什么变化,但她觉得不至于太严重。她开始跟威拉德说笑话了。

当着若冰的面她说:"咱们的小姑娘在斯特拉特福有了奇遇了,你知道吧?哦,是的。我告诉你。回到家来一股酒味和戈辣什[②]的气味。你知道像什么味儿吗?呕出来的东西呀。"

她猜想也许是若冰去了一家古里古怪的餐馆,那儿菜单上有几道欧洲菜肴,她没准还要了一杯红酒,自以为是个见过世面的人物呢。

若冰是上图书馆去查阅有关门的内哥罗的材料的。

"两个多世纪以来,"她读到这样的介绍文字,"门的内哥罗人持续地反抗土耳其人与阿尔巴尼亚人,这对他们来说几乎是男子的全部责任。

[①] 若冰脑海中的这句话来自华兹华斯的诗作《忆童年而悟不朽》,此处参考了杨德豫译文。
[②] 一种菜肴,匈牙利辣椒炖肉。

(门的内哥罗人因此以自尊心强、好勇斗狠与疏于生计而著称,最后这点在南斯拉夫常被引为笑谈。)"

究竟是哪两个世纪,她就查不出来了。她读到关于国王们、大主教们、历次战争和谋杀的事,也读到了最伟大的塞尔维亚语诗歌《山中的花环》[①],出自于一位门的内哥罗国王的手笔。她读了,却几乎连一个字也没能记住。只除了那个名字,门的内哥罗真正的名字,但是她不知道 Crna Gora 要怎么发音。

她看了地图册,连找到这个国家都很困难,但是总算在一把放大镜的帮助下得以知道几个城市的名称(没有一个叫比捷洛杰维奇的),以及像莫拉查和塔拉这样的河流,另外还看到似乎无处不在的山脉的阴影图示,只在一个叫泽塔河谷的地方才没有。

她为何要下功夫去查究,理由很难说清,她也没有试着去解释。(虽然,她出现在图书馆而且如此专注,自然是被人注意到了。)她之所以必须这样做——并且她至少是做成了一半——就是要把丹尼洛置放在一些真正的地方和一段真正的历史之中,这样就能让她想到,自己刚刚得知的这些名字必定是他所熟悉的,这段历史必定是他在学校里学习过的,有些地方必定是他小时候或青年时期去过的。而且说不定现在正在被他访问着哪。当她用自己的手指抚触着某个印出来的地名时,没准触碰到的正是他此刻所在之处呢。

她还试着通过查书和看图表来了解钟表制造的事,不过在这方面并没能取得什么进展。

他总是如影随形似的依附着她。她睡觉醒来时就想到有他这么个人,工作间歇也会想到他。圣诞节万众欢腾时她会想到东正教的活动方式,那是她在书中读到过的,须髯大大的司铎们身穿金色法衣,蜡烛高烧,

---

[①]门的内哥罗诗人涅戈什(Njegoš, 1813–1851)的著名长诗,歌颂17世纪末门的内哥罗人反抗土耳其统治的起义。涅戈什曾任门的内哥罗公国大公兼正教会主教。

香烟袅袅，深沉的外语吟唱着哀悼的圣歌。寒冷的天气和一直结到湖中心的冰使她想起了山区里的冬天。她觉得好像她是被遴选出来，充当与世界的那个奇异部分的联系，是被遴选出来承受一种特殊命运的。这些是她挑出来专为自己而用的词语：命运、爱人，而不是男友、情人。有时候她想到他说到进出那个国家时的那种故意显得轻松、欲言还止的口气，直替他担心，生怕他卷入了某种阴暗的谋略、电影般的布局与危险中去。他决定不通信说不定还是件好事。不然的话，她的生命便会完全销蚀到构思、写信和等待来信这上面去了。写信与等信，等信与写信。自然，还有担心，生怕信收不到。

她现在任何时候都有所依托了。她感觉到有一种光芒在照亮着她，照着她的身体、她的声音以及她在做着的一切事情。这使得她走起路来也与平时不一样，无缘无故也会微笑起来，对待病人也体贴入微，异乎寻常。她觉得那是她的愉快：能在同一时间内既惦念着一件事，又做她的日常工作，或者和乔安妮一起吃她的晚饭。那面什么都没挂的墙，透过百叶窗，一行行的光线映照在墙上。那些杂志的粗糙纸页，上面的插图是老式的线条画，而不是照片。那只厚重的粗瓷碗，周围有一道黄圈，他用这碗给她盛了斯特柔伽诺夫。朱诺鼻吻上的巧克力颜色，它那细细的却很结实的腿。还有街上那凉爽的空气，市政园林部门花坛上飘过来的香气，河边的路灯，以及围着它们横冲直撞与盘旋的一群群小虫子。

她的心在下沉，然后开始窒息，当时他拿着她的火车票走了回来。不过在这之后，散步，量好一般的步子，走下月台来到砾石地上。透过薄薄的鞋底她还能感到尖利的石子儿带给她的痛楚。

她脑子里，什么都没有淡忘，不管这个程序被重复了多少遍。她的记忆，以及附带的细微印象，都在她脑子里磨出了一道道越来越深的凹槽。

重要的是我们相遇了。

是的。是的。

可是六月来临时,她却迟疑不决。她还没有想好要看哪一出戏,也没有着手去订票。最后她想最好还是选周年纪念日,亦即去年的同一天。那天上演的是《皆大欢喜》。她忽然想到她也可以径直去唐尼街,不必费事去观剧的,因为她必定会心太乱也过于激动,戏是不会看进去多少的。不过她有点迷信,不敢更改那一天的程序。她还将她的绿裙子送到洗衣店去了。其实那天以后她再也没有穿过,可是她要它一尘不染,完全跟新的一样。

洗衣店里负责熨烫的那个女人这星期一连好几天都没有来上班。她的孩子生病了。不过她说好会来的,到星期六早上裙子必定会准备舒齐的。

"我会死的,"若冰说,"如果明天她们不把那条裙子给我弄好,那我一定会死的。"

她看着乔安妮和威拉德在桌上用纸牌玩"拉米"游戏。她看他们这样玩牌都不知有多少次了,现在,很可能她再也不会见到他们了。他们离开紧张与挑战,离开她所冒的生命危险,有多么遥远啊。

裙子并没有准备舒齐。那个孩子仍然在生病。若冰想,把衣服拿回家来自己烫算了,可是又想,她神经这么紧张活儿肯定是做不好的。特别是有乔安妮在一边瞪看着。她赶紧去市中心,上唯一的那家可能会有绿裙子的时装店,她运气真是够好的,她想,因为她找到了另外一条绿裙子,也正好合身,不过是直筒式的,而且是无袖的。颜色也不是鳄梨绿而是酸橙绿。店里那个女人说这可是今年的流行色,而且大下摆掐腰身早就过时了。

透过车厢玻璃她看到下起雨来了。可她却连把伞都没有带。她对面车座上坐着一个她认识的乘客,是位仅仅几个月之前在医院里做过胆囊摘除手术的妇女。这位女士有个嫁出去的女儿住在斯特拉特福。她是那样的一个人,认为两人本来就认识,又在火车上相遇,还是去同一个地方,那就应该不断地聊天。

"我女儿会来接我的,"她说,"我们可以送你到你要去的地方。要是下着雨那是一定会送的。"

她们抵达斯特拉特福的时候却没有下雨,太阳出来了,天气非常热。虽然若冰没把这当作一回事,她还是不得不接受了搭车。她坐在后座,跟两个在吃棒冰的孩子挤在一起。她裙子上没有滴到橙汁或是草莓汁真算得上是遇到奇迹了。

她没有能坚持到剧终。在开了空调的剧场里她冻得瑟瑟发抖,因为她这条裙子的料子特别薄而且是无袖的。不过也可能是因为神经紧张的关系吧。她向排座尾端那几位表示了歉意,登着不规则的阶梯,穿过通道,走出内厅,来到门厅的天光底下。现在又下起雨来了,下得还真大。她独自一人在女洗手间里,也就是她丢失过钱包的那一间,梳理她的头发。水气毁掉了她蓬松的发式,她原先卷得很平滑的头发此刻垂落下来,成了脸周围一绺绺黑色的鬈毛。她真该把发胶也带上的。如今她只好尽量想法补救,把头发往后梳了。

她出去的时候雨倒歇了,太阳又出来了,照得潮湿的人行道直晃人眼。现在她出发了。她的双腿发软,就像小时候不得不到黑板跟前去演算数学题,或是在全班面前背诵什么课文时那样。很快,她就来到唐尼街的街口了。再过几分钟,她的生活就会起变化了。她还没有准备好呢,可是她再也经受不起任何延宕了。

走到第二个街区时她能看到那所奇特的小房子了,嵌在两边普通商业建筑当中。

她走得更近了，越加近了。门开着，和这条街上大多数的商店一样——装上空调的商店还不多。门那儿只有一扇纱门，是为了防止苍蝇飞进去的。

走上去两级台阶，她已经站在门外了。但她暂时还没有去推开纱门，因为她要让自己的眼睛能习惯半黑暗的店堂内部，而不至于在走进去时绊倒东西。

他在那儿呢，在柜台里面干活，在一只灯泡的亮光下忙着。他身躯前倾，露出他的侧面，在专心致志地修理一只钟。她曾担心他会有所变化。她曾担心自己其实没有将他记得十分准确。或者门的内哥罗说不定会使他起了某些变化——让他改变了发式，留起了胡子。可是没有——他还是老样子。工作灯照在他的头上显示出了同样的短发茬，闪闪发光跟以前一样，银白色里夹杂着红棕色的阴影。肩膀厚厚的，稍稍前倾，袖子卷了起来，露出了肌肉发达的前臂。他脸上一副集中专注的表情，完全投入了他正在做的工作，投入了他正在摆弄的机械。这正是她印象中的神情，虽然她从未见到过他在修钟。她一直在想象他以这样的神情弯身俯视着自己。

不。她不想走进去。她要让他出来，让他打开门，朝自己走来。因此她叫他了。丹尼尔。在最后那一瞬间她羞怯了，不敢叫他丹尼洛，生怕会把外国语音念得很古怪。

他没听见——或者大概是因为正在专心工作，所以没有及时抬起头来看她。接着他抬头看了，却不是在看她——他似乎在寻找什么此刻正需要的东西。不过在抬起眼光的时候他扫见了她。他小心翼翼地把什么东西从他身前挪开，身子离开他的工作台，站起来，迟迟疑疑地朝她走来。

他对她轻轻地摇了摇头。

她的手准备去把门推开，可是她没有这样做。她等待他开口说话，

269

可是他没有。他又摇了摇头。他烦了。他站着一动不动。他把眼光从她身上移开，环视店内——看那一排排的钟，好像它们能给他某些讯息或是某些支持似的。当他重新看着她的脸时，他打起了冷战，而且不由自主地——或许还并非不由自主呢——他露出了他前面的那排牙齿。仿佛见到她带给他一种真正的恐惧，一种危险的预感。

而她呢，站在那里，僵住了，仿佛仍然会有一种可能性，说不定这只是一个玩笑，一场游戏。

现在他又朝她走过来了，好像他已经下定决心要干什么了。不再对着她看，而是坚决地而且——在她看来——十分反感地，把一只手放在那扇木门的后面——那扇一直是开着的店门——对着她的脸推门关上。

这可是一个直截了当的表示。她震惊地领会到了他的意思。他做这个动作因为这是个更简捷的办法，可以摆脱她而无须作任何解释，足以应付她的惊讶和女性的大吵大闹，她受伤的感情以及可能会出现的精神崩溃与眼泪汪汪。

羞辱啊，莫大的羞辱，这是她当时的感受。一个更加自信、更有经验的女子会感到气愤，怀着愠怒走开去。真是恨不得往他头上撒尿。若冰曾经听到一块儿工作的一个妇女在说到抛弃了她的一个男人时这么说过。穿裤子的东西没一个可信的。那个女的曾表示出她一点儿也不觉得意外。此刻，在心底里，若冰也并不觉得意外，应该怪的是自己。去年夏天她就应该明白那些话的，在车站所作的诺言和告别，那根本就是随口一说，是对独自来观剧丢失钱包的一个弱女子多余地心软了一下。还没等他回到家中就已经在后悔了，但愿她千万别把他的话当真。

也很可能，他从门的内哥罗带回来了一个老婆，此刻就在楼上——那就可以解释为什么他现出了一脸的惊慌，简直都魂不守舍了。如果他曾经想到过若冰，那必定是生怕她会做出她此前恰恰在做的事——编织她乏味的少女梦，筹措她那愚蠢的计划。在这之前，也许真的有过女人为了他而犯傻，为了摆脱她们他真没少动脑筋。这样也不失为一种做法。宁愿狠狠心也不要心慈手软。不作道歉，不加解释，也不给她留下希望。假装你根本不认识她，如果这样还不起作用，那就对直她的脸砰地把门关上。你越快让她恨你，事情就解决得越好。

虽然对于有些女人来说，这仍然是件艰难的工作。

真的是这样的。来到此处，她啜泣起来了。走在街上的时候，她使足了劲儿地憋着，可是来到河边的小道上时，她啜泣起来了。仍然是那只黑天鹅在独自游弋，仍然有一群群小鸭子以及对着它们呱呱叫个不停的鸭爸爸鸭妈妈，仍然是阳光照在水面上。还是别试着逃避了，而是要正视这个打击。如果你暂时逃避，就仍然会一而再地受到它的打击。那可是当胸的致命一击呀。

"今年回来得还挺准时的嘛，"乔安妮说，"你的戏好看不好看？"

"我没有看完。我刚往剧场里走，一只虫子就飞进了我的眼睛。我眼睛眨了又眨，仍然没能把它弄出来，我只好离开座位进到洗手间，想用水把它冲出来。但我一定是把它的一部分留在纸巾上，然后又把它揉到另外那只眼睛里去了。"

"你看上去像是把两只眼球都快哭得掉出来了。你刚才进来的那会儿，我还以为那准是一场让人哭得撕心裂肺的大悲剧呢。你最好用盐水去洗洗你那张脸。"

"我正想这么做呢。"

还有别的一些事是她要做的，或者说，再也不要去做的。永远也不去斯特拉特福了，永远不再在那几条街上散步了，连别的任何一出戏也永远不看了。再也不穿绿裙子了，管它是鳄梨绿的还是酸橙绿的。任何有关门的内哥罗的消息都一概不听，想做到这一点应该并不困难。

2

现在真正的冬天来到了,湖面结了冰,一直冻到防波堤。冰面很粗糙,有些地方看上去就像是巨大的波浪涌起时当即就被冻住了似的。工人们给派出来拆除圣诞节的灯饰。到处都传来有流感的消息。人们顶风走路时泪水直淌。大多数的妇女都穿上了她们的冬季制服:保暖裤和滑雪夹克。

若冰却没有这样。她从电梯里走出来去巡视医院的三楼也就是医院的最高一层时,穿的是一件黑色的长大衣、灰羊毛裙和一件淡紫灰色的羊毛衬衣。她厚厚的直头发剪得齐肩膀,耳垂上戴有小小的钻石耳饰。(人们仍然注意到,就和以往一样,城里最有气质、衣饰最讲究的妇女中,未婚女子就占了好几位。)她现在不需要穿护士服了,因为她只干几个小时而且仅仅是在这一层。

你可以按常规坐电梯上到三层,不过要下楼就费点儿事了。必须请写字桌后面的那位护士摁一个秘密的摁键你才走得出去。这儿是精神病房区,虽然很少有人这么称呼它。它朝西俯瞰那个湖,就和若冰的公寓一样,因此常常被人称为"夕阳大酒店"。有些上了年纪的人爱称它为"皇家约克"①。这里的病人都是短期的,虽然有些短期病人有几出几进的记录。那些长期受妄想症、药瘾或是病痛折磨的人被安置在别的地方,在县立病患之家,正式的名称是长期治疗中心,就在城郊边上。

四十年来,这个镇子规模没有扩大多少,但是却起了不少变化。这里开了两个购物中心,虽然广场周围的店铺还在勉强维持着。陡岸上盖

---

①皇家约克(Royal York)酒店是加拿大最著名的酒店之一。

起了一些新楼房——那是中年人的聚居区,而俯瞰着湖的大房子有两座又改装成了单独一套套的公寓。若冰很幸运,租下了一套。她跟乔安妮过去在伊萨克街上住的那所房子已经让人用乙烯基塑料修饰一新,变成一家房地产办公室了。威拉德的房子大体上还是原来样子。几年前他中了一次风,总算恢复得不错。他住院的时候若冰常去看他。他谈到她还有乔安妮过去跟自己相处得真不错,他们一块儿玩纸牌时又是得到了多大的乐趣。

乔安妮去世已有十八年了,在卖掉那所房子后若冰与旧日的联系都断掉了往来。她不再上教堂了,除了在医院里见到的当了病人的那些以外,她几乎都见不到她年轻时、上学时认识的那些人了。

在她进入人生的这个年龄段时,结婚的前景也还曾稀稀拉拉地出现过。会有一些死了老婆的鳏夫四下里寻寻觅觅。他们一般都希望能找到有结婚经历的女子——虽然有好工作的也挺合适。不过若冰早已表明自己对这种事情没有兴趣。她年轻时认识的人说,她这人从来就对这方面没有兴趣,她就是这么一个人。新认识她的人猜想她必定是个同性恋,只是因为出身于如此守旧与不顺的家庭里,她不敢承认就是了。

如今城里也有各式各样的人了,她交往的正是这一类人。有的不结婚就住到了一起。有的人出生在印度、埃及、菲律宾和韩国。旧的生活方式、早年间的规矩,在一定程度上依然存在,但是好多人想怎么过就怎么过,对那一套连知道都不知道了。你想要买哪个国家的食物差不多都能买到,在一个晴朗的星期天早晨你可以坐在人行道的桌子边,喝优质咖啡,聆听教堂的钟声,却连半点礼拜上帝的心思都没有。湖边再不是由铁路棚屋与仓库所包围——你可以沿着湖边在搭起的木板道上足足散上一英里的步。这里出现了一个合唱队和一个演剧团体。若冰在剧团里依旧很活跃,虽然上台次数已不如以前多了。几年前她扮演过海达·

盖普勒①。总的反应是那出戏很沉闷,不过她演的海达却十分出彩。尤其不简单的是,戏里的那个人物——人们都这样说——跟真实生活中的她反差那么大。

现如今,此地上斯特拉特福去观剧的人也很有几个了。不过她呢,要看戏总是上滨湖尼亚加拉市去看的。

若冰注意到墙边多出了一溜儿三张病床。

"这是怎么啦?"她问科雷尔,那位桌子前的护士。

"临时性的,"科雷尔回答说,好像她也不大清楚似的,"是要重新分配的吧。"

若冰把她的外衣和手包挂到护士桌子后面的贮物间去,科雷尔告诉她这些病人是从珀斯县转来的。那里病人太多,所以需要转移。不过不知是谁把他们的事弄拧了,本县的卫生机构还没同意接收,所以就决定暂时先在这里放一放。

"我要不要过去打个招呼呢?"

"随你。方才我去看的时候他们还都是不清醒的。"

三张床的护栏都是支起的,病人都平躺着。科雷尔没说错,他们像是都睡着了。是两个老太太和一个老头。若冰已经转过身了,但接着又扭了回来。她站着往下看那个老人。他嘴张着,他的假牙,如果有的话,已经摘了下来。他头发没秃,白色的,剪得很短。他脸上的肉萎缩了,脸颊凹陷了下去,但是脑门仍然很开阔,保留下了几分威严感以及——和她上一次见到时一样——焦虑不安的神情。有几处皮肤显得皱缩、苍白、几乎是银白色的,说不定是因为有癌变而做过手术。他的身躯变小了,被单下面似乎都见不到有腿,但是胸膛与肩膀倒仍然挺宽的,就跟

---

①挪威剧作家易卜生同名剧本中的女主人公。

她记忆中的几乎一样。

她看了看挂在床脚处的那张卡片。

亚历山大·阿德齐克。

丹尼洛。丹尼尔。

也许这是他中间的那个名字。亚历山大。要不就是他打诳了,以谎言或半谎言来作为预防措施,从一开头一直到几乎最后,他都是在撒谎。

她走回到护士桌前对科雷尔说:

"关于那人有什么资料吗?"

"怎么啦?你认识他?"

"我想也许有这个可能。"

"我查查看有没有。会给你打电话的。"

"不用急,"若冰说,"你得空了再说。我只是好奇。我得走了,该去看看我的病人了。"

若冰的工作就是一星期与这些病人谈两次话,记下他们的情况,比方说他们的妄想症或抑郁症有无改善啦,吃药后的反应啦,还有他们的亲属、配偶来访后情绪上有无变化啦。她在这一层楼已经工作了有些年头了,最早还是七十年代力主精神病人尽量少离家治疗的看法引进的那会儿了,她认识不少几出几进的病人。她上过一些特殊的课程,好使自己有资格从事精神治疗的工作,不过主要还是因为她在这方面有一种兴趣。在那次她没看完《皆大欢喜》、从斯特拉特福回来之后,她就开始对工作有了感情。某种因素——虽然并非出于她的希望——确实是改变了她的生活。

她把雷依先生放到最后去处理,因为他一般总需要最多的时间。她不总能如他所愿把那么多时间都用在他一个人的身上——还得看别的病人是不是有什么问题呢。今天,其他病人因为所服的药很对症,都有所好转，他们一见她就表示抱歉，怪自己给她带来了麻烦。可是雷依先生，他一直认为自己对 DNA 发现的贡献没有得到应有的褒奖与承认，正怒气冲冲呢，说是要写信给詹姆斯·沃森[①]。他直呼此人为吉姆。

"我上次写给他的那封信，"他说，"我懂的，寄出那样的一封信是不能不留一份底稿的。可是我昨天在我的档案里寻找，你猜怎样？你说。"

"还是你告诉我吧。"若冰说。

"不在了。不在了。给人偷了。"

"也许是放错地方了吧。我来给你找找看。"

"我丝毫也不觉得奇怪。我早就应该放弃的。我是在跟太子党斗，跟他们斗的人有谁会赢？你告诉我。我是不是应该放弃？"

"那得由你来决定呀。只有你才能作出决定嘛。"

他开始又一次地向她复述他的伤心事的具体细节。他不是一个专业科学家，他自己做研究工作，但他肯定是多年来都在跟踪科学发展进程的。他向她提供的情况，包括他用个粗头铅笔费了老大劲儿画出来的草图，无疑都是正确的。只有他受骗的那个部分，故事显得很拙劣也很容易看穿，说不定从电影电视那里得到了不少启发。

不过她一直都爱听他讲故事里的那个部分，他会形容两根螺旋线如何被分开，两股东西如何浮了起来。他表演给她看，用两只那么优美、那么富于表现能力的手。每一股都按照它自己的旨意往规定好的方向成倍地增长。

他也喜欢这个部分，他为此而神采飞扬，以致连眼眶里都涌满了泪水。她总是谢谢他的解释，同时希望他能到此为止，但是他自然是停不下来。

尽管如此，她还是相信他正在一点点地好起来。就在他开始在冤案

[①] 詹姆斯·沃森（James Watson, 1928- ），美国生物学家，因发现脱氧核糖核酸（DNA）的分子结构，获 1962 年诺贝尔医学奖。

的盘根错节处清理挖掘时,在把精力集中在失窃的信这一类的事情上时,那就说明没准他正在好起来。

只要稍加鼓励,对他的关怀稍稍侧重一些,他说不定还会爱上她的呢。以前这样的事也曾发生在几个病人的身上。都是结了婚的男人。不过这一点并未能阻止她与他们睡觉,那是在他们出院之后了。到那时,感情的性质已经起了变化。男的是心存感激,她怀着的则是善良愿望,双方心中都生出了一种倒错的怀旧心情。

对于这样的事情她并不感到后悔。她现在极少有需要后悔的事。更不用说为了自己的性生活了,这种事发生得很少,也很隐秘,不过总的来说,还是很抚慰人的。如此苦心保密说不定根本没有什么必要,瞧瞧别人是怎么对她有固定看法的吧——她现在认识的人都看死了她却也都看错了她,就跟很早以前认识她的人一模一样。

科雷尔递给她一份复印件。

"内容不太多。"她说。

若冰谢过了她,把纸叠起,拿到贮物室去,放进自己的手包。她想单独一人时再看。但是她等不到回家了。她下楼来到静思堂,过去这里是祈祷室。此刻这里一个人都没有,非常安静。

> 阿德齐克,亚历山大。一九二四年七月三日出生于南斯拉夫比捷洛杰维奇。一九六二年五月二十九日移民加拿大,成为加拿大公民,关系人为其兄弟丹尼洛·阿德齐克,加拿大公民,亦于一九二四年七月三日出生于比捷洛杰维奇。
>
> 亚历山大·阿德齐克与兄弟丹尼洛共同生活,直到后者于一九九五年九月七日去世。他于一九九五年九月二十五日获得许可进入珀斯县长期关怀机构,自那时起成为该处之一名病人。

亚历山大·阿德齐克显然自出生时起或出生后不久即因疾病而成为聋哑人。幼年时未能获得特殊教育训练。智商未曾经过检测，但受到过钟表修理训练。未曾受过手语训练。一直依赖兄弟照顾，除此以外感情上看来无法与人沟通。进入中心后显得感情冷漠，无食欲，偶然显示出有敌意，总体状态上有逐步退步趋势。

简直不可思议。

兄弟。

双胞胎。

若冰想把这份材料呈交到某个人，某个权威部门的面前去。

这是荒谬可笑的。我不能接受。

然而。

莎士比亚应该使她思想上有所准备。在莎剧里，双生子经常是误会与灾难的起因。这样的播弄往往被安排为出现某种结局的手段。最后，疑团解决了，恶作剧得到了谅解，真正的爱焰或是这一类的事得以重新燃烧，而受到愚弄的人也宽宏大量，不会怨天尤人。

他必定是出去办一件什么事了。很快就会回来的。他不会很长时间把店交给那个兄弟来管的。也许那扇纱门是插住的——她从未试着去推开它。也许他关照过他的兄弟，在他带着朱诺在附近街区遛一圈的时候把门插上不要打开。她也曾觉得奇怪朱诺怎么会不在呢。

如果她再晚一点点时间来。或是早一点来。如果她看完了整出戏再来或是干脆不去看戏。如果她没有费工夫去整理她的头发。

不过那又怎么样呢？他们怎么能处理好呢，他得管亚历山大而她也有一个乔安妮要照顾？从那天亚历山大的表现来看，他显然是容忍不了任何的外来插入与变化的。而乔安妮肯定会觉得受不了的。家中多出来一个又聋又哑的亚历山大倒还在其次，她最最不能容忍的便是若冰要嫁给一个外国人。

现在已很难说得清楚,当日那番遭遇是幸或不幸。

事情全都在一天里、在几分钟之内便被破坏了,而不是像这类事情往往会的那样,是经过反反复复、走走停停、希望与失望,漫长的拖延,才彻底垮台的。若是果真好事难圆,那么痛痛快快的了断岂不是更易忍受吗?

不过临到自己头上时,人是不会真的这样想的。若冰便没能这样。时至今日,她仍然但愿自己没有错过那个机会。她绝对不想在自己的心里给命运的播弄空出半点感激的位置。不过想清楚之后她倒是会很高兴自己能有机会发现个中玄机的。也就是说,至少是——发现一切其实都并未受到触动,就在粗暴的干涉即将到来之际。它使你非常气愤,但是还是会感受到远处传来的温暖,而且丝毫不会有羞愧之感。

显然,他们当时进入的是另外的一个世界。一如任何一个在舞台上虚构的世界。他们脆弱的安排,他们仪式般的接吻,由鲁莽的信心主宰着,他们竟会一门心思地相信一切都会按照设想往前发展。在这样危险的布局下,只要往这边或是那边移动一分,事情便会落空。

若冰的一些病人相信,梳子与牙刷都必须放在一定的位置,鞋子必须朝着正确的方向摆,迈的步子应该不多不少,否则一定会遭到报应的。

如果她在这件事上未能成功,那必定是因为绿裙子的关系。由于洗衣店里的那个女人那个生病的孩子,她穿错了一条绿裙子。

她希望能把这件事情告诉什么人。告诉他。

法 力 | POWERS

让但丁休息片刻

一九二七年三月十三日。

按说应该是指望能瞥见春天的时分了，可是我们却迎来了严冬。暴风雪封锁了所有的道路，学校也不开门了。听说有些老家伙散步时偏离了小路，几乎给冻死。今天我穿了雪靴就老老实实走在街的正中心，雪上除了我的脚印之外再也没有别的印迹。可是等我从商店出来往回走的时候我方才的脚印又全都填满了。这都是因为湖面没能像往年那样上冻，而西风则把大团的湿气裹挟而来，变成雪，抛在我们的头上。我是去买咖啡和别的一两件必需用品的。你猜我在店里见到了谁，原来是泰莎·纳特尔贝，我都快要有一年没有见到她了。我一直没有去看她，觉得挺不好意思的，因为她中途退学后我原本是打算跟她维持一种友好关系的。我琢磨有这样想法的人大概也只有我独个儿了。她用块大头巾把自己裹得严严实实的，像是从故事书里出来的什么怪物似的。实际上都几乎有点头重脚轻了，因为她有那样一张大宽脸，一头拖把似的黑鬈发，肩膀也是宽宽的，可是身高上她不会超出五英尺多少。她见了我只是一个劲儿地笑，仍然是原来的那个老泰莎呀。接下去我便问她过得怎么样——你见到她的时候总会这样问的，真的，因为她长期遭遇到的那个厄运，不管那是什么性质的厄运，使得她十四岁光景就不得不离开学校。不过你之所以这么问，是因为你也想不出有什么别的好说的，她所生活的世界跟我们其他人的不一样。她不参加什么俱乐部，也不参加什么运动项目，她没有任何正常的社交生活。她倒是有一种会对别人有所影响的生活，它本身是没有什么不好的，可是我不知道该怎样提这件事，也许她也是同样不知道吧。

麦克威廉斯先生在那儿，他扶着麦克威廉斯太太走出店门，因为好几个店员都没能来上班。这可是个讨人嫌的爱嘲弄人的家伙，他开始作弄泰莎了，问她有没有预先得到暴风雪要来的消息，为什么她不能让我们这些人也都知道，等等等等，于是麦克威廉斯太太就叫他闭嘴。泰莎装作什么都没听见，她要了一听沙丁鱼罐头。我突然感到非常悲哀，想到她坐下来吃晚餐的时候面前只有一听沙丁鱼罐头。情况大概还不至于如此吧，我想不出有什么理由她不能像任何别的人一样好好地做一顿饭。

我在商店里听到的重大新闻是匹塔斯骑士会堂的屋顶坍塌了几处。可是我们的《威尼斯平底船船夫》正是打算在那里演出的，时间定在三月底。市政厅礼堂的舞台不够大，而老歌剧院现在都让海依斯家具店用来存放棺木了。今天晚上我们本来是要作一次排练的，不过我不知道谁会上那儿去，结果又会是怎样。

三月十六日。

决定今年先把《平底船船夫》的事搁置一下，排练时主日学校礼堂只到了剧组中的六个人，因此我们就放弃了，并且上威尔夫家去喝咖啡。威尔夫还宣布他已经决定这是他的最后一次演出了，因为他的业务越来越忙了，因此我们得另找一个男高音了。这又是一个打击，因为没有比他更好的男高音了。

我仍然觉得光用名而不用姓来称呼一位大夫有点不自然，即使他只有三十岁光景。他住的地方原来是科根大夫的家，不少人至今仍然这样称呼这座房子。这是专门盖了当大夫府的，房子的一侧就是他的诊所。可是威尔夫彻底作了翻装，好几堵隔墙完全拆除了，现在房间很开阔很明亮，因此西德·罗尔斯顿调侃他，说他准备齐全就单等娶太太了。这可是个很敏感的话题，因为金尼当时就在场，不过也许西德是不知就里吧。（有三个人向金尼求过婚。先是威尔夫·罗尔斯顿，然后是汤米·沙特尔斯，再后来又是尤恩·麦凯。一位医生，然后是一位验光师，再后来是一位牧师。她比我大八个月，不过我想我不会有希望能赶上她的。我想她是有点误导他们，虽然她老是说她弄不明白这是怎么搞的，每回有男的向她求婚她都觉得像是遇到了晴天霹雳似的。我的看法是，你有的是办法把一切都化解成玩笑，让他们知道你并不欢迎有人向你求婚，而不是直接把那些男的打发走，让他们觉得自己像个傻瓜。）

要是哪天我得了重病，真的治不好了，我便希望我能有机会把这本日记烧掉，要不就是重读一遍，把说别人坏话的那些地方通通涂掉。

也不知道是怎么回事，我们大家的谈话都变得严肃起来了，话题转到了我们在学校里学到了什么东西以及我们已经把多少内容全都忘掉了。有人提到了原先城里曾经有过的那个辩论俱乐部，可是大战后好多事情都废除了，现在任谁都有车子可以到处去，有电影可以看，还兴起打高尔夫球来了。可是在过去，人们讨论的是多么严肃的问题呀。"在人性格的形成上科学与文学孰者更为重要？"时至今日，你还能想象可以把人聚集起来听那样的辩论吗？即便是不加组织围坐在一起谈这个问题，都会让人觉得特傻的。这时金尼说了，我们组织一个读书俱乐部总是可以办到的吧，这不就可以逼着我们去读那些我们一直打算读却又永远也没能坐下来读的名著了吗?那套《哈佛经典名作》就年复一年地蹲坐在起居室书柜玻璃门的后面。为什么不读《战争与和平》呢,我说,可是金尼大声地说她已经读过了。于是就决定投票在《失乐园》和《神曲》之间作一选择,结果是《神曲》胜出。

我们大家所知道的仅仅是它并不真的是什么喜剧^①而且是用意大利文写的,虽然我们自然是得通过英译本来读它。锡德还以为那是用拉丁文写成的呢,他说他在赫特小姐的班上所学的拉丁文都够他用一辈子了,于是大家都对他哄笑不止,他赶紧假装这里面的奥秘他全都门儿清。反正如今《平底船船夫》搁浅,我们也应该抽出点时间两星期聚会一次,互相鼓励鼓励了。

威尔夫向我们展示了整座房屋。餐厅在门厅的一边,起居室在另外的那边,厨房里的柜子是嵌入在墙壁里的,洗碗池是双槽的,而且还有最时尚不过的电炉哪。后厅延伸出去一个新的盥洗室和一个流线型的洗澡间,那些衣帽间大得人都进得去,门背后都装有全身大小的穿衣镜。满处都铺有金黄色的橡木地板。等我回到家里之后,便觉得咱们自己这块怎么显得这么简陋呢,踢脚板怎么这么黑、这么旧、这么老式呢。在吃早餐时我对父亲讲我们满可以从餐厅那里再支出去一个阳光起居室的,那样就至少可以有一个房间是明亮和现代化的了。(我忘了提威尔夫对着他的诊所在房屋的另外那头盖了个阳光起居室,这样一来整座房屋就显得很对称了。)父亲说咱们已经有了两个廊子,早上黄昏都能晒到太阳,还要那玩意儿干什么?于是我就很明白,我的家庭改造计划是一丁点儿进展都不会有的了。

---

① 《神曲》,但丁的代表作。书名原意是"神的喜剧"。我国前辈翻译家译成《神曲》,沿用至今。此处之"曲",指的是"戏曲"。

四月一日。

我醒来之后做的第一件事就是愚弄爸爸。我冲到过厅里大喊大叫说有一只蝙蝠从烟囱进入我的房间了，于是他便从浴室里冲了出来，吊带耷拉着，一脸的白沫，对我说停止叫嚷、别发歇斯底里，快去拿把笤帚来。于是我去拿笤帚了，接着我躲在后楼梯那里，假装吓坏了，与此同时，他连眼镜都没戴，踩着很响的步子到处乱走，想找到那只蝙蝠。最后，我终于可怜他了，便大声地嚷道："愚人节！"

接下来发生的事便是金尼打来了电话，说道："南希，我该怎么办呢？我的头发掉得厉害极了，枕头上哪儿哪儿都是，我现在都已经是半秃了，我再也出不了这个家了，你过来一下，看看咱们能不能用这些掉发编成一个假发套，行啵？"

我呢，却非常冷静地说："这很简单，用水调点面粉，做些糨糊，把它们粘回到头上去就行了。你说好玩不，这样的事竟会发生在愚人节的早上？"

现在该轮到说我不那么急于想记下来的那个部分了。

我连早饭都等不及吃就朝威尔夫的家走去，因为我知道他是很早就上诊所的。他自己来开的门，就穿了衬衫和西装背心。我没去敲诊所那边的门，因为我猜想那儿的门必定还是锁着的。他雇来管家的那个老太婆——我连她叫什么都不知道——正在厨房里弄得到处乒乒乓乓生响。我猜想原来是应该由她来开门的，可是他正好在门厅里准备想进诊所去。"怎么，是南希呀。"他说。

我一个字都没说，光是做出一副苦相，并且用手掐着自己的脖子。

"你是怎么啦，南希？"

我把脖子掐得更紧，发出更加可怕的咯咯声，同时一个劲儿地摇头，表示我没法告诉他。唉，可怜哟。

"进来吧。"威尔夫说，并且领我穿过侧厅经由与住宅相通的一扇门进入诊所。我瞥见那个老太婆在偷看，但我装作没看到她，而是继续演我的哑谜游戏。

"好，坐下吧。"他说，把我推向病人坐的椅子，又扭亮了灯。窗帘仍然拉着，屋子里一股消毒药水或是这类东西的气味。他拿出一个压住你的舌头的木片以及检查与照亮你咽喉的那种器械。

"现在，把嘴尽量张大一些。"

我照着做了，可是就在他正要压住我的舌头的时候，我大叫了起来："愚人节！"

他脸上连一丝笑意都没有。他把木片扔掉，关上了椅子高头的灯，没说一个字，直到他打开诊所通向街上的大门，他才说道："还有病人在等着我呢，南希。你年纪不小了，人怎么还这么不成熟呢？"

因此我只好夹着尾巴匆匆逃走了。我没有勇气反问他为什么连玩笑都这么开不起呢。没有疑问，厨房里那个多是非的婆娘肯定会把这事添油加醋地传遍全镇，说他是如何如何地火冒三丈，而我又是如何给羞辱了一顿之后抱头鼠窜。我一整天都闷闷不乐。而更糟糕的是，我好愚蠢，竟巧合地真的生起病来了，我有些发烧，咽喉那里也稍稍有些胀疼，因此我只得坐在前客厅里拿块毛毯盖住腿脚，读起老但丁来了。明天晚上是读书俱乐部聚会的时候，我应该走在所有其他人的前面才行。但是麻烦的是，书里连一个字我都没能读进去，因为在读的时候我脑子里始终在想的却是，我干的是多么愚蠢的一件事，我都能听到他用那么尖刻的声调在教训我应该与时俱进。但接下去我头脑里又会听到自己在申辩说，人活着找点小乐子也算不得是什么坏事嘛。我相信他的父亲必定是个牧师，莫非这就是他如此行事的原因？牧师的家庭总是搬来搬去的，所以他总是没有时间跟一块儿长大的人结成一伙，相互知根知底，也可以随便作弄开个玩笑什么的。

我此时此刻就能看见他拉开门时的模样，穿着西服背心和上过浆的衬衣。又高又瘦,简直像把刀子。他梳得一丝不苟的分开的头发和很一本正经的小胡子。真是糟糕透了。

我在琢磨要不要给他去一封短信呢?解释一下,在我看来,开开玩笑并不能算是大的冒犯。或者,我应该写封很有尊严的道歉信?

我是不能去向金尼咨询的,因为他向她求过婚,那就意味着在他眼里,她是位身价比我高的人。我情绪恶劣透顶,以至于猜度她是不是也暗中以此自矜,觉得高我一等。(虽然她拒绝了他。)

四月四日。

威尔夫没有在读书俱乐部露面,因为有个老人中了风。因此我给他写了一封短信。试着表示歉意但又不显得太卑躬屈膝。这事比什么都让我更伤脑筋。不是因为难以措辞而是因为我前几天干下的那件事实在是不好提呀。

四月十二日。

今天中午,我去应门,遇到了我愚蠢、年轻的一生中最感到意外的一件事。父亲刚刚回来,坐下来正要吃午饭,这时威尔夫来了。他一直都没有给我写去的那张字条回信,我已经死了心,认为他打算憎厌我一辈子,而我以后所能够做的一切就是翘起鼻子对着他了,因为我别无选择。

他问,他有没有打断我的进餐。

这件事他是不可能做到的,因为我已经决定,在我体重没减满五磅之前是绝对不吃午饭的。每当父亲和博克斯太太吃他们的饭时,我就把自己关在房间里读一段但丁。

我说,没有啊。

他说,那好,能和他一起驾车出去遛一圈吗?我们可以去看看河里冰凌化冻的景致的,他说。他接着解释说,他昨晚几乎一刻都没有睡觉,半夜一点钟就不得不起来打开诊所，连打个盹的时间都没有，新鲜空气倒是会让他清醒一些的。他没有说晚上起来是为了什么，因此我寻思必定是有人要生孩子，他觉得直说了肯定会让我发窘的。

我说我刚开始要读今天得完成的阅读定额呢。

"就让但丁休息片刻吧。"他说。

于是我去取了我的大衣，告诉了父亲，接着我们出去，上了他的汽车。我们驾车来到北桥，那里有一些人，主要是午餐时刻出来的男人和男孩，聚集在这儿看冰。今年的冰块不算太大，因为寒冬开始得比较迟。但仍然有一些在撞击着桥墩，使自身越来越小，并且因为有一股股细流从它们之间冲过而产生很大的喧闹声。在这儿真是没有什么可做的，除了傻傻地盯看着这副景色，好像人人都中了邪似的，可我的脚却越来越冷了。冰也许是在分崩离析，可是冬天似乎仍旧是毫无退却之意而春天还远在天边哪。我真弄不懂，怎么竟会有人能够站在这儿一连好几个小时都看得津津有味的。

威尔夫倒也不需要太长的时间便觉得看够了。我们回进车子里，一时之间真不知道怎样开始谈话了，后来还是我先硬硬头皮问道，他有没有收到我的短信？

他说是的他收到了。

我说我觉得自己干出来的事真是傻得没法说。（这倒不是假话，不过我的语气比我真正感觉到的还要显得更沉痛一些。）

他说："哦，别在意了。"

他倒退车，我们朝城里开去，这时他说："我本来是想向你求婚的。不过我并不想在现在这样的情况之下说。我原来想让事情发展得更水到渠成一些。在一个更加恰当的形势之下再说。"

我说："你的意思是不是你原来想但是现在不想了？还是说你确实仍然想？"

我可以发誓，我那样说的时候我绝不是在逼他表态。我只不过是想把情况弄弄清楚。

"我的意思是我现在也是想的。"他说。

"好的。"还没等我从震惊中镇定下来，这两个字就从我嘴里跑出来了。我不知道应该怎样解释。我说好的，是用一种挺有礼貌但并不太热情的态度说的。更像是说，好的，那我就要一杯茶吧。我甚至都没有表现出大吃一惊的样子。就像是我不得不让我们快些过了这一关，接下去我们就可以放松和恢复正常了。虽然实际的情况是，我跟威尔夫相处就未曾有过真正放松与正常的状态。有一个时期我觉得他挺深不可测的，认为他既让人觉得紧张又让人觉得可笑，而在那次倒霉的愚人节之后我又总是感到惴惴不安、狼狈不堪。我希望我不至于让人误解，我之所以说我愿意嫁给他是为了逃脱窘迫。我记得我想过，我应该把"好的"二字收回而说我需要点时间考虑考虑，但是我又几乎无法既这样做而又不至于把我们置于较前更为窘迫的景况之中。我根本想不出我还有什么可以转圜的余地。

我和威尔夫订了婚。我简直不能相信这件事。是不是每一个人都是这样走过来的呢？

四月十四日。

威尔夫来和父亲谈话，我便出去找金尼谈话。我开门见山，承认告诉她我觉得很不好意思，接着又说我希望她不会不好意思做我的女傧相吧。她说当然不会的，这时我们都一下子感情冲动起来互相抱到了一块儿，而且连鼻子都有点酸酸的了。

"跟朋友相比男人又算得了什么呢？"她说。

这时候我那说话不怕得罪人的毛病又犯了，我跟她说那都得怪她不好。

我说，我不忍心见到那个可怜的男人一连遭到两个姑娘的拒绝。

五月三十日。

我好久都没有在这个本子上写点什么了，因为我实在是忙得不可开交。婚礼定在七月十日举行。我在科尼什小姐那里定做婚纱礼服，她都快把我逼疯了，让我穿着内衣站着，一片片的料子全用大头针别在身上，还一个劲儿地对着我吼，让我别动。那是白薄罗纱的，我不想要拖地长裙因为我生怕一不小心会绊倒在那上面。然后是办嫁妆，包括半打夏季女睡袍和一件波纹绸百合花图案的日本和服，还有三套冬天穿的睡衣睡裤，那可全都是在多伦多的辛普森百货公司买的呢。显然，睡衣睡裤不是你嫁妆的理想构成部分，可是睡袍又不能为你保暖，我反正不喜欢睡袍，因为到头来它们总是在你腰上堆成一团。还有一包丝衬裙和别的东西，全是桃红色的或是"全透明"的。金尼说我既然有机会就应该囤积一些货色，因为如果中国快要打大仗的话，丝织品肯定是会缺货的。她素来都是对时局十分关心的。她的女傧相服是淡蓝色的。

昨天博克斯太太做蛋糕了。据说面团得过六个星期才能发好，因此我们干脆用铁丝网把它罩起来。为了求得好运我必须搅动面团，里面加进干果之后重得不得了，我想我的胳膊都要脱落了。奥利正好在，博太太没盯着看的时候他就帮我搅。至于它会带来什么好运我可说不上来。

奥利是威尔夫的表弟，准备来此地待上一两月。由于威尔夫没有亲兄弟，他——也就是奥利了——就来当男傧相。他比我大七个月，因此似乎他跟我都有点仍然像是孩子，而威尔夫则不是（我都无法想象他曾是小孩）。他——奥利——在一家肺结核疗养院里住了三年，不过现在好多了。他在那边的时候人家让他的肺的一边不起作用。我以前也听说过这事儿，以为这样一来你以后就只好用一侧肺呼吸了，但是事情显然不是这样的。他们只是在进行药物治疗时让它不起作用，把病菌控制住

（并非强制性的）使得它处于不活动的状态。（瞧，我和大夫订了婚，现在也快成为医学专家了吧！）在威尔夫解释这一切的时候，奥利却把双手盖住自己的耳朵。他说他宁愿不去想过去别人对他做过的事，假装脑子里空空如也像只赛璐珞的洋娃娃似的。他跟威尔夫像是截然不同的两个人，不过他们似乎相处得还是挺好的。

谢天谢地，我们决定把蛋糕有专业水平地冷藏在面包房里了。我想倘若不这样做，博克斯太太是决计受不了这番折磨的。

六月十一日。

离那一天不到一个月了。我其实是不应该在这里写日记的，我应当接着去开结婚礼品单的。我无法相信所有这些东西都将会属于我。威尔夫让我来决定该用什么样的糊墙纸。我以为一个个房间都抹了灰泥刷上白色，那是因为他喜欢这样，可是看来是他先做成这样以便让他的太太来决定用什么样的壁纸的。我寻思自己准是现出了一副惊呆了的傻样儿，但我还是控制住自己的感情告诉他，我觉得他真是太照顾我了，不过我的确是非得住进去之后才想得出自己愿意怎么办的。（他必定是希望在我们度蜜月回来之前就把一切都弄得妥妥当当的。）既然我这么说那就得把事情往后顺延了。

我仍然一星期去工厂两天。我有点希望结婚后仍然如此，可是父亲说那当然是不行的。他接下去又说了些话，那意思似乎是雇用已婚女子是不合法的，除非那是个寡妇或是经济状况很不好的，可是我指出我不是被雇用的，因为他反正又不付给我工钱。接着他又说了几句他最初感到不好意思说出口的话，说是等我结婚之后是会出现不方便工作的时候的。

"有些时候你是不愿意抛头露面的。"他说。

"哦，那样的事我还没听说过呢。"我讪讪地说，闹了个大红脸。

于是他就想到（父亲想到）让奥利来接手我现在所做的工作未尝不是件好事，他的确希望（父亲希望）奥利能一点点熟练起来，最终可以把事情全部接过去。也许他希望我会嫁给一个能接他班的人——但是他认为威尔夫纯粹是个花花公子。而奥利正无所事事，既聪明又受过教育（我不确切知道他在哪儿受过多少教育，不过显然他比周围任何人都知道得多一些），他可能是绝佳的人选。正因如此昨天我只好把他带到办公室去，让他看看账簿以及别的东西，父亲接待了他，并把他介绍给伙计们和正好在场的每一个人，一切似乎都进展得不错。奥利也很专心，在办公室做出一副一本正经的模样，接着又和大家有说有笑的（不过倒也没有太过分），他就连在改变谈话风格上也掌握得恰到好处，父亲开心得都有些兴高采烈了。我睡前跟他道晚安时，他说："我感到那个年轻人能上咱们这儿来真是件幸事。他是个在寻找前途，使自己有安身立命之处的人。"

我没有扫父亲的兴去反驳说，依我之见，他在本地留下来管理一家伐木厂的可能性，跟我进入齐格菲歌舞团①去表演跳舞的可能性，其实是不相上下的。

他不过是不想扫别人的兴。

我有时候也曾想过金尼可以把他从我手里接过去的。她书读得不少，也抽烟，虽然上教堂但是她的看法是会让有些人认为是无神论观点的。而且她告诉过我，她倒不觉得奥利长相丑虽然个子有点偏矮（我估计是五英尺八九吧）。他有她喜欢的蓝眼睛和黄油硬糖颜色的头发，还有一绺鬈发从额前披下来，看起来是挺有心想讨人喜欢的。他们见面时他对待她自然是十分殷勤的，他引导她，让她说个没完，在她回去之后他夸奖她说："你那位小友知识还挺渊博的嘛，是不是？"

---

① 当时百老汇最大的歌舞团，创办于 1907 年。

"小。"哼，金尼至少是跟他一般高呢，我真忍不住想把这一点告诉他。不过对着一个身高方面有点欠缺的人直白地说穿这方面的事是很不得体的，因此我就憋住不说了。至于"知识渊博"这方面我不知道应该怎么说。在我看来金尼可算得上是挺有知识的，(比方说，奥利会读过《战争与和平》吗？）可是我从他语气里听不出来他这么说她是不是当真的。我能够说的只是，如果认为她真是如此，那么这种素质并不是他所珍视的，如果说的是反话，他认为她是假装的，那么这同样也不是他所喜欢的。我当时应该回敬一句不咸不淡让他听了不舒服半天的话的，例如，"你的话对我来说是太深奥了"，可是我自然每次总是要在事后才能想起来。而更加糟糕的是，他刚说完那句话，我便会在心中暗暗地联想起金尼的某一件事，而就在我（在内心里）为她辩护的时候，我也会偷偷地同意他。我不知道在将来，她是不是仍然会在我的心中显得那么聪明。

威尔夫正好也在场，必定是听到了全部的交谈，但是却什么都没有说。我本来可以问问他，是不是不想为自己曾经求过婚的女孩出头，但是我没有向他完全透露过对那件事我知道多少。他往往是仅仅在旁边听奥利和我两个人谈话，头向前低俯（对大多数人他都得这样，他个子那么高），脸上露出浅浅的笑意。我甚至都不能确定，那到底是笑容呢还是他嘴巴那里生来就是这个样子的。每到晚上，他们俩都一块儿过来，到头来总是父亲跟威尔夫玩克里比奇纸牌戏，奥利跟我则有一搭没一搭地闲聊，消磨时光。要不就是威尔夫、奥利和我玩三人桥牌。（父亲从未玩过桥牌，因为他不知怎的会认为这玩意儿太高蹈了。）有时候威尔夫会接到电话，是从医院或是埃尔西·班顿（他的管家，她的名字我怎么也记不住——我只好大声喊着问博克斯太太）那里打来的，于是他就必须离开了。有时候，克里比奇纸牌戏结束了，他会在钢琴前坐下，凭记忆弹上几首曲子。说不定连灯都不用开。父亲漫步来到回廊上，跟奥利和我坐在一起，我们都轻轻晃动摇椅，一边聆听。好像威尔夫是仅仅为了自娱而弹的,并不是表演给我们听的。他一点都不在乎我们听与不听甚或是聊起天来了——我们有时候忍不住会那样,因为那些曲子会让父亲觉得太过高古,父亲最喜欢的曲子是《我的肯塔基老家》。你可以看出他越来越坐不住了,那种音乐使他觉得世界像是在转,让他觉得发晕,为了他的缘故,我们便开始聊起一件什么事来。稍后,仍然是父亲,会特意向威尔夫表示,我们全都非常欣赏他的演奏,而威尔夫则会有礼貌却不当一回事地说声谢谢你。奥利和我知道还是什么都不说最好,因为我们知道在这样的情况下他压根儿不在意我们是这样说还是那样说的。

有一回,我偶然间听到奥利在随着威尔夫的琴声以极小的声音哼唱着。

"朝霞初露,皮尔·金特伸了个懒腰——"

我用耳语问道:"你唱的是什么?"

"没什么,"奥利说,"就是他正弹着的曲子。"

我让他给我拼出来。P-e-e-r G-y-n-t.[①]

我应该多学点音乐知识,这能使得威尔夫和我之间多一些共同的语言。

天气突然变热了。芍药花盛开了,有小宝宝的屁股那么大,绣线菊丛儿则花落得跟下雪似的。博克斯太太走到哪里都说,如果再这样下去,到结婚那天一切都会干枯而死的。

我在写这篇日记的时候已经喝下三杯咖啡,却连头都还没有梳呢。博克斯太太说了:"很快你就不得不把你的生活方式改上一改了。"

她之所以这样说是因为那个埃尔西某某告诉过威尔夫,她以后是要辞职的,这样就可以把家交给我来管了。

[①]挪威作曲家爱德华·格里格(Edvard Grieg,1843–1907)为易卜生的同名戏剧所作的配乐。奥利唱的是《晨景》中的一句。

因此我现在就必须开始改变了，至少在这一段时间里要跟日记本说声拜拜了。我一直有一种感觉，某种很不寻常的事会在我的生活中出现，因此把一切都记下来是很重要的。莫非这仅仅是一种感觉不成？

穿大翻领水手服的姑娘

"别以为你可以懒洋洋地待着，"南希说，"我有件让你大吃一惊的事情要告诉你。"

奥利说："你总是有一肚子要让人吃惊的事儿。"

这是一个星期天，奥利挺希望能懒洋洋地打发过去一天的。对于南希，有一点他并不总是能够欣赏，那就是她精力过于充沛了。

他猜想很快她就能发挥出这种精力了，因为威尔夫——以他的不动声色、平常的方式——正指望着他的家务事有人料理呢。

上过教堂后，威尔夫直接去医院了，奥利则回来跟南希和她的父亲一起吃午饭。他们星期天总是吃一顿冷餐——博克斯太太上她自己的教堂去做礼拜，然后就在她自己的小屋子里好好地休息一整个下午。奥利帮南希收拾了厨房。从餐厅里传出来了一阵阵有头有尾的打鼾声。

"你们家老爷子，"奥利探头进去看了一眼以后说，"他在摇椅上睡着了，那本《星期六晚邮》放在他膝上。"

"他是从来也不承认自己星期天下午想睡午觉的，"南希说，"他总是认为他打算用这段时间来看书读报。"

南希腰间围着一条围裙——不是那种一本正经要干厨房活儿的围裙。她解了下来，把它搭在门钮上，对着厨房门上挂着的一面小镜子把自己的头发拍拍松。

"我难看死了。"她说，用一种悲哀却又不是很难过的声音说道。

"的确如此。我都想象不出威尔夫看上你的什么了。"

"小心点儿,不然我会照准你抡上一棒球棍的。"

她带他出门,绕过醋栗丛,来到枫树下,这儿就是她——她都告诉过他两三回了——以前打秋千的地方。接着又顺着后巷走到街区的尽头。没有人在剪割草坪,因为今天是星期天。事实上所有的后院里都是空无一人,所有的房子都有一种封闭、倨傲和不想见人的模样,就像里面的每一个人都是南希的父亲那样有点儿身价的人物,现在正在享受来之不易的安息,因而暂时与人世小别呢。

这不是说整个小镇都是全然安静的。星期天下午是周围村里的居民到水边沙滩去的时光。那儿约有四分之一英里远,在一处陡崖的底下。那儿有冲浪人发出的混声尖叫和小孩子把别人的头按入水里与泼水的喊声,还有卖冰激凌卡车发出的喇叭长鸣和短促的嘟嘟声,此外还夹杂着年轻人显摆本领和母亲们担心尖叫的声音。所有这些都混杂成了一片乱哄哄的噪音。

小巷尽头,再穿过一条更不像样、未铺路面的小街,有一幢空房子,南希说这是以前存冰的地方,再走过去便是一片空地和架在一条干沟上的木板桥了,然后他们走在一条只能通过一辆汽车那么宽的路上——或者不如说这个宽度只能走一辆马车。路两旁都是墙一样的带荆棘的树丛,长着闪亮的小绿叶和稀稀拉拉的粉红色干花。树墙挡得连一丝风都透不过来,也无处能让人藏身,树枝老是想扯拉住他们的衬衣。

"野玫瑰。"南希答道,在他问到她这些混账植物到底是什么玩意儿的时候。

"这莫非就是你所说的惊喜?"

"你一会儿就知道了。"

他在这条隧道里热得发昏,希望她能放慢些速度。在和这个姑娘相处的时候他经常感到惊奇,她在哪方面都不算特出嘛,除非是在被宠坏、没大没小和自我中心这几个方面。也许他喜欢招惹她。她比一般的女孩子就稍稍多聪明了那么一点，正好够资格供他招惹。

他能看到的是远处一所房子的屋顶，有几棵足够大的树可以为它遮荫，因为没有希望能从南希那里得到任何信息，因此他只好满足于希望在到达那边时能找到一处凉快些的地方坐下来休息休息。

"有客人，"南希说，"我就知道。"

一辆脏兮兮的T型汽车停在路尽头的汽车掉头空地上。

"好在只有一辆，"她说，"但愿他们快结束了吧。"

可是他们走到汽车跟前时没有一个人走出那幢整洁的一层半的房子——是用砖砌的，在乡村的这个部分它被称为"白颜色"，而在奥利家乡那里则算是"黄颜色"的。（实际上那是一种发暗的黄褐色。）这里没有树篱——只是绕着庭院拉了一道铁丝网，可是里面的草都没有割过。而且从大门口通到屋门口也没有铺设水泥，仅仅有一条狭窄的土道。这种情况在城外并不少见——铺设通道，购置有割草机的农民还是不多的。

说不定这儿以前有过花坛——至少是在长长的草地里这儿那儿会冒出来几枝白色、金色的花儿。这是雏菊，他能肯定，不过他不想多事去问南希，免得又得听她的挖苦与纠正。

南希领着他穿过院子，来到一处来自更加优雅或说更为悠闲的时代的真正遗迹的跟前——一座没有上漆却是全木料的秋千架，有两个面对面的座位。左近的草地未给踩掉——足见不大有人用。它立在几棵树叶浓密的大树的阴影里。南希刚坐下去马上又跳了起来，一等她在两个座位之间站稳了她便开始来回晃动这架吱嘎作响的器械。

"这就能让她知道我们来了。"她说。

"让谁知道？"

"泰莎呀。"

"她是你的一个朋友？"

"自然啦。"

"一位老太太朋友？"奥利说，没有一点点热情。他有过许多机会，见到南希在显示自己性格的某个方面上——在她可能念过与记住的一般女生读的什么书里，这也许即是所谓的——阳光方面，是如何地丝毫不加保留的。她在工厂里肆无忌惮地嘲笑老人的情景又出现在他的脑子里了。

"我们原来是同学，泰莎跟鹅。我是说泰莎跟我。"

这又使他产生出别的一个联想——她曾试图撮合他和金尼的那种做法。

"她有什么地方让人这么感兴趣呢？"

"你会看到的。哦！"

她悠到一半就跳了下来，跑到房子边上的一个手压水泵那儿去。她一连串使劲压了好几下。她得一直压到底并非常使劲才能见到有水流出来呢。即使是这样她似乎也没有觉得累，她不断地压了好一阵才把水龙头下面等着接水的那个铁皮桶装满，她拎着桶，一路上又是泼又是溅的，一直拎到秋千跟前。从她那热情的姿态看，他满以为她会马上让他先用的，可是事实上她把水举到自己唇边，快乐地大口喝了起来。

"这不是城里的水，"她说，把水递给他，"这是井水。可甜了。"

她是个敢于从井上挂着的任何一个勺子里喝未经处理的水的姑娘。（可是由于自己身体遭受过的灾难，他却比任何一个青年都更加注意防范这一类的危险。）自然，她是有点儿在显摆自己。不过她是真心地、显然很轻率并充满了纯粹自信地认为，她是在过着一种快乐的生活。

他是不会这么形容自己的。不过他有一个想法——他只能像说笑话似的提到他的这个想法——他打算过一种不平凡的生活，他的生命必定是具有一定的意义的。也许这正是他们两个合得来的原因。不过两人之间的区别是，他会继续前进，他不会为了较低的目标就停下来的。而她呢，将不得不——一如她已经在做的那样——像一个女孩子那样地行事。一想到自己选择的机会比姑娘们所能知道的要宽阔得多，他突然之间就感到心里很舒坦，使自己也能对她产生出些同情怜悯的感觉了，而且也觉得很好玩。有些时候，他都无须问为什么自己要跟她在一起，在这样的时候，逗弄她，或是被她逗弄，都会使时间不知不觉很愉快地度过。

这水真的很好喝，而且是冰凉冰凉的。

"常有人来看泰莎，"她说，在他的对面坐了下来，"你永远都不知道什么时候这儿会有客人。"

"会有客人？"他说。他忽作奇想，这南希是不是也过于任性、过于自作主张了，竟敢与一个半职业性的、行为很浪荡的乡下娼妓为伍。至少可以说，是跟一个已经变坏的姑娘保持友好关系吧。

她猜出了他的想法——她有时候还是很灵敏的。

"哦，不，"她说，"我一点儿也没有那样的意思。哦，那绝对是我听到过的最最龌龊的一种想法。泰莎是会这样做的世界上最后的一个姑娘——那样看她真令人作呕。你应该为自己而感到羞愧。她是世界上最后的一个姑娘——哦，你以后会明白的。"她的脸涨得通红。

门开了，没见有通常会出现的那种拖拖拉拉的告别——也一点儿没听到有任何的告别的说话声——一个男子和一个女子，都是中年人，衣服很旧但倒并不破烂，就跟他们的车子一样，沿着小土路走过来，朝秋千架这边看过来见到了南希和奥利，却什么话都没有说。奇怪的是南希也是一个字都没有说，没有发出任何向他们喊叫表示友好的声音。这对夫妻分别走向两边的车门，爬进去，把车开走了。

接着一个人影从门口的阴影里走出来，这回南希倒是大声喊了。

"嘿。泰莎。"

这个女的身材像个粗壮的孩子。一颗大脑袋，上面覆盖着又黑又卷的头发，宽肩膀，又粗又壮的腿。她的腿是光赤的，穿的衣服也挺怪——一件大翻领水手衫和一条裙子。至少大热天这么穿是挺怪异的，而且还得考虑到她已经不再是个小学生了。很可能这是她以前上学时穿过的衣服，她是俭省型的人，在家时就随便穿上了。这样的衣服一般都是轻易穿不破的，但在奥利看来，它对女孩子的身材只有损害而不会有丝毫补益。她这么一穿动作显得很笨拙，跟绝大多数的女学生一模一样。

南希把他带上前去，介绍了他，他则对泰莎说——用的那种暗示语气是姑娘们一般都乐于接受的——关于她，他已经听说过不少了。

"他根本没有听说过，"南希说，"对他说的话一个字都不要相信。我把他带来是因为我不知道该把他怎么办，老实对你说吧。"

泰莎的眼帘很厚实，眼睛也不太大，不过颜色倒是蓝得很深沉与温柔，让人感到意外。当她把眼光抬起来看着奥利的时候，它们炯炯发亮，但既不显得友好也不含敌意，甚至都没什么好奇的意思。它们仅仅是非常深沉、实在，使得他不可能再往下说任何愚蠢的客气话。

"你们还是进来吧，"她说，一边把他们往里面引，"我希望你们不在乎我把搅拌牛奶的活儿干完。方才那对客人来的时候我就是正在搅拌，我也没有停下，如果不接着往下做，黄油说不定会毁在我的手里的。"

"星期天还干搅拌活儿，多淘气的姑娘。"南希说，"看吧，奥利。黄油就是这样做出来的。我敢打赌，你准以为从母牛身上取下来就是这样的，只消包上放到商店里去卖就行了。你只管继续，"她对泰莎说，"要是你累了也可以让我试着干一阵的。事实上，我上这儿来是请你参加我的婚礼的。"

"这件事我也听说了一<u>些</u>。"泰莎说。

"我给你发过一份请帖，不过我不知道你会不会注意到。我想还是自己跑一趟，拧你的脖子，直到你答应来了才松手。"

他们是直接走进厨房的。百叶窗一直拉到底,头顶高处有一台风扇在嗡嗡地转动。房间里满是烹饪、毒蝇药、煤油和抹布的气味。这些气味依附在墙上、地板上可能都有好几十年的历史了。可是竟然有人——无疑就是这个因炼黄油而在使劲呼吸几乎都发出了哼哼声的姑娘了——却不怕麻烦,下功夫去把碗柜和门都用漆刷成了鸦蛋青色。

为了保护地板,搅乳器四周围都铺上了报纸,但餐桌旁和炉子跟前经常要走的地方,地板都磨出了一个个的浅坑。在大多数的农家女孩跟前,奥利会表现出男子汉气概,问干这活儿要不要让他帮忙,可是在今天这样的情况下他倒拿不定主意了。她倒不像是个脾气不好的姑娘,这个泰莎,仅仅是比她的年龄显得老一些,直率和不爱理人得让人寒心。在她面前,片刻之后,连南希也都安静下来了。

黄油炼出来了。南希跳起身来去看,也叫他上前来看。他很惊异颜色竟然这么淡,几乎一点儿都不黄,但是他什么都没说,生怕南希会笑他无知。接着两个姑娘将黏糊糊的那团东西倒在一块布上,用木板子去压它,并用布将它包得好好的。泰莎翻起地板上的一个门,两人把东西抬到地下室去,至于梯子究竟有多少级,他就不得而知了。南希发出了一声尖叫,像是几乎要踏空摔下去了。他有一个想法,这事让泰莎一个人来干肯定会做得更好一些,但是她总得多少给南希一些面子的吧,就像你碰到一个爱纠缠不清的可爱的孩子时那样。她让南希把地板上铺的报纸折叠起来,与此同时,她打开了一瓶从地窖子里拿上来的柠檬水。她从屋角冰箱里取出了一大块冰,把浮头的一些木屑冲走,然后用一把锤子将它在水槽里砸碎,好往大家的玻璃杯里加上一些。在这些事情上奥利仍然没有试着去帮忙。

"好了,泰莎,"南希喝下一大口柠檬水后说道,"现在是时候了。帮我一个忙。谢谢你了。"

泰莎自管自喝她的柠檬水。

"告诉奥利,"南希说,"告诉奥利他的兜里有些什么东西。先从右面的那只开始吧。"

泰莎说了,连眼睛都没有抬起来,"呃,我想他有只钱包吧。"

"哦,接着往下说呀。"南希说。

"呃,她说得不错,"奥利说,"我是有只钱包。现在她还得猜那里面有什么吗?其实里面并没多少东西。"

"别管他,"南希说,"告诉他还有什么,泰莎。在他右面的兜里。"

"是什么,你倒说说看?"奥利说。

"泰莎,"南希用很甜蜜的声音说,"来吧,泰莎,你跟我是熟人呀。记得吧,咱们是老朋友了,我们从一年级起就是朋友了。就看在我的面子上吧。"

"这是在玩什么游戏吧?"奥利说,"这是你们俩密谋好的什么游戏吧?"

南希对着他大笑起来了。

"怎么回事?"她说,"你有什么东西见不得人的?莫非那里是有只臭袜子吗?"

"一支铅笔,"泰莎若无其事地说,"一些钱。几枚硬币。我说不出一共有多少钱。一张纸,上面有些字吧?是印刷品吧?"

"拿出来吧,奥利,"南希喊道,"全都拿出来呀。"

"哦,一片口香糖,"泰莎说,"我想就是一片口香糖。也就是这些了。"

那片口香糖是剥开的,用张软纸包着。

"我都忘了是放在那儿的了。"奥利说,其实他并没有忘记。他从兜里掏出来一段铅笔头,几枚镍币和铜子儿,一张折起的从什么报纸上撕下的纸片。

"不知什么人给我的。"他说,南希一把抢过去将它展了开来。

"我处有意优价征集质量上乘之原创作品,诗歌散文在所不限,"她大声地念道，"尤将认真考虑——"

奥利一把将纸片从她手里抢了回去。

"那是别人给我的。他们想听听我的意见，看看那会不会是骗人的花招。"

"哦，奥利。"

"我都不知道它仍然在我的兜里。那片口香糖也是这样。"

"你不觉得惊奇吗？"

"我自然觉得。我都忘掉了。"

"你不对泰莎的表现感到惊奇吗？她居然会知道那是什么？"

奥利朝泰莎硬挤出一个微笑，虽然他心里很烦。那倒不是她的错。

"一般人口袋里通常都会有这些东西的，"他说，"硬币？自然啦。铅笔——"

"口香糖？"南希说。

"也很可能。"

"还有印了字的纸。她说了是印刷品的。"

"她是说有一张纸。她不知道上面有什么。你不知道的，是吧？"他冲着泰莎说道。

她摇了摇头。她朝门口看去，在听。

"我想巷子里开来了一辆汽车。"

她是对的。现在他们都听到了。南希走过去从窗帘缝里朝外窥探，这时候泰莎出人意料地朝奥利笑了一笑。那不是共谋的、表示抱歉的或是一般性的卖弄风情的笑。那可能是表示欢迎的笑，但是又没有任何明确的相邀的意思。这仅仅是发自她内心的温暖、轻松的精神的一种善意表示。与此同时，她的宽肩膀那里动了一下，是让人心宽的一个动作，仿佛她的微笑正传遍整个身子似的。

"哦，真倒霉。"南希说。可是她必须得控制住自己的激动，就像奥利也得控制住他那异乎寻常的注意和惊讶一样。

泰莎打开门的时候一个男的正从那辆汽车里钻出来。他在院门旁边等着，好让南希和奥利从小路上走出去。他有六十多岁，肩膀厚厚实实的，脸上表情很严肃，穿着一套淡色的夏季西服，戴着一顶克里斯蒂帽子。他的车子是新型的双门小轿车。他朝南希和奥利点了点头，对他们只表示出极短暂的礼貌与极少的兴趣，如同他在医生诊所的门口为陌生人拉住门时那样。

泰莎的门在客人身后关上还没有多久，就又有另一辆车出现在巷子远处的那一头了。

"都排上队了，"南希说，"星期天下午忙得很哪。至少夏天是这样。好几英里以外的人都上这儿来找她。"

"就为了问他们的兜里有些什么东西？"

南希都懒得跟他计较。

"大多数的人都是来问她不见了的东西在哪儿的。贵重的东西。至少对他们来说是贵重的东西。"

"她收费吗？"

"我想大概不收的吧。"

"她肯定是收的。"

"为什么说她肯定收？"

"她不是挺穷的吗？"

"她饭总是能吃饱的。"

"她不可能什么时候都玩得转吧？"

"嗯，我想她必定是能看准的，否则人家也不会接二连三地来了，是不是？"

在走进玫瑰花纠结而成的明亮却不通风的那条隧道里时，他们说话的腔调都变了。他们擦着脸上的汗，也没有精神相互斗嘴对掐了。

奥利说："我真是弄不懂了。"

南希说："我想恐怕没有谁能弄明白。还不光能提示别人家丢失的东西。她还能说出尸体的方位呢。"

"尸体？"

"有那么一个人，大家都认为他是沿着铁路轨道走开去的，后来遇上了暴风雪，必定是冻死了。大家都找不到他，可是她却告诉他们，到悬崖底下的湖里去找找看。果不其然。根本与铁轨不沾边。有一次一头母牛失踪了，她告诉他们母牛淹死了。"

"真的呀？"奥利说，"如果这是真的，为什么没有人作一番考察呢？我的意思是，从科学上加以考察？"

"完完全全就是真的嘛。"

"我不是说我不相信她。可是我想知道她怎么能做到。你从来也没有问过她吗？"

南希让他吃了一惊。"这不是太没有礼貌了吗？"她说。

此刻，倒是她不想再把谈话继续下去了。

"那么，"他紧追不舍地问，"她在学校里还是个小孩子的时候就有这样的眼力吗？"

"不。我不知道。她从来都没有暴露过。"

"她就跟每一个人都一样吗？"

"她不完全跟别人都一样。可是谁又跟别人完全一样呢？我是说，我从未想过我跟别人完全一样。金尼也不认为她是的。要说泰莎有什么不同那就是她住得远一些，早上来学校之前先得给牛挤奶，这事我们其他人都是不用干的。我是一直都努力想跟她做朋友的。"

"我敢肯定一定是的。"奥利随便应和了一句。

她接着往下说，仿佛她根本没听到似的。

"不过，我想那开始于——我想那必定是开始于她生病之后。我们上高二的时候她得了病,突然发病。她休学了以后再没有复学,自那时起,她似乎有点跟不上大家了。"

"发病,"奥利说,"是指癫痫病发作吗?"

"我从未这样听说过。哦,"——她把身子从他边上扭了开去——"我做了件真正让人觉得恶心的事。"

奥利停下了脚步。他说:"怎么啦?"

南希也站住不走了。

"我把你带到那儿去有意让你看看我们此地的稀罕事儿。她,泰莎。我是说,把泰莎向你展示。"

"是啊。那又怎么啦?"

"因为你觉得我们这儿没有什么值得一看的东西。你以为我们是只配让你取笑的。我们这里所有的人。因此我就想让你看看她。就好像她是个怪人似的。"

"怪人绝对不会是我用来指她的那个词儿。"

"不过当时我是有这样的意图的。我真该把我的脑袋踢扁的。"

"不至于吧。"

"我应该回去求她原谅。"

"换了我绝对不会这样做。"

"你真的不会?"

"不会的。"

那天晚上奥利帮南希把冷餐摆出来。博克斯太太在冰箱里留下了一只白煮鸡和一些果冻沙拉,而南希在星期六烤了一只倍儿棒的当饭吃的蛋糕,准备和草莓一起端上餐桌。他们把一切都陈列在傍晚有树荫挡着的回廊上。在用主菜和甜食的间隙,奥利把空盘子和沙拉碗端回厨房去。

他忽然晴天霹雳似的冒出来一句:"我在想他们当中会不会有人给她带去些礼物之类的东西?像鸡呀草莓呀什么的?"

南希正把一些最漂亮的草莓浸到果糖里去。过了片刻之后她才说道:"对不起,你说什么?"

"那个姑娘,泰莎。"

"哦,"南希说,"鸡她有的是,如果她想要的话随时都可以杀一只的。如果她有一小片地用来种草莓我也不会觉得奇怪的。每个庄户人家差不多都有的。"

在回来路上她悔恨心情的那阵发作已经使她觉得好过多了,现在她再也不去想这件事了。

"不单单是她不是个怪人的问题,"奥利说,"问题是她自己也不认为自己是怪人。"

"是啊,当然不是的。"

"她很满足于她的现状。她有一双很敏锐的眼睛。"

南希喊威尔夫,问他想不想趁她忙着把甜食弄出来之前弹一会儿钢琴。

"我得甩打奶油,在这样的天气里还不定得打多长时间呢。"

威尔夫说多等一会儿没事儿,他累得很。

不过他还是弹了,后来等甜食做好端上来后天也有点黑了。南希的父亲是不上教堂去作晚祷的——他认为这样要求自己也未免太过分了——不过他不允许星期天玩任何种类的纸牌或是棋类游戏。在威尔夫弹琴的时候他又翻阅起《晚邮》来了。南希坐在回廊台阶上他看不到的地方,抽起烟来,希望父亲不至于闻到烟味。

"等我结了婚——"她对奥利说,奥利正倚靠着栏杆,"等我结了婚我啥时候想抽烟就抽。"

奥利当然是不抽烟的,因为他的肺不好。

他笑了。他说:"行了,行了。那能算是个好理由吗?"

威尔夫在弹奏莫扎特的《小夜曲》,仍然是凭着记忆弹的。

"他真棒,"奥利说,"他那双手真灵巧。不过姑娘们总说那双手是冰冷的。"

不过他却没有在想威尔夫或是南希或是他们那样的婚姻。他是在想泰莎,想她的特异与镇定自若。想她在这个漫长、炎热的晚上,在她那条野玫瑰巷的尽头处正在做些什么。还有客人在拜访她吗,她仍然忙忙碌碌地在帮别人解决生活中的各种问题吗?或者是她走出来坐在秋千上,在吱吱嘎嘎地前后晃动吗?那儿除了上升中的月亮,再也没有别的伴侣。

在很短的时间内,他将发现,她夜晚的时光都是用在从水泵那里,将一桶又一桶的水拎到她的西红柿地里去,用在把豆子和土豆堆起来上,若是他想找个机会和她谈话,他也得干这些活。

在那段时间里,南希将愈来愈被卷入到婚礼的准备工作里去,根本顾不上想到泰莎,也几乎不会想到他,除非是有一两次正好想找他帮什么忙,而如今他却似乎什么时候都不在家中。

四月二十九日。

亲爱的奥利:

我一直在想,从我们打魁北克市回来之后,我们一定会有你的消息的,可是令人惊奇的却是没有(甚至是在过圣诞节的时候!),不过接着我猜想我能说我发现是什么原因了——我写信都开了好几次头了可是又放下了笔,因为我的思路还没有理顺。我可以说的是,我想你在《星期六之夜》上的那篇文章或是故事,不管你叫它什么,写得很好，我敢肯定，那是你帽子上的一根羽毛①，能在杂志上登出来你一定是很引以为豪的吧。父亲不喜欢你的"小"湖港的提法，他要我告诉你我们这儿可是休伦湖这一边最优良和最繁忙的港市，我也不敢肯定我喜欢"平淡乏味"这个提法。我不知道这地方是不是比任何别处更加平淡乏味一些，可你还能指望它会怎么——能更有诗意一些吗？

不过更重要的是泰莎的问题，以及这事对她的生活会产生什么影响的问题。我想你大概没有考虑过这一点吧。我一直没能和她打通电话，我现在不能很舒服地坐到驾驶盘后面（理由何在请你自己猜想）上她那儿去。反正从我所听说的，她那里是访客如云，汽车想开到她的屋子跟前去简直是比登天还难，居然还得派清障车去把掉到沟里的人吊出来（救了他们都得不到一句道谢的话，这真是关于我们落后状况的一篇好教材呀）。路都糟蹋得不成模样了，坏得都无法再修了。野玫瑰也肯定成为历史陈迹了。镇议会里吵作一团，说为此事公家贴钱还得贴多长时间呀，许多人都很生气因为他们认为这事最后得益的都是泰莎，她肯定正在大把大把地捞钱。他们不相信她会白干，而如果有什么人从中获利，那么此人就是你了。我这样说是引用了父亲的原话——我知道你倒不是一个唯利是图的人。对你来说，最重要的事就是让作品能印出来发表。如果你听着觉得这句话刺耳那就请你原谅。有雄心壮志当然是件好事但是也要替别人想想，是不是？

好吧，也许你在等待的是一封祝贺信，不过我希望你能原谅我，我是骨鲠在喉不吐不快呀。

不过另外还有一件事情须得一提。我想问你，你从头至尾想的

---

①帽子上的羽毛（a feather in one's cap），意为荣耀之事。

就是把这件事写成文章吗？我此刻听说你独自来回上泰莎家去了好几次。你从来没跟我提起过这事也没邀我和你一起去。你从未表示过你是在收集材料（我相信你是愿意用这样的说法的），而就我所记得的，你是很不以为然地对待这整件事情的嘛。而且在你整篇文章里，连一个字都没有提到是我带你去那里将你介绍给泰莎的。说明与致谢的话连提都没提，连私下里也同样是毫无表示。因此我不免要疑心你对待泰莎在意图上是否足够诚恳，并且怀疑你是否征得她的同意，同意你这次所谓的科学探奇——我是在引用你的原话。你向她解释过你正在做的涉及她的事情了吗？还是说你愿来就来，愿走就走，利用我们这些平凡乏味的本地小老百姓来为你的文学创作事业充当垫脚石呢？

好吧，祝你好运，奥利，我也不指望能再次听到你的消息了。（我们连一次收到尊函的荣幸都未曾有过。）

你的表嫂，南希。

亲爱的南希：

南希，我必须得说我认为你是在无端瞎发脾气了。泰莎自然是会被某个人发现并"写成文字"的，那么为什么那个人不能是我呢？我是在去找她谈话时才逐渐想到应该写成一篇文章的。我也是非常认真地在实现我的科学探奇，这是一件就我的本性来说是永远也不会向谁道歉的事情。你似乎认为我应该先征得你的批准或是不断地向你报告我的计划与进展情况吧，而在此期间，你正在为自己的婚纱、洒向你的花雨、能收到多少只银盘以及上帝才知道的别的什么而操心，忙得四脚朝天。

至于泰莎，如果你认为既然文章已经发表，此刻我肯定已经把她忘得一干二净，或是压根儿就没有考虑过那会对她的生活产生什么影响，那你就是完全错了。事实上，我曾收到她的一封短信，里面并未提到你所描写的那种混乱局面。至少，过不了多久，她就不必再在那里继续忍受着过以前的那种日子了。我和一些读过文章并非常感兴趣的人保持着联系。对这种现象是有人在进行合法研究的，有的是在加拿大，但是更多的是在美国。我想国界那边用在这种项目上的经费必定更为丰裕，兴趣也必定更加浓烈，因此我正在调查在那边进行的可能性——泰莎作为一个研究对象，我呢，则是一名跟踪报道这些问题的科学记者——地方不是在波士顿、巴尔的摩便可能是在北卡罗来纳。

我很难过，在你眼里我竟是如此不堪。你没有提到——除了一个半遮半掩的（快乐的？）宣告——你婚后的生活过得怎样。信中对威尔夫亦一字未提，不过我想你是带了他一起去魁北克的，我希望你们过得很愉快。我相信他的业务发达如常吧。

你的，奥利。

亲爱的泰莎：

很显然，你是把电话接头拔下来了，那必定是很有必要的，因为你现在都成了一个大名人了。我可不是有意要说刻薄话呀。近来，我说什么话，往往会被听成相反的意思。我怀上孩子了——不知你听说了没有——也许这正是让我脾气这么敏感急躁与忐忑不安的原因。

我猜想你一定是又忙又乱的吧，因为现在有这么多的人来找你。这对过惯了正常日子的人来说一定是挺不容易的。倘若你有机会走得出来，我的确很想和你见见面的。因此这就算是一个邀请了，希望你进城时能顺便来看看我（我在商店里听说你现在所有的食品用品都是让店里送到家中的了）。你还从来都没见到过我新家——我是指新装修的以及对我来说是新的——的内部景象呢。其实连我以前的家你也没有进去过呢，我认真一想——以前老是我跑出去见你的。我倒也不是说要请你经常来，虽然我很想那样。生活总是那么忙乱。为了得到什么并用掉它，我们总是白白耗费了我们的力量。其实又何必让自己这么忙碌，却无法去做我们应该做与愿意做的那些事呢？还记得我们用旧木勺去压黄油的情景吗？我真喜欢那样做。那还是我带奥利去看你那一次的事，我希望你并没有感到遗憾。

我说泰莎，我希望你没有以为我是在多管闲事和无事生非，不过奥利在写给我的一封信里提到，他在跟一些人联系，他们是在美国做研究工作什么的。我猜想他也因为这件事而跟你联系过了吧。我不知道他所指的是哪一类的研究工作，不过我必须说，他的信我读到这一段的时候简直都要毛骨悚然了。我内心本能地感觉到你离开此地决计不是件好事——如果这是你正在打算要做的事的话——离开这儿到没有人认识你或是把你看成一个朋友或是正常人的地方去。我反正觉得应该把这一点告诉你。

还有一件事情我感到必须告诉你，但是又不知道该怎么说。是这样的一回事。奥利自然不是一个坏人，不过他有一种影响力——现在我又想了想，觉得那影响力不仅仅对女人有而且对男人也同样是一样的——问题不在于他不知道这一点而在于他在这件事上不是太负责任。坦白地说，我真想象不出来，天底下有什么事是比爱上了他更为倒霉的。他写文章提到你，还要做实验以及干各种各样的事，好像是想跟你搭伙一起干什么事似的，对你会很友好也很自然，不过你很可能会理解错他行事的方式，他是不是还有别的想法那可是说不准的。我说了这些你可千万别对我生气呀。来看我吧。吻你吻你吻你。南希。

亲爱的南希：

千万别为我担心。奥利做一切事情都没有瞒着我。等你收到这封短信时我们已经结婚而且说不定已经到美国了。我很遗憾没能去看你新家的内部装修。真挚于你的，泰莎。

头上的空洞

密歇根州中部的小山峦上布满了橡树林。南希来这儿的一次也是唯一的一次探访是在一九六八年的秋天，这时节橡树叶已经改变了颜色，但仍然还都挂在树上。她看惯的不是这样的森林，而是硬木树丛，由众多的枫树组成，那里的秋色是红色与金色的。橡树大叶子那种更深的颜色提不起她的精神，即便是在阳光底下。

那家私立医院所在的小山完全是光秃秃的，连一棵树都没有，这里远离城镇、乡村，甚至是任何一个有人居住的农庄。这是那种小城镇里"经过改造"而成的医院——过去曾是大户人家的宅邸，后来家里人丁稀少了，或是供不起它的开销了。前门的两侧是两排凸窗，三楼则是一长溜立在斜屋顶上的老虎窗。陈旧暗淡的灰砖，连任何树丛、树篱或是苹果园都没有，有的只是修剪过的草坪和一片砾石地的停车场。

若是有人想逃跑，那真是连个藏身之处也找不到的。

若是在威尔夫得病之前，她是不会有——或者说是不会这么快就产生出——这样的想法的。

她把自己的汽车停在另外几辆的旁边，她不知道这些车是属于医院工作人员还是探视者的。又有多少探视者会上如此荒凉的一个地方来呢？

你得爬好些级台阶才能看清贴在前门上的那张告示，它说请你绕过去走边门。走近后，她看见有些窗子里面安有铁条。那些凸窗里面倒是没有——不过那里连窗帘都是没有的——有铁条的是高一层和低一层的某些窗子，那应该是部分露出在地面上的半地下室了。

告示上表明让她走的那扇门是跟半地下室同一高度的。她按了铃，接着又敲门，然后再试着按铃。她觉得自己都能听到铃声响起了，但是也不敢肯定，因为里面有吵闹的撞击声。她试着去转动门钮，意料不到的是——考虑到窗上安有铁条——门打开了。就这样她来到了厨房的门口，一个单位里的忙忙碌碌的大厨房，在这儿，好多人正在洗洗涮涮，把午饭所用的器皿都洗净放好。

厨房的窗子是没遮没盖的。天花板很高，这就使得嘈杂声更加吵闹了，墙壁和柜橱全都漆成了白色。不少电灯都亮着，虽然晴朗的秋日正处在最最明亮的时候。

自然，她一下子就被注意到了。可是似乎没有人急着来接待她，弄清她来此处的目的是什么。

她还注意到了别的一些东西。除了光线和声音的强大压力之外，这儿也有她如今在自己家里也会有的感觉，若是外人上她家来那就必定会感觉更加强烈了。

这就是仿佛有什么事情不大正常的一种感觉，对这种状况，你是纠正不了也改善不了的，只能尽可能地加以容忍。有的人遇到这种状态马上就认了输，他们不知道怎样抵抗，他们要不就是发火要不就是吓得不知如何是好，最后不得不一走了之。

一个穿白围裙的男子推了辆装了只垃圾桶的车子走过来。她说不上来他是前来欢迎她的呢，还是仅仅是经过这里的，不过他脸带微笑，像是挺友好似的，因此她便告诉他自己是谁上这儿又是来探视谁的。他听着，把头点了几下，笑得更开朗了，开始摇自己的头并且把手指放在他的嘴唇前——表示他说不了话或是被禁止说话，就像有些游戏中规定的那样，接着继续往前走去，让车子在一个坡道上发出乒乓声，往更底下的一个地窖推去。

他必定是个病人而不是雇来的职工。这里准是安排病人干活的地方，如果他们还干得了活的话。必定是认为这样做对他们有好处，事实上恐怕也确实如此。

终于出现了一个看来是管点事的人，一个女的，年纪跟南希差不多，穿着一套黑衣服——而没有像其他人那样外加一条白围裙——南希又把一切从头说了一遍。她怎样收到了一封信，她的名字被这里的一个病人——一位房客，这里是要求这样称呼的——列为联系对象。

她方才的想法是对的，厨房里工作的人不是雇来帮忙的。

"不过他们似乎很喜欢在这儿干活，"那位女总管说，"他们很引以为傲呢。"她笑着让客人注意左边右边得加以当心的东西，把南希带进了她的办公室，那是离开厨房不远的一个房间。她们聊着聊着，南希便看出来了，她是什么事情都得管的，厨房里什么事儿怎么干都得问她，有人把白围裙团在手里在门口张望想抱怨什么，她也得帮着解决。她一定也是得管理很不专业地挂在几面墙上的钩子上的那些档案、发票与通知的。当然，还得接待南希这样的访客。

"我们最近清查了我们保留着的老档案，列出了其中所开列的亲属的名字——"

"我不能算是亲属的。"南希说。

"或者说有关人士吧，我们发出了一批信，也就是你所收到的那样的信，只不过是想了解收信人对这样的患者打算作怎样的安排。我得承认我们收到的回应并不多。你能远道驾车前来，这真是太好了。"

南希问，她说的这样的患者，指的是什么。

女总管说，有些人在这儿住了多年，却似乎不应该归这儿管的。

"请你一定体谅我是新近才来到这儿的，"她说，"不过只要是我知道的事我一定会告诉你。"

按照她的说法，这个地方实际上已经成了一个大杂烩，收下的人里既有精神上确实有病、老迈不堪的，也有在这方面或是那方面没有得到正常发展的，甚至也包括一些家庭无力或是不愿照顾的人。真是各式各样的人都有，过去是这样，今天仍然是这样。真正问题严重的病人都集中住在楼北侧，处于监管之下。

这儿原来是一家私立医院，为一位医师所拥有与管理。他死后，家里——医生的家人——将它接管了过去，结果他们按自己的意思想怎么做就怎么做。它部分变成了一家慈善性质的医院，通过特殊的安排，能够领到特殊津贴供需要救济的病人使用，其实这些人根本不具备足够的资格。有些人簿册上还有他们的名字，其实人已经死了，有的人既没有足够的理由住在这里，档案里也根本没有他们的材料。自然，他们中有不少人通过工作使得自己可以留下来，这可能——事实上也确实——会对他们的精神状态有所裨益，但是这是全然不符合规定也是违背法律的。

目前的情况是，对这个机构作了一次彻底的调查，决定整座医院要关门了。这座楼房反正已经太老了。它的容积也太小，已经不符合今天的标准了。重症病人可以转到弗林特或是兰辛的大医院去——此事尚未最后确定——有些可以进收容所、老人院，这是现在一般的趋势，而剩下来的一些人可以设法安置到亲属的家里去。

泰莎被认为是可以用这种方式处理的。她刚进院时，似乎曾需要作一些与电有关的治疗方式，可是长期以来，她只须服用轻度医治的药就行了。

"你是指电击吗？"南希问道。

"也许应该说是休克疗法吧，"女总管说，仿佛这样一说就会有什么特殊的区别似的，"你说你并非亲属。那就是说你无意收留她喽。"

"我有一个丈夫——"南希说，"我有一个丈夫他——他倒是应该进这样的地方的，我猜，可是我在家里照顾他。"

"哦，真是的。"女总管说，叹了口气，那并不是表示不相信，但也不是表示同情，"还有一个问题，很明显她甚至都不是美国公民，她自己也不认为她是——那么我猜想你现在没有见她的意思了吧？"

"有的，"南希说，"是的，我想见的。这正是我来的目的。"

"哦。那好。她就在拐角那儿，在烘焙间。她干烘焙已经有些年头了。我想原先是雇了一个烘焙师傅的，可是他走了以后他们就再也没有请人，有泰莎在，他们用不着请人了。"

她站起身的时候说道："这样吧。你可以要我过一阵子之后进来看看，说我有事要跟你谈一谈。然后呢，你可以离去。泰莎挺聪明，她是辨别得出苗头的，看到你不带她走她会很难过的。所以我可以给你一个机会悄悄离开。"

泰莎头发没有完全变得花白。她的鬈发用一只细密的网罩拢在后面，显出她脑门上没有什么皱纹，挺光亮的，甚至比过去都更加宽阔和白净呢。她体形上也比以前宽了一大圈。她有大大的乳房，看上去坚挺得跟两块圆卵石似的，包在她的烘焙师白工装里，但是尽管胸前有这样的重负，尽管她此时是这样的工作姿势——俯身在一张桌子上，在把一大团生面压成片状——她的肩膀却是直直的挺端正的。

她独自在烘焙间里，此外就只有一个又高又瘦、五官挺端正的女孩——不，是一个女人——她那张姣好的脸时不时地扭出怪模怪相。

"哦，南希。是你呀。"泰莎说。她的语气很自然，虽然很庄重地朝里吸了一口气——骨架子需要负担较重肉体分量的人在想表现得很亲切时总是会不由自主地这样做的。"别那样了，埃莉诺。别发傻了。去给我的朋友端把椅子来。"

看到南希想拥抱她，像一般人现在时兴的那样，她有点儿慌乱。"哦，我全身都是面粉。另外，埃莉诺说不定会咬你的。埃莉诺不喜欢别人跟我太亲密。"

埃莉诺很快就搬了一把椅子回来。南希此时特意对着埃莉诺的脸认真看了看,很温柔地说:

"真的很感谢你呀,埃莉诺。"

"她不说话,"泰莎说,"不过她是我的好帮手。我没有她什么都干不了,是不是这样,埃莉诺?"

"真的,"南希说,"我很吃惊你居然还能认出我。我跟过去一比简直是衰老得不成模样了。"

"是啊,"泰莎说,"我还直叨咕你能不能来呢。"

"我还很可能不在人世了呢,我想。你记得金尼·罗斯吧?她就已经去世了。"

"是吗。"

馅饼皮子,这是泰莎正在做的东西。她切下一圆条生面,把它扔进一只铁皮盘子,将它举得高高的,很熟练地用一只手转动盘子,另一只手拿着刀子切着生面。她飞快地切了几回。

她说:"威尔夫没有去世吧?"

"没有,他没有。不过他脑子里有点不对头了,泰莎。"太迟了,南希明白提这件事很不得体,于是她试着插进去别的轻松一些的话题,"他养成了一些奇怪的做法,可怜的狼崽[①]。"多年前她曾试着叫威尔夫为"狼崽",因为她觉得他长长的下巴、细细的髭须和严肃的亮眼睛用这个名字挺合适。可是他并不喜欢这名字,怀疑这里面有嘲弄的意思,因此她便不这么叫了。可是后来他也不在乎了,这样叫他使南希对他有一种更加明朗且温暖的感情,对于目前的气氛也不无小补。

"比如说,他特别反感地毯。"

---

① 狼崽,原文为 Wolfie,与威尔夫(Wilf)声音相近。

"地毯？"

"他像这样绕着圈在房间里走，"南希说，在空气中画了一个正方形，"我只好把家具全都从墙前移出来。走了一圈一圈又一圈。"她出人意料且有点抱歉地笑了起来。

"哦，这里有几位也是这样做的，"泰莎说，一边还点了点头，一副内行人的肯定神情，"他们不让在他们和墙壁之间有任何东西。"

"还有，他的依赖性很强。什么时候都要问南希在哪儿？现在我成了他唯一相信的人了。"

"他狂暴不狂暴？"泰莎又以很专业、内行的语气说道。

"这倒没有。只是很多疑。他认为人们前来，对他隐瞒了什么。他认为有人偷偷潜进来拨动了钟甚至更动了报上的日期。可是当我提到个什么人的病症时，他又会忽然振作起来，并作出毫无问题的诊断。大脑真是奇怪的东西呀。"

糟了。又大大地说走嘴了。

"他头脑里很乱，不过倒不狂暴。"

"那就很不错了。"

泰莎把那只烤馅饼的盘子放下来，开始从一只没有商标、只贴了蓝莓字样的大铁皮罐里，用只长柄勺往生面团里加馅儿。这馅儿显得挺稀挺黏的。

"嘿。埃莉诺，"她说，"刮下来的生面归你了。"

埃莉诺就一直紧贴在南希的椅子背后站着——南希老得留神着不扭过头去看她。此时埃莉诺脚步无声地转移到工作桌的旁边来，开始把刀子切下来的生面捏在一起。

"那个男人倒的确是死了，"泰莎说，"我知道的就这么多。"

"你说的是哪个男人呀？"

"那个男人。你的那个朋友。"

"奥利？你是说奥利死了吗？"

"这你都不知道？"泰莎说。

"不知道。不知道。"

"我以为你早就知道了呢。威尔夫以前也不知道吗？"

"现在也不知道呀威尔夫。"南希脱口而出，她是在保卫她的丈夫属于活着的人群中的地位。

"我原以为他会知道的，"泰莎说，"他们不是亲戚吗？"

南希没有回答。自然，她是应该想到的，既然泰莎在这里，那么奥利必定是已经死了。

"我猜他是知道的却不跟别人说。"泰莎说。

"威尔夫以前倒是常常这样的。"南希说，"这是什么时候发生的？你当时跟他在一起吗？"

泰莎摇摇头，不知是表示不在一起呢还是说她不知道。

"那么是什么时候？他们是怎么告诉你的？"

"没有人告诉过我。他们是从来都不会告诉我任何事情的。"

"哦，泰莎。"

"我头上有一个空洞。已经有了很长时间了。"

"是不是就跟你过去能知道事情一样？"南希说，"你记得那个情况吗？"

"他们让我吸了煤气。"

"谁？"南希很严肃地说道，"你说他们让你吸了煤气，这是什么意思？"

"这儿管事的人。他们用针刺我。"

"你方才说是用煤气。"

"他们对我用了针也用了煤气。那是为了治我的脑袋。也是为了让我不记得事情。有些事情我是记得的，但是我说不清那是多久以前的事。"

我头上有洞已经很久很久了。"

"奥利的死是在你来到这里之前还是之后？你不记得他是怎么死的了吗？"

"哦，我看见了的。他的头包在一件黑外衣里。脖子那里系着一根绳子。是有人这样整他的。"有好一会儿她的双唇紧闭着，"有人是应该上电椅的。"

"没准是你做了一个噩梦吧。你也许是把你梦见的事和真正发生的事搅到一起了吧。"

泰莎把下巴往上抬了抬，像是表示不容置疑的意思，"不是那样的。我没有把两件事搅混。"

必定是电击疗法了，南希想。休克疗法在记忆中留下了空洞？档案里应该会有些记录的吧。她得再去找女总管谈谈。

她看看埃莉诺用切剩的零碎生面团在做什么东西。埃莉诺挺灵巧地在捏塑它们，还把脑袋、耳朵和尾巴粘了上去。是小面耗子。

泰莎飕飕的几下子，便很麻利地在馅饼面上端划了几个出气的道道。小耗子也随着馅饼面团一起进了烤炉，它们还有自己的铁皮小碟儿呢。

这时泰莎伸出双手，站着等埃莉诺取来一小块湿毛巾帮她擦掉所有的黏生面并掸掉干面粉。

"椅子。"泰莎低声说，埃莉诺马上就端来一把椅子，放在桌子的一头靠近南希椅子的地方，让泰莎可以坐下来。

"也许你可以去帮我们泡一杯茶来，"泰莎说，"不用担心，我们会留意你的宝贝的。我们会看看你的小耗子的。"

"咱们把方才说的那些事全都忘了吧，"她对南希说，"你不是说怀了孩子了吗，最后一次收到你的信里你是这样说的。是男孩还是女孩？"

"是个男孩，"南希说，"那是多少年之前的事啦。那回之后我又有了两个女孩。他们现在全都长大成人了。"

"在这儿是不会注意到时光的飞逝的。这也许是件幸事,也许又不是,我也说不上来。他们现在都在做什么事呢?"

"那男孩——"

"你给他起了什么名字?"

"艾伦。他也是学医的。"

"那他是位医生了。那太好了。"

"两个姑娘都结婚了。哦,艾伦也结婚了。"

"那么她们的名字呢?那两个姑娘的?"

"苏珊和帕翠里夏。她们都是学护士的。"

"你真会起名字呀。"

茶水端来了——这儿水壶里的水必定任何时候都是开着的——泰莎倒了两杯。

"这儿可没有精致的瓷器呀。"她说,把一只磕了一点的杯子留给了自己。

"挺好的,"南希说,"泰莎。你可记得你以前多有能耐呀?你总是能够——你总是知道许多事儿的。别人丢失了东西,你总是能告诉他们是在什么地方的。"

"哦,不是的,"泰莎说,"那是我装出来的。"

"你不可能装的。"

"现在再说这事让我脑袋里挺不舒服的。"

"我很抱歉。"

女总管已经出现在门口那边了。

"我不想打搅你们喝茶,"她对南希说,"不过如果你不在意的话,能不能请你喝完后到我的房间里来一下——"

泰莎几乎不等那位女士走到听不见的地方就开口了。

"那样就可以让你用不着跟我道别了,"她说,似乎已经逐渐习惯于欣赏这个开过多次的老玩笑了,"那是她的一个老手法了。没有人不明白。我知道你并不是来把我带走的。你怎么可能呢?"

"那跟你一点关系都没有,泰莎。仅仅是因为我还有威尔夫的事儿。"

"一点儿不错。"

"他应该得到照顾。对于我,他一直都是位好丈夫,他作过最大的努力了。我对自己发过誓,一定不把他送进一个什么机构里去。"

"是的。可别送到那样的机构里去。"

"哦。瞧我都说了些什么傻话呀。"

泰莎在微笑,而南希从这样的笑容里看到了多年前困惑过她的那同一种东西。不完全是优越感,而是一种很特殊的、没有什么理由的怜悯心。

"你能来看我真是太好了,南希。你可以看到我还是保持着健康的身体。这就很了不起了。你还是快点去见那个女人吧。"

"我可没有一点点快点走开去见她的意思,"南希说,"我不想偷偷地离开你,我想正正式式地跟你道别。"

这样一来,她就无法去核查泰莎告诉她的那些事了,再说,她也不知道自己应该不应该问——这好像是在背着泰莎干什么见不得人的事似的,没准还会让她遭到报复呢。在这样一个地方,什么事情能让人遭到报复,那可是说不准的呀。

"那好,那么等你吃到一只埃莉诺的耗子之后再道别吧。埃莉诺的瞎耗子①。她要你吃,她这会儿喜欢你了。你不用担心——我担保她的手是洗得干干净净,一点儿问题都是没有的。"

南希吃了那只耗子,还告诉埃莉诺真好吃。埃莉诺表示愿意跟她握手告别,接着泰莎也和她握了手。

"如果他没有死,"泰莎说,语气非常坚定且理由充足,"那他为什

---

①英国儿歌中有一首很有名的叫《三只瞎耗子》。开头一句的歌词是:"三只瞎耗子,三只瞎耗子,瞧它们跑得多欢。"

么不上这儿来接我走呢？他说了他会的。"

南希点了点头。"我会给你写信的。"她说。

她的确是真心想这样做的，可是她一回到家威尔夫就一刻都离不开人，密歇根之行在她印象中变得那么折磨人，那么不真实，结果是她一直都没有写。

方块、圆圈、星星

七十年代初夏末的一天，一位女士漫步在温哥华街头，这个城市她从未来过，而且就她所知，以后也不会再次见到了。她从市中心的饭店出发，穿过布拉德街桥，走了一会儿之后发现自己来到了第四街。当时第四街还为众多的小店铺所占据，那里面卖熏香、水晶、巨大的纸花、萨尔瓦多·达利[1]和大白兔奶糖的招贴画，还有衣服，不是红红绿绿、薄得透明的便是泥土色、重得跟毡毯似的，都是世界上最穷和最富传奇色彩的地方出产的。在你经过的时候，这些店里播放的音乐劈头盖脸地朝你袭来——简直都能把你打倒在地呢。那些甜腻腻的异域香气也是一样，还有那些一副懒洋洋模样的男孩女孩和青年男女，他们实际上都已经把家搭到人行道上来了。这位女士对这种所谓"青少年文化"是有所耳闻并读过几本这方面的书的，她相信对之就是这样称呼的。这个现象引起注意已经有些年头了，事实上，现在看来势头已经在减弱了，可是她还从来不曾必须从它的密集地带挤着往外走，或是发现自己独自一人处在它的中心。

---

[1] 萨尔瓦多·达利（Salvador Dali，1904–1989），西班牙现代派画家，风格怪异奇特。这里指的当然是他的画的复制品。

她如今六十七岁了,她很瘦,以至于臀部与胸脯实际上都已经隐蔽不见了,不过她跨出的步子却很果敢,头挺出在前方,向左边看看又朝右边看看,很有点挑战和探询的意味。

眼光所及之处,年龄比她小三十岁之内的人似乎连一个都没有。

一个男孩和一个女孩来到她的跟前,做出一副很严肃的样子但是又稍稍有点傻呆呆似的。他们头上有盘旋的小发辫。他们要她买一小卷纸。

她问这里面是不是能显示她的命运。

"也许是的吧。"那姑娘说。

小伙子却不以为然地说:"这里面可是很有智慧的哟。"

"哦,既然这样的话。"南希说,便把一元钱放进那只伸过来的绣花便帽。

"好,现在告诉我你们的名字吧。"她说,露出了一丝抑制不住的微笑,却没能得到应答。

"亚当和夏娃。"那小姑娘说,同时把那张钞票塞到她衣服的某个皱褶里去了。

"亚当和夏娃掐得我好疼,"南希说,"星期六晚上下到河埠头……"①可是那对小人儿在深深的厌恶与疲惫之中退到一边去了。

那就让这件事就这样过去了吧。她继续往前走去。

难道有哪条法律规定不许我来这儿吗?

一家很小的咖啡馆在玻璃窗上贴出了自己的菜单广告。自从早上在旅馆里吃了点东西之后她再也没有吃过什么。现在已经是下午四时了。她停住脚步看看这里推荐了些什么招牌菜。

天哪,瞧这乱草窠似的头发。在那些胡乱涂写的文字后面,有一个怒气冲冲、皮肤松皱、眼泪都快要掉下来的人影,一头稀稀的发丝被风

---

① 这是一首著名童谣。

吹得从面颊与额头那里往后飘飞——干枯枯已变得很淡的红棕色的头发。总是比您自己的颜色显得淡一些,给她理发的那个美容师这样说过。她自己的颜色是深色的,深棕色,几乎成了黑色。

不,不是这样的。她自己的颜色现在已经是白色的了。

这样的事在你的一生中只会遇到为数不多的几次——至少,只有很少的几次,如果你是个女人的话——你会猝不及防地遇到,简直让你措手不及。那情况就跟你在噩梦中的景况一样糟糕,例如穿着睡袍走在大街上,或是只穿了睡服的上半截,却丝毫也不在乎。

近十年或十五年以来,她的确很是花了些时间在强光底下审观自己的那张脸,使自己看清化妆是不是真的起了作用,或是好决定是不是真的到了要开始染头发的时候了。可是她还从未像这一次一样地受到震动,在这一刻,她发现的不仅仅是一些新新旧旧的麻烦之点,或是某处再也无法忽略的显老之处,她发现在自己面前的是一个彻头彻尾的陌生人。

这是一个她不认识也不想认识的人。

自然,她立即就将自己的这个形象抹去,果然情况有所好转。那么你可以说她是认出了自己了。而且她立刻就开始寻找新的希望,仿佛再也不能失去一分钟似的。她需要喷点发胶好让头发不至于那样地从脸上被吹开去。她需要一种颜色层次更清楚一些的唇膏。浅珊瑚色的——这种颜色现如今都很难找到了,而不要现在用的这种几乎像是什么都遮盖不了的、更加时尚也颇为颓废的浅红棕色。决心立刻找到需要的东西使她转过身子——她记得三四个街区之外是有一家药房的——为了不想再遇到"亚当与夏娃",她走到马路的对面。

若是没有这样的一次过马路,那么这次重逢是无论如何也不会出现的。

另一个老人沿着人行道朝她走来。是个男的,个子不高,但身板直直的,肌肉也很发达,连头顶心也都秃了,那儿只剩下几根细软的白发,随着风四下飘荡,就跟她的头发一样。穿着件敞领的蓝布衬衫、一件旧夹克、一条旧裤子。他身上没有一点儿想要显得跟街上的年轻人多少有些类似之处——没扎马尾辫子,没有包头巾,穿的也不是牛仔裤。反正你是永远也不会把他错看成最近两周以来每天都在你面前晃来晃去的那种人的。

她几乎是立即就认出来了。那是奥利。可是她惊呆了,因为她有充分的理由相信这绝对不可能是真的。

奥利。还活着。奥利。

而他也叫了起来:"南希!"

她脸上的表情(在她把一瞬时的恐惧压下去之后——他似乎并未注意到这种恐惧)必定也是跟他的一模一样:无法相信、感到高兴、不无遗憾。

这遗憾为的又是什么呢?是为了他们没有能像朋友一样地告别,这么多年来再也没有相互联系?还是为了各人身上都起了很大变化,他们此刻只能以这样的状况出现,再也没有任何希望?

南希自然比他有更多的理由要感到惊愕。可是她暂时先不提这些。她先得让双方把大致情况摸摸清了再说。

"我就到此地来过个夜,"她说,"我是说,昨天晚上和今天晚上。我要乘船旅游去阿拉斯加。和其他的老寡妇组成的一个团。威尔夫不在了,你知道吧。他死了快一年了。我现在肚子饿了。我一直在走呀走呀。我简直都不知道怎么会走到这儿来的。"

接下去她又傻乎乎地加上一句:"我一直都不知道你住在此地。"其实她根本没有想到他是活着待在什么地方的。可是她也未能绝对确定他真的已经死了。她唯一能肯定的是,威夫尔没有得到过任何这一类的消息。虽然她无法从威尔夫那里挖掘出多少情况——他有时并不在她的控制之下,何况还有她上密歇根州去看泰莎的那次短期出行呢。

奥利说他并不住在温哥华，他也是进城来作短期逗留的。他是为了看病的事，是上医院去作常规检查。他住在德克萨达岛。其地理位置复杂得三言两语也说不清。简而言之，就是得坐三次船，搭三次轮渡，才能抵达。

他带领她走向停泊在支路上的一辆肮里肮脏的白色大众牌厢式小型货车，他们驶向一家餐馆。厢车里一股海腥味儿，她觉得是海草、鱼和橡胶的气味。接着便知道他现在只吃鱼，肉是再也不吃的了。去的那个地方只有五六张小桌子，原来是家日本餐馆。一个日本小伙子，长着张慈眉善目的小和尚般的脸，正在柜台后面用飞快的速度剁鱼。奥利冲里面喊道："生意怎么样，皮特？"小伙子对喊道："好——着——哩。"一股北美英语腔，连节奏都学得一点儿不差。南希一瞬间觉得有点不舒服——是因为奥利那样叫唤小伙子的名字呢，还是因为那小伙子没有称呼奥利的名字？或许是她希望奥利不会注意到她在意这种事情？有些人——有些男人——一进商店与餐馆总爱摆出一副跟里面的人有多大的交情的样子。

吃生鱼肉是她连想都不敢想的事，因此她要了面条。筷子她不会使——这儿的跟她用过一两回的中国筷子似乎不一样——可是他们这里只供应这样的餐具。

现在他们都坐定了，她应该谈谈泰莎的事了。不过更恰当一些的，可能是应该等他先提到这件事吧。

于是她便谈起乘船游览的事情来。她说为了保住一条命，她是不会再参加一次的了。倒不是天气的问题，虽然有几天天气的确很糟，又是雨又是雾的，风景压根儿看不见。其实呢，风景她们还是看够了的，足够一辈子慢慢享用。山后是山，岛外有岛，看不尽的巉岩、流水和树木。每一个人都说，多么了不起呀！多么神奇呀！

神奇，神奇，神奇。了不起。

她们看到了白熊，看到了海豹、海狮，还见到过一条鲸鱼。每个人都照相。出汗，咒骂，生怕自己花样多多的新照相机不听使唤。接着又弃船坐上那条名震遐迩的老铁路去到名震遐迩的旧金矿镇，然后又是猛摁快门——这儿有演员穿上"快乐的九十年代"①的行头与你合影。并且排队，抢着买奶油软糖。

在火车上放声歌唱。在船上也是，并且狂饮。有人从早餐时起就开始。打牌，真的赌。每天晚上都跳舞。十位老太太配一个老头儿。

"我们全都打了蝴蝶结、烫了发、戴了闪光饰片、垫高了发髻，就像参加展览会的狗狗一样。我告诉你，竞争还激烈得很哪。"

奥利听她讲这段经历时笑了几回，虽然她瞥见他有一回没在看她而是朝柜台那边看去，一脸的心不在焉、急于等待什么的表情。他汤已经喝完了，也许是在想着下一道菜会是什么。也许他像有些男人那样，菜上得不够及时就觉得是受到了轻慢。

南希老是搛不起她的面条。

"唉，全能的主啊，我老是在想，我来这里，又是为了什么？到底为了什么？每一个人都告诉我，我应该走动走动。威尔夫不能自理已有多年，我让他住在家里，由我来照顾他。他去世后，谁都说我应该走出家门去参加一些活动。参加老年人读书俱乐部，参加老年人走向自然活动，参加水彩画学习班。甚至是老年义工访问团——这个团体的人去探望或是硬性闯入医院去帮助穷苦无助的病人。这些活动我都不想参加，这时候每个人都开始对我说，出去走动走动，出去走动走动。我那几个孩子也这么说，你需要一个能彻底放松的假期。我犹豫来犹豫去，真的不知道该怎样走动，于是有人说了，嘿，你可以乘游览船嘛。我想，好吧，那我就坐游览船吧。"

"真有意思，"奥利说，"我从来都不认为失去一个妻子会使自己得

---

① "快乐的九十年代"指的是19世纪的最后十年，当时普遍的经济繁荣使得美国处在一种陶醉逸乐的氛围之中。

到一次乘游览船的机会。"

南希几乎没有犹豫。"你就是明智嘛。"她说。

她等着他往下说关于泰莎的事儿，可是这时候他的鱼端上来了，他便一门心思地吃了起来，还劝她也尝上几口。

她不想尝。事实上，她干脆停下，连一口也不吃了，并且点起了一支香烟。

她说在他那篇引起轰动的文章之后，她一直都在注意与等待着他的新作。那篇东西显示出他落笔不凡。

片刻之间他显出了大惑不解的样子，仿佛他都想不起来她说的是怎么一回事了。接着他摇了摇头，似乎很感意外，并且说那都是好多好多年以前的事了。

"那不是我真心想做的事情。"

"你这是什么意思？"南希说，"你不像你原来那样了，是不是？你不是原来的那个人了。"

"当然不是了。"

"我是说，在一些基本的、体质的方面你也不一样了。你的体格也起了变化。瞧你的双肩。要不就是我记错了？"

他说一点儿都没记错。他后来明白自己需要过一种侧重体力的生活。不对。按顺序来说，先是那老妖魔又回来了（她猜他指的是那场肺结核），于是他明白他做的事情全是不对的，因此他改变了。离现在也已经有些年头了。他学着干造船的活儿。接着他结识了一个深水渔业中的人。他替一个亿万富翁照顾船只，那是在俄勒冈。他一边打工一边往北朝加拿大走，在这儿，也就是温哥华附近，滞留了一阵子，然后在塞切尔特——那是个滨水地区，置了一小块地，那会儿地价正往下落。他经营起皮划艇的生意来。造船、租船、卖船，还办训练班。接下来的那段时间里他开始感到塞切尔特太拥挤了，他三钱不值两钱地把他的地让给了一个朋友。就他所知,他算得上是那里唯一的一个没有从塞切尔特的地产上赚到钱的人了。

"不过我的一生可不是围着钱眼打转的。"他说。

他听说在德克萨达岛可以搞到一片地。现在他轻易不离开那儿了。他什么活儿都干干,以维持生计。也还做一些皮划艇的生意,有时也打打鱼。他也给别人打工,干装修活儿,盖房子,当木匠。

"混日子罢了。"他说。

他给她描述他为自己盖的一座房子,从外表上看那只是个棚屋,可是里面可好玩了,至少对他来说是如此。一间睡觉的阁楼,开得有一个小小的圆窗。他所需要的东西都在手边可以够到的地方,就摆在外面,而不是塞在什么碗柜里边。在离房子不远处他将一个浴缸埋在地里,就在香草地的中间。他得将热水一桶又一桶地拎到那里去,可是他能够在星光底下泡澡,即使在冬天也是这样。

他种蔬菜,跟野鹿一起享用。

在他告诉她这一切的过程里,南希有一种很不愉快的感觉。倒不是不相信其真实性——尽管内中有一处重大的前后不相符的地方。那更是一种越来越令人困惑的感觉,接着则是觉得失望。他讲述的方式跟别的一些人是一样的。(比方说,她在乘船游览时相识的一个男子——其实在船上,她并不像她想让奥利相信的那样冷淡,那样不爱交际。)好多男人从来都不说一句他们的生活经历,除了简简单单地提一下年份与地点之外。可是也有另外一些男人,更新潮一些的,他们滔滔不绝地发表演说,口气似乎很随便,实际上却是经过精心营造的,说什么生活实质上是走一条崎岖不平的小路呀,可是不幸也正足以指向更好的前途,你正可以通过教训学到东西,无疑,欢乐是会在明天的清晨来临的。

别的男人这么讲她也没有什么好反对的——反正不爱听的时候她可以去想别的事情——可是当奥利在这样做的时候,靠在那张摇摇晃晃的小桌子上，与自己相隔着那只木头盘子里让人恶心的生鱼块，此时，一种悲哀感浸透了她的全身。

他不再是以前的他了。他真的是完全变了一个人了。

那么她的情形又是如何呢？哦，问题就在于她还是原来那样。在谈到乘船游览时，她的劲儿就全都上来了——她喜欢听自己夸夸其谈，喜欢听自己倾泻而出，一五一十地把事情的始末说个端详。她过去并不是以这种方式与奥利交谈的——不过她倒是希望自己当时能这样对奥利说话，有时候在他离开之后，她也在脑子里以这种方式与他交谈。（自然，是在气消了之后。）有些事情发生之后，她会想，这事我希望能告诉奥利。在她按自己所想要的方式来和别人谈话时，她有时候又做得过了头。她可以看出他们脑子里在想的是什么。哼，讥讽人嘛，或是好厉害呀，甚至是太尖刻了。威尔夫是不会用这些词儿的，不过他说不定会有类似的想法，到底是怎样她就说不上来了。金尼会淡淡一笑，但是跟她过去的那种微笑却不一样。在她未婚的中年时期里她变得隐秘、柔顺并慷慨大方了。（在她去世之前不久她承认自己皈依了佛教，这秘密才得以揭示。）

因此南希一直是很挂念奥利的，虽然她从来都没有想清楚她所挂念的是什么。是他身上燃烧着的一种让人讨厌的热度，像人发低烧时的那样，是某种她无法胜过的东西。在她认识他的那段短时间里有些东西使她心烦不安，现在回想起来，发光的却正是那些东西。

现在他很认真地在说话。他直直地对着她的眼睛微笑。她记起了他以前想表现得可爱一些的时候所用的小手法。不过她一直相信那些手法倒是从来都没对她使用过的。

她有点担心他会说："我让你都听烦了吧，是不是？"或者是："生活岂不是很令人难以相信吗？"

"我一直都是出人意料地非常幸运的，"他说，"我一生都很幸运。哦，我知道有些人是不会这样认为的。他们会说，我没有坚持做成任何一件事，或是说我什么钱都没有挣到。他们会说我落魄的那段时间浪费了自己的大好光阴。不过这不是事实。"

"我听到了召唤，"他说，扬起了眉头，一半是在笑自己，"真的。我是听到了。我听到召唤，让我从那个盒子里走出来。从那个'必须做大事'的盒子。从那个'自我之盒'。我一路过来始终都是很幸运的。甚至幸运得让肺结核缠上了我，让我没能上大学，免得我头脑里塞满许多无用的废物。而且还能让我免征入伍，如果战争更早几年发生的话。"

"你结了婚，不也是可以免征入伍的吗？"南希说。

（有一回，她曾经很冷嘲热讽地把自己的怀疑大声地对威尔夫说了出来，质问他婚姻的目的是否正在于此。

"别人想法如何不关我的事。"威尔夫当时这么说。他说反正还不会打仗。战争是又过了十年才打起来的。）

"啊，当然，"奥利说，"不过事实上我们并没有正式办法律手续。我这人还是挺超前的呢，南希。不过我常常忘掉我并没有正式结婚。也许因为泰莎是个非常深沉、严肃一类的女子。如果你和她生活在一起，那么你跟她就是一对儿了。她可不是一个随随便便无所谓的人。"

"就是这样了，"南希说，声音轻得不能再轻，"那么就是一对儿了。你跟泰莎。"

"是经济大萧条使得一切都停了下来。"奥利说。

他接下去说，他这句话的意思是，绝大部分的资金，自然也包括那些专门的拨款，都萎缩掉了。专款指的是科研费用。而且在看法上也起了变化，那些科学团体必定是认为他们玩的是骗人的法术因而疏远了他们。有些实验倒还继续进行了一段时间，不过都是胡乱应付的，他说。即使是那些似乎最感兴趣的——最最投入的——跟他联系的人，奥利说。倒好像不是他主动去与他们联系的似的。那些人是最先联系不上的，干脆不回你的信或是不跟你见面，直到最后终于让他们的秘书给你发来一封短信，说整件事情已告结束。风头一变，他和泰莎就被这些人视作垃圾，看成是麻烦和骗子。

"那些大学者，"他说，"在我们吃了那么多苦，听由他们任意摆布之后，我算是看透他们了。"

"我还以为你们主要是跟医生们打交道呢。"

"有医生。有企业家。也有科学家。"

为了把他从积怨与气恼的岔道上引领出来，南希便问起做实验的事来。

大多数的实验都是通过纸牌来做的。不是普通的扑克牌，而是特殊的"超感知觉"牌，有它们自己的标志：一个十字架、一个圆圈、一颗星、几根波纹线条、一个方块。他们会把每种标志的一张牌面朝上地放在桌子上，其他的牌洗乱后面朝下地放着。泰莎得说出她面前哪张牌的标志与哪摞牌最上面一张的相一致。这是睁开眼的实验。蒙住眼的实验也是一样的，除了那五张牌也是面朝下放的。其他的实验难度就越来越大了。有时候要用骰子，或是硬币。有时候什么都不用，除了脑子里的一个形象。脑子里一系列的形象，连一个字都不写下来的。审查对象和审查者在同一个房间里，或是在不同的房间里，甚至是隔开四分之一英里。

然后再拿泰莎的成功率来与一般人碰巧会获得的概率作比较。一般来说，研究者相信普通人猜中的或然率是百分之二十。

房间里除了一把椅子、一张桌子和一盏灯，别的什么都没有。简直就是一间审讯室。泰莎每回出来都像是给挤干了似的。那些标志一连好几小时都纠缠着她，不管她朝什么方向看去。她开始有头疼的毛病了。

而且也并未得出明确的结论。各种各样的反对意见都涌现出来了，倒不是针对泰莎的，而是质疑检测工作中存在着漏洞。据说人总是有偏向的。比如，他们在往上捻着掷一枚硬币时，多数的人都是猜"脑袋"而不会去猜"字儿"的。大家都是会这样的。诸如此类的看法。再加上他前面所说到的大气候问题——那种知识界的大气候，于是这样的检测就被归到儿戏一类的事情里去了。

天黑下来了。"休息"的牌子已经挂在餐馆的门上。账单上的字奥利半天也看不清楚。原来他上温哥华来检查身体是与眼睛有关的。南希笑出声来，一把将账单抢了过去，把钱付了。

"自然得由我来付——我难道不正是那种所谓的有钱寡妇吗？"

接着，由于他们的话还没有说完——离理出个头绪来还早着呢——他们走过去几条街来到一家叫"丹尼"的咖啡馆，进去喝咖啡。

"也许你想去一家更新潮些的地方？"奥利说，"你是不是有意想喝点儿酒？

南希赶紧说她在船上喝下的酒够她受用一段时间的了。

"我过去喝的够我受用我余生的了，"奥利说，"我戒这玩意儿已经戒了十五年了。十五年又九个月，说得更准确一些。但凡遇到以月为单位来计算的，你可以吃准他必定是个老酒鬼。"

在做实验的阶段里，有几个通灵学家和他与泰莎结交成了朋友。他们逐渐认识了一些靠自己的能耐混饭吃的人。不是靠所谓的科学基金，而是靠他们所称的算命，或者说看透别人的心思、心灵感应术，或是心理娱乐。有些人在一个人气旺的地段立住了脚，经营着一整幢房子或是一个店面，能够维持多年。那些人干的是给予私人指导、预测未来，或是占星算命的活儿，另外还兼带作些治疗。有些人则是从事于公开表演。那也许就意味着与肖托夸式[①]的演出挂钩了，那样的演出里无所不有，有做报告的，有朗诵或演出莎剧片断的，也有唱歌剧的，还放各地风光的幻灯片（教育性的而不是耸人听闻的那种），此外也举办档次较低的狂欢节，那里面大杂烩似的，既有滑稽戏、催眠术表演，也有用蟒蛇缠住

---

①美国20世纪初的一种成人教育运动，比较重视公众娱乐与演出活动。

身体几乎一丝不挂的女人。自然,奥利和泰莎愿意认为自己是属于前面那高档一类的,他们脑子里想到的确实是教育而不是什么感官刺激。可是在那里也仍然是时运不济。那种高级的演出几乎已经无人问津。只要打开收音机,你就能听到音乐并接受到相当程度的教育,而风光照片呢,你想看多少都能在教堂的门厅里见到多少的。

他们发现,唯一可以弄到些钱的办法就是参加到巡回演出的队伍里去,在市政厅礼堂或秋季集市上演出。他们与催眠术家、蟒蛇美人、耍嘴皮子的独白演员和用羽毛盖住私处的脱衣舞娘一起演出。那样的演出也渐呈衰颓之势,幸亏战争临近才使它们有点儿起色。它们的生命可以说是人为地被延长的,因为汽油配给,人们无法到大城市的夜总会里去玩,无法上第一流的电影院里去看电影。当时电视还未普及,人们无法躺在家里的沙发上享受让人看得目瞪口呆的魔术特技。等到了五十年代初期,出了艾德·沙利文[①],等等等等——路就真的走到头了。

但是不管怎么说,有的时候观众还是不少的,甚至都会客满——奥利有时很感到得意,用一篇真诚却很激动人心的小演讲就能把观众煽动起来。很快,他就成为演出的有机部分了。他们得把表演搞得更有煽动性一些,要比泰莎独自一人演出更有戏剧性和刺激性一些。而且还有另外一个因素必须考虑。她倒是顶得住的,就她的神经和身体耐力而言,可是她的各种力度——不管它们是些什么,却并不总是那么靠得住。她开始犹豫不决起来。她必须得集中精力才行,要在以前,这样的情形是从来也没有出现过的,而现在,即便是集中了精力,还常常不起作用。她的头疼毛病还一直纠缠着她。

大多数人的猜疑还是对的。这样的表演里充满了花招,充满了弄虚作假,充满了欺骗。有时候,从头到尾,整个儿都是假的。可是人

---

① 艾德·沙利文(Ed Sullivan,1902–1974),美国著名新闻记者与主持人。

们——大多数的人——还是希望有时候玩的是真把式。他们希望不全是蒙事儿。像泰莎这样的表演者，她们的确是真诚老实的人，知道观众这样希望而且也非常能理解——有谁比她们更能理解呢？——因此她们开始运用花招和一些常用的手法，以保证得出正确的结果。因为每天晚上，每天晚上，你都必须得保证能出这样的结果呀。

有时候，所用的手段很粗糙，明显得像被锯成两半的女子所躺的箱子里那片虚假的隔板一样。一个隐藏的话筒啦，更多的情况是用一套密码，在台上的表演者和地板底下那个合作者之间。这些密码可能是他们二人之间的一种默契。这绝对是一种高明的艺术，是从来都不形诸文字的。

南希问，他的密码，他跟泰莎之间的密码，本身也是一种艺术吗？

"有整整的一套呢，"他说，他的脸变得明朗起来了，"它们之间有很细微的差别。"

接着他说："实际上我们也是可以装得很花哨的。我还有一件黑斗篷，我穿着——"

"奥利。真的呀。一件黑斗篷。"

"绝对是的。一件黑斗篷。而且在泰莎被蒙上眼睛之后——由观众中的一位来蒙，以显得这里面没有猫腻——我还会叫一个志愿者上来，把斗篷脱掉围在他的身上，接着我便对泰莎喊道，'我把谁裹在斗篷里啦？'或者是，'在斗篷里的人是谁呀？'我也许用'大氅'这样的说法。或是'黑布'。要不就是，'我逮到谁啦？'或是'你瞧见谁啦？''头发什么颜色？''高个儿还是小个儿？'我可以以不同的用语来示意，我也可以用我的声音的抑扬顿挫来表示。总之接下去玩的小花招多了去了。这只不过是我们开球的第一脚。"

"你应该把这些都写下来的。"

"我原来是打算这么做的，我想写一些抖爆内幕的材料。可是后来

339

我又想，谁又会感兴趣呢？有人愿意受到愚弄，有人不愿受到愚弄，他们愿意怎么样都并不需要有证据。我想到另一件可以做的事情是写一本推理小说。我会有很自然的背景。我想那样我们会弄到很多钱，而我们也可以歇手不干了。另外我还想过可以写电影脚本。你看过费里尼的影片吗——"

南希说没有看过。

"胡扯八扯，反正是。我不是指费里尼的电影。我是说我脑子里的想法。当时的打算。"

"跟我说说泰莎的事吧。"

"我肯定是给你写过信的。莫非我没写？"

"没有。"

"那我一定是给威尔夫写了的。"

"我想他必定会告诉我的。"

"好吧。也许我没有写。也许我当时情绪实在太坏了。"

"是哪一年的事？"

奥利记不得了。朝鲜战争还在打。总统是哈里·杜鲁门。一开始泰莎似乎是得了感冒。可是她没有好起来，身体却越来越虚弱了，而且身上布满了神秘的淤血。她得了白血病。

他们在夏天最热的时候在一个小镇上耽搁了下来。他们原来希望冬天之前能到加利福尼亚去的。可现在，他们甚至都到不了他们计划之中的下一站。和他们一起同行的人自顾自继续前进了。奥利在镇上的广播站里找到了一个工作。他在跟泰莎一块儿表演的时候倒是把嗓子练出来了。他在电台里读新闻稿，也播发了不少广告。有的广告词还是他写的。他们那里正式的播音员因为酗酒，进了医院在接受一种什么黄金①疗法。

---

① 指氯化金，一种药物，用于治疗酒精或鸦片中毒。

他和泰莎离开医院,搬进了一处带家具出租的公寓房。自然,这里没有空调,不过幸运的是,房间外边有个小阳台,正好还有一棵树可以遮荫。他把躺椅推到阳台上,让泰莎能呼吸到新鲜空气。他不想再带泰莎上医院了——这里面自然有费用的问题,因为他们是什么保险都享受不了的——不过他也想到,她在这儿更加安静,可以欣赏树叶的抖动。可是到后来他只得让她进屋里去了,又过了几个星期,她便去世了。

"她就葬在那个地方吗?"南希说,"你就没有想过我们可以寄钱给你们?"

"没有。"他说,"这是对你两个问题共同的回答,我的意思是。我觉得这是我的责任。我将她火化了。我偷偷地把骨灰带出镇子,又好歹来到了海岸边。那实际上是她关照我做的最后一件事了,她要火葬并且要把骨灰撒到太平洋的波浪上去。"

那就是他所做的事情,他说。他记得那片俄勒冈的海边,在大海和公路之间有条狭狭的土地,清晨时有雾,天气阴冷,海水腥味很浓,已有波涛发出了阵阵凄凉的呜咽声。他脱下鞋袜,卷起裤管,蹚水进入海中,海鸥追逐在身后想知道他是不是给它们带来了什么。可是他所有的仅仅是泰莎。

"泰莎——"南希说。可是她说不下去了。

"这以后我成了一个酒鬼。日子也还算过得去吧,可是很长一段时间里我心如枯木。一直到我实在不得不从那里挣脱出来为止。"

他没有抬起头来看南希。出现了一个沉重的时刻,在此期间他一直摆弄着烟灰缸。

"我猜想你是发现了生活还在继续前进吧。"南希说。

他叹了口气,既有自责也有轻松之感。

"话说得够刻薄的,南希。"

他驱车把她送回她所住的旅馆。车子排挡那儿发出了各种各样的咣当声,整辆车子则不断地在抽搐和颤抖。

这家旅馆并不特别高贵豪华——门前没有门卫,朝里望进去也见不到什么小山般隆起的热带食虫花卉——可是当奥利说,"我敢说好久以来都没有一辆更破旧的老车开到这儿的门口了",南希不由得扑哧一笑表示同意。

"你要搭的轮渡什么时间开?"

"错过时间了。早就开掉了。"

"那你打算上哪儿去过夜呢?"

"马掌湾那儿有些朋友。我也可以将就着在这车子里睡一夜的,如果我不想吵醒他们的话。以前在车子里过夜也不止一次了。"

她的房间里有两张床。两张单人床。如果拖他进去,说不定她会遭几下白眼的,不过她当然受得了。因为事实本身跟别人可能会设想的大相径庭。

她作准备似的吸了一口气。

"不了,南希。"

在整个过程中她一直在等待他说一句真话。这整个下午,或者说,其实她一生中的大部分时间,她都一直在等,现在他终于说了。

不了。

这也可能被看作是对她并未真心提出的一个邀请的拒绝。它可能会伤害她,因为是那么傲慢与令人无法忍受。不过事实上,她所听到的词儿,是个清晰、温柔,而且在此时此刻与对她说过的任何一个词似乎都同样充满着理解的词儿。不了。

她知道她可能说出的任何话语的危险性。她自己的欲念的危险性,因为她并不真的明白那是什么性质的欲念,是为了满足什么的欲念。多年前他们曾因为羞于这样做而无所作为,现在肯定是更加不会做的了,因为他们已经老了——当然也并未老得那么厉害,不过已经老得会显得不怎么雅观并且荒唐可笑了。况且又是在一起度过了一段共同说谎的时间之后。

因为她也是说了谎的,用她的沉默。而且就暂时而言,她这个谎还得继续说下去。

"不了,"他又说了一遍,有点谦卑却没有什么尴尬,"不会有什么好结果的。"

自然是不会有的。理由之一便是她回到家要做的第一件事便是写信给密歇根州的那个医院查清泰莎以前的遭遇,并且把她带回到她所归属的地方来。

路会很好走,如果你熟知如何轻装上阵的话。

这张亚当和夏娃卖给她的字条一直留在她夹克的口袋里。当她终于将它掏出来的时候——那已经是回到家以后的事了,在没有再穿这件夹克的将近一年之后——她对印在上面的这句话感到困惑和心烦。

路并不好走。那封寄到密歇根州去的信原封不动地退了回来。显然是该家医院已经不再存在了。可是南希发现还是有些线索可以追踪的,她也着手去探查。还有些机构需要去函查询,还有些档案得去重新找出来,如果可能的话。她并没有放弃。她不愿承认线索已经断了。

在奥利的这一头,她也许准备承认情况确实就是到此为止了。她往德克萨达岛发过一封信——心想有这样粗略的地址也就足够了,那儿又能有多少人呢?稍加打听还有什么人会找不到的呢。可是信退回到她手中,信封上写有几个字。已搬离。

她都不忍心把信打开再读一遍自己说了的话。必定是说得太多,她敢肯定。

窗台上的苍蝇

她坐在自己家里阳光起居室威尔夫过去坐惯的老躺椅上。她不想睡着。那是一个晴朗的秋日下午——事实上,是"格雷杯[①]日",照说她是应该去参加一个百餐宴,并在电视上观看比赛的。她在最后的时刻找了个借口。人们现在都逐渐习惯于她的这种做法了,不过有些人仍然在说,真为她担心呢。可她有时候又会表现出旧时的习惯和需要,不由自主地要充当团体生活的中心。因此他们就又暂时不去为她担心了。

她那几个孩子说他们希望她没有沉溺到"生活在过去"之中。

不过,她所相信自己正在做的,以及如果她能抽出时间的话,她希望要做的,不是生活在过去之中,而是将它的帷幕拉开,以便能好好地看个明白。

当她发现自己在进入另外一个房间的时候,她不相信她睡着了。阳光起居室,她身后那个明亮的房间,已经萎缩成为一个阴暗的过厅了。旅馆的钥匙是插在房间的门上的,她相信钥匙经常就是这样插着的,虽然在她自己的生活里倒是没有遇到过这样的情况。

这是个很寒酸的地方。是让寒酸的旅人住的寒酸地方。就天花板上有一盏灯,一根杆子悬吊着,上面挂着几只铁丝缠成的衣架。有一块布帘,上面有粉红与黄色的花饰,拉上便可以把挂着的衣服遮挡住。用这块花布的本意也许是想让房间有点乐观甚至是快活的色调,但不知为什么效果却适得其反。

奥利那么突然和沉重地躺到床上去,使得弹簧发出了一阵哀鸣。看

[①]格雷杯(Gray Cup)是指加拿大职业橄榄球联盟颁给优胜队的奖杯,是以格雷伯爵(曾任加拿大总督)的名字命名的。

来他和泰莎现在是驾车四处出行的,但开车的始终只是他一个人。今天,在春天刚开始热起来时,在飞扬的尘土中,他感到特别累。泰莎不会开车。她在打开服装箱时发出了很大的响声,在浴室薄薄的隔板后面弄出的响声甚至更大。她从浴室出来时他假装睡着了,可是透过他的眼缝他可以看到她是在对着梳妆台的镜子看自己,那面镜子斑斑驳驳的,因为背后的涂料脱落了不少。她穿着长及脚踝的黄缎子裙子和黑色的短夹克,披着一条有玫瑰花图案的黑披巾,那上面的流苏足足有半码长。她穿什么行头完全是出于她自己的主意,既无独创性又跟她这人显得很不协调。她的皮肤现在抹满了胭脂,但是还是显得很暗。她的头发是用发卡夹住的,也喷了发胶,原来粗硬的鬈发如今压得扁扁的,简直成了一个头盔。她的眼睑涂成紫色的,睫毛翻了上去并且染黑了。简直都成了乌鸦的羽翼了。眼睑,像是一种惩罚似的,沉重地压在她那双失去光彩的眼睛上。事实上,她整个人似乎已被她的衣饰、头发与妆容压得不复存在了。

他并非有意想发出的声音——一种抱怨或不耐烦的声音——让她听到了。她来到床边,弯下身来帮他脱下皮鞋。

他跟她说别费事了。

"我过一分钟还得出去呢,"他说,"我必须去找他们。"

所谓他们,指的是戏园子或是演出的负责人,具体指谁就不用管了。

她什么都没有说。她站在镜子前面打量自己,接着,仍然在她沉重的行头和头发——那是副假发——的负担下,在房间里走过来走过去,似乎有什么事情要做,却又定不下心来真的去做。

即使在她弯下身去给奥利脱鞋子时,她仍然没有去看他的脸。如果他往床上倒下去的那一刻他是闭着眼睛的话——她想是这样的——那也很可能是为了避免看到她的那张脸。他们在职业上成了夫妻搭档,睡在一起吃在一起,也一起旅行,接近得似乎连呼吸的节奏都是一致的。

345

可是却永远都不，永远都不——除了因为要对观众负责而必须共同负担——永远都不能做到目光对视，因为生怕会在那里看到什么过于可怕的东西。

房间里没有足够宽的墙壁能放下那只镜面斑驳的梳妆台——因此它有一部分挡在了窗子的前面，使得光线不能充分照进来。她对着它狐疑地看了片刻，接着便鼓足身上的力气把它支出的那只角往里移动了几英寸。她屏住呼吸，把那块肮脏的窗帘拉到一边去。瞧啊，在窗台尽里面的一个角落里，通常被窗帘和梳妆台挡住的那儿，竟有一小堆死苍蝇。

不久前在这个房间住过的某个人，为了打发时光，曾打死了这些苍蝇，并且把所有这些小尸体集拢来，找到了这个地方来将之藏起。它们整整齐齐地堆成了一个金字塔，不过并不算压得太实。

她见到后叫出了声。倒并不是因为厌恶或是害怕，而是因为感到惊讶，你也可以说是出于喜悦。噢，噢，噢。这些苍蝇使她感到愉悦，仿佛它们是宝石似的，把它们放到显微镜下它们便会是一片蓝色、金色、绿宝石色的闪光和熠熠生辉的罗纱羽翼了。噢，她这么叫不可能是因为她看到了窗台上昆虫的光辉。她没有显微镜而它们也因为死亡而失去了它们全部的亮光。

那是因为她方才就看到它们在这里，她方才就看到有一堆小尸体，都杂乱地堆在一起，积了灰尘，藏在这个角落里。在她动手去搬梳妆台和拉动窗帘之前她就看到它们在这儿了。她知道它们在这里，就跟以前她看得到东西的时候一样。

好长时间，她都已经看不到了。她什么都不知道，只能依靠事前安排好的花招和诡计。她几乎已经忘记，她也曾怀疑，是不是真的有过一个阶段是和现在不一样的。

她现在吵醒了奥利，把他从不安的、抓紧机会稍稍眯一会儿的打盹中唤了回来。怎么啦，他说，是什么叮咬你了吗？他边站起来边呻吟。

没有，她说。她指着那堆苍蝇。

我早就知道它们是在那儿了。

奥利顿时就明白这对她来说意味着什么，这必定使她感到何等轻松，虽然他无法完全分享她的喜悦。这是因为他也几乎忘掉了他曾经相信她有这样的能力，他如今为她，为自己而焦虑不安的仅仅是，但愿他们的戏法能够起作用。

你什么时候知道的？

在我照镜子的时候。在我对着窗子看的时候。我也说不清是什么时候了。

她是那么快乐。她以前可从来也没有对自己的能力感到快乐或是不快乐过——她认为这是理所当然的。现在她的眼睛闪闪发光，似乎她已经把里面的沙子清洗出去了，她的声音也亮了，似乎嗓子被清泉洗涤过了。

是的，是的，他说。她走过去用双臂围住他的脖颈，把头贴在他的胸前，贴得那么紧，使得他胸前内侧口袋里的那些纸都发出了沙沙声。

这是些见不得人的文件，他是从在这一带的某个小镇里遇到的一个人——一位医生那里得到的，有人告诉他，出门在外的人要找人做件什么异乎寻常的事可以请这位医生帮忙。他对这位医生说过，他很为自己的妻子担忧，她躺在床上一连好几个小时都瞪看着天花板，脸上一副渴望着什么的专注表情，好几天都不说一个字，除了在观众面前非说不可的时候（这一点倒完全是真的）。他问过自己，也问过那位医生，她的特殊法力会不会终究和她头脑与禀赋中的某种有威胁性的不平衡状态有关。她过去也曾发过病，他怀疑会不会此刻又要出现这样的情况。她不是一个脾气不好的人或是一个有不良习气的人，但她不能算是一个正常人，她是个特殊的人，与一个特殊的人一起生活会是个很大的折磨，事实上也许是一个普通人所难以承受的。医生对此非常理解，便告诉了他一个地方，可以把她带去让她休息一阵子的地方。

他很害怕她会问那是什么声音，在把头压在他胸前时她肯定能听见。他不想说文件这两个字，然后又让她问道，什么文件？

不过如果她的法力确实已经回到她的身上——这是他此刻所想的，而且还怀着一种重新回来的、几乎已经忘却的、大惑不解的敬意——如果她还是原来那样的人，那么是不是有可能不用看也能知道文件上说的是什么呢？

她确实是知道一些事情的，不过她尽量不去知道得那么多。

因为如果恢复了原有的本事——眼睛有透视的能力，嘴巴能立即说出真情——所意味的不过是如此，那么没有，岂不是更加好吗？如果是她自己抛弃了这些本事，而不是它们离弃了她，那么，她能不欢迎这样的变化吗？

他们是可以去做别的一些事情的，她相信，他们是能够过另外一种生活的。

他告诉自己，他要尽快地把这些文件毁掉，他要忘掉这整个打算，他，也是能够保持希望与尊严的。

是的。是的。泰莎觉得所有的威胁都随着她面颊下面发出的轻轻的沙沙声而消逝了。

得以赦免的感觉使得周围的空气都明亮了起来。那么澄澈，那么有力量，使得南希觉得在这种感觉的攻击之下，已知的未来就像肮脏的枯叶那样被疾卷而去。

可是在那个时刻的深处，有某种不稳定的状态正在等待着，那是南希决心要不加理睬的。但是没有用。她觉察到自己已经被牵引出来，从那两个人那里拉出来，回归到她自己身上。仿佛是有个镇定与有决断力的人——会不会是威尔夫呢？——在着手将她从那个有铁丝衣架和花窗帘的房间里牵引出来。轻轻地，却又是不可阻挡地，引导她离开那个将在她身后开始崩溃的地方，它将坍塌、变暗，成为某种烟炱和轻尘那样的东西。

译后记

李文俊

《逃离》（RUNAWAY）一书出版于二〇〇四年，全书由八个短篇小说组成，其中的三篇互有关联。作者艾丽丝·门罗是加拿大当代有名的女作家，以擅写短篇小说而闻名。近年来，在美国的重要文学刊物如《纽约客》、《大西洋月刊》、《巴黎评论》上，都可以经常读到她的作品。美国一年一度出版的《××××年最佳短篇小说集》中，也多次收入她的作品。她几乎每隔两三年便有新的小说集出版，曾三次获得加拿大最重要的总督奖，两次获得吉勒奖。二〇〇四年第二次获吉勒奖即是因为这本《逃离》，评委们对此书的赞语是："故事令人难忘，语言精确而有独到之处，朴实而优美，读后令人回味无穷。"奖金为二万五千加元。门罗还得到过别的一些奖项。另据报道，法国《读书》杂志一年一度所推荐的最佳图书中，二〇〇八年所推荐的"外国短篇小说集"，即是门罗的这本《逃离》。我国的《世界文学》等刊物也多次对她的作品有过翻译与评介。可以说，门罗在英语小说界的地位已经得到确立，在英语短篇小说创作方面更可称得上"力拔头筹"，已经有人在称呼她是"我们的契诃夫，而且文学生命将延续得比她大多数的同时代人都长"（美国著名女作家辛西娅·奥齐克语)。英国很有影响的女作家 A.S. 拜厄特亦赞誉她为"在世的最伟大的短篇小说作家",从拜厄特的口气看,她所指的范围应当已经远远超出单纯的英语文学世界。

门罗出生于安大略省西南部的一个小镇——这类地方也往往成为她作品中故事发生的地理背景。她一九五一年离开西安大略大学,后随丈夫来到不列颠哥伦比亚省,先在温哥华居住,后又在省会维多利亚开过一家"门罗书店"。一九七二年门罗回到安大略省,与第二任丈夫一起生活。门罗是她第一任丈夫的姓,但仍为她发表作品时沿用。

门罗最早出版的一部短篇小说集叫《快乐影子之舞》(1968),即得到了加拿大重要的文学奖总督奖。她的短篇小说集有《我青年时期的朋友》(1973)、《你以为你是谁?》(1978,亦得总督奖)、《爱的进程》(1986,第三次得总督奖)、《公开的秘密》(1994)、《一个善良女子的爱》(1996)、《憎恨、友谊、求爱、爱恋、婚姻》(2001)、《逃离》(2004)等,2006年出版的《石城远望》是她最新的一部作品集。她亦曾出版过一部叫《少女们和妇人们的生活》(1973)的长篇小说,似乎倒不大被提起。看来,她还是比较擅写短篇小说,特别是篇幅稍长、几乎接近中篇的作品。所反映的内容则是小地方普通人特别是女性的隐含悲剧命运的平凡生活。她自己也说:"我想让读者感受到的惊人之处,不是'发生了什么',而是发生的方式。稍长的短篇小说对我最为合适。"

我们在多读了一些门罗的短篇小说之后,会感觉到,她的作品除了故事吸引人,人物形象鲜明,也常有"含泪的笑"这类已往大师笔下的重要因素之外,还另有一些新的素质。英国的《新政治家》周刊曾在评论中指出:"门罗的分析、感觉与思想的能力,在准确性上几乎达到了普鲁斯特的高度。"这自然是一个重要方面。别的批评家还指出她在探究人类灵魂上的深度与灵敏性。她的作品都有很强的"浓缩性",每一篇四五十页的短篇,让别的作家来写,也许能敷陈成一部几十万字的长篇小说。另外，也有人指出，在她的小说的表面之下，往往潜伏着一种阴森朦胧的悬念。这恐怕与她对人的命运、对现代世界中存在着一些神秘莫测之处的看法不无关系。当然，作为一位女作家，她对女性观察的细致与深刻也是值得称道的。门罗的另一特点是，随着年龄的增长，她的作品倒似乎越来越醇厚有味了，反正到目前为止，仍然未显露出一些衰颓的迹象。

我国的《世界文学》二〇〇七年第一期对《逃离》一书作了介绍，并发表了对门罗的一篇访谈录，此文对了解作家与《逃离》一书都很有帮助，值得参考。

据悉，上世纪八十年代，门罗曾访问过中国。

因为工作的关系，译者曾稍多接触加拿大文学，并编译过一本现代加拿大诗选（与人合作）。上世纪八十年代初（？）时，曾参加创建我国的加拿大研究会，也算是该组织的一个"founding member"了，而且还曾忝为"副会长"之一。承加拿大方面的友好邀请，我曾经三次赴加拿大进行学术访问，除到过多伦多、渥太华、温哥华、魁北克、蒙特利尔等地外，还一路东行直到大西洋边上的哈利法克斯乃至海中的爱德华王子岛。过去自己虽译介过不少加拿大诗歌（现在怕都很难找到了），但细细想来，翻译小说似乎还真是头一遭。倘若读者透过我的迻译，能多多少少感受到加拿大独特的自然社会风貌，体验到那里普通男男女女的思想感情并引起共鸣，那么对我个人来说，乘此机会，对加拿大人民友好情谊作出一些微薄回报的夙愿，也就算是没有落空了。

戊子暮春